한국문학의 리얼리즘과 노동문학

한국문학의 리얼리즘과 노동문학

박 규 준

역락

┃머리말┃

한국문학사에서 노동문학은 1920년대, 해방공간, 그리고 1970~80년대에 집중적으로 생산되었다. 이 시기는 공통적으로 근대산업자본이 형성되거나 발전한 시기이다. 특히 한국노동소설은 현실 지배적 이데올로기의 억압성과 제 모순을 극복하고자 하는 노동자 계급의 실천적 행위를 형상화한 것이다. 즉 1920년대는 일본제국주의와 자본주의, 해방공간에서는 제국주의, 봉건주의, 국수주의, 1970~80년대는 반공이데올로기와 경제성장이데올로기에 대립, 저항한 노동자 계급의 성장과 현실 극복을 형상화한 것이다. 이처럼 노동소설은 대립과 저항의 이야기이다. 이 대립과 저항의 서사는 문학운동 측면에서는 긍정적 성과이지만 문학성 측면에서는 부정적 평가를 받는 원인이기도 하다. 문학성 측면에 대한 부정적 평가가 있을지라도 문학의 운동성을 거부할 수는 없다. 즉 문학의 운동성에 대한 부정이 아니라 작품에 형상화된 대립서사의 예술성에 대한 문제제기이다. 이러한 문제제기를 극복할 수 있는 시선은 노동문학의 생산조건과 직접적으로 결부된 리얼리즘 이야기를 다시 시작하는 것이다.

1장은 리얼리즘 이야기를 다시 시작해야할 필요성에 대한 글이다. 리얼리즘의 총체성, 전형의 역사성, 전형의 관계성에 대해 알아보고 유물론과 변증법적 관점에서 리얼리즘 이야기를 다시 시작하길 희망한다.

2장은 1930년대 노동소설의 대표작인 한설야의 『황혼』에서 인물의 주체 구성방식에 대해 살핀 글이다. 『황혼』의 서사를 사랑서사와 노동서사로 구분하였다. 주인공 여순은 사랑서사를 통해 자유연애의 전복, 조력자적 사랑의 전복, 애욕적 사랑의 전복으로 반성적 주체가 된다. 반성적 주체가 된 여순은 책을 통해 과거 타자와 대면하면서 근대적 문명인으로 성장했다. 그리고 현실의 매개적 인물 집단을 통해 현재의 타자와 대면하면서 스스로 반성하고 새로운 삶의 준거를 정립했다. 끝으로 노동자의 실천적 집단행동을 통해 끝없이 미래의 타자와 대면하면서 새로운 이상적 시공간을 발견하고 새로운 유동적 주체로 탄생한 것이다.

3장은 임화가 해방공간에서 발표한 글을 대상으로 민족의 근대사회 구성체를 상상하고 새로운 상징 질서를 기획한 임화의 민족 이념을 밝힌 글이다. 임화는 해방 직후의 부르주아 민주주의혁명론에서 새로운 억압적 상징질서에 저항하는 인민 민주주의혁명론으로 발전한다. 이 혁명론은 혁명 주체에 대한 명확한 인식을 바탕으로 모든 인민의 이념인 노동자 계급의 이념을 기초로 한 현대 민족국가 이념을 지향한다.

4장은 1970~80년대 한국노동소설에 나타난 지배적 국가 이데올로기와 저항 주체인 노동자 계급 사이의 대립 양상을 분석하고, 이를 바탕으로 노동자 계급의 '새로운' 주체정립 과정을 규명하였다. 노동소설은 지배 이데올로기인 반공이데올로기, 경제 성장이데올로기, 교육이데올로기의 억압성에 대응하는 주체의 성장서사로서 계급각성의 서사, 죽음의 서사로 구조화 되어 있다.

5장은 1980년대 조정환의 '노동해방문학론'을 분석한 글이다. 조정환의 노동해방문학의 주체성과 당파성, 조직성에 대해 살폈다. 조정환의 노동해방문학론은 '선언적 노동해방문학론'이었으며 더 이상 발전하지 못하였다.

6장은 1980년대 후반 노동소설의 대표적 작품인 안재성의 『파업』에 대해 내포적 총체성의 결핍을 규명하고 인물의 의미 관계를 밝혔다. 『파업』은 작가의 직접적 개입으로 내포적 총체성이 결핍되는 한계를 보이지만 그럼에도 불구하고 인물의 의미 관계를 통해 당대 사회현실의 대립적 계급관계와 새로운 유토피아를 지향하는 계급적 노동주체를 총체적으로 형상화했다.

이상과 같은 노동문학에 대한 시선은 새로운 해석의 출발점에 서 있는 수준이다. 앞으로의 연구과제는 리얼리즘의 현재성을 바탕으로 노동문학에 대한 이야기를 새롭게 시작하려고 한다.

이 책은 박사학위논문과 그동안 『현대사상』, 『우리말글』, 『한민족어문학』에 실은 논문을 수정하여 엮은 것이다. 이 글들이 나오기까지 많은 분들의 도움이 있었다. 학문의 시작과 방향성, 연구자의 자세, 학문공동체의 중요성 등을 가르쳐 주신 이강언 선생님, 홍승용 선생님, 서경석 선생님, 양진오 선생님, 김성진 선생님께 존경과 감사의 마음을 전합니다. 그리고 연구 모임의 선·후배 선생님들의 도움에 감사드립니다. 끝으로 출판과 편집을 해주신 도서출판 역락의 이대현님께 고마움을 표합니다.

2015년 2월

박 규 준

차 례

1장 리얼리즘 이야기 … 11

2장 한설야의 『황혼』에 나타난 인물의 주체 구성 방식 … 23

6장 안재성의 『파업』에 나타난 내포적 총체성과 인물의 의미 관계 … 257

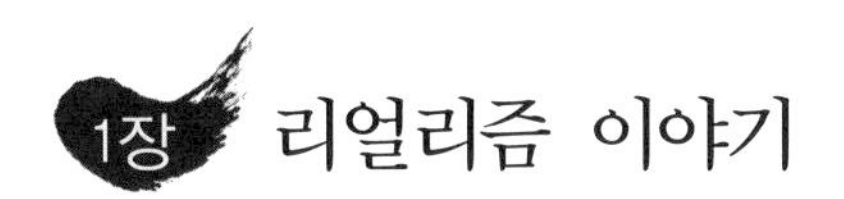

1장 리얼리즘 이야기

1. 다시 리얼리즘 이야기 시작하기

넓은 의미의 관점으로 보면 문학의 기원에서 문학은 리얼리즘에 의해 생산된 양식이다. 리얼리즘은 현실 변혁적이면서 철학적이고 문화과학적 이론 논쟁을 통해 생산된 창작방법이다. 리얼리즘에 대한 논의는 현재적 요소뿐만 아니라 과거, 미래까지 포함하여 인간과 관계된 모든 요소와 연결되고 있다. 세부적으로 해체주의, 기능주의, 표현주의, 전위주의 등과 같이 리얼리즘과 대립되는 영역조차도 리얼리즘적 요소를 품고 있다. 이처럼 리얼리즘은 보편적이며 일반적인 창작방법론이다. 그러나 아이러니하게도 현실이 가장 비정상적일 때 리얼리즘이 대두된다. 봉건왕조가 붕괴되고 근대적 질서가 시작될 때, 제국주의와 국가독점 자본에 의해 농촌이 붕괴하고 도시 빈민, 노동자가 빈곤한 삶을 살고 그 빈곤이 세습될 때와 같이 현실 사회가 파괴되고 새로운 가치를 필요로 할 때 리얼리즘은 그런 현실을 형상화하였다.

그러나 현재 리얼리즘은 철학과 문화과학의 대상에서 제외되었을 뿐만 아니라 사회 변혁적 논쟁에서조차 부정적 대상이다. 그리고 문학 영역에서는 거론하는 것 자체가 세련되지 못하고 과거에 집착하는 것처럼 되어버렸다.

리얼리즘은 단순하게 특정 시기와 집단을 대변하는 문학 개념이 아니다. 그것은 문학의 본질과 관련되며 그 본질을 바탕으로 모든 영역에까지 확장된 개념이다. 철학적이며 과학적으로 인간의 세상을 반영하는 기본적 원리를 제시하는 것이다. 그러나 아쉽게도 이데올로기적 상황에 따라 이분법으로 재단되고 축소되어 있는 듯하다. 이 문제점은 급변하는 사회적 상황에 따라 전개되었다고도 볼 수 있지만 오히려 리얼리즘의 본질을 바탕으로 현실에 더 깊고 폭 넓게 접근하지 못한 측면이 강하다.

현실은 세계를 하나의 네트워크로 연결하여 소통되며, 다양하고 다층적 요소와 개개인의 일상까지 표면화, 기호화한다. 그리고 파편화, 개별화되어 해체된 듯 하지만 더 치밀하고 강력한 자력으로 집중화, 전체화하여 통제하고 규율하는 힘도 존재하는 듯하다.

이처럼 리얼리즘이 담으려고 했던 현실의 본질은 그렇게 변화하지는 않은 것 같다. 그 본질과 가장 닮은 방식으로 철학적이며 과학적으로 정립된 것이 리얼리즘이라고 할 수 있다. 그래서 다시 한 번 리얼리즘 이야기를 하려고 한다.

2. 리얼리즘의 전제

리얼리즘은 문학의 대전제인 현실 반영을 기본으로 하고 있다. 반영대상과 반영물과의 관계를 규명하는 것이다. 이 관계를 선택적으로 연결시키는 존재가 작가이다.

리얼리즘의 기준은 반영대상과 반영물이 얼마나 서로 닮아 있냐는 문제이다. 이것은 문학의 본질적인 한계를 극복하려는 무모한 도전적 경향이다. 인간인 작가의 한계와 기호인 문자의 한계를 극복하려는 것과 동일하기 때문이다. 이러한 한계로 반영대상과 반영물은 동일할 수 없는 것이 사실이다. 이러한 근본적 불일치가 리얼리즘을 비판하는 관점에서는 좋은 근거가 된다. 그래서 리얼리즘 비판론자들은 불일치 자체가 진리라고 말한다. 불완전하고 해체된 반영대상과 반영물에서 인간의 존재는 무의미하며 더 이상 현실의 중심으로 존재할 수 없다는 것이다. 이들은 종종 인간의 존재를 부정하거나 소멸시킨다.

반영대상과 반영물에 각각 존재하는 인간 그리고 그 둘 사이를 관계 짓는 인간으로서의 작가가 존재한다. 반영대상과 반영물은 인간이 존재할 때만 의미가 있다. 그래서 반영대상과 반영물의 관계는 인간이 반영대상과 반영물에 개입하는 양상이라고 할 수 있다. 중요한 것은 불완전한 반영대상과 반영물에 의해 인간도 해체되고 불완전 상태로 존재할 수 있느냐는 것이다. 인간은 해체되고 불완전 상태로 존재할 수 없다. 만약 이것이 인간이 존재하는 방식이라면 기호도 반영물도 상징질서도 생산될 수 없을 뿐만 아니라 존재할 수 없기 때문이다. 인간은 혼란과 무질서를 지향하는 것이 아니라 그것을 극복하고 질서화하려고 한다. 그래서 인간은 현실이 해체되고 무질서하더라도 동일화를 지향해야만 살아갈 수 있고 생존할 수 있다.

만약 반영대상이 해체되고 무질서하며 불완전해서 반영물 또한 그대로 해체되고 무질서하며 불완전한 형상이고 작가의 존재 또한 무의미하다면 그것은 기계적이며 왜곡된 반영이다. 왜냐하면 작가는 소멸될 수 없는 현실적 존재이며 반영대상에도 반영물에도 물리적 힘을 작용하는 존재이기 때문이다.

끝없이 변하기 때문에 반영물과 반영대상은 불완전한 것으로 존재할 수 있는 것이다. 반영대상과 반영물이 불완전체이면서 해체·파괴되지 않고 그 존재를 유지시키는 움직임이 있기 때문에 실재하는 것이다. 그래서 반영물은 불완전체를 지향하는 것이 아니라 그 불완전체를 유지시키는 움직임, 그 유동적 힘을 형상화해야 한다. 그것이 반영대상인 현실의 본질을 형상화하는 것이다. 반영대상과 반영물의 관계에 존재하는 창작으로서 유동적 힘은 작가이다. 작가는 반영대상 내에 존재하는 변화하는 움직임의 힘을 반영물에 형상화해야 할 뿐만 아니라 반영대상에서 반영물로 전이하는 과정에서 역동적인 변화의 힘을 발휘하는 주체이다.

이처럼 반영대상과 반영물은 1대 1로 동일시될 수 없는 것이 진리에 가까운 인식이다. 그러나 동일성을 지향하는 것은 인간의 생존이면서 존재방식이다. 불완전체인 반영대상을 반영한 반영물은 작가에 의해 완전체를 지향하는 불완전체가 되는 것이다.

이러한 반영물에 대한 시각은 그동안 리얼리즘에 대한 논쟁에서 핵심적 문제를 야기시켰다. 반영론과 관련하여 총체성, 작가와 관련하여 당파성과 리얼리즘의 승리론, 작품과 관련하여 총체성과 전형성 그리고 기능전환 등과 같은 문제들이다. 작가와 관련된 당파성과 리얼리즘의 승리 문제는 현실과 직접적으로 관련되는 문제로 언제나 현실 정치이데올로기와 연관되었다. 창작 주체인 작가는 반영대상의 불완전한 특정 지점을 선택하여 새로운 지향점을 제시하는 방법으로 작품의 불완전성을 해소하려 한다.

작가가 새로운 지점을 지향할 수 있는 것은 먼저 반영대상이 불완전체라는 것을 인식했을 때 가능하다. 이 인식에 대해 맑스는 '실재적 측면은 유물변증법이고 현실 사회적 측면은 계급투쟁의 역사인식이다'고 말한다. 그리고 루카치는 '자본주의 시대에 현실 정치적 측면은 프롤레타리아를 위한 당파성이다'고 말한다. 이러한 전제 조건은 자칫 현실 정치에 매몰되어 당파성만을 강조하다보면 유물론적 사고를 소홀히 하거나 반영대상 자체가 불완전체인 것을 망각하여 작가의 세계관과 당파성을 절대화하는 경향을 보인다.

작가의식의 절대화는 반영물을 폐쇄시키고 반영대상을 올바르게 형상화할 수 없게 한다. 작가가 작품에 직접 개입하여 작품에서 작가의 목소리가 표면적으로 서술되면 작품과 독자 사이에 단순한 내포적 서술자가 아니라 확신할 수 없는 개입자로 조작을 의심하게 되어 작품의 진실성을 떨어뜨린다. 또는 작품이 기계적이고 도식적으로 전개되어 비현실적인 인공물이 된다. 리얼리즘 작가는 작품이 완전체를 지향하는 불완전체인 것을 잊지 말아야 한다.

3. 전형의 역사성

엥겔스와 루카치는 작품에서 리얼리즘을 실현하기 위해 전형성을 제시했다.[1] 상황과 그 속의 인물들이 전형적이라는 말은 작품 속의 각각의 요소인 배경, 인물, 구조 등이 반영대상과 비교해서 생경하지 않다는

1) 엥겔스가 마가렛 하크니스의 『도시의 소녀』를 읽고 그녀에게 보낸 편지. "만일 내가 비판할 것이 있다면 그것은, 아마도 결국 그 이야기가 충분히 사실주의적이지 못하다는 것일 것입니다. 내 생각으로 사실주의는 세부적 진실 외에도 전형적인 상황하의 전형적인 인물의 진실된 재현을 의미한다는 것입니다." F. 엥겔스(1989), 「런던의 마가렛 하크니스에게」, 『마르크스 엥겔스의 문학예술론』, 김영기(편역), 논장, 88쪽.

것이다. 작품에서 전형적 상황과 인물은 수많은 반영대상 중에 하나의 지점을 선택적으로 형상화하는 것이다. 그 곳은 반영대상을 변증법적으로 움직이게 하는 힘이 작동하고 있는 지점이다.

이러한 변증법적 전형성을 거부했을 때는 반영대상을 조작하여 왜곡하거나 반영대상의 미래까지 파괴하고 해체한다. 반리얼리즘은 반영대상의 불완전성을 숨기고 절대화하고 신비화하여 고정적 질서로 형상화한다. 그리고 비리얼리즘은 꿈이나 몽상과 같이 초월적 대상을 제시하여 반영대상에 대한 접근을 차단하거나 불완전성에 매몰되어 파괴되고 해체된 상황과 인물을 형상화한다.

변증법적 전형은 반리얼리즘과 비리얼리즘이 아닌 반영대상의 변화상황과 그 변화의 주체를 형상화해야 한다. 대상의 단면이 아닌 전체적이고 본질적인 역동적 변화의 시공간을 형상화하는 것이다. 이러한 역동적 변화의 시공간은 역사성과 관계성이다.

리얼리즘은 변혁의 관점에 있다. 변혁은 역사적 인식을 바탕으로 가능하다. 전후(前後), 과거와 현재, 미래에 대한 인식을 가졌을 때만 변혁을 인식할 수 있고 올바른 지향점을 향할 수 있다.

역사성은 과거와 현재 그리고 미래를 연결시키는 사고체계이다. 문학에서 역사성은 현재를 통해 과거와 미래를 제시해야 한다. 역사는 현재를 중심으로 기록한다. 그래서 현재를 정당화하기 위해 과거를 도구화하거나 과거를 재단해서는 안 된다. 그리고 불확정적인 미래에 대한 인식도 현재를 기준으로 설정된다. 현재를 기준으로 미래를 낙관해서도 비관해서도 안 되며 미래를 기준으로 현재를 낙관하거나 비관해서도 안 된다. 그래서 과거, 현재, 미래를 유기적으로 설명해야 한다. 그렇지 않을 경우 현재는 하나의 단면으로만 존재하고 도구화된다. 리얼리즘에서 역사성은 총체성을 담보하는 중요한 요소이다.

작품에서 역사의 변화는 인물의 사회적 배경으로 나타난다. 사회의 역사적 변화 상황에서 역사적 인물을 형상화한다. 문학에서 사회의 지배적 인물이 아닌 소외되고 주변부 인물을 작품의 중심인물로 형상화하는 것 자체가 역사성을 내포하는 것이다. 만약 조선시대 문학작품에서 노비를 중심인물로 형상화했다면 봉건주의 시대의 변증법적 전형이라고 할 수 있다. 조선시대 문학에서 여성, 농민, 노비 등이 문학의 중심인물로 등장하기 시작한 것은 조선의 봉건적 신분질서가 파괴되고 자본주의 맹아가 나타나기 시작한 18·19세기부터였다. 19세기 자본주의시대에 프랑스 사실주의의 문을 연 발자크도 동일한 경우이다. 개화기의 근대적 지식인인 이광수 『무정』의 이형식, 1920년대의 빈농인 이기영 「서화」의 돌쇠, 『고향』의 농민들, 1930년대의 공장노동자로 변하는 한설야 『황혼』의 노동자들, 1970년대의 부랑노동자와 빈민들인 황석영 「삼포가는 길」의 인물들, 조세희 『난장이가 쏘아올린 작은 공』의 난장이 가족들, 1980년대의 대기업 노동자들인 정화진, 안재성, 방현석 소설의 노동자 집단 등, 이들은 당대 현실의 변화에서 역동하는 역사적 인물들이다. 이러한 역사적 인물들은 긍정적이든 부정적이든 상관이 없다. 오히려 부정성에 가까운 인물들이다. 사회의 도덕적 관점이나 질서에 부적응하거나 벗어난 인물들인 부랑자, 깡패, 노숙인, 빈민, 실업자 등등이다. 그러나 이들은 인간의 본질적인 욕망과 윤리를 추구하는 인물들이어야 한다.

이러한 소외되고 주변화된 인물들이 문학의 중심인물로 등장하는 것은 간단한 문제가 아니다. 문학을 통해 기호화된다는 것은 현실의 개별적 인물들이 사회 역사적으로 특별한 의미가 부여되어 상징화된다는 것이다. 즉 사회적 의미가 부여되었을 때만 가능한 일이다. 사회의 역사적 변혁기에 대두되는 것도 이러한 이유이다. 사회의 가치질서가 변화되면서 새로운 가치 기준에 의해 기존의 가치의 본질적 모순이 사회적으로 표면화되는 시기에 새로운 가치의 주체들이 등장한다. 그동안 소외되었던 주체들이 역동적 현실 변화의 시공간을 상징하는 인물로 형상화되는 것이다.

인물을 통해 나타난 변화된 시공간의 사회적 의미가 작품의 내용이라면, 이 변화된 시공간의 사회적 의미를 독자들이 이해하고 감동할 수 있도록 하는 것은 작품의 형식이다. 이것은 작품 속에서 소요되는 서술의 시간이면서 서사 구조의 시간이다. 그리고 인물의 내면의 변화와 사회적 변화를 설명하는 형식이다. 지식인에서 노동자 계급으로, 일반 노동자에서 각성한 노동자로, 개별노동자에서 노동 집단으로 변화하는 것은 인식의 변화과정으로 인물의 내면의 갈등과 극복, 주체 형성과정을 서술해야 한다. 그리고 성장서사, 대립과 투쟁과정의 서사 등과 같은 서사구조로 사회적 변화와 변혁 과정을 구조화해야 한다. 시간의 형식적 측면은 리얼리즘 작품에서 상황과 인물의 변화과정을 형상화하는 창작 방법의 기본이다.

4. 전형의 관계성

역동적 변화의 시공간은 주체와 타자의 관계성에 의해 형상화된다.[2] 이 관계성은 주체와 타자 사이의 관계이면서 주체의 내면에서 일어나는

2) 루카치는 총체성을 설명하면서 개별적 연관관계를 강조한다. "모든 실제적 리얼리스트의 문학활동은 사회 전체의 객관적 연관관계가 중요하다는 점, 그리고 그것을 극복하기 위해서는 불가피하게 전면성을 추구해야 한다는 점을 보여준다." G. 루카치(1985), 「문제는 리얼리즘이다」, 『문제는 리얼리즘이다』, 홍승용(편역), 실천문학사, 78쪽.

의식과 무의식의 관계이기도 하다. 물론 주체의 내면은 외부의 타자와 무관할 수가 없다.

리얼리즘에서 변혁적 내용을 담아내는 대립서사, 투쟁서사는 보편적으로 주체와 타자 사이의 관계이다. 주체와 대립적 관계를 형성하고 있는 상징질서, 이데올로기, 계급, 계층 등은 억압, 폭력 등으로 주체를 보수화, 수동화시킨다. 타자와의 관계를 통해 주체는 상징화된다. 주체는 타자와 동일시하든 거부하든 상관없이 상징질서의 스펙트럼에 상징화되어 고정된다. 주체가 상징질서의 스펙트럼을 벗어나 새로운 미래 지향점을 설정하기 위해서는 주체와 타자의 관계를 인식해야만 가능하다.

리얼리즘 관점에서 중요한 것은 주체의 변혁성만을 문제 삼는 것이 아니라 그 변혁성이 작동하는 지점, 즉 변혁성에 의해 형성되는 주체와 타자의 관계를 형상화하는 것이다.

대립적 관계는 각각의 대립 주체의 정체성 형성과정과 그 주체 사이의 대립으로 생기는 변화 현상을 말하는 것이다. 즉 작품의 대립 서사는 대립에 의한 주체와 사회의 변화 현상이다. 단순한 정체성의 대립이 아니라 대립 주체 사이의 양가성까지 형상화해야 한다.

노동주체가 자본질서에 포섭되어 의식적으로 스스로 자본 질서를 지향하거나 무의식적으로 자본 이데올로기의 허구성에 복종하는 삶까지 구체화하여 형상화해야한다. 노동주체의 정체성의 허약성까지 형상화해야만 단순한 대립서사를 넘어 투쟁서사를 긍정적으로 설명할 수 있게 된다. 노동주체의 허약성에 대해 노동주체 스스로 인식하는 것은 투쟁서사가 끝나고 유토피아를 지향할 때 노동주체가 당당한 역사의 윤리성을 부여받게 해 준다.

관계성은 주체와 타자의 대립에 의한 직접적 관계뿐만 아니라 주체성이 형성되는 주체 내부의 변화 과정도 포함한다. 라깡과 지젝의 욕망이론은 상징질서와 주체의 관계를 주체의 관점에서 설명하는 것으로 볼 수 있다. 주체의 개념을 설명하기 위해 상상계, 상징계, 실재계를 제시했다. 상징계를 중심으로 상징계에 동일시하는 상상계와 상징계에 저항하는 실재계를 설명한다. 이러한 영역들이 분리되어 단계적으로 존재하지 않고 주체 속에서 한 덩어리로 존재하면서 서로의 관계에 의해 주체성을 형성한다. 주체 내부에서 관계의 변화과정을 통해 상징질서의 주체로 형성된다. 이러한 주체 형성의 대전제는 상징질서가 결핍되어 있는 비전체라는 것이다.

> "실재는 상징적 질서와 현실 사이의 외적 대립이 상징적인 것 자체에 내재적인 것이 되어 내부로부터 그것을 훼손하는 지점이다. 그것은 상징적인 것의 비전체이다. 실재가 존재하는 것은 상징적인 것이 자신의 외적 실재를 포착할 수 없기 때문이 아니라 상징적인 것이 완전히 자신이 될 수 없기 때문이다. 존재(현실)가 존재하는 것은 상징 체계가 비정합적이며, 결함이 있기 때문이다."[3)]

더 이상 상징질서는 절대적일 수 없으며 상상적 동일시, 상징적 동일시에 의해 형성된 상징계도 불완전하다. 상징질서와 상징계는 보편적이고 합리적으로 사회화·기호화되어 이성으로 존재한다. 그러나 그 이성도 불완전하므로 절대화될 수 없다. 그래서 이성의 이름으로 이루어진 제도, 규칙, 장치들도 절대화될 수 없다. 그래서 상징질서는 불완전성에 의해 절대화될 수 없기 때문에 결핍과 균열이 생기는 것이다. 지젝은 맑스를 설명하면서 자본주의 사회에서의 결핍과 균열을 프롤레타리아로 보았다.

---

3) S. 지젝(2013), 『라캉 카페』, 조형준(옮김), 새물결, 1140쪽.

전체성의 보편적이고 합리적인 원칙 자체를 전복시킨다. 맑스에게 있어 현존하는 사회의 이러한 '비합리적인' 요소는 물론 프롤레타리아이다. 그것은 '이성 자체의 비이성'(맑스)이며, 현존하는 사회질서 속에서 구현된 이성이 자신의 비이성을 만나는 지점이라고 설명한다.[4)]

자본주의 사회에서 상징질서의 지배적 계급의 불완전성과 비합리성이 표면화된 것이 프롤레타리아라는 것이다. 프롤레타리아는 상징질서를 전복하는 주체이다. 그리고 주체는 동일시를 부정하는 것이 아니라 절대화를 부정하는 것이다. 상징질서를 부정해서 형성된 새로운 상징 주체는 자신을 다시 부정해야 하는 부정성을 갖고 있는 존재라는 것을 인식해야 한다.

타자와의 관계에서 발생하는 주체의 내적 변화과정은 주체 형성을 설명하는 유용한 방법이라고 할 수 있다. 이것은 전형적 인물의 변혁성을 변증법적으로 형상화하는 것이다.

5. 다시 리얼리즘 이야기 반복하기

리얼리즘의 총체성과 전형성의 개념은 상황과 인물의 역동적 변화의 과정을 형상화하는 것이다. 이 역동적 변화의 과정은 상황과 인물의 역사성과 관계성에 의해 나타난다. 그리고 이 역사성과 관계성은 리얼리즘의 대전제인 유물론과 변증법 관점에서 다시 시작해야 한다.

4) S. 지젝(2002), 『이데올로기라는 숭고한 대상』, 이수련(역), 인간사랑, 51쪽.

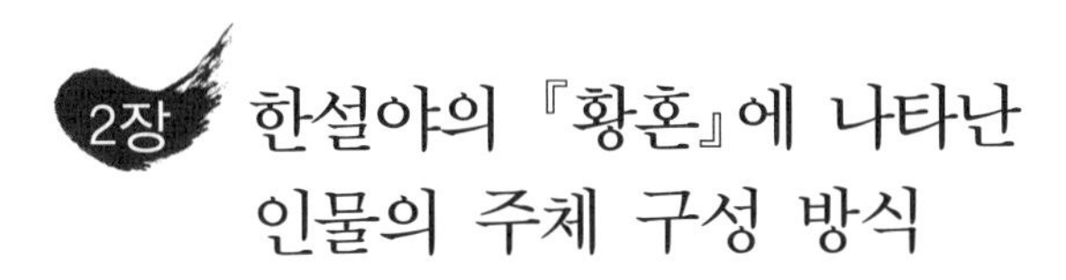

2장 한설야의 『황혼』에 나타난 인물의 주체 구성 방식

1. 서론

이 글은 한설야의 『황혼』에 나타난 인물의 주체 구성 방식을 밝히는 것이다. 궁극적으로는 1930년대 후반 일제 파시즘 상황에서 상징질서에 포섭되지 않은 사회주의적 새로운 주체의 탄생을 가늠해 보고자 한다. 이것은 1930년대 후반 한설야 문학의 변화의 시원을 규명하는 것과 연결된다.

『황혼』은 1936년 2월 5일부터 10월 28일까지 205회에 걸쳐 조선일보에 연재된 한설야의 첫 번째 장편 소설이다. 그리고 카프가 해산된 후 한설야 문학의 변화의 출발점에 놓여 있는 작품이다. 1936년 이후의 한설야 작품은 두 부류로 구분된다. 첫 번째는 「임금」(『신동아』, 1936.3.), 「철로교차점」(『조광』, 1936.6.), 『황혼』(『조선일보』, 1936.10.), 「산촌」(『조광』, 1938.11.) 등이다. 이 부류는 '현실과의 관련성을 보'[1]이면서 '암울한 세계를 조금 벗어나려고 노력했으나 그 벗어남이 일종의 오기나 혹은 증오심으로 가능했던 작품'[2]으로 평가되고 있다.

두 번째 작품 부류는 「태양」(『조광』, 1936.2.), 「딸」(『조광』, 1936.4.), 「강아지」(『여성』, 1938.9.), 「귀향」(『야담』, 1939.2~7.), 「보복」(『조광』, 1939.5.), 「술집」(『문장』, 1939.7) 등이다. 이 부류는 일본 파시즘이 일상화된 현실 '세계에 결국 주저앉아 버리'[3]면서 '현실과의 연관성이 퇴색된 채 병적인 인물과 분위기가 지배적'[4]인 작품으로 평가되고 있다. 이러한 기본적 흐름 속에서 1936년 이후 한설야 소설에 대한 연구는 '가족과 현실 생활로의 복귀, 그리고 현실에 대한 패배감과 회의',[5] '현실 타협의 논리',[6] '지식인의 소시민성의 합리화',[7] '과거 지향적 자기 폐쇄의 세계'[8] 등과 같이 카프 문학 시절보다 현실 대응력을 상실한 것으로 평가하고 있다. 이처럼 1936년 이후의 한설야 문학에 대한 연구는 리얼리즘 관점에서 부정적 평가가 대부분이었다.

그러나 이와 달리 1936년 이후 일제의 파시즘과 조선 내의 변화된 문학 상황, 그에 대응하는 작가의 내면을 분석하여 한설야 문학에서 저항적 주체성을 복원하려는 연구도 이루어졌다.

일본 제국의 상징질서에 저항하는 한설야 문학의 비타협적 성격을 규명하면서 고명철은 한설야의 '탁류 3부작(「홍수」, 「부역」, 「산촌」)이 일제 파시즘을 위해 전시에 동원하기 위해 식민지 농촌 경제에 보급되었던 근

1) 이경재(2007), 「일제 말기 한설야 소설의 나르시시즘 연구」, 『현대문학의 연구』 32권, 한국문학연구학회, 448쪽.
2) 서경석(1996), 『한설야—정치적 죽음과 문학적 삶』, 건국대학교출판부, 85쪽.
3) 위의 책, 같은 쪽.
4) 이경재, 앞의 글, 같은 쪽.
5) 서경석(1992), 「한설야 문학 연구」, 서울대 박사학위논문, 93쪽.
6) 김동환(1987), 「1930년대 한국 전향소설연구」, 서울대 석사학위논문, 57~71쪽.
7) 김윤식・정호웅(1993), 『한국소설사』, 예하, 154쪽.
8) 문영희(1996), 『한설야 문학 연구』, 시와 시학사, 195쪽.

대적 영농기술의 부정성을 형상화했으며, 그리고 일제 말기에 창작했던 일본어 소설은 '우회적 글쓰기'[9]의 일환으로 소극적 형식의 저항'[10]으로 보았다. 그리고 이경재는 1936년 이후 한설야의 '정신 병리적 작품 경향이 작가의식의 패배에서 기인하는 것이 아니라 한설야 나름의 현실 대응방식'[11]으로 해석했다. 그리고 서경석은 '한설야 문학의 비타협성의 원천으로 한설야 자신이 자기 행동의 준거로 제시한 신의(信義)의 성격을 밝혔다. 즉 신의는 한설야의 경험적 산물이 아니라 전통적 사유의 일환이며 그리고 한설야 문학의 생리적 당파성, 비타협성, 지방성의 근거로 유교적 배경'[12]을 규명하였다.[13]

이와 같은 1936년 이후의 한설야 문학의 시작은 1935년 12월 집행유예로 석방된 후 귀향하여 두 달도 안 된 시점에서 연재한 『황혼』이다. 한설야가 1927년 카프에 가입하여 강력한 목적의식을 가지고 실천적 문학 활동을 조직적으로 전개하던 카프시절에서부터 '병리적 디오니소스적 광기의 감정의 무분별한 분출, 작가 의식의 패배'[14] '소극적 저항' 등으로 평가되는 일제말기까지의 중간 지점에 놓여 있다. 그래서 『황혼』

---

9) '우회적 글쓰기'는 김재용(2004), 「『대륙』과 우회적 글쓰기」, 『협력과 저항』, 참조.

10) 고명철(2005), 「한설야 문학, 그 탈식민의 맥락」, 『반고어문연구』 20집, 246쪽.

11) 이경재, 앞의 글, 450쪽.

12) 서경석(2006), 「한설야 문학의 유교적 배경 연구」, 『우리말글』 36권, 우리말글학회, 297~314쪽.

13) 주효주(2012), 「한설야 소설에 나타난 신의(信義)에 관한 연구」, 한양대 석사학위 논문.
주효주는 유교적 '신의(信義)'의 개념을 확장시켜 한설야 소설의 다층적 성격의 기저에 나타난 신의의 양상을 규명하였다. 그는 신의의 범주를 세 가지(반발의 정신, 생명력, 전투적 정신)로 설정하고 한설야 소설의 기저에 작동하는 신의의 논리를 해명했다. 즉 초기 소설과 경향소설을 '반발의 정신'으로서의 신의로, 카프 해체 이후부터 해방 전까지 소설을 '생명력'으로서의 신의로, 해방 이후 소설을 '전투적 정신'으로서의 신의로 설명했다.

14) 장석홍(1997), 『한설야 소설 연구』, 박이정, 189~224쪽.

은 한설야 문학의 변화의 시원을 읽어 낼 수 있는 작품이다. 카프 문학의 도식성과 경직성, 저항성과 사실성, 그리고 카프 해산 이후의 주체의 상실성(패배성)과 현실 타협성, 주체 재건과 소극적 저항 등이 혼성, 변형되어 형상화된 작품이라고 할 수 있다.[15)]

이러한 한설야 문학의 혼성과 변형을 구체적으로 재현하는 것은 소설에 나타난 인물들이다. 그래서 『황혼』에 나타난 주체의 성격과 그 구성 방식을 살펴 새로운 주체의 재건을 규명하려 한다. 이것은 1930년대 후반 파시즘 상황에서 한설야 문학의 변화의 시원을 밝히는 작업이 될 것이다.

2. 이데올로기와 유동적 주체

일본 제국주의 시대의 문학에 대한 연구는 민족주의 담론을 기초로 하는 저항 담론이 중심이었다. 그러나 이러한 관점은 일본 제국주의에 대해 저항과 이식이라는 이분법적 사고로 작용했다. 그래서 민족주의 이외의 다양한 저항 담론들을 억압하고 배제하여 실제적으로는 저항 담론을 부실하게 만들었다. 그리고 종족중심주의에 기반을 두고 있기 때문에 전근대적 사고에서 벗어나지 못하는 측면이 있었다. 그래서 일제

---

15) 서경석(2011), 「한국 사회주의 문학의 다층성」, 『우리말글』 52집, 우리말글학회, 340쪽.
서경석은 '카프 조직을 대중사회, 근대적 대중문화, 과격한 근대주의, 유교적 잔존 물로서의 신의와 명분, 공동체주의 등이 혼융되어 있으면서 그것들이 복합적으로 충돌하는 융합하는 유동체'로 보았다.
서경석의 글에서 중요한 것은 다층적인 담론을 품고 그 담론을 가로지르는 '유동체'이다.

의 근대 자본주의의 모순에 대해 저항 할 수 없었으며 해방 이후 근대 민족국가 건설에서 신식민지 제국주의에 포섭되고 종속되었다.

이러한 민족주의 담론의 한계를 지적하면서 1990년대 포스트주의 담론과 해체주의 분위기 속에서 탈식민주의가 등장한다. 탈식민주의는 식민지 담론과 저항 담론에 대해 양가성의 관점으로 새롭게 접근하는 시각을 제공한 점은 인정하지만 식민주의에 대한 모든 저항을 무조건 민족주의라고 간주하여 반제국주의 실천을 부정하거나 '역사적 현실로 존재하는 중심과 주변의 대립 상을 흐릿하게 만들어 저항의 주체와 거점을 증발시키는 측면이 있다.'[16] 그러나 탈식민주의에 대한 관점은 일본제국에 대한 저항 담론의 다양성을 규명하는 시각을 제공한 것은 사실이다. 그래서 '식민주의에 대한 모든 저항이 민족주의로 환원될 수 없으며 식민주의에 대한 저항 중에는 민족주의가 아닌 방식, 예를 들어 사회주의라든가 페미니즘 등이 있을 수 있다.'[17] 특히 한국근대문학에서 사회주의 경향의 신경향파 문학, 카프 문학은 당대 일본 근대 자본주의의 상징질서에 가장 주체적으로 대응한 민족문학이었다.

마르쿠제는 현실원칙의 '과잉억압을 사회적인 지배를 위해 필요한 억제, 이것은 문명에서 인류의 영속을 위하여 필요한 본능의 수정인 기본억압과 구별한다. 특정한 지배체계에 기인하는 부가적 조정을 과잉억압이라고 하는 것이다.'[18] 1930년대 중반 이후 조선의 현실원칙의 과잉억압은 이중적이다. 제국의 자본주의와 광기의 파시즘이다.

제국이 식민지를 지배하기 위해 행해지는 일상적 검열과 통제 그리고

16) 하정일(2008), 『탈식민의 미학』, 소명, 16쪽.
17) 김재용(2005), 『민족주의와 탈식민주의를 넘어서－한설야 문학의 저항성을 중심으로』, 『인문연구』 48권, 영남대학교 인문과학연구소, 21~22쪽.
18) H.마르쿠제(2004), 『에로스와 문명』, 나남출판사, 55~58쪽.

자본주의의 수탈은 조선의 일상적 삶에 무의식적으로 작동했다. 그리고 만주사변, 청일전쟁, 태평양전쟁으로 이어지는 파시즘 전쟁은 징용, 징병, 정신대 등과 같이 개인 주체를 파괴하고 가족 구성을 강제적으로 해체시켰다. 이처럼 제국주의, 자본주의, 파시즘은 지배 이데올로기로 과잉 억압으로 작동하면서 조선의 개별적 개인들을 구체적 존재로 종속적 주체로 호명했다.

1930년대 중반 이후 제국의 지배적 이데올로기 국가장치에 의해 호명된 조선의 개인들은 더 이상 조선의 독립을 이야기하지 않았으며 제국에 종속되기 시작했다. 특히 중국이나 타지로 떠나지 못한 조선 내의 문인들은 더 이상 조선의 주체성에 대한 글을 쓰지 못하거나 아니면 제국의 지배 이데올로기를 학생들과 대중들을 모아 놓고 상호 이야기했다. 그리고 황국신민으로 새로운 인류의 중심으로 등장하는 동양에서 주체의 일원이 될 것이라고 절대적으로 믿기도 했다. 즉, 조선의 미래가 지금처럼 그대로 될 것으로 생각했다.[19)]

그러나 현실 원칙을 구조화하고 있는 상징질서는 완전히 현실을 질서화 하지는 못한다. 상징성은 주체간의 인식의 약속에 의해 유지된다. 약속을 파기하거나 기억할 수 없을 때, 그리고 배제되었을 때 상징질서는 언제나 틈이 생긴다. 이러한 상징질서의 불안정성에서 발생하는 틈을 향해 주체는 언제나 이동할 수 있는 가능성을 품고 있다.

---

19) L. 알튀세르(1991), 『아미엥에서의 주장』, 김동수(역), 솔, 125~126쪽.
이러한 이데올로기에 대해 알튀세르는 이데올로기의 이중화된 반사 구조를 다음과 같이 말한다. 1) '개인들'의 주체로의 호명, 2) 그들의 '주체'에의 종속, 3) 주체들과 '주체'간의, 그리고 주체 자신들 간의 상호적인 인지, 그리하여 최종적으로 자기 자신에 의한 주체의 인지, 4) 모든 것은 바로 이와 같으며, 그리고 주체들이 스스로 누구인지 또한 결과적으로 어떻게 될 것인지를 알아차린다는 조건하에서 만사는 잘 될 것이다 라는 절대적 보증－"그대로 될지어다."라는 4중의 체계를 제시했다.

'라캉은 실재에 대한 이데올로기적 은폐는 결코 완벽하게 이루어질 수 없다는 것을 강조한다. 의식으로부터 배제되어 무의식 속에 자리 잡고 있던 이 '실재'는 끊임없이 다시 의식으로 돌아온다. 무의식이 끊임없이 반복적으로 개입해 의식적 담화의 의미를 위협한다. 이에 상응하여 알튀세르는 억압되었던 것의 회귀, 억압되었던 실재는 항상 다시 돌아온다고 말한다. 이러한 억압되었던 트라우마(트라우마는 라캉에게 있어서 '실재'에 대한 중요한 예이다)가 끊임없이 회귀하는 현상을 반복 강박증이라고 부른다.'[20]

이러한 불완전하고 억압적인 상징질서는 그 구조의 자장에서 가장 멀리 존재하는 소외된 요소의 반복적 회귀를 대면하는 경험을 하게 된다. 이러한 낯선 대면은 주체에게 새로운 상징 기표를 상상하게 한다.

이처럼 주체는 상징질서에 순응만 하는 존재가 아니다. "인간은 '실재', 즉 실현되지 못한 소망, 외상, 그리고 억압된 과거를 무의식 속에 갖고 있기 때문이다."[21] 이러한 실재적 주체는 종속적이고 폐쇄된 주체가 아니라 타자와 대면하여 새로운 상징 기표를 생산하는 과정을 멈추지 않는 유동적 주체이다.

유동적 주체는 시작점과 지향점이 있다. 시작점과 지향점은 동시적으로 존재한다. 다시 말해 시작점을 출발해서 지향점으로 도착하는 것이 아니라 시작점이 지향점이며, 지향점은 또 다른 시작점이 되는 것이다. 이것은 되돌이표가 아니라 자기반성을 통한 끝없는 새로운 상징 기표를 상상하는 것을 의미한다.

『황혼』의 중심 서사는 사랑서사와 노동서사이다. 이 두 서사를 가로지르면서 새로운 상징 기표를 상상하는 중심인물은 여순이다. 여순은

---

20) 홍준기(1999), 「라캉과 알튀세르」, 『라캉과 현대철학』, 문학과지성사, 228~234쪽.
21) 위의 책, 234쪽.

억압적 근대 사랑을 전복하는 사랑서사와 수동적 노동 주체를 반성하고 실천적 노동서사를 구성하는 인물이다. 즉, 여순은 타자와 대면하면서 주체의 자기 반성과 전복, 그리고 재건을 통해 사랑과 노동의 새로운 상징 기표를 상상하는 유동적 주체이다.

먼저 여순이 탄생하는 작가적 상황을 알아보자.

카프 해산 이후 문단은 해체적 모더니즘적 경향 담론으로 흐르고 카프 맹원들은 해산과 전향 등으로 후일담을 얘기하는 상황이었다.

한설야는 출옥한 후 귀향하여 자신의 내면을 동료 이기영에게 편지로 전한 글에서 자신이 앞으로 창작할 글에 대해 밝힌다.

> 물론 이번 귀향도 어떤 의미에서 나에게 기쁨을 주고 또 한편 환멸을 느끼게 하였던 것은 사실입니다. 그러나 그것은 그 전에 느끼던 그 어느 것과도 판이한 것을 나는 깨달았습니다.
>
> 그것은 급을 부하다가 돌아오는 학생시대의 치기에 찬 기쁨과도 다른 것이며 청운 의지를 천리에 두고 향관을 등졌다가 아무 이름 없이 무료히 돌아오던 때의 비육의 탄과도 다른 것입니다. 2년의 영어생활에서 해방되는 자유감에서 오는 기쁨만도 빈폐해가는 고향을 바라보는 몰락감에서 오는 강개만도 아니었습니다.
>
> 나는 좀더 심각히 좀더 내 아래를 샅샅이 파보고 싶습니다.
>
> 그러고 보니 평범한 고향도 하찮은 내 생활도 마치 이제부터 새로 허치어 보고 손수 씨를 뿌려볼 가장 좋은 보금자리인 듯한 느낌을 줍니다. 나는 이 좋은 처녀지를 얼마나 잊고 있었던지 알 수 없습니다. 이 잊었던 경역을 새로 발견하는 기쁨과 놀라움과 강개를 나는 함께 느끼고 있습니다.[22]

위 글에서 밝힌 앞으로 소설 내용은 고향에 대하여, 고향의 삶에 대하여 파헤치겠다는 것이다. 이것은 카프시절처럼 생경한 이론이나 정치

22) 한설야(1936), 「문예시감－고향에 돌아와서」, 『조선문학』, 1936. 8, 122쪽.

적 견해를 그대로 드러내는 일없이 직접 씨를 뿌리고 느끼면서 실제의 인간을 그려보겠다는 다짐이다. 이러한 내용으로 볼 때 한설야가 『황혼』을 연재할 때의 창작방향은 카프문학 시절의 문제점을 인식하고 실제의 인간을 형상화하는 것이라고 볼 수 있다. 일본 제국의 탄압과 주체적 사상의 실천이 단절된 후 고향에서 환멸을 느끼기도 했지만 잊고 있었던 일상적 생활에서 새로운 발견과 기쁨, 놀라움을 느끼고 있는 것이다. 이것은 사상의 변질이 아니라 사상이 새로운 형식인 일상생활 속으로 내면화 되었다고 볼 수 있다.

당대 현실적 상황에서 한설야에게 있어 실제의 인간의 의미는 무엇일까.

과잉억압이 극에 달하고 그 억압의 한 복판에서 사상 전화의 강요를 경험한 한설야에게 실제의 인간은 사상과 이론이 표층적으로 나타나는 인물이 아니라 과거에 대해 강력한 신념, 신의를 가지고 사상과 이론이 내면화된 인물이다.

이처럼 카프문학에서 출발하여 일제의 검열과 사상 탄압, 작가의 귀향, 전향문학 등으로 이어지는 과도기적 상황을 『황혼』의 창작 맥락으로 고려한다면 『황혼』은 임화의 평가인 인물과 환경의 직선적 관계가 아니라 인물과 환경의 대면을 통해 굴절하는 인물 내면의 주체 형성과정이 평가의 중심 대상이어야 할 것이다.

한설야는 「나의 인간수업, 작가 수업」에서 『황혼』의 인물에 대한 창작방향을 이야기한다.

> "이 작품의 사상은 인간은 자기의 행복을 자기의 손으로 땅 위에서 주워 모아야 한다는 그것이다.
>
> 이 작품을 씀으로 해서, 이미 위에서 말한 것같이 내가 걷고 있는 길에

서 스스로 행복을 줍고 씨알을 심어 그 열매를 얻는 사람으로 되려는 나의 사상은 더욱 성숙해 갔다. 즉 나의 정신은 첫 장편을 쓰는 과정에서 환경과 싸우면서 좁은 길을 열려는 사람의 사상으로 좀 더 다져지게 되었다."[23]

위 글에서 '자기의 행복', '자기의 손', '스스로 행복', '환경과 싸우면서 좁은 길을 열려는 사람의 사상'으로 표현한 것처럼 『황혼』은 한 인간이 스스로 주체를 형성하는 과정을 형상화하려 한 것으로 볼 수 있다. 그래서 『황혼』은 여순이 새로운 상징질서를 상상하면서 억압적 상징질서의 이데올로기에 순응하지 않는 유동적 주체를 재정립하는 과정을 형상화한 것이다. 이 과정이 『황혼』의 중심적 서사이다. 이러한 유동적 주체가 현현하는 서사 방식은 주체 전복으로서의 사랑서사와 주체 재건으로서의 노동서사이다.

3. 주체 전복으로서의 사랑서사

주효주는 『황혼』의 '신의'을 분석하면서 여순에 대해 진실성을 추구하는 주체로 규정했다.[24] 다시 말해 자신에게 '신의'를 지키는 인물인 것이다. 반역사적 현실에서 진실, 진리의 준거를 자신에게 적용시키는 것이다. 이것은 자기 반성을 통한 주체의 재건을 의미한다. 자신에게 진

23) 한설야(1989), 「나의 인간 수업, 작가 수업」, 『나의 인간 수업, 문학 수업』, 인동, 34쪽.(원문은 『리상과 노력』, 1958년)
24) 주효주(2012), 앞의 논문, 80쪽.
"경재를 택함으로써 자신에게 올 영화를 알면서도 보통사람처럼 그 길을 택하지 않고, 준식을 따라 노동자의 길을 택하는 그 길을 끝까지 포기하지 않는 여순을 통해 자신의 진실성을 추구하려는 모습을 보여준다고 할 수 있다."

실을 물을 수 있는 것은 주체를 정립한 이후 가능한 일이다. 이것은 고백이 타인에게 하는 형식을 취하고 있지만 자신의 내면적 주체를 인식했을 때 가능한 것과 동일하다.

『황혼』은 자기 반성을 통한 여순의 주체 정립 과정으로 볼 수 있다. 이 과정은 사랑서사와 노동서사로 구조화 되어 표층적으로 나타난다.

먼저 여순의 사랑서사를 통해 형성된 주체 양상에 대해 알아보자.

『황혼』의 여순은 근대 사랑서사의 문법을 전복하면서 자기반성적 유동 주체를 정립한다.

근대 사랑서사의 핵심적 내용은 이인직의 『혈의 누』에서 옥련과 구중서 간의 반봉건적 자유연애, 이광수의 『무정』에서 이형식과 영채, 선형 간의 공동체 지향을 위한 조력자로서의 사랑, 이상의 『날개』에서 나와 아내 간의 유희적 욕망 충족으로서의 사랑, 염상섭의 『삼대』에서 상훈, 덕기와 여성들 간의 일상적 삶의 수단으로서의 사랑 등이다.[25] 이러한 근대 사랑서사의 문법 중 『황혼』에 나타나는 사랑서사는 자유연애, 조력자로서의 사랑, 유희적 사랑이라 할 수 있다. 그러나 『황혼』에서는 근대 사랑서사 문법이 그대로 구조화되어 나타나지 않고 여순의 주체 변화 과정에 따라 전복되고 변형되어 새로운 근대 사랑서사 문법이 형성된다.

25) 서영채(2003), 「한국 근대소설에 나타난 사랑의 양상과 의미에 관한 연구」, 서울대 박사학위논문.
서영채는 이광수, 염상섭, 이상의 소설에 나타난 사랑을 통해 근대 주체를 밝히고 있다. 이광수를 통해 이상주의적 사랑과 지사적 주체, 염상섭을 통해 사랑의 리얼리즘과 장인적 주체, 이상을 통해 매저키즘적 연애와 미적 주체를 규명하였다.

1) 자유연애의 전복

자유연애는 연애와 결혼으로 이어지는 사랑의 과정에서 근대주의자가 의무적으로 해야 하는 남녀의 만남 방법이다. 근대 소설의 시작은 자유연애로 시작되었다. 이인직의 『혈의 누』가 자유연애를 전면에 내세우면서 시작하는 것은 그 후 근대 소설 속의 남녀의 만남 과정에서 자유연애를 연애의 상징으로 선언한 것과 같다. 자유연애와 결부되어 근대소설에서 반봉건적 사회를 비판 하는 것이 조혼 반대 담론이고, 가부장적 남성 중심 사회를 비판하는 것이 자유연애를 하는 근대 주체 여성의 삶을 형상화하는 것이었다.[26)]

『황혼』에서 자유연애가 표층적으로 나타나는 부분은 경재와 현옥의 일본 유학시절이다. 일본 유학시절 경재와 현옥은 신분과 경제력을 초월한 자유연애를 했다. 경재는 현옥을 도와주면서 같이 유학시절을 보낸다. 계몽적 근대 지식인의 상징적 실천이라 할 수 있는 자유연애를 한 것이다. 일본 유학 시절 근대적 미래 지향적 삶이 순수한 사랑의 열정으로 나타난 것이다. 그러나 경재 집안의 몰락으로 상황은 역전되고 귀국 후 경재는 현옥의 아버지인 매판 자본가 안중서에 의해 삶이 구속된다. 그리고 현옥은 귀국 후 자본주의적 퇴폐, 향락적 소비 등으로 자본주의적 속물로 변한다. 그들의 자유연애의 열정적 사랑은 이국에서의 낭만적 환상과 같은 것으로 제국의 자본주의적 현실의 일상과 경제적 지위에 의해 무너지는 허술하고 연약한 사랑이었다. 그리고 미래지향적이지 못하였다. 즉 경재와 현옥의 자유연애는 제국의 자본주의적 상징

26) 염상섭의 『만세전』에서 이인화의 조혼 비판이나 채만식의 『탁류』에서 아버지인 정주사와 부모가 정해준 신랑인 고태수, 성적 파괴자인 형보 등의 남성적 질서에서 종속된 삶을 사는 정초봉과 자유롭고 주체적인 삶을 살면서 남승재와의 관계에서도 연애와 결혼을 구분하는 정계봉을 비교할 수 있다.

질서에 의해 해체되고 흡수되는 비주체적 자유연애였다. 다시 말해 자유 연애의 주체가 근대의 환영인 자유연애의 상징만 맹목적으로 쫓아가다가 자유연애와 동일한 상징질서 매커니즘인 거대한 타자인 근대 자본주의에 흡수되고 해체된 것이다. 그리고 조혼의 문제도 『황혼』에서는 별의미가 없다. 조혼이 문제가 되는 것은 정혼의 대상과 자유연애의 대상이 다를 때 갈등 요소로 작용하지만 경재와 현옥은 집안끼리 한 정혼 대상이자 자신들이 선택한 자유연애 대상이 동일한 경우이다. 문제는 둘 사이의 진실한 사랑만이 문제가 된다. 그리고 경재와 여순의 관계는 이광수 『무정』의 이형식과 박영채의 관계와 비교되는데 영채는 이형식과 정혼관계로 출발하지만 여순은 출발부터 정혼이 제거된 상태로 서로에게 진실된 사랑의 관계로 시작한다. 이처럼 1930년대 후반 자유연애는 더 이상 근대 지식인의 계몽적 실천이 될 수 없으며 이미 남녀 간의 만남에서 일상적이고 보편화되어 개화기와 같은 시대적 의미는 상실되었다.

2) 조력자적 사랑의 전복

조력자는 근대의 계몽 서사에서 핵심적 인물 장치이다. 계몽의 결과는 성장이다. 그래서 성장서사와 계몽 서사는 비슷한 서사 구조를 가지고 있다. 계몽의 대상이 인물일 때 그 인물은 성장하는 것이다. 계몽과 성장의 주체가 남녀의 만남으로 이루어질 때 계몽 서사, 성장서사, 연애서사가 중첩되어 나타난다.

근대 소설의 사랑서사를 구조적으로 완성형을 보여주는 이광수 『무정』의 이형식은 타자와 사제 관계로 형성한다. 이형식은 사랑의 서사에서 애정 갈등의 주체이자 타자의 삶에 조력자로 등장한다. 이형식은 개화 계몽시대에 명확한 미래의 지향점을 제시하는 근대주의자로서 조력자이자 연애 갈등을 해소하는 인물이다. 이광수 『무정』의 연애 삼각구도의 갈등은 영채의 전근대적 열녀의식과 김선형의 근대적 몸의 욕망의식이 이형식이 재현하고 있는 근대 지식인의 민족 공동체적 사명의식으로 치환되면서 간단히 해결난다. 영채와 선형은 조력자 이형식에 의해 근대 지식인의 삶을 지향하는 시대적 사명 의식을 각성한다.

그러나 『황혼』에서는 조력자로 내세울만한 시대정신을 소유하고 있는 인물이 없다. 경재는 이미 제국의 자본주의에 무장해제당한 몰락한 민족자본가의 아들이다. 경재에게 남은 것은 지식인이라는 계급적 지위밖에 없다. 그러나 1930년대 후반의 지식인은 당대를 대변하고 이끌어갈 존재가 될 수 없다. 이미 지식인 근대주의자는 보편화된 제국의 억압적 이데올로기에 종속된 계층이다. 그리고 이미 여순은 『무정』의 박영채와 김선형과 같이 전근대적 여성도 아니고 미성숙한 근대 여성도 아닌 경재와 동일한 지식인 여성이다. 여순이 경재와 연애하고 결혼하더라도 더 이상 신분상승이나 사랑의 열정이 완성되는 서사로 결론지어지지는 않는다. 그리고 준식의 경우 여순이 여공으로 새로운 삶을 지향하는 데 결정적 조력자 역할을 한다고 볼 수도 없다.[27] 오히려 여순 자신의 적대자인 안중서의 겁탈에서 벗어나고 대항하기 위한 주체적 판단에 의해 노동자의 삶을 선택한다. 이처럼 『황혼』의 사랑서사에서 남녀

27) 이경재(2010), 『한설야와 이데올로기의 서사학』, 소명, 51쪽.
이경재는 한설야 소설에 나타난 도제 관계를 분석하면서 『황혼』의 계몽적 사제 관계의 특징을 다음과 같이 말한다.
"여순과 준식은 일종의 연인 사이로서, 대등한 힘을 가진 사이였다. 준식이 여순을 노동자로 이끌겠다는 목적의식은 선명하지 않으며, 여순이 노동자의 길을 선택하는 것도 어디까지나 자발적인 뜻에 따른 것이었다. 경재-여순-준식의 삼각관계에서 여순이 준식을 택하는 것도 여순의 자발적인 고민과 선택에 따른 행위였다."

관계는 조력자와 피조력자가 아니라 대등한 관계로 형상화된다. 계몽적 사랑서사가 조력자의 가치관과 이념이 사랑의 대상에게 전이되는 것과 달리 『황혼』의 사랑서사에서는 경재와 준식 모두 사랑의 대상도, 조력자 기능을 하는 존재도 아니다. 남은 것은 여순이다. 이제 사랑의 갈등을 극복하고 새로운 삶을 살아가야 하는 여순에게 남은 것은 자신의 주체적 인식을 통한 객관적 현실 인식과 선택이다.

3) 애욕적 사랑의 전복

사랑과 연애가 유희적 놀이가 되려면 남녀 간의 관계가 평등해야 한다. 평등의 기준은 사랑이다. 사랑 앞에 모든 남녀는 평등한 것이다. 사랑 앞에서는 국가, 전쟁, 가문, 빈부까지도 무의미하다. 이러한 전제에서 연애는 놀이가 될 수 있다. 놀이는 참여하는 주체들이 서로를 존중하고 일정한 묵시적 차원으로 규칙이 내면화된 상태에서 이루어져야 즐거운 유희가 될 수 있다.[28] 사랑 앞에서 남녀 간의 줄다리기 행위가 연애인 것이다.

이광수 『무정』의 이형식처럼 옛사랑과 현재의 사랑 사이에서 줄다리기를 할 수도 있고, 이상 『날개』의 나처럼 자신의 사랑을 내면화하여 자신의 사랑을 의심하기도 한다. 이러한 사랑이 더 깊어지면 자신을 파괴하기도 하고 타자를 파괴하기도 한다. 이 모든 것은 연애에 어떤 것

28) 서영채(2003), 앞의 논문, 186쪽.
서영채는 '유희로서의 연애를 다음과 같이 말한다.
"이상의 연애는 순정한 마음의 교환이나 대상과의 합일을 향해 나아가는 것이 아니라, 기교와 가장과 전략에 의해 수사학적으로 구현되며, 그의 연애 서사는 남녀 관계를 둘러싸고 벌어지는 대결의 문법으로 형상화된다. 이를 유희로서의 연애라 부를 수 있을 것이다."

이 개입되더라도 주체가 사랑을 지향했을 때 가능한 행위이다.

그러나 이미 남녀 사이에 사회 문화적 관습과 경제적 지위가 개입하여 남녀를 동등한 지위로 인정하지 않을 때는 더 이상 유희적 사랑이 존재할 수 없다. 이것은 사랑이 제거된 애욕에 가깝다. 애욕은 남녀 사랑에서 동물적 성욕만 존재하는 상태를 말한다. 그래서 애욕의 주체는 이성을 동등한 타자가 아니라 주체의 성적 욕망을 충족시키는 대상으로 규정하여 둘 사이에는 사랑의 과정인 연애가 존재하지 않으며 서로에게 타자는 소유와 정복의 목적 대상으로만 존재하게 된다. 이러한 남녀 간의 애정 관계는 애욕적 사랑이라 할 수 있다.

『황혼』은 유희적 사랑을 직접 다루었다기보다 애욕적 사랑을 극복하는 주체를 형상화 했다고 볼 수 있다. 『황혼』에는 유희적 사랑의 전제 조건인 사랑의 평등이 처음부터 제거된 상태에서 출발한다. 강한 자의식과 근대적 여성성을 내면화한 여순에게 경재가 자신이 과외한 집안의 아들이라는 것, 경재에게 표면적으로 정혼자인 현옥이 존재한다는 것 등은 둘 사이의 연애 서사에서 사랑만을 지향하는 유희적 사랑으로 극복해야할 문제이지 갈등의 대상이 될 수 없었다. 이러한 보편적 사랑의 갈등 문제가 이미 여순에게는 제거된 상태에서 출발한 것이다.

여순을 중심으로 한 연애 서사는 여순의 순결이 지켜지느냐 마느냐에 초점이 맞춰져 있다. 그래서 『황혼』의 연애 서사는 안중서의 겁탈 시도 사건을 중심으로 나누어 전개된다고 볼 수 있다. 여순과 경재의 연애 서사 전개 과정에 각자의 시각에서 안중서에 대한 불안감이 지속적으로 개입한다. 여순은 회사 생활에서 언제나 안중서의 불길한 시선과 행동에 두려움과 무서움을 느낀다. 그리고 경재는 안중서와 여순 사이에 언제 문제가 발생할지 몰라 혼자 상상하면서 여순을 걱정하고 의심하기도 한다.

안중서의 겁탈 시도 이후 여순의 삶은 변한다. 그후 경재는 여순을 의심하고 오해한다. 그리고 경재 아버지와 안중서는 여순에게 경재와의 관계를 정리하라고 돈까지 제시하면서 종용한다. 결국 여순은 회사에 사표를 내고 경재에게 이별을 통보한다. 이것은 안중서의 겁탈이 사랑의 적대적 대상으로 명확하게 제시되는 것이다. 여순과 경재의 연애의 줄다리기는 사랑 주체 간의 문제보다 명확한 적대인 안중서에 의존하고 있는 것이다. 그리고 그 사랑의 갈등과 해소가 적대적 대상의 영역에서 벗어남으로서 해결난다. 그러나 명확한 적대는 진정한 적대가 될 수 없다. 사실 주체에게 내적 갈등의 대상이 될 수 없으며 사랑의 걸림돌도 될 수 없다.[29] 사랑의 서사에서 주체에게 갈등 요소가 아닌 타자에 의해 사랑의 갈등과 해소가 이루어짐으로서 여순의 이별통보는 공허하다. 왜냐하면 이별조차 둘 사이의 문제에 의해서 발생했다고 볼 수 없기 때문이다. 그래서 이별 장면에서 여순과 경재의 대화는 공허하고 관념적이다. 그 장면에서 둘의 생각과 대화는 '혼자 있는 것보다 둘이 더 외롭다', '웃기 위하여 우는 것이며, 울기 위하여 웃는 것이다.', '인생의 허무를 느낀다. 아니 우리들의 일의 허무를 느낀다.', 그리고 '행복합니까, 불행합니까', '모든 계루(係累)를 말끔 벗어 버리면 무엇보다 행복하고 불교에서 이르는 해탈과 같다' 등과 같이 개인의 감성적인 사랑과 이별보다 타인들의 사랑에 관찰자와 같은 시선으로 자신의 사랑에 대해 객관적이고 추상화된 생각과 대화를 주고받는다. 그래서 여순과 경재의 연애 서사는 유희적 사랑에 의한 연애 줄다리기가 미약하다고 볼 수 있다. 이러한 문제점은 『황혼』의 리얼리티를 감소시키는 작용을 한다.

---

29) 『춘향전』에서 이몽룡과 성춘향의 사랑의 적대인 변학도와 동일하다. 변학도의 존재는 절대악으로 사랑의 주체에게 어떤 영향도 미치지 않는다. 단지 극복의 대상으로만 존재할 뿐이다.

『황혼』의 연애 서사에서 주체의 변화에 결정적 지점으로 작용하는 애욕의 사랑 주체인 안중서는 어떤 적대적 존재인가. 안중서는 평안도 출신으로 경재 집안과 대대로 관계하는 사이였다. 그는 평민 출신으로 광산업으로 망한 집안을 다시 금광업으로 일으켜 세우고 졸부가 되어 경재 아버지의 빚도 갚아준다. 결국 경재 아버지가 운영하는 Y방직 사장으로 부임하는 인물이다. 안중서가 대변하는 시대적 인물성은 종속적 제국주의자, 천민 자본주의자, 가부장적 남성우월주의자 등이다.

『황혼』에서는 유희적 사랑과 애욕의 사랑이 하나의 서사구조에 중층적으로 결합되어 있다. 결국 여순은 지식인 근대주의자이자 자본가의 아들인 경재와 이별하고 안중서가 사장으로 있는 Y방직에 사표를 낸다. 다시 말하면 경재와 안중서가 지배하고 있는 사회와 결별하는 것이라고 볼 수 있다.

여순은 스스로 자기반성적으로 이별의 의미에 대해 말한다. '보잘 것 없는 내 '삶'이라 하더라도 나 자신의 계획 아래에 세워보려'는 것, '진창에 빠진 것 같은 자기를 구하는 의미', '지금부터 새사람으로서의 출발을 시작'하려는 의미 등을 내적으로 내세워 이별을 통보한다.

여순이 처음 회사에 사표를 내지 못하고 갈등했던 이유는 '회사를 그만두면 경재의 도움으로 살아가야 하기 때문에 경재의 짐을 덜어 주기 위함'이었다. 그때는 남성에게 의지하는 비주체적 인식과 안중서와의 문제에 소극적으로 대응했던 모습이었다. 그러나 현재는 주체적으로 새로운 삶을 계획하기 위해 이별 선택했다. 근대의 여성이 계몽주의 지식인의 사랑을 거부하는 것은 의미 있다. 다시 말해 상승하는 사회적 신분의 지위, 경제적 지위 등을 거부하는 것이다. 이것은 그동안 자신의 삶을 반성적으로 인식하고 새로운 가치를 발견하지 않고는 거부할 수 없는 것이다.

안중서를 중심으로 한 애욕의 사랑의 자장에서 벗어나 여순은 '새로운 자신의 삶'을 시작한다. 그 후 여순은 다시 Y방직에 여공으로 취직한다. 다시 안중서를 만나고 김경재를 만나지만 다른 사람이 되었다.

결국 여순의 사랑서사는 근대 초기의 반봉건적 자유 연애와 계몽적 조력자의 사랑 등에서 빗겨나고 그동안 여자의 일생을 지배했던 성적 억압도 극복하는 과정이었다. 달리 말하면 여순의 시각으로 보면 자신의 삶을 지배했던 상징질서, 즉 경재가 대변하는 빈약한 실천력이 한계인 지식인 계급과 안중서가 대변하는 제국적 종속 천민 자본주의를 거부하고 새로운 삶을 지향하는 유동적 주체를 형성하는 과정이다.

4. 주체 재건으로서의 노동서사

1) 전복과 재건의 유동적 주체

당대 평론에서 여순에 대한 평가는 부정적이다. 임화의 글에서 확인 가능하다.

> "장편 『황혼』이 설야의 노력에도 불구하고 실패한 원인은 결코 작가가 과도기적 옛 전통을 고수했기 때문도 아니며, 더 한 걸음 새 세계를 개척하려는 노력이 부족한 때문도 아니다. 설야는 『황혼』 가운데서 두 가지를 다 성숙시키려고 애썼을 것이다. 그러나 결국은 어느 것에도 충실치 못했고 아무 것도 충분히 나타나지 않았다. 여주인공 여순이가 눈뜨는 과정도 명백히 드러나지 않았고 남주인공이 사회적으로 자기를 완성해가는 힘찬 형상도 우리는 이 작품에서 발견할 수 없다. (중략) 바꾸어 말하면 인간과 환경과의 조화, 그러므로 이 동안 설야적 혼란은 인물과 환경과의 괴리에 있다. 인간이 죽어가야 할 환경 가운데서 설야는 인간을 살려갈려고 애쓰

는 것이다."[30]

위 글에서 임화는 『황혼』은 과거지향적이고 새로운 것이 부족하며, 인물의 변화과정이 명백히 드러나지 않으며 인물과 환경의 괴리도 있다고 분석했다. '인간이 죽어가야 할 환경 가운데서 인간을 살려서' 작품의 리얼리티가 떨어졌다는 평가다. 다시 말해 여순은 현실 환경과 괴리되어 현실에 있는 인물이 아니며 이미 사라진 과거의 인물을 형상화한 것이다.

한설야는 왜 여순을 살려 놓았는가. 여순은 죽어야할 인물인데 살렸다는 의미는 소설에서 어떤 모습으로 존재한다는 말인가. 그것은 한설야가 이미 죽은 여순의 삶의 재탄생 과정을 보여주기 위한 것은 아닐까. 그리고 소설 속에서 여순은 근대적 여성으로서의 종속된 사랑을 거부하고 현실을 객관적으로 인식하여 노동자로서 주체 재정립과정을 보여준다. 다시 말해 여순은 현실의 억압적 상징 기표(여성, 결혼, 지식인 등)에 박음질 되지 않고 그 기표 옆에서 타자와 갈등하고 교섭하면서 새로운 상징 기표(주체, 노동자, 계급 등)의 기의를 구성하는 존재로 주체를 재정립한다.

이러한 여순에게 끊임없이 반복적으로 개입하고 교섭하면서 주체의 유동성을 유발하는 타자는 책, 매개적 인물 집단, 발견하는 이상적 시공간이다.

책은 지식인의 근대 정신 세계를 지배하는 상징적 도구이다. 그리고 매개적 인물 집단은 근대의 절대가치인 개인, 자유의 빈틈을 메우는 현실 대안적 주체이다. 마지막으로 발견하는 이상적 시공간은 새로운 주체가 탄생하는 새로운 시공간이다.

---

30) 임화(1940), 「한설야론」, 『문학의 논리』, 학예사, 584~585쪽.

2) 과거 타자와의 대면 – 책

근대적 가치의 절대성과 일본제국주의 문화의 이식성은 근대문학의 출발점이었다. 최초의 신소설인 1906년 이인직의 『혈의 누』에서 주인공 옥련은 청일전쟁 속에서 일본인의 도움으로 목숨을 구하고 일본인의 양녀가 되어 미국 유학까지 간다. 그리고 조선의 개화와 조선의 부녀자를 계몽하는 삶을 산다. 그리고 최초의 근대장편소설 이광수의 『무정』에서 주인공 이형식은 등장인물 전체를 상대로 근대의 가치를 전하는 스승으로 등장한다. 중심적인 등장인물인 형식, 선형, 영채, 병욱 등은 일본, 미국 유학을 위해 부산으로 내려가는 길에 수해를 당한 삼랑진에 내려서 자선 음악회를 연다. 그리고 이형식은 이들에게 유학을 다녀와 교육으로 부강한 나라를 만들자고 결의를 모은다. 이처럼 1910년대 이후 조선에서 근대는 더 이상 선택의 문제가 아니라 절대 가치이며 그 통로는 일본 제국이었다. 이러한 일본 제국을 내면화한 절대적 가치인 근대를 상징하는 것이 책이다.

책은 이광수 『무정』의 첫 장면에서 교육의 상징으로 이형식을 교사로 묘사하는 매개물이다. 책을 통해 교육자 이형식을 구체적으로 형상화하는 것이다. 그래서 책은 지식인과 근대 계몽을 상징하는 물건이다. 인류 문명은 언어를 통해 영원히 보전된다. 그리고 책에 대한 긍정적 권위는 어느 집단이던 부정하지 않는다. 이러한 책의 보편적 특성으로 해서 책을 통해 이식되는 근대는 부정적 제국의 근대로 보지 않게 되며 문명의 발전을 담지하고 있는 역사 발전적 근대로 인식하게 된다. 이처럼 근대 식민지 조선에 수입되는 근대의 책은 문명의 근대성과 제국의 이식성이 복합적으로 내면화된 도구이다. 근대 문학에 형상화된 책은 대부분 문명의 근대성에 집중되어 있다.[31)]

『황혼』의 첫 장면도 『무정』과 동일하다. 소제목 '가정교사'에서 나타나 듯 선생 여순을 묘사하고 있다. 당연히 가르치는 도구는 책이다.[32] 『황혼』에서도 교육과 책은 서사 내면을 흐르는 상징으로 존재한다.

『황혼』에서 책은 인물 개인의 발전을 위한 도구와 인물들 간의 관계를 발전적으로 진행시키는 매개적 도구 역할을 한다.[33]

(가)

책상 위에 놓인 도련 치지 않은 책 몇 권을 보았다. 그는 언젠가 준식이가 주던 책을 끝까지 읽지도 않고 책상 밑에 팽개쳐 둔 기억이 나서 속으로 부끄러운 맘이 들었다.

사실 읽어 보아도 그는 그 책 내용을 잘 이해할 수 없었다. 그러나 중학도 마치지 못한 준식은 자기보다 훨씬 이상의 학력을 가지고 있는 것 같았다.[34]

(나)

그는 온종일 제 방에 들어박혀서 경재가 사다 준 책을 들여다보고 있다. 그것을 보고 있으면 얼마만큼은 잡념과 주위의 거친 공기를 잊을 수가 있다.

그러는 사이에 차차로 글 읽는 재미도 났다. 글을 골몰히 읽고 있으면 그만큼 불안을 누를 수가 있다는 경재의 말이 사실에 어그러지지 않음을 그는 깨달았다.

또 새로운 지식을 얻은 것도 적지 않았다. 혹 모를 것이 있으면 남이 보지 않는 사이에 경재에게 묻기도 하였다.[35]

---

31) 개화기 근대의 책에 내면화된 제국의 이식성을 규명하기 위해서는 개화기 번역·번안에 대한 정치한 분석이 필요하다.

32) 『황혼』의 첫 장 <가정교사>는 여순이 경재 동생인 경일과 경옥에게 '책'을 펼쳐 놓고 국어를 가르치는 장면으로 시작한다.

33) 이경재는 "『황혼』에서 여성인물과 남성인물의 사제관계를 보여주는 소재는 바로 '책'이다"라고 설명한다.(이경재(2010), 『한설야와 이데올로기의 서사학』, 소명, 80~81쪽)

34) 한설야(1995), 『황혼』, 동아출판사, 51쪽.(이하 작품명과 쪽수만 표시)

(다)

"모처럼 빌려 주신 책도 다 보지 못하고 …… 그러나 인제부터 좀 읽어야겠어요."

학교도 다니지 못하는 대신 학교에서 배우는 이상의 지식을 얻으려는 여순의 동정을 경재는 곧 살필 수 있었다.

"많이 읽으십시오. 학교 같은 데서는 밸 수 없는 거니까요."[36]

(라)

"분이게 줄 거 있는데"

준식의 목소리는 점잖으나 아까와는 딴사람같이 친절한 얼굴이다.

분이는 가슴이 두근거릴 뿐 암말도 할 수 없었다.

"자아 받어 두시오."

준식의 굵은 손이 분이의 작업복 섶으로 쑥 들어올 때 분이는 놀라듯 머리를 선뜻 들었다.

"아이 뭐예요?"

하나 준식은 아무 대답도 하지 않고 총총히 가버렸다.

분이는 준식이가 주고 간 책을 살며시 들여다보다가 거진 무의식하게 두 손으로 가슴을 꽉 눌렀다.[37]

(가)는 여순이가 준식의 책상 위에 놓여 있는 책을 보고 준식에 대해 생각하는 장면이다. 여순은 준식을 자신보다 배우지도 못했으면서도 더 많이 배운 사람 같고, 다른 보통 사람보다 씩씩하고 기운이 있고 무서운 곳이 있는 사람으로 느낀다. 여순은 준식을 제도 교육은 아니지만 책을 통해 강한 주체로 성장한 인물로 느끼는 것이다.

(나)와 (다)는 여순과 경재 사이에 책을 주고받으면서 나누는 대화이다. 교육적 측면에서 여순에게 책을 읽는 것은 마음을 다스리는 수단이

35) 『황혼』, 54~55쪽.
36) 『황혼』, 63~64쪽.
37) 『황혼』, 179~180쪽.

자 새로운 지식을 습득하는 방법이다. 그리고 경재는 여순에게 학교에서 배우는 것 이상의 교육적 효과까지 있다고 말한다. 연애의 관계 측면에서도 책은 경재가 여순에게 마음을 전하는 방식이다. 여순은 이러한 경재에 대해 존경과 사랑의 감정을 느낀다.

(라)는 선진 노동자인 준식이가 분이에게 책을 퉁명스럽게 주고 있다. 노동소설에서 각성한 선진 노동자가 교육적 목적으로 일반 노동자에게 책을 권하는 것은 일반적이다. 그러나 이러한 일반적 의미보다 여기서는 분이가 짝사랑하는 준식에게서 책을 받은 것이 중요하다. 평소 준식에게 남다른 감정을 가지고 있던 분이는 준식에 대한 사랑의 감정을 키운다.

이처럼 『황혼』의 등장인물들 간의 관계는 책을 통해 연결되고 있다. 여순과 경재, 여순과 준식, 준식과 분이 등은 자신의 가치관과 감정을 책을 통해 서로 소통하고 있는 것이다. 그 관계는 남녀 간의 연애 관계, 사제 관계, 동지적 관계 등이 복합적으로 형성된다.

이러한 관계를 형성하고 유지 시킬 수 있는 것은 책의 보편적 특성 때문이다. 책은 문명의 집합이며 과학적 증명이 끝난 지식을 집대성한 것이다. 그래서 책을 읽고 권하는 행위는 근대 문명인의 필수 이수 항목이다. 이러한 책의 보편성은 서로의 관계를 신뢰와 존경으로 유도한다.[38] 이처럼 등장인물들은 책을 주고받고 읽는 행위를 통해 지나간 문명의 주체를 대면하면서 자신도 문명의 역사적 주체로 성장하는 것이다. 즉 과거의 타자를 통해 자신은 근대의 문명인이 되는 것이다.

---

38) 한설야의 표현으로 인물들의 관계가 '신의'로 연결되는 것이다.

3) 현재 타자와의 대면 – 매개적 인물 집단

중학을 졸업한 문명인 여순은 졸업이후 사회에 진출하면서 현재의 타자와 대면하게 된다. 제도적 교육과 책으로 지식을 습득한 문명인 여순은 Y방직회사에서 생활하면서 그동안 자신이 습득한 상징적 질서와는 다른 현실적 모순과 대면하게 되고 갈등한다. 이러한 지식과 현실의 갈등은 여순보다 앞서 지식인이 된 경재의 주체 갈등을 통해서 상세히 나타난다.

> 생각만은 아직도 때와 세상이 움직여 가는 가장 바른 길을 찾고 싶으나 실지로 그것을 가져 보고 스스로 밟아 볼 용기와 방법을 얻을 수 없다. 농촌에 가봐야 한다! 공장에 들어가 봐야 한다는 것은 책에서 얻은 지식이나 그것은 한낱 지식에 그칠 뿐으로 참말 혈행(血行)이 되고 맥박이 되어서 그 몸을 슬기 있게 달음질치도록 만들어 주지 못한다. 그는 괴로웠다. 어디로 갈까……?
>
> 아득한 그의 앞에는 오직 배우지 않고 깨달아지고 뜻하지 않고 잡혀지는 사랑의 길만이 무엇보다 환히 열려 있다.[39]

『황혼』의 초반부 연애 서사에서 경재는 여순과 만나면서도 자신의 정체성에 대해 갈등을 한다. 교육과 책에서 얻은 지식이 현실의 삶에서 육화되지 못하는 것에 괴로워한다. 그리고 도피하듯 사랑의 길로 자신을 맡긴다. 이러한 경재의 갈등은 후반 노동서사에 오면 여순과 이별하고 동경 유학 시절 동무였던 형철이 공장 노동자가 되어 있는 모습을 본 후 더 심해진다. 경재는 '확실한 방향도 없이 끌리는 대로 이리로 저리로 움직여지는 소시민의 가엾은 그림자'를 발견하기도 하고, '쓸 만한 생각이 물러가는 대신 소시민의 가지가지 얄미운 감정만이 저도 모르는

---

39) 『황혼』, 127쪽.

사이에 자기를 사로잡아 버릴 것'같기도 하고, '제 맘을 제 뜻대로 하지 못하는 가장 전형적인 인간-소시민의 그림자를 다시금 저 자신 중에서 발견'한다. 이런 자신을 몸서리치고 증오한다. 그러나 경재는 이미 소시민이 되어 버린 자신을 발견한 것이다. 그 후 그는 여순이가 공장 노동자가 되는 과정과 노동자의 파업을 지켜보면서 더욱더 자신의 삶이 황혼으로 접어드는 것을 느낀다.

이와 대조적으로 여순은 현재의 타자와 대면하면서 현실의 삶에 대해 반성하고 사무직 직원에서 공장 노동자로 전환한다. 물론 이런 변화의 첫 번째 계기는 안중서의 겁탈 시도 이후 경재와의 이별 상황이다. 그 후 자신의 지식인적 사무 직원의 삶에 대해 반성을 하게 된 것이다. 이처럼 여순의 변화 계기는 주체적이지 못하고 타자에 의한 것이었다. 그래서 앞으로 공장 노동자로 살게 될 자신의 삶에 대해 서글픔을 느낀다. 스스로 자신에게 '여공이 돼?', '저 길을 걸어가?'라고 의문한다. 그러나 이러한 의문으로 여공 생활을 시작한 여순은 마지막 장면에서 사장과 단판 짓는 단체협상까지 참여하는 노동자로 성장한다.

이러한 여순의 주체 변화는 사무직 직원 생활에서 추행과 시기, 질투를 하던 안중서, 정임, 공장주임 등과는 다른 공장 노동자들과의 관계가 있었기 때문이다. 공장 노동자들이 여순의 현장 노동자 생활의 시작과 끝을 같이 한다. 다시 말해 여순의 공장 생활의 시작부터 각성한 노동자 계급으로 성장하는 과정에는 공장 노동자들이 집단적으로 매개적 역할을 하는 것이다.

『황혼』의 매개적 인물은 존재하는 방식이 직접적이지 않다. 다시 말해 여순의 각성은 특정 인물에 의한 것이 아니다. 처음 Y방직회사에 들어갈 마음이 선 뜻 생기지 않을 때 준식과 복실이와 상의를 한다. 준식은 경재를 다시 볼 수 있을 정도의 강한 공장 생활 의지가 필요하다고 하고 복실은 여순이를 적극 반긴다. 공장에 들어간 이후에도 복실이 뿐만 아니라 현장에 같이 일하는 노동자들은 여순에게 많은 도움을 준다. 그리고 준식은 고향 사람이면서 공장에서 중심 인물이다. 앞에서 살폈듯 여순에게 책을 권하기도 하고 고민이 있을 때 의논하는 상대이다. 그리고 자신보다 제도 교육은 덜 받았지만 언제나 강한 자신감을 소유한 주체적 인물이면서 주위 노동자를 돌봐주는 인간적인 인물이다. 그리고 여순이 공장 노동자가 되어서 알게 된 형철은 여순의 시각에서 가장 이상적인 인물로 묘사된다.

> 형철은 지식으로 보든지 문견이 넓은 점으로 보든지 경력으로 보든지 인격으로 보든지 여순이 자기보다는 사뭇 뛰어난 사람이엇다. 그런 사람이 굳이 높은 지위를 구함이 없이 현재의 처지를 손수 구하고 또 스스로 만족해하는 것이 여순에게는 무엇보다 힘 있는 활교훈이 되었다.[40]

이처럼 중심 인물인 준식과 이상적 인물인 형철은 여순에게 존경의 대상이면서 이상적 인물로 그려진다. 그러나 이들은 작품에서 여순에게 사제 관계와 같은 직접적 매개 역할을 하는 모습은 보이지 않는다. 단지 여순의 입장에서 그들을 신뢰하고 존경하는 인물이면서 닮아 가려는 존재로만 형상화된다. 이처럼 공장 노동자들, 준식, 형철 등은 직접적으로 여순을 각성시키는 존재들은 아니지만 여순의 시각에서 그동안 자신이 보지 못했던 또 다른 인물 집단이다. 이 인물 집단은 여순 스스로 반성하게 하는 거울이며 여순의 새로운 삶의 준거가 되는 존재들이다. 즉 그들은 여순과 함께 현재를 살아가면서 서로 대면하는 매개 인물 집단이다.

40) 『황혼』, 394쪽.

4) 미래 타자와의 대면 – 발견하는 이상적 시공간

주체의 육체와 사고는 현실의 관습과 제도, 지배적 이데올로기 등을 통해 작동하는 상징질서에 무의식적으로 반응한다. 이것은 『무정』의 이형식과 박영채가 기차를 타고 부산과 평양으로 가는 것, 또는 『삼대』의 조덕기가 일본 유학을 갔다 오는 것, 『황혼』의 여순이 Y방직회사에 사무직 직원으로 취직하는 것이 현실의 보편적 질서이며 가치판단이 작용할 수 없는 일상적으로 이루어지는 행위라는 것이다. 이러한 무의식적 행위는 이미 상징질서에 종속되어 구조화되어 반응한다. 그러나 이 구조에 틈이 생기고 균열이 생기면 주체는 혼란스럽고 해체된다.

『황혼』에서 상징질서의 구조에 무의식적으로 반응하는 인물들은 안중서를 포함한 회사 간부 집단들(서무과장, 인사과장, 공무과장, 공장주임 등)이다. 뿐만 아니라 지식인인 김경재조차 내적 갈등은 보이지만 육체의 욕망까지는 이성적 사고로 통제하지 못하고 무의식적으로 반응한다.

『황혼』의 마지막 장인 <대조>는 이러한 상징질서의 균열을 주체와 타자의 대립으로 묘사하고 있다.

안중서의 새 기계, 새 공장 계획(인원 감축)에 맞서 준식, 여순, 형철을 중심으로 노동자는 9가지 조건(야업수당, 휴식시간, 공장시설, 대우개선, 위생시설 등)을 내걸고 집단 투쟁을 벌인다. 이 사건은 안중서와 그 집단들, 그리고 김경재가 처음 경험하는 것이다. 그들의 삶 속에는 영원히 없을 것만 같았던 사건인 것이다. 충격적 사건이다.[41]

안중서는 자본의 질서에 따라 자신의 재산을 지키려하고, 그 집단들

---

41) 자본가 시각에서 노동자가 돈을 평등하게 분배하자고 하는 것은 노비가 양반에게 신분의 권리를 동등하게 달라는 것과 동일하다. 조선시대 양반의 삶 속에서는 꿈에도 생각할 수 없는 일이다.

은 안중서의 질서에서 쫓겨나지 않기 위해 사장의 비위와 의중에 맞는 얘기를 한다.

> '천만 놈이 뭐라고 하던지 이것은 내 회사다!'
> 하는 뿌리 깊은 소유의식이 함께 왔다.
> "이놈들! 대체 누가 하는 회산데 이래라 마래라 해!"
> 사장은 심술 사나운 소리로 이렇게 뱉고 이어 좌중을 돌아보며,
> "더 얘기할 거 없소."
> 하고 외쳤다.
> 더 구구히 이러니저러니 중언부언하는 것은 자기의 회사-자기의 소유에 흠을 내는 일인 것 같아서 사장은 좋거니 궂거니 더 말을 꺼내지 못하게 하려 하였다.[42]

위 글은 노동자 집단 투쟁에 대한 대책 회의를 하면서 회사 간부들이 내놓은 여러 의견들에 대한 안중서의 반응이다. 안중서는 그 집단들의 대책 회의의 의견조차 자신의 회사에 대한 간섭이라 생각할 만큼 소유욕이 있다. 안중서의 기본적 생각은 자신이 획득한 사유재산에 대한 절대적 소유권을 주장하고 있는 것이다. 이러한 안중서의 상징질서의 절대성에 준식과 노동자들은 그동안 출입 불가능했던 사장 응접실에서 사장과 그 집단들을 향해 외친다.

『황혼』의 마지막 장면은 경재의 시선으로 끝난다.

> 서무과장이 이렇게 끊어 말하자 저편에서 곧 누가 무슨 말을 하는 모양이나 그것은 응접실 안켠인 관계로 잘 들리지 않았다.
> 그때부터 경재의 가슴은 다시 또 뛰기 시작하였다. 무슨 소린지 똑똑히 엿들으려고 하면 할수록 심장의 고동은 높아 간다.

42) 『황혼』, 516쪽.

응접실에서 오고 가는 말이 한참 실히 무겁게 계속되고 있으나 무슨 의미인지는 분명히 알 수 없었다.

그럴 때 뛰어나게 높고 우렁찬 소리가 무중 들려 왔다…….

"최고의 책임자가 말씀하시오…… 사장이 직접 말씀하란 말이오."

귀밑으로 서릿바람이 쓱 스쳐 지나가는 것을 경재는 느꼈다.

그것은 어김없이 준식의 소리였다. 뒤미처 야무진 이야기의 부르짖음이 들려 올 것만 같이 경재에게는 생각되었다.

그것은 견딜 수 없는 생각이었다. 가슴은 몹시 뛰었다.

높은 발소리가 낭하를 탕탕 울리며 지나 나갈 때까지 그는 정신을 수습하지 못하였다.

그날 황혼…… 숨소리 꺼진 우중충한 큰 회사를 걸어나오는 경재의 앞은 더한층 컴컴해졌다.[43]

위 글은 경재 앞에서 연습까지 한 사장의 일장 연설과 서무과장의 부연 설명을 듣고 그들을 향해 우렁찬 소리를 지르는 준식의 선언적 외침과 경재의 반응을 묘사한 장면이다.

준식의 외침은 자본가 안중서와 지식인 경재의 상징질서에 균열을 내는 노동자 집단의 새로운 언어이다. 안중서와 경재의 상징질서의 논리로는 준식의 외침이 무슨 의미인지 이해할 수 없을 뿐만 아니라 이해할 필요도 없다.

그러나 경재는 준식의 우렁찬 소리를 듣고 '서릿바람'처럼 느끼고, '견딜 수 없는 생각'을 하고, '가슴은 뛰며', '정신을 수습하지 못하였다'. 그리고 자신의 앞날은 황혼이 지고 컴컴한 어둠으로 변한다.

노동자의 집단 투쟁의 시작을 알리는 준식의 선언적 외침은 Y방직회사에 새로운 질서의 개입을 알리는 것이다. 이 개입으로 형성되는 앞으로의 질서는 그 전과는 다른 새로운 시공간이 될 것이다. 다시 말해 마

43) 『황혼』, 526쪽.

지막 장면에 등장하는 노동자 계급들의 집단적 행동으로 연출되는 상황은 노동자 집단이 끝없이 대면하게 될 미래의 새로운 시공간이다.

『황혼』의 후반부인 재건적 노동서사는 여순의 유동적 주체성을 재정립하는 과정이다. 여순은 문명의 집합이며 증명이 끝난 지식을 집대성한 책을 통해 과거 타자와 대면하면서 근대적 문명인으로 성장한다. 그리고 여순은 현실의 구체적 노동자 인물인 매개적 인물 집단을 통해 현재의 타자와 대면하면서 스스로 반성하고 새로운 삶의 준거를 재건한다. 그리고 노동자의 실천적 집단 행동을 통해 끝없이 미래 타자와 대면하면서 새로운 이상적 시공간을 발견하고 새로운 주체로 탄생하는 것이다.

이상에서 『황혼』의 주체 전복으로서 사랑서사는 반성적 주체를 인식하는 과정이었다. 그리고 주체 재건으로서 노동서사는 실천을 통해 새로운 주체를 재정립하는 과정이었다. 이 전체의 서사 과정을 통해 여순은 자기반성과 사랑에 대한 객관적 현실인식, 그리고 노동 계급적 집단 실천으로 변화 성장하는 유동적 주체였다.

5. 결론

이 글은 한설야 『황혼』에 나타난 인물의 주체 구성 방식을 밝히고, 궁극적으로는 1930년대 후반 일제 파시즘 상황에서 상징질서에 포섭되지 않은 사회주의적 새로운 주체의 탄생을 가늠해 보았다.

이를 규명하기 위해 『황혼』에 나타난 주체의 성격과 그 구성 방식을 살폈다.

유동적 주체는 폐쇄된 주체가 아니라 타자와 상호 작용 속에서 끝없는 자기반성을 통해 상징화의 과정을 멈추지 않는다.

『황혼』의 사랑서사와 노동서사를 이끌어 가는 인물은 유동적 주체인 여순이다. 『황혼』의 인물 중 자기 반성을 통해 끝없이 변하는 인물이다. 『황혼』은 중심 인물인 여순이 새로운 상징질서를 상상하면서 억압적 상징질서의 이데올로기에 순응하지 않는 유동적 주체를 재정립하는 과정을 형상화한 것이다. 이 과정이 『황혼』의 중심적 서사이다. 이러한 유동적 주체가 현현하는 서사 방식은 주체 전복으로서의 사랑서사와 주체 재건으로서의 노동서사이다.

『황혼』은 근대 소설의 사랑서사의 문법인 자유연애, 조력자적 사랑, 애욕적 사랑을 전복한다.

여순의 사랑서사는 근대 초기의 반봉건적 자유 연애와 계몽적 조력자적 사랑 등에서 빗겨나고 그동안 여자의 일생을 지배했던 성적 억압인 애욕적 사랑을 극복하는 과정이었다. 달리 말하면 여순의 시각으로 보면 자신의 삶을 지배했던 상징질서, 즉 경재가 대변하는 빈약한 실천력이 한계인 지식인 계급과 안중서가 대변하는 제국적 종속 천민 자본주의를 거부하고 새로운 삶을 지향하는 유동적 주체를 형성하는 과정이었다.

노동서사는 여순이 근대적 여성으로서의 종속된 사랑을 거부하고 현실을 객관적으로 인식하여 노동자로서 주체 재정립과정을 보여준다. 다시 말해 여순은 현실의 억압적 상징 기표(여성, 결혼, 지식인 등)에 박음질 되지 않고 그 기표 옆에서 갈등하면서 타자와 교섭하고 새로운 상징 기표(주체, 노동자, 계급 등)의 기의를 구성하는 존재로 주체를 재정립했다. 이러한 여순에게 끊임없이 반복적으로 개입하고 교섭하며 주체의 유동성을 유발하는 타자는 책, 매개적 인물 집단, 발견하는 이상적 시공간이었다.

책은 지식인의 근대 정신 세계를 지배하는 상징적 도구이다. 그리고 매개적 인물 집단은 근대의 절대가치인 개인, 자유의 빈틈을 메우는 현실 대안적 주체이다. 마지막으로 발견하는 이상 공간은 새로운 주체가 탄생하는 새로운 시공간이다.

여순은 문명의 집합이며 증명이 끝난 지식을 집대성한 책을 통해 과거 타자와 대면하면서 근대적 문명인으로 성장했다. 그리고 여순은 현실의 구체적 노동자 인물인 매개적 인물 집단을 통해 현재의 타자와 대면하면서 스스로 반성하고 새로운 삶의 준거를 정립했다. 끝으로 노동자의 실천적 집단 행동을 통해 끝없이 미래 타자와 대면하면서 새로운 이상적 시공간을 발견하고 새로운 주체로 탄생한 것이다.

이상에서 『황혼』의 주체 전복으로서 사랑서사는 반성적 주체를 인식하는 과정이었다. 그리고 주체 재건으로서 노동서사는 실천을 통해 새로운 주체를 재정립하는 과정이었다. 이러한 서사 과정을 분석한 결과 여순은 자기반성과 사랑에 대한 객관적 현실인식, 그리고 노동 계급적 집단 실천으로 변화 성장하는 유동적 주체였다.

3장 해방기 임화의 현대 민족국가 이념

1. 서론

임화(1908~1953)문학에 대한 연구는 1980년대 후반 해금 이후에 이루어졌던 기초자료연구 수준을 넘어서 새로운 시각에서 접근하고 있다. 문화론, 장르론, 탈식민주의 등의 다채로운 방법론에 힘입어 기존 연구를 넘어서고 있다. 그 대표적인 것이 임화의 미디어 및 문화산업에 대한 연구[1]와 탈식민주의의 입장에서의 연구,[2] 그리고 임화 문학의 이론적 근원을 밝히는 작업[3] 등이다.

특히 해방기 임화의 민족문학론에 대해 '인민공화국 수립에 대한 열

---

1) 권성우(2007), 「임화의 메타비평 연구 : 비평적 자의식을 중심으로」, 『상허학보』 19집.
2) 이형권(2002), 「현해탄 시편의 양가성 문제」, 『한국언어문학』 49집, 한국언어문학회.
권성우(2008), 「임화 시에 나타난 '탈식민성'연구」, 『횡단과 경계』, 소명출판.
하정일(2006), 「일제 말기 임화의 생산문학론과 근대극복론」, 『민족문학사 연구』 31호, 민족문학사학회.
3) 김동식(2008), 「'리얼리즘의 승리'와 텍스트의 무의식」, 『민족문학사연구』 38권, 민족문학사학회.
하정일(2009), 「마르크스로의 귀환」, 『임화문학연구』, 임화문학연구회 편, 소명출판.

망과 조선공산당에서 내세운 부르주아 민주주의 혁명에 바탕을 둔 이념의 경직성',[4] '마르크스로의 귀환으로 새로운 근대극복을 위한 모색',[5] 30년대 중반 이래의 기나긴 지적 모색의 끝에 도달한 '준비된' 이론[6] 등으로 평가한다. 이러한 평가에도 불구하고 그의 문학은 근대민족국가를 상상한 마르크스주의자의 실패한 문학혁명으로 종결되었음을 상기할 필요가 있다. 이제 남은 것은 그 실패한 혁명이 가져다 준 역사적 균열 지점을 밝히는 것이다.[7]

1945년 8월 15일은 그 당대 조선인에게 어떤 의미로 다가왔을까. 해방은 민족구성원에게 '새로운 출발'과 관련된다. 이것은 미래에 대한 가능성으로 희망을 의미하기도 하지만 낯설고 불안정하며 다분히 논쟁적 의미를 내포하고 있다. 그래서 해방기의 현실은 '새로운'과 결합된 상징 기호에 따라 형성된 주체 이데올로기의 헤게모니 쟁탈의 장이 되었다.[8] 이것은 남북한에 새로운 상징 질서가 형성되어 가는 과정, 즉 해방, 남북한 단독정부 수립, 한국전쟁으로 이어지는 역사적 사실의 시작 지점이라 할 수 있다.

---

4) 허정(2007), 「임화 시 연구」, 동아대학교 박사학위 논문, 117쪽.
5) 하정일(2009), 「마르크스로의 귀환」, 『임화문학연구』, 임화문학연구회 편, 소명, 143쪽.
6) 신두원(2008), 「변증법적 사유와 실천의 한 절정-1940년을 전후한 시기의 임화」, 『민족문학사연구』 38권, 민족문학사학회, 20쪽.
7) 혁명은 과거의 실패한 시도들을 그것들의 '가능성' 속에서 그것을 반복함으로써 구출된다. 또한 혁명을 직선적인 역사적 진보를 중지시키는 반복이라고 규정할 때, 그것은 주체의 두 번째 반복으로서 행위의 지점, 즉 '아니오'라고 거부하는 행위에 있다.(S, 지젝(2004), 『그들은 자기가 하는 일을 알지 못하나이다』, 박정수 역, 인간사랑, 146~147쪽)
8) 임화는 일본 제국주의의 지배 하에서 조선민족은 정치적 사회적으로 통일되어 있지 못했고, 그 결과 해방기에서 각 계층은 새로운 지위를 형성할 희망으로 최고의 지위에 도달하려는 충동에 의하여 행동했다고 보았다. 그리고 이것을 혁명기의 특색으로 보고 민족부르주아지는 자본가적 독재를, 프롤레타리아는 노동자계급의 독재를 실현할 수 있는 것과 같은 환상이 있었다고 보았다.(임화(1945), 「현하의 정세와 문화운동의 당면임무」, 『문화전선』 창간호, 1945. 11, 218쪽)

해방기 임화도 이데올로기의 헤게모니 쟁탈의 공간에서 자유로울 수 없었다. 1945년 8월 15일 해방과 함께 내면의 친일잔재청산이라 할 수 있는 자기비판, 근대민족국가를 상상하는 과정에서의 조선문학가동맹 활동과 민주주의민족전선 그리고 인민항쟁 활동, 한국전쟁 참전, 그리고 1953년 8월 처형에 이르는 해방기의 임화의 주체적 실천은 남북한에서 새로운 상징 질서가 중층결정되는 과정과 대응된다고 할 수 있다.

해방의 시공간에서 좌익 측의 현실대응이 1946년 7월 남한의 좌익 활동이 금지되던 시기를 전후로 변화한다. 그 전은 해방 직후 유일하게 상징 질서의 억압적 지배력이 미약하여 좌익 측의 주체적 논쟁이 이루어지던 시기였고 그 후는 미군정에 의해 남한에서 공식적으로 자본주의 이데올로기에 의해 좌익 세력이 억압받기 시작한 시기였다.

그래서 이 글은 임화가 해방 직후부터 남북한 단독정부가 세워지는 1948년 8~9월 전까지 발표한 글을 대상[9]으로 민족의 첫 번째 근대사

---

9) 임화(1945), 「현하의 정세와 문화운동의 당면임무」, 『문화전선』 창간호, 1945. 11.(이하 「현하」)
임화(1945), 「문화에 있어 봉건적 잔재와의 투쟁임무」, 『신문예』 창간호, 1945. 12.(이하 「봉건적 잔재」)
임화(1945), 「문학의 인민적 기초」, 『중앙신문』, 1945. 12. 8~14.(이하 「인민적 기초」)
임화(1946), 「민주주의 민족전선-통일전선의 민주주의적 기초」, 『인민평론』, 1946. 3.(이하 「민족전선」)
임화(1946), 「조선 민족문학건설의 기본과제에 관한 일반보고」, 『건설기의 조선문학』, 조선문학가동맹, 1946. 6.(이하 「기본과제」)
임화(1946), 「조선소설에 관한 보고-보고자 안회남씨의 결석으로 인하여 대행한 연설요지」, 『건설기의 조선문학』, 조선문학가동맹, 1946. 6.(이하 「소설」)
임화(1946), 「조선에 있어 예술적 발전의 새로운 가능성에 관하여」, 『문학』 창간호, 1946. 7.(이하 「새로운 가능성」)
임화(1947), 「인민항쟁과 문학운동-3・1운동 제 26주년 기념에 제하여」, 『문학』 인민항쟁특집호, 1947. 2.(이하 「인민항쟁」)
임화(1947), 「민족문학의 이념과 문학운동의 사상적 통일을 위하여」, 『문학』 3호, 1947. 4.(이하 「사상적 통일」)
이상의 글은 송기한・김외곤(편)(1991), 『해방공간의 비평문학1・2』, 태학사에서 인

회구성체를 상상하면서 새로운 상징 질서를 기획한 임화의 민족 이념을 밝히고자 한다.

2. 새로운 상징 질서를 위한 주체의 반성

해방공간에서 임화는 모든 민족구성원들과 동일하게 사라진 민족을 부활시키고, 그리고 그 민족의 근대적 구성양식인 국가를 건설하는 것이 역사적 의무라고 생각한다. 그러나 민족모순을 야기했던 제국주의 이데올로기와의 관계를 새롭게 정립하지 않고서는 임화의 실천은 이율배반적일 수밖에 없다. 이것은 일제시대 조선에서 활동한 모든 지식인에게 공동의 문제였다. 그래서 임화에게 해방은 단절된 민족의 정체성을 회복하고 억압적 민족 모순을 해결하여 새로운 민족을 상상하는 것, 그리고 그 역사적 과정에서 주체의 반성성이 공존하는 시공간이었다.

그래서 임화는 해방에 대해 먼저 반성적 인식을 갖고 있었다. 임화의 반성성은 민족적 측면에서는 "일본 제국주의로부터 조선의 해방이 독자적 역량에 의하여 전취되지 아니하고 국제관계의 상극에 의하여 초래되었다"는 인식과 개인적 측면에서는 일제말기 친일적 행위[10]에 대한 자

용한다.

10) 자발적인 것은 아니었다 할지라도 사상보국연맹, 조선문인보국회 등에 가입하여 국책에 부응했고, 고려영화사 촉탁으로서 전시영화 대본을 교열했으며, 조선영화문화연구소에서 조선영화연감과 조선영화발달사를 집필했다. 또한 총력연맹 문화부장이었던 야나베와 총동원체제 하에서 문화의 직역봉공 방도를 놓고 대담했으며, 문예동원의 필요성과 방법을 논의하는 좌담회에 참석하여 국책에 대한 문인의 자발적 협력을 위한 계기를 마련할 필요성을 주장하기도 했다.(박정선(2005), 「임화 시의 시적 주체 변모과정 연구」, 경북대박사학위논문, 106~107쪽.)

기비판적 인식을 갖고 있었다. 이러한 민족적, 개인적 측면에서 수동적 위치는 새로운 역사를 건설하기 위해서 극복해야할 전제 조건이었다. 주체의 반성성은 새로운 시작 지점에서 주체의 정당성을 확립하기 위한 것이라 볼 수 있다. 해방기 민족 구성원들, 특히 지식인들의 반성성은 새로운 역사의 중심 주체로 나설 수 있는 기본 자격을 갖추기 위한 것이었다.

임화의 반성성은 작품을 통해 내면을 반영하는 것과 현실 문단에서의 자기비판을 통해 이루어진다.

임화는 해방 후 첫 작품인 「九月 十二日」[11]을 통해 해방기의 내면을 드러낸다.

이 작품은 1945년 9월 12일 서울에서 개최된 '조선인민공화국 수립과 조선공산당 재건을 경축하는 시가행진'에 참가한 임화 자신의 내면을 담은 시다. 이 시는 해방을 맞이한 군중의 환희와 기쁨, 그리고 그 군중대열에 참여하지 못하는 자기반성적 주체, 마지막으로 부끄러움과 슬픔을 간직한 주체에서 새로운 미래를 건설하기 위하여 용기를 내는 주체로 변모하는 과정을 형상화하고 있다.

시를 통해 임화의 내면 풍경을 읽을 수 있었다면 문단내의 자기비판은 임화가 현실과 관계 맺는 지점을 찾을 수 있다.

1945년 12월 말경에 '봉황각 좌담회'라 불리는 '문학자의 자기비판이 이루어진다.

> 내 스스로도 느끼기 두려웠던 것이기 때문에 물론 입 밖에 내어 말로나 글로나 행동으로 표시되었을 리 만무할 것이고 남이 알 리도 없을 것이나, 그러나 나만은 이것을 덮어두고 넘어갈 수 없을 겁니다. 이것이 자

11) 임화(1947), 「九月 十二日」, 『찬가』, 1947. 2.

기비판의 양심이 아닌가 하고 생각합니다. 이럼에도 불구하고 이 결정적인 한 점을 덮어둔 자기비판이란 하나의 허위상 가식이라고 생각합니다. 그러기에 우리가 모두 겸허하게 이 아무도 모르는 마음 속의 '비밀'을 솔직히 덮어두는 것으로 자기비판의 출발점을 삼아야 한다고 생각합니다. 그리고 자기비판에 겸허가 왜 필요한가 하면 남도 나쁘고 나도 나쁘고 이게 아니라, 남은 다 나보다 착하고 훌륭한 것 같은데 나만이 가장 나쁘다고 엄히 긍정할 수 있어야만 비로소 자기를 비판할 수 있기 때문입니다. 이것이 양심의 용기라고 생각합니다.[12]

이 좌담회에서 임화는 "자기비판이란 것은 우리가 생각던 것보다 더 깊고 근본적인 문제일 것 같습니다. 새로운 조선문학의 정신적 출발점의 하나로써 자기비판의 문제는 제기되어야 한다"[13]라고 말한다.

임화가 전제 조건으로 삼았던 '깊고 근본적인 문제'와 '조선문학의 정신적 출발점'은 사실 자기비판이 개인의 양심 고백이란 형식을 통해 조선문학의 새로운 출발에서 주체 세력으로서의 권리를 획득하기 위해 필요한 절차였다는 의미를 내포하고 있다. 임화가 제시한 자기비판의 근거는 양심이다. 이 양심과 고백은 주체의 윤리성을 전제로 이루어지는 행위이다. 가장 올바른 자기비판이지만 반대로 가장 불명확하고 비합리적인 방법이다. 그래서 자기비판, 양심, 고백, 용기로 이루어진 문학자들의 일제잔재 청산은 자기합리화 측면을 내포하고 있다. 임화의 반성성의 진정성은 그 후의 실천으로 가늠할 수 있다. 임화의 반성적 주체는 그동안의 일본 제국주의에 의해 단절되었던 조선의 역사적 공백을 메우기 위해 새로운 역사 건설 앞에 정면으로 자신의 모든 것을 맡기게 된다. 즉 임화의 반성적 주체는 객관적 실천을 통해 역사적이고 집단적

12) 좌담, 「문학자의 자기비판」, 『인민예술』 2호, 1946. 10; 송기한 · 김외곤(편)(1991), 『해방공간의 비평문학2』, 168~169쪽.

13) 위의 글, 168쪽.

주체로 변모하게 된다. 그 역사적이고 집단적 주체의 실천 행위는 민족을 부활시키고 근대적 민족 구성 양식인 국가를 건설하는 것이다.

해방의 시공간은 임화에게 일본 제국주의의 폭압적 상징 질서가 사라지고 새로운 상징 질서를 상상하던 시기이다. 1920년대부터 프롤레타리아 문학의 선두에서 민족해방투쟁을 한 마르크스주의자로서 임화가 상상한 혁명 후의 상징 질서 구성 방식을 가늠해 볼 수 있다. 그가 상상한 민족과 국가의 구성 양식은 부르주아 민주주의와 인민 민주주의였다.

3. 근대의 복원으로서의 민주주의 혁명론

좌익의 상징기호는 좌익이 추구하는 이상향에 맞닿아 있다. 좌익의 집단적 주체는 일제시대에는 일본을 통해 유입된 마르크스 이론과 일본의 좌익조직의 이데올로기적 호명에, 해방공간에서는 그 이상향을 현실정치에서 실현하고 있는 소련과 중국에서 유입되는 이론과 사상의 호명에 대답할 수밖에 없는 위치였다.

부르주아 민주주의 혁명은 일제시대에 코민테른 6차 대회를 바탕으로 12월테제를 통해 조선에 수용된다. 식민지 조선의 혁명단계를 부르주아 민주주의 혁명으로 정식화한 12월 테제는 반제・반봉건의 과제를 노동자 농민이 주축이 된 민주주의적 집권(노・농 소비에트)을 통해 해결한 뒤, 프롤레타리아혁명으로 성장・전화하는 것이다.[14]

이것은 부르주아 민주주의 혁명과 프롤레타리아 혁명에 대한 단계적

14) 임영태(편)(1985), 「조선문제에 대한 코민테른 집행위원회의 결의」, 『식민지시대 한국사회와 운동』, 사계절, 359~360쪽.

과정에 대한 방향 설정에 지나지 않는다. 구체적 조선의 현실은 혁명을 집단화할 조직도 역량도 없는 상황이었다. 이러한 지향점으로 존재하는 혁명의 양식은 개인에게 내면의 신념으로 작용한다.

임화가 1930년대 후반에 고민했던 지점은 이러한 내면의 신념을 구체화하는 과정이었다. 일본 파시즘에 대해 저항과 협력의 이분법적인 선택을 강요받는 가운데 임화의 혁명적 내면의 신념은 제국주의 이데올로기에 호명되지 않는 주체를 지켜내는 내적 저항으로 작용했을 것이다. 그 지배이데올로기에 동일화되지 않았던 내적 저항의 근저에는 조선의 근대, 즉 부르주아 민주주의 혁명에 대한 신념이 존재했다고 볼 수 있다.[15]

이처럼 일제 말기의 임화의 혁명은 내면의 욕망으로 존재할 수밖에 없었다. 주체의 내면에 존재했던 혁명은 해방으로 혁명의 구체적 실천을 위한 물적 조건을 맞이한다. 그 조건은 일본 제국주의의 억압적 상징 질서가 사라졌다는 것이다.[16]

새로운 상징 질서는 구체적 현실을 비집고 나와야 한다. 그렇지 않을 때에는 또 다른 억압적 상징 질서에 의해 포섭된다.

현실의 객관성은 구성원들의 기호화된 역사적 사실에 의해 확인된다.

---

15) 하정일은 임화의 근대극복론에서 주목할 점으로 "하나는 서구 근대의 자기 극복의 가능성을 부정하지 않았다는 점이고, 다른 하나는 근대 극복의 구체적인 방안을 제시하지 않았다는 점이다. 이로 인해 임화의 근대극복론은 미완성으로 끝나지만, 근대초극론과 같은 식민 담론을 받아들이지 않았다는 점은 특기할 만하다. 근대초극론이라는 손쉬운 길을 거부한 것은 임화가 식민주의에 대해 비(非)동일화의 입장을 견지하고 있었음을 또 한번 입증해준다"라고 보았다.(하정일, 「일제 말기 임화의 생산문학론과 근대극복론」, 310쪽)

16) 1937년 이후 임화는 소련이나 일본과 다른 조선의 특수성을 고려해야 한다는 입장으로 변모했다. 구체적인 현실의 물적 토대를 성찰하고 거기에 맞는 혁명부터 선행해야 한다는 이 인식은 해방기에도 영향을 주고 있었다.(허정(2007), 「임화 시 연구」, 동아대 박사학위논문, 118~119쪽)

임화의 현실인식도 이와 마찬가지이다. 그래서 임화는 해방 직후의 현실을 역사의 발전법칙을 통해 객관화하려 했다. 임화에게 역사의 발전은 조선의 근대화과정이다. 그 근대화과정의 좌절 원인을 규명하여 해방기의 객관적 현실을 규정하려했다.[17)]

임화는 조선의 근대는 일본 제국주의에 의해 모든 요소가 방해되었으며 그 결과 조선은 '모든 의미의 근대적 개혁과 민주주의적 발전의 제 과제를 어느 한 가지 수행하지 못한 채 사멸하고 있는 봉건왕국으로 식민지화의 운명'(「기본과제」, 293쪽)이 된 것이라 말한다.

그리고 일본 제국주의가 조선을 지배하는 발판은 전근대적 봉건주의였고, 이식된 자본주의는 이러한 전근대적 제 잔재를 토대로 누적되었다. 그래서 일본의 제국주의는 조선의 역사적 근대의 발전을 단절시켰으며 봉건적 요소를 토대로 성장한 기형적 제국주의였다. 그래서 임화는 일본 제국주의 상징 질서를 폭압적 제국주의, 반민족적 봉건주의, 변형된 자본주의로 규정한다.

이러한 임화의 역사적 인식은 임화의 근대론이 내재적 발전론에 근저를 두고 있다는 것을 증거한다. 그래서 임화의 근대론의 핵심은 단절된 민족의 근대를 복원하는 것이다.

해방은 조선의 근대를 단절했던 억압적 상징 질서가 사라진 것을 의미한다. 그래서 임화는 "조선민족의 독자적 발전이 질곡이 되었던 제국주의지배의 모든 요소를 근멸하고 조선사회의 근대적 발전-이것이 민주주의적 발전이다-을 방해하던 전근대적 제 잔재를 제거하여 정치, 경

---

17) 8월 15일의 사건이 오기 전 역시 조선에 있어 문화적·예술적 발전을 저해하던 제 조건을 먼저 검토할 필요가 있는 것이다. 그것의 분석, 규명을 통하여 우리는 새로운 조선에 있어 문화적·예술적 발전의 제조건을 발견할 근거를 얻을 수 있는 것이다.(「새로운 가능성」, 371쪽)

제, 사회, 문화, 전반에 민주주의적 발전의 대도를 열고 자주독립국가를 건설하자(「민족전선」, 219쪽)고 말한다.

하지만 일본 제국주의가 남기고 간 것은 전근대적이고 봉건적 사회에 머무르고 있는 조선이다. 이러한 조선은 '일본 제국주의적 기반이었으며 조선사회의 민주주의적 혁명을 불가능케 했으며 미해결 채로 유보해 온 식민지적 착취의 본질이기 때문에 그 기반의 단절은 이 과제의 해결 가능성을 실현'하는 것이라고 말한다.(「민족전선」, 219쪽)

그래서 해방이 되었지만 여전히 사회구성요소를 해방 전과 동일한 모순관계로 인식한 임화는 해방 직후 새롭게 건설해야 하는 민족의 근대적 구성 양식을 부르주아 민주주의 혁명 단계로 규정한다. 이것은 1930년대부터 임화가 상상한 상징 질서였다. 그리고 그동안 내면에만 존재했던 주체의 욕망은 해방에 의해 구체적 실천을 위해 정치 조직을 필요로 하게 된다. 해방 전 일본을 통해 유입된 상상의 상징기호였던 마르크시즘, 그리고 주체의 내부에 억압된 욕망은 해방 후에 현실의 구체적 실천을 담보할 수 있는 정치 조직을 통해 이데올로기화된다. 해방 후 임화의 주체는 구체적 실천을 통한 정치적 조직을 통해 형성된다고 볼 수 있다. 임화가 선택한 것은 조선공산당이었다. 그래서 해방기 임화의 부르주아 민주주의혁명론은 조선공산당의 기본 노선과 직결될 수밖에 없는 것이다. 그래서 임화의 부르주아 민주주의 혁명은 조공의 '반제 반봉건 투쟁을 바탕으로 한 부르주아 민주주의혁명을 통하여 그 중요한 과업인 완전독립과 토지혁명을 수행해나가고, 부르주아 민주주의혁명을 완수한 뒤에 그보다 높은 단계인 프롤레타리아혁명으로 전환'[18]해야 한다고 말한 1945년 8월 테제와 동일하다.

18) 조선공산당 중앙위원회, 『조선공산당 1945년 8월테제』, 1945.9.25, 송기한 · 김외곤(편)(1991), 『해방공간의 비평문학3』, 229~230쪽.

해방 후의 정치적 명제인 일본 제국주의와 반봉건의 잔재를 소탕해야 한다는 것은 어찌 보면 아주 간단하고 명확한 지향점이다. 너무나 당위적이고 보편화된 상징기호는 논쟁의 대상이 되지 못한다. 오히려 관념화되고 무의미화되어 주체의 욕망을 무의식적으로 억압하는 대상이 된다. 해방 직후 임화의 부르주아 민주주의 혁명론이 당대 억압된 상징질서의 미세하게 갈라진 모순된 틈을 뚫고 나온 것인지는 논쟁적이다. 그러나 해방 직후와는 달리 1946년 5월 조선정판사 사건, 1946년 7월 남한에서 좌익 활동이 금지, 등으로 이어지면서 임화의 혁명론은 좀 더 명확해진다.

해방된 조선의 현실은 여전히 일본 제국주의 요소와 봉건적 사회구조에 머무르고 있었고 정치적으로 '일본 제국주의 잔재를 일거에 소탕하기 어려운 사정이며, 일본 제국주의의 토대가 되었던 봉건적·전근대적 잔재는 일본 제국주의 대신 새로운 동맹자층을 발견하여 결합'하고 있었다.(「새로운 가능성」, 374쪽) 그래서 임화는 해방 직후의 상황을 반민주주의 십자군이 다시 새로운 장애로 등장했다고 본다. 그리고 그 "반민주주의 십자군은 조국을 민주주의 세계로 만드는 대신, 반봉건적 전제국가의 두려운 악몽"을 꾼다고 보았다.(「새로운 가능성」, 375) 그리고 이러한 제국주의의 토대가 되었던 봉건적 요소를 소탕하지 않으면 "국제팟시즘 전선의 일부를 조선 내에 방치하여 두는 결과가 되며, 이 방치된 잔재는 또다시 조선 내에 있어 반민주주의세력 형성의 핵이 될"(「민족전선」, 221쪽)것이라고 말한다. 결국 남한은 일본잔재와 봉건적 요소가 그대로 잔존하면서 현실 정치 이념과 결합하게 된다.

임화는 1946년 4월~7월 사이 남한의 정치 현실을 미국과 일본 잔재를 발판으로 한 봉건주의 그리고 매판 자본주의에 의한 반민주주의적 성격을 인지한다. 그는 해방 이후 미군정에 대해 연대의 대상으로 생각했으나 이제 적대적 관계로 전환한다. 그는 시에서 "흉악한 미제국주의 침략자"(「서울」), "미국 강도단"(「한 번도 본 일이 없는 고향 땅에」), "미국 강도배"(「밟으면 아직도 뜨거운 모래밭 건너」)와 같은 시어로 미국의 제국주의 속성을 비판했다.[19] 임화의 시각에서는 남한에서 더 이상의 평화적이고 민주주의적인 혁명은 기대할 수 없게 된 것이다.

이러한 남한 현실 정치의 전선의 변동으로 임화는 해방 직후의 부르주아 민주주의혁명에서 인민 민주주의혁명으로 변화하게 된다. 이것은 조공의 박헌영의 글 「10월 인민항쟁」에서 밝힌 '민주독립 조선인민공화국건설'을 위한 인민항쟁과 동일 선상에 있다.

이러한 임화의 변화된 인식은 1947년 4월에 발표되는 「민족문학의 이념과 문학운동의 사상적 통일을 위하여」에 담겨 있다. 이 글은 임화가 1947년 11월에 월북하는 것을 감안한다면 해방 이후 남한에서 활동한 혁명론과 문학론을 총 정리하는 글이라 할 수 있다.

이 글은 "임화의 민족문학의 이념과 성격, 당파성과 민중연대성의 관계, 민족문학의 당면방향과 근본방향 등을 체계화함으로써 해방기 민족문학론의 최고 수준을 보여준다."[20] 해방 후의 임화의 민족문학론을 정립한 이 글의 핵심은 계급성이다. 이 계급성의 문제는 해방 후 일본 제국주의 잔재 청산의 인민전선의 기준점이었으며 좌익 내의 문건과 문맹 간의 혁명 주체 논쟁의 핵심적 내용이었다.

이상에서 살핀 해방 후 임화가 상상한 민족과 국가의 구성 양식은 부르주아 민주주의에서 인민 민주주의로 구체적으로 전개되었으며 이것은 혁명 주체의 계급성에 의해 더 명확해진다고 볼 수 있다.

---

19) 미국에 대한 임화의 시각에 대해서는 권성우(2008), 「임화 시에 나타난 '탈식민성' 연구」, 『횡단과 경계』, 소명, 322~323쪽 참고.
20) 하정일(1992), 「해방기 민족문학론 연구」, 연세대학교 박사학위 논문, 161쪽.

4. 인민의 계급성으로서의 노동자 계급성

상징 질서와 새로운 상징 질서의 충돌은 주체에게 판단을 요구한다. 판단에 의해 상징 질서의 시간은 누적되어 상징화된다. 그리고 역사가 된다. 상징 질서의 충돌, 주체의 판단, 상징화과정으로 형성된 상징 질서는 완벽히 구조화된 구성체가 아니다. 언제나 주체에게 불완전한 대상으로 존재한다. 그래서 상징 질서 자체뿐만 아니라 상징 질서와 새로운 상징 질서사이에는 틈이 존재한다. 그 틈에 존재하는 것이 구조화되지 않는 욕망의 주체이다. 그리고 그 틈을 매우는 것은 새로운 상징 질서를 상상하는 주체에 의해 이루어진다.

주체는 상징 질서 속에서, 또는 상징 질서와 새로운 상징 질서 속에서 더 이상 자유롭지 못하다. 즉 주체는 이데올로기적이다.[21)]

해방공간의 주체에 대해 임화는 해방 직후의 새로운 상징 질서를 건설하기 위해서는 '민주적 개혁에 대한 민족의 자각을 자각'하는 것이라고 말한다. 자각은 주체가 대상에 대한 새로운 인식을 정립하는 것이다. 새로운 인식을 정립한 주체, 즉 새로운 상징 질서를 생성, 발전, 성장시키는 주체이다. 임화는 해방기 새로운 상징 질서에 대한 민족적 주체를 새롭게 정립해야한다는 것을 제시하고 있다.

임화는 상징 질서와 새로운 상징 질서의 관계를 역사적 발전법칙으로 인식했다. 이와 마찬가지로 새로운 민족적 주체도 역사적 발전 법칙에 의한 진보적 주체가 된다.

앞에서 살폈듯이 임화의 근대성 측면에서 상징 질서의 충돌은 조선의

21) 주체는 바로 누빔점이 작동하는 현실 속에 던져진다는 점에서 주체는 이데올로기로부터 자유롭지 않다.(김선규(2008), 「상징계라는 형식의 역설」, 『현대사상2－환상을 넘어서』, 현대사상연구소, 88쪽)

맹아적 근대와 일본 제국주의 근대 사이에서 발생한다. 그리고 미성숙한 조선의 근대는 봉건주의적 요소가 일본 제국주의의 근대에 의해 동일화되면서 새로운 상징 질서로 생성 발전하지 못하였다.

조선의 근대화과정에서 새로운 상징 질서의 새로운 주체로 성장하지 못하고 오히려 일본 제국주의의 퇴폐적 자본주의로 변화되어 갔던 조선의 부르주아계급에 대한 임화의 분석은 "첫째는, 조선의 부르주아지가 미처 생육되기 전, 조선이 일본 제국주의의 식민지가 되었기 때문에 충실하게 성장치 못한 것. 둘째는, 제국주의의 품안에서 길러온 조선 부르주아지의 소협력기업이나 매판으로 성격화되고 전쟁을 기회로 성장한 소수의 부르주아지는 연합국의 전쟁범죄자적 또는 민족 배반적 위치로 전화된 것 등"(「현하」, 25쪽)으로 설명하고 있다. 이처럼 조선의 부르주아계급은 근대적 주체로의 성장이 일제에 의해 단절되었으면 제국주의 시대에는 매판 자본가가 되어 반민족적 계급으로 떨어졌다. 그래서 개화기와 일본 제국주의 기간 동안 '부르주아계급은 민족운동의 혁명성과 시민계급의 진보성을 상실했'(「기본과제」, 299쪽)다.

그래서 임화는 '1920년대부터 대두되기 시작한 노동자계급이 민족해방운동 가운데서 영도적 지위에 서게 되었으며 시민계급이 탈락한 뒤 민족해방운동 가운데서 불가피적으로 중심적 역할'(「기본과제」, 299쪽)을 아니할 수 없었다고 말한다.

해방 이후에도 부르주아계급은 일본 제국주의의 유산 상속을 위해 외래세력과 결탁하고 토착지주와 반동적으로 결합하여 새로운 사대주의를 형성하게 된다. 임화가 해방 후 상상한 부르주아 민주주의의 혁명주체로 부르주아계급은 이미 반역사적 계급으로 떨어졌다.

임화는 해방 이후 반민주주의 전선, 즉 자본가, 지주, 신제국주의에 맞서 역사적 주체로 인민전선을 주장한다. 그는 국민, 민중, 인민을 구분하고 '민중은 피치자(被治者)를 가리키는 말이지만 인민은 피치자중 피압박층을 가리킨다'고 말한다. 그래서 '인민은 노동자나 농민 기타 중간층이나 지식계급 등등을 포섭하는 의미에 있어 피착취의 사회계급을 토대로 한다는 사회계급적인 요소가 보다 더 많은 개념'이라고 설명한다. 그리고 '이 가운데서 노동자계급이 가장 혁명계급이라고 본다. 왜냐하면 그들은 잃을 것이라고는 철쇄(鐵鎖)밖에 아니 가진 계급이며 그들 가운데서 진리의 역사적 체현자를 발견'할 수 있기 때문이라고 설명한다. (「인민적 기초」, 103~105쪽)

임화가 제시한 역사적 혁명 주체는 인민계급이다. 왜냐하면 피압박층이기 때문이다. 그리고 그 중 노동자계급이 가장 혁명계급이라고 말한다. 다시 말하면 인민 계급은 역사적 불가피성, 모순의 피지배성, 무소유의 역사적 진리 재현성 때문에 혁명 주체이다.

임화가 부르주아 계급의 반역사성을 분석하면서 인민 계급을 제시하지만 그럼에도 불구하고 그가 제시한 인민 계급에는 부르주아계급을 대신하는 수동적 주체성을 내포하고 있다. 그리고 "만일에 노동자계급이 지금 단계를 프롤레타리아 혁명의 시기라고 규정한다면 민족전선의 실현은 불가능하고 격렬한 계급투쟁을 예상하지 않으면 안 될 것이다."(「민족전선」, 220쪽)라고 말한다. 이 처럼 임화가 제시한 인민 계급의 정체성은 명확히 하지 않으며 정세적이다. 이러한 지점이 해방공간에서 좌익 내의 계급성 논쟁을 불러오게 된 이유라고 볼 수 있다.

이러한 인민 계급의 주체성은 현실의 실천적 투쟁이 시작되는 1946년 7월 이후부터 구체화된다. 1947년 2월 3·1운동 제26주년을 기념하여 발표한 「인민항쟁과 문학운동」에서 10월 항쟁은 '3·1운동의 반제국주의투쟁과 민주독립을 위한 항쟁을 계승한 것'이며 '조선인민의 모든 자유의 새로운 출발점이 된 것'이라 말한다. 즉 인민 계급은 현실 정치에서 구체적인 역사적 실천을 한 주체이다.

그 후 「민족문학의 이념과 문학운동의 사상적 통일을 위하여」에서 인민 계급과 노동자 계급의 관계를 설명한다. 인민전선으로 통일되어 있는 관계, 노동자 계급의 지도성, 노동자 계급성 지향 등으로 이해 할 수 있다. 이것은 해방 직후 현단계의 상징 질서로 지향했던 부르주아 민주주의 혁명을 넘어 미래의 상징 질서인 인민 민주주의 혁명론을 구체화하는 것과 같다. 즉 혁명 후의 이야기다. 임화는 이것을 현대라 한다.

임화는 민족 구성체의 민족 구성요소는 '식민지 민족의 해방투쟁을 통하여 형성된 노동자, 농민, 소시민이며, 그것은 민족내부의 모든 특권층을 제외한 인민들의 인민전선적 집합체'(「사상적 통일」, 310쪽)라고 규정한다. 이것은 서구근대 형성기의 투쟁전선과는 다른 반제 반봉건 투쟁을 위한 전선이다. 즉 이미 지배계급으로서 모순의 억압자인 시민계급은 더 이상 혁명의 주체가 되지 못하는 것이다.

이러한 투쟁전선을 지도하는 계급은 모순의 극점에 있는 노동자 계급이 된다.

임화는 서구 부르주아혁명기 시민계급이 타 계급을 지도하여 혁명을 하였으나 혁명 후 그 시민계급은 혁명성을 상실하고 반역사적인 지배계급이 되었다. 그러나 노동자 계급은 혁명의 승리 후에도 혁명성을 버릴 수 없다고 말한다. 노동자계급은 '혁명의 시기에만 아니라 승리 후에 있어서도 혁명성을 버릴 수가 없는 것이며, 그들은 농민보다도 소시민보다도 인민이며 민주주의자이기 때문에 일관하여 인민의 영도자로, 민족의 형성자로서 강고한 인민전선을 유지하여 나갈 필요가 있는 것이다'라고 말한다.(「사상적 통일」, 312쪽)

그리고 임화는 노동자계급은 '영구히 진보적이며 무한히 인민적이다.'고 말한다. 왜냐하면 '노동자계급은 자기의 이익과 다른 인민들의 이익이 모순할 염려가 없'기 때문에 다른 인민들을 수탈할 필요가 없고 지배할 필요가 없'으며 '다른 나라의 인민들과 더불어 부패하여 가는 자본주의를 극복하고 자기민족과 인류사회를 더 높은 계단으로 발전시킬 사명과 임무를 가진 계급'이라고 보았다.(「사상적 통일」, 313쪽)

그래서 임화는 더 이상 계급대립과 투쟁, 제국주의적 대립과 전쟁이 없는 노동자 계급에게 영도되는 현대의 민족국가를 형성해야한다고 말한다. 이것은 노동자계급의 인민 연대성과 계급성에 의해 혁명의 지도 계급이며 혁명이후에도 역사적 발전을 이끌어가는 사회 구성 계급으로 보았다. 그리고 이러한 노동자 계급의 이념을 기초로 한 이념을 임화는 '현대의 민족 이념'이라 명한다.(사상적 통일」, 313쪽)

5. 결론

해방의 시공간은 임화에게 일본 제국주의의 폭압적 상징 질서가 사라지고 새로운 상징 질서를 상상하던 시기이었다.

그 전제 조건이 새로운 역사적 주체로 나서기 위한 자기비판이었다. 자기비판의 진정성은 반성적 주체가 그동안의 일본 제국주의에 의해 단절되었던 조선의 역사적 공백을 메우기 위해 새로운 역사 건설 앞에 정면으로 자신의 모든 것을 맡기는 실천적이고 역사적 주체가 되는 것으로 확인된다.

그래서 이 시기 임화의 주체적 실천은 남북한에서 새로운 상징 질서가 중층결정되는 과정과 대응되며, 그 실천적 결과로 새로운 상징 질서를 기획하면서 지향해야할 현대의 민족이념을 제시했다.

해방 후 임화가 상상한 민족과 국가의 구성 양식은 부르주아 민주주의에서 인민 민주주의로 구체적으로 전개되었다.

임화는 해방 전 일본 제국주의에 대한 내적 욕망으로 존재했던 부르주아 민주주의 혁명을 해방이후 근대민족국가 건설을 위한 혁명론으로 제시한다. 그러나 일본잔재청산과, 봉건주의 타파는 이루어지지 않고 새로운 억압적 상징질서가 대두되었다. 이러한 남한 현실 정치의 전선의 변동으로 임화는 해방 직후의 부르주아 민주주의혁명론에서 새로운 억압적 상징질서에 저항하는 인민 민주주의혁명론으로 발전한다. 이 혁명론은 혁명 주체에 대한 명확한 인식을 바탕으로 모든 인민의 이념인 노동자 계급의 이념을 기초로 한 '현대의 민족 이념'을 지향하는 것이었다.

이러한 임화의 '현대의 민족 이념'은 해방공간의 새로운 근대민족국가 건설과정에서 억압적 상징질서로 등장한 자본주의의 모순을 극복하고 혁명 이후까지 상상한 새로운 상징질서의 이념을 제시했다는 측면에서 가장 앞선 근대민족국가 이념을 제시했다고 볼 수 있다.

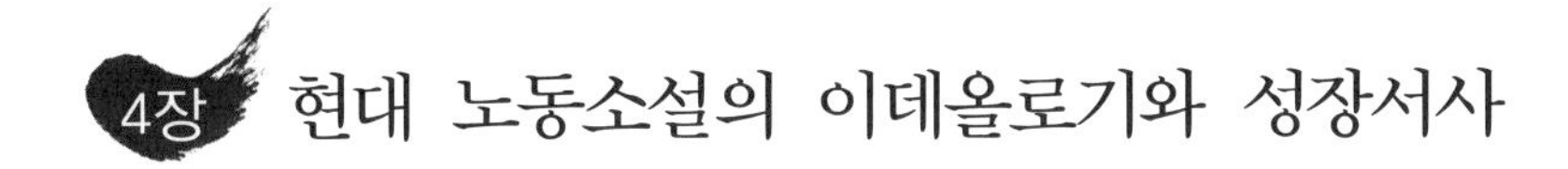

4장 현대 노동소설의 이데올로기와 성장서사

1. 노동소설의 연구 현황

1) 연구의 필요성

이 논문의 목적은 1970~80년대 한국노동소설에 나타난 지배적 국가 이데올로기와 저항 주체인 노동자 계급 사이의 대립 양상을 분석하고, 이를 바탕으로 노동자 계급의 '새로운' 주체정립 과정을 규명하는 데 있다. 이것은 궁극적으로 노동소설의 문학사적 존재 근거를 마련하는 것이다.

노동소설은 1920년대 초반에 처음 등장한다. 1910년대 토지조사사업이 수행된 이후 1920년대부터는 식민지적 자본화가 본격적으로 전개되었고 이것은 식민지 노동자계급형성의 객관적 조건이 된다. 가혹한 노동과 기아적 임금, 비참한 삶은 그들에게 계급감정을 형성시켰고 점차 그들의 노동조건을 개선시키려는 투쟁 속에서 계급의식은 싹트기 시작하였다. 1920년대 일제의 지배정책은 식민지 조선의 계급구성을 크게 변화시켰다. 노동자의 수적 증가와 농촌내부의 계급분화로 인한 소작농의 급증, 농민의 잠재적 프롤레타리아트화는 임노동자화를 뜻한다. 1920년대 식민지 조선의 이러한 계급구성의 변화는 새로운 민중운동의 고양, 노동자, 농민의 계급적 자각과 그들의 전면적인 사회적 진출을 가능하게 하는 조건이 되었다.[1] 이러한 지배적 이데올로기인 일본제국주의와 자본주의에 대응하여 나타나기 시작한 노동소설은 카프의 결성과 함께 본격적인 출발을 하였으며, 이후 1937년까지 100편이 넘는 작품을 양산하였다.[2]

이러한 일본제국주의의 지배이데올로기의 억압성이 해소되는 것은 해방공간이다. 해방공간에서 진보적 문학단체는 반제, 반봉건, 반국수주의 기치 아래 민주주의 민족문학을 건설하는 것을 역사적 과제로 보았다. 이 과제의 미적 주체로 노동자 계급을 중심으로 한 인민을 내세운다. '해방공간은 부르주아 민주주의 혁명과 근대민족국가 건설이라는 시대적 과제에 의해 노동문학에 대한 적극적인 관심에서는 벗어나 있었다.'[3] 그러나 1946년 중반을 넘기며 각 산업체의 노동쟁의는 마침내 9월의 총파업으로 확대되고 10월 인민항쟁으로 이어진다. 이러한 시대적 현실에 '조선문학가동맹은 인민항쟁의 특집으로 ≪문학≫ 임시 증간호를 발행하고 문학적 대응을 했다. 그 가운데 노동자를 주인공으로 하는 용산기관구의 전투를 옮겨낸 강형구의 「연락원」과 대구항쟁을 다룬 전명선의 「방아쇠」 등이 있다.'[4] 이처럼 해방공간에서의 노동소설은 시대적 현실 모순인 반제, 반봉건, 반국수에 대응한 역사적 주체로 노동자 계급

---

1) 전명혁(2000), 「한국 노동자계급 형성연구」, 『역사연구』 제11호, 21쪽. 참조.
2) 안승현(1995), 「일제하 한국노동소설의 제양상」, 『한국노동소설 전집』, 보고사.
3) 신재성(1991), 「해방직후 노동소설과 인민성의 문제」, 『외국문학』 봄호, 열음사, 186쪽.
4) 신형기(1989), 「노동소설 연구」, 『현대문학의 연구』 제12집, 한국문학연구학회, 156쪽.

을 형상화하고 있다.

해방이후 한국 사회는 근대민족국가를 수립하고 1960~70년대 근대 산업사회와 1980년대 국가독점 자본주의로 발전한다. 이러한 과정에서 반공이데올로기와 경제 성장이데올로기는 국가의 중심적 지배 이데올로기였다. 그러나 이러한 국가이데올로기는 군사독재와 국가가 독점 자본주의와 대기업 중심의 경제와 같은 제반 모순과 파행을 수반할 수밖에 없었다. 국가이데올로기의 억압성과 폭력성, 그로 인한 인간성의 소외가 구체적이고 치열하게 작동한 공간이 노동현장이었다. 1970~80년대 한국 사회는 성장한 산업사회만큼 모순에 저항하는 농민운동, 도시 빈민운동, 노동운동 등 이른바 민중운동도 성장하게 된다. 1970년대의 시작과 끝에서 일어난 사건은 이러한 1970년대 사회를 상징적으로 대변하고 있다. 전태일의 분신(1970)부터 YH무역농성사건(1979)은 개인에서 집단으로 변해가는 노동운동의 성장을 대변하고, 박정희의 독재와 종말은 1인 독재의 종식이 아니라 새로운 형태의 독재, 즉 보수화 집단화된 독재를 생산하고 확산시켰다. 이러한 변화는 1980년대의 사회모순이 집단 대 집단의 대결로 나타났으며, 지배의 억압과 피지배의 저항은 각각의 집단이 자체적 동력을 재생산하면서 성장하게 된다. 피지배계급의 저항의 변화는 1970년대의 자유민주주의적 개인 저항에서 1980년대 민중해방주의적 집단저항으로 나타난다. 이러한 저항의 문학은 저항의 이념으로 자유와 민주, 노동해방을, 그 저항의 주체로 진보적 지식인, 농민, 노동자, 도시빈민을 형상화했다. 노동소설은 이러한 민족문학으로서 1970~80년대를 관통하고 있다.

이상과 같이 한국노동소설은 현실의 지배적 이데올로기의 억압성과 제 모순을 극복하고자 하는 노동자 계급의 실천적 행위를 형상화한 것이다. 즉 1920년대는 일본제국주의와 자본주의, 해방공간에서는 제국주의, 봉건주의, 국수주의, 1970~80년대는 반공이데올로기와 경제성장이데올로기에 대립, 저항한 노동자 계급의 성장과 현실 극복을 형상화한 것이다.

이처럼 노동소설의 서사는 대립과 저항의 문학이었다. 그래서 노동소설에 대한 성과와 한계를 논할 때 빠질 수 없는 요소가 대립서사이다. 이 대립서사는 현실 노동운동과의 관계인 문학운동 측면에서 긍정적 성과이지만 문학성 측면에서는 부정적 평가를 받는 원인이기도 하다. 이러한 두 측면의 평가는 현실과의 관계를 강조하는 집단적 문학운동이 강화될 때 생산된 문학에 대한 평가에서 언제나 있어 왔다.[5] 그러나 부정할 수 없는 것은 문학성 측면의 부정적 평가라 할지라도 문학의 운동성을 거부하는 것은 아니라는 점이다. 즉 문학의 운동성에 대한 부정이 아니라 작품에 형상화된 대립서사의 문학성에 대한 비판이다.

이 대립서사의 문학성에 대한 비판 중 두 가지 측면에 주목할 필요가 있다. 하나는 오창은[6]처럼 "작가들이 보고자 했던 것들(이를테면 노동, 파업, 조직 내의 갈등 등)만 기술됨으로써, 1980년대 노동소설은 '투쟁하는 노동'만 보여주면서도 '생활하는 노동'을 은폐시키고 말았다."고 비판하는 것이다. 그리고 다른 하나는 강진호[7]처럼 노동"주체의 일방적 시선과 배타적 신념에 바탕을 둔 것"에 의해 타자인 "자본가들을 인간 이하의 악한으로 매도하고 타도의 대상으로 그렸다는 것"이다.[8] 전자는 작품 전

---

5) 1925년 카프, 해방공간의 조선문학가 동맹, 1980년대 노동해방문학이 집단적 문학운동 경향이 나타난 시기라 할 수 있다. 이 운동성은 새로운 현실을 건설하려는 목표를 두고 집단적 문학운동을 한 시기이다.

6) 오창은(2006), 「1980년대 노동소설에 대한 일고찰」, 『어문연구』 제51권, 어문연구학회, 155쪽.

7) 강진호(2004), 「1980년대 노동소설과 근대성의 딜레마-주체의 낙관적 의지와 배타적 신념」, 『현대소설사와 근대성의 아포리아』, 소명, 262쪽.

8) 오연희도 이러한 "주체의 일방적 시각"이 1980년대 노동소설의 문제점으로 지적한다.

체로 볼 때 대립서사의 과잉이고 후자는 대립서사 내에서 대립 주체의 불균형이다. 결국 1980년대 노동소설은 대립의 총체성 획득에 실패한 측면이 있다는 비판이다. 그래서 고영직[9]은 "민중을 이상화하고 좌파를 낭만화하려는 미학적 왜상(歪像)이 1980년대 민중・노동문학 텍스트에서 범람했다는 점을 직시해야" 한다고 주장한다.

이와 같은 평가는 노동소설이 자본가 계급과 노동자 계급 간의 대립서사라는 전제에서 출발한다. 이 대립서사의 문학적 장치는 투쟁이다. 왜냐하면 투쟁의 연속적 결합에 의해 대립서사가 이루어지기 때문이다. 그리고 투쟁은 대립하는 두 계급 주체에게 공통적으로 작용하는 서사 장치이다. 대립하는 지점에 나타나는 대립 계급의 주체적이고 자율적인 실천이 투쟁인 것이다. 이러한 대립 계급의 양상을 형상화할 때 대립서사는 균형성과 보편성을 획득할 수 있다. 그러나 1980년대 노동소설은 대립서사 구조임에도 불구하고 대립 주체인 상방간의 투쟁의 대립이 아닌 노동 주체의 단선적 투쟁으로만 형상화되고 있기 때문에 문학적 장치로서 투쟁에 대한 평가는 부정적일 수밖에 없었다. 결국 1980년대 노동소설은 대립서사이면서 대립의 불균형, 즉 노동자 계급의 투쟁만 남게 된 것이다. 이 점은 1980년대 노동소설에 대해 '관념적 급진성과 정파주의, 도식성, 계급적 환원주의, 상투적이고 사물화된 인물'[10] 등과 같이 부정적 비판을 받는 결정적 원인이기도 하다.

"가난한 사람들은 대부분 인정 많고 선한 반면 사회적으로 지위가 있거나 잘 사는 사람들은 예외없이 악한 존재로 유형화되는 등 세계의 중층성 내지는 다면성에 대한 인식을 약화시키면서 현실의 도식화를 초래했다."(오연희(2007), 「노동소설의 새로운 모색」, 『어문연구』 제54집, 어문연구학회, 303쪽.)

9) 고영직(2005), 「이론신앙을 넘어, 사실의 재인식으로－1980년대 민중・노동문학론에 관한 단상」, 『실천문학』 겨울호, 실천문학사, 82쪽.

10) 김복순(2000), 「노동자의식의 낭만성과 비장미의 '저항의 시학'－70년대 노동소설론」, 『1970년대 문학연구』, 소명, 119～121쪽.

그러나 앞에서 언급한 노동소설의 대전제, 즉 자본가 계급과 노동자 계급간의 대립서사에 대해 소재적 관점에서 벗어나 연구될 필요가 있다. 왜냐하면 노동소설의 대립서사는 단순한 소재적 차원에서 자본가 계급과 노동자 계급의 대립이 아니라 모순된 현실과 노동자 계급 사이의 대립이기 때문이다. 노동자 계급의 투쟁 대상이 현실이라는 것은 노동자의 투쟁 목표를 방해하는 모순된 사회현실과의 투쟁을 의미한다. 그래서 노동소설의 대립서사에는 노동 주체가 계급의식을 획득하는 서사뿐만 아니라 모순된 근대적 현실을 극복하려는 '유토피아 지향성'[11]까지 나타나는 것이다.

그래서 노동소설의 대립서사는 한 쪽 축인 모순된 현실을 전제로 또 다른 축인 노동자 계급의 투쟁 서사를 형상화하고 있다. 결국 노동소설은 모순된 사회현실에 대항하는 노동자 계급의 주체성이 문제가 되는 것이다.[12] 이것은 노동 주체가 현실 모순을 극복하기 위해 주체적으로 실천한 투쟁의 성격과 양상이 밝혀질 때 규명될 수 있다. 이러한 모순된 현실과 노동자 계급의 주체 정립에 대한 연구는 노동소설의 문학운동성에 대한 정치한 이해를 가능하게 하고 현재적 관점에서 노동소설의 새로운 가능성의 출발점이 될 것이다.

2) 노동소설의 연구 현황

1970~80년대 노동소설에 대한 연구는 시작 단계라고 할 수 있다. 특히 동시대라 할 수 있는 1989년부터 1990년대 초까지 발표된 노동소설

11) 위의 글, 119쪽.
12) 노동 문학을 저항 문학으로 규정 내리는 것도 대립 서사보다 노동자의 투쟁 서사 쪽에 중심을 두고 평가하기 때문이다.

과 관련된 논쟁적 평론을 제외하면 연구 성과는 몇 편 되지 않는다. 이처럼 수적인 부족뿐만 아니라 연구 결과에 대해 한국문학사에서 보편적 합의와 체계화도 이루어지지 않은 상태이다. 그래서 아직까지 논쟁적 영역으로 남아 있다.

그 중 개별 작가 작품이 아닌 노동소설의 성과와 한계에 대한 연구는 주목된다. 먼저 1970년대 노동소설에 대해서 하정일[13]은 1970년대 노동소설 중 황석영의 『객지』와 조세희의 『난장이가 쏘아올린 작은 공』을 "저항의 서사"와 "유토피아 충동"의 결합으로서 저항의 서사는 현실 모순을 극복하는 영역으로, 유토피아 충동은 "저항의 서사의 이데올로기화를 견제해 주는 행복한 예술"적 요소로 보았다. 그러나 이 두 결합체는 1980년대에 와서 저항의 서사만 남고 "유토피아 충동이 거세"되었고 그 결과 1980년대 노동소설은 "스탈린주의에 침윤되면서 특유의 급진성을 잃어버리고 목적론적 담론으로 이데올로기화"되었다고 규정한다.

김복순[14]도 1980년대보다 1970년대 노동소설에 긍정적인 입장이다. 그는 윤정규의 「모반」, 「장렬한 화염」, 황석영의 『객지』, 조세희의 『난장이가 쏘아올린 작은 공』에 공통적으로 드러나는 특징을 "낭만성"과 "비장미" 그리고 "숭고미"로 요약한다. "낭만성은 대자적 상태로 변모한 주체의 미메시스적 열망이 낙관과 만나는 지점"이고 "비장미는 '있어야할 것'으로 '있는 것'을 부정할 때 발생"하며 "'있는 것'은 물론 불만스런 현실로서 자본주의적 근대를 지칭하며, '있어야 할 것'은 아직 분명히 제시되지는 않았지만 자본주의적 근대를 극복하는 '대안적 근

13) 하정일(2000), 「저항의 서사와 대안적 근대의 모색-산업화 시대의 민족문학」, 『1970년대 문학연구』, 민족문학사 연구소, 소명.
14) 김복순, 앞의 글.

대'"로 보았다. 그리고 "숭고미"는 1970년대 말에 창작되기 시작한 노동자 작가의 작품으로 "구속과 해방의 변증법"적 실천을 문학적으로 형상화한 "체험 양식"에 나타난다고 보았다. 이러한 "미학적 환결성"을 "1980년대의 대개의 노동소설이 드러낸 도식성이라든가 계급적 환원주의에서 벗어나" 있는 장점이라고 보았다.

1980년대 노동소설에 대해서 김선건[15]은 골드만의 발생구조주의 입장에서 황석영의 『객지』, 조세희의 『난장이가 쏘아올린 작은 공』, 이택주의 『타오르는 강』, 정화진의 『철강지대』를 대상으로 노동소설의 계급의식과 계급의식을 발생시킨 계급구조를 분석하고 그 의미구조의 공통적 특징을 집단의 지향성, 즉 가능의식으로서의 계급적 집단의식으로 보았다.

조정환[16]은 1980년대 "노동문학 작품들이 흔히 제시하는 인물들은 이상화된 나머지 작가 자신의 당파성을 '상황과 행위 자체로부터 저절로' 드러내기보다 구호와 도식을 통해 원칙적·명시적으로 표명하는 수단으로 떨어지"고 "구호와 도식이 아니라 '개별화를 통해 드러나는 전형적 상황과 전형적 인물'이 리얼리즘의 지향이라고 볼 때 당시의 노동문학은 그 수준을 만족할 만큼 보여주지 못했"다고 평가한다. 그러나 현재 사회는 노동자 계급이 재구성되어 노동은 작업장을 넘어 사회 전체로 흘러넘치고 모든 영역이 자본에 포섭되어 노동의 장소가 되고 있다. 그래서 노동문학은 이제 "삶으로서의 문학"으로 재구성되어야 한다고 보고 있다.

---

15) 김선건(1992), 「1970년대 이후 노동소설에 나타난 계급의식에 관한 연구」, 연세대학교 사회학과 박사학위논문.

16) 조정환(2000), 「사회주의 리얼리즘의 종말 이후의 노동문학」, 『실천문학』 봄호, 실천문학사.

선주원[17]은 방현석의 작품을 "노동자들의 입장에서 투쟁에 나서지 않을 수 없는 필연적인 과정을 형상화"한 저항의 서사로 보고, 정화진의 작품을 운동으로서 "다원성을 지향하기 위한 피나는 노력"이며 1990년대 다원성의 밑거름이라고 보았다. 그리고 문학교육에서 "운동으로서의 문학이 갖는 가치와 의의에 대해 논의"했다.

고영직[18]은 1980년대 노동문학에 대한 현재적 의미로 "객관 현실을 사실적으로 파악하고 현실과 예술의 관계를 규정하고자 했던 민중・노동문학의 시도는 신자유주의 시대에 대응하는 미학과 윤리학을 재구성하는 데 있어서 유의미한 텍스트"가 된다는 측면을 제시한다. 그러나 1980년대 노동소설의 "주의(主義)와 주정(主情)의 과잉을 넘어" 새로운 "노동의 인간학에 관한 문학적 접근 방식"은 "비루하기 짝이 없는 우리네 삶의 세목들을 사실적으로 응시하면서 자기화된 표현을 얻"을 때 가능하다고 보았다.

오창은[19]은 1980년대 노동소설을 세 시기로 구분한다. 제1기를 노동자들의 목소리를 지식인 작가가 담아내는 형식, 제2기를 청년 지식인 작가들이 사회변혁론과 관련해 소설을 창작한 시기, 제3기를 노동자 출신 작가의 작품, 혹은 노동현장에 투신한 대학생출신의 작가들에 의해 쓰인 시기로 구분한다. 그리고 1980년대 노동소설에 대해 도식성, 문학성이 결여되었다는 평가에 어느 정도 동의하면서 한편으로는 환멸의식으로 노동소설을 "역사에서 배제"하려는 경향에 대해서는 반성해야 하며, "80년대 노동소설에 나타나는 노동자 계층의 역사적 경험의 서사화,

17) 선주원(2004), 「노동소설의 운동성과 소설교육」, 『청람어문학』 제28집, 청람어문교육학회.
18) 고영직, 앞의 글.
19) 오창은, 앞의 글.

곡선적이고 굴곡적인 인간사의 형상화는 분명한 미적 성취로 재해석되고 재평가돼야" 한다고 보았다.

오연희[20]는 1980년대 노동소설이 안고 있었던 문제점으로 도식성과 목적 지향성의 문제점을 지적하고 새로운 노동소설의 가능성으로 "노동현실의 이모저모를 다층적인 차원"에서 그린 이재웅의 작품 「젊은 노동자」와 『그런데, 소년은 눈물을 그쳤나요』를 제시한다.

김영희[21]는 1980년대 "노동문학을 중·단편소설과 장편소설로 분류하여, 중·단편소설은 노동자계급의식의 진전에 따른 노동운동의 발전과 노동소설의 변모를 확인"하였고, "장편소설은 이념의 지향과 변모, 그 투쟁 노선에 따라 검토하였다." 그는 "작품의 현실인식, 이념적 편향이나 예술적 측면에서 한계를 지닌 작품들이 있지만, 사회 모순을 제시하여 소외된 민중의 인간다운 삶을 지향하였다는 데서 의미"를 두었다. 특히 그의 논문은 기록문학부터 중·단편, 장편에 이르기까지 방대한 작품을 대상으로 체계화했다는 데 의의가 있다.

이상에서 1970~80년대 노동소설에 대한 연구의 공통점은 노동소설의 시대적 현실 대응에 대한 문학의 운동성 측면의 성과는 인정하면서 문학성의 성과에 대해서는 부정적 시각이다. 그리고 이러한 한계를 극복하기 위해서 문학 운동의 문학성을 다시 회복해야 한다는 것이다. 그 방법은 다시 리얼리즘의 성취를 제안하고 있다. 즉 변화된 현실의 복잡하고 다원적인 노동자 계급의 구체적 삶을 형상화할 때 노동소설의 운동성과 함께 미적 성취가 달성될 수 있다고 보았다.

---

20) 오연희, 앞의 글.
21) 김영희(2008), 「한국 현대 노동소설 연구」, 경남대학교 박사학위논문.

2. 노동소설과 성장서사

1) 노동소설의 개념

기존 연구에서 노동소설의 개념[22]에 대해서는 큰 이견이 없다.

노동소설을 규정하는 시각은 작품의 동질적 속성에서 찾아야 한다. 한국소설사에서 노동소설은 1920년대, 해방공간, 그리고 1970~80년대에 집중적으로 생산되었다. 이 시기는 공통적으로 근대산업자본이 형성되거나 발전한 시기이다. 노동소설의 개념은 작품의 외적인 생산 조건과 내적인 작품의 구성 요소가 규명되었을 때 정립될 것이다.

이러한 관점에서 첫째, 자본주의의 생산관계이다. 작품이 창작된 시기는 일본 제국주의 산업자본에 의해 생산관계가 사회를 구성한 시기다. 그리고 자본주의 생산관계의 모순을 반영한 소설에서 작품의 중심인물로 새롭게 임금노동자가 등장하게 된다. 그래서 노동소설에는 자본주의 생산관계의 대립 계급인 자본가와 노동자의 갈등과 그 생산관계를 극복하려는 미래 지향적 속성이 형상화된다.

둘째, 중심인물의 계급의식이다. 새롭게 등장한 인물이 사회적, 역사적 의미를 생성시킬 때 진정한 주인공이 된다. 그래서 새롭게 등장한 노동자 계급의 인물은 생산관계의 모순에 순응하지 않는 새로운 역사적 주체로 등장한다. 즉 새로운 장르의 인물이 탄생된 것이다. 그래서 노동

22) 노동소설의 개념과 관련해서는 아래 글을 참조 할 것.
현준만(1985), 「노동문학의 현재적 의미」, 백낙청・염무웅(편), 『한국문학의 현단계 Ⅳ』, 창작과 비평사.
조정환(1989), 「노동자문학의 현단계와 전망」, 『민주주의 민족문학론과 자기비판』, 연구사.
조현일(1991), 「1920~30년대 노동소설연구」, 서울대학교 석사학위논문.
맹문재(1997), 「한국 노동시의 문학사적 연구」, 중앙대학교 박사학위논문.

소설의 중심인물은 생산관계의 모순을 각성하는 주체이고 그 의식은 노동자 계급의식[23]이 되는 것이다.

셋째, 인물의 활동 공간이다. 위 첫째, 둘째 요소를 충족한 인물이 활동하는 공간이다. 그동안 노동소설의 공간에서 공장은 자본주의 생산관계의 모순과 계급 대립이 구체적으로 일어나는 측면에서 의미 있는 곳이었다.[24] 그래서 노동소설의 공간을 공장으로 한정하는 측면이 있었다. 그러나 소재주의적 측면이 강하고 노동소설의 범위를 단순화, 도식화하는 결과가 발생했다. 노동소설이 지향해야할 지점이 노동자의 다층적이고 구체적인 삶의 구조를 형상화해야하는 것이라면 공간의 제약은 노동소설의 문학적 상상력을 협소하게 만드는 측면이 있다. 그래서 노동소설의 공간은 자본주의 생산관계의 모순을 극복하기 위해 노동자 계급의식을 각성한 인물이 활동하는 공간이다.

이상과 같이 노동소설은 자본주의 생산관계의 모순을 미래지향적으로 극복하기 위한 노동자 계급의식을 획득한 인물의 대립과 갈등을 형상화한 작품이다.

노동소설은 산업자본주의사회의 현실 모순과 밀접하게 연관된 장르이다. 해방이후 한국 사회는 정권과 자본의 결합에 의해 형성된 지배이데올로기인 반공이데올로기와 경제 성장이데올로기의 억압성과 폭력성이 심화되는 과정이었다. 그 극점에 박정희 정권의 유신체제, 그리고 전두환 정권의 민중탄압이 놓여 있다. 앞에서 살폈듯 피지배계급의 저항은 1970년대의 자유민주주의적 개인 저항에서 1980년대 민중해방주의적

23) 계급의식이란 "생산과정에서 특정한 유형적 상황에 귀속되는, 합리적이고 적합한 반응"이다.(G. 루카치(1986), 『역사와 계급의식』, 박정호, 조만영(역), 거름, 113쪽)

24) 1920년대, 1980년대 대부분의 노동소설이 공장을 배경으로 계급투쟁을 형상화하고 있다. 이러한 측면은 두 시기의 노동소설에 대한 평가에서 도식적이고 목적지향성만 형상화되었다는 평가에 일정부분 영향을 미치고 있다.

집단저항으로 나타난다.

1970년대는 산업화 초기로 농촌의 파괴와 도시 빈민의 확대, 부랑 노동자, 여성 노동자가 대두된다. 그러나 이시기 노동자 계급은 '국가와 자본가에게 심각한 도전을 한 적이 없고, 쟁의활동도 단순한 임금인상 요구를 넘어서 사회개혁과 정치적 민주화를 위한 저항운동으로 발전한 적이 거의 없었다.'[25]

그래서 노동소설에서도 초기 산업사회의 부랑노동자의 의식과 삶을 형상화한 황석영의 『객지』, 「삼포가는 길」과 지식인의 이데올로기적 허위성, 소시민적 속성, 기득권에 대한 집착을 보여주는 윤흥길의 「아홉 켤레의 구두로 남은 사내」(1977), 「직선과 곡선」(1977), 「날개 또는 수갑」(1977), 「창백한 중년」(1977)의 중 단편, 그리고 산업사회의 임금노동자의 생성과 변화, 개인적 계급투쟁을 형상화한 조세희의 『난장이가 쏘아올린 작은 공』 등이 창작된다. 이 시기 노동소설은 개인적 계급의식의 성장과 계별적 투쟁, 그리고 좌절을 형상화하고 있다.

1980년대는 사회가 국가독점자본주의로 변하고 자본은 거대화된다. 그리고 민중의식의 성장으로 노동자 계급은 자본가과 어용적 노조인 한국노동조합총연맹에 대해 저항했으며 주체적이고 자율적인 노동조직인 민주노동조합을 건설한다. 특히 군사독재의 연장에 대한 투쟁은 6·29 선언과 1987년 노동자 대투쟁으로 정점에 달한다. "1987년의 노동쟁의는 과거 선진자본주의 여러 국가에서의 '제1차적 노사분규'와 달리 동시대의 후기후발자본주의 국가에서 유래를 찾기 어려울 정도로 폭발적이고 강렬했다는 점이 특징적이다."[26] 이후 '노동자계급은 높은 권리의식을 보여주기도 하고 공공연하게 계급투쟁적인 언술을 사용하는 경우

25) 김동춘(1995), 『한국사회 노동자 연구』, 역사비평사, 19쪽.
26) 위의 책, 17쪽.

도 있고 사회주의적 대안을 심각하게 염두에 두는 경향도 생긴다.'[27] 이처럼 1980년대의 노동계급의 저항은 집단화되고 개별 노동자들도 언어 사용처럼 계급의식이 무의식 영역까지 내면화되었다. 노동소설도 1970년대와 달리 변화된 노동자 계급의식과 집단 저항성을 형상화하고 있다. 대표적인 작품이 안재성의 『파업』, 정화진의 『철강지대』, 방현석의 『내일을 여는 집』, 김미영의 『마침내 전선에 서다』, 차주옥의 『함께 가자 우리』 등이다.

위에서 밝힌 노동소설의 개념을 바탕으로 1970년대와 1980년대의 시대적 변화 양상과 특성이 형상화된 작품으로 조세희의 『난장이가 쏘아올린 작은 공』[28]과 안재성의 『파업』,[29] 방현석의 『내일을 여는 집』[30] 그리고 정화진의 『철강지대』[31]을 연구 텍스트로 삼고자 한다.

조세희의 『난장이가 쏘아올린 작은 공』은 첫 작품인 「뫼비우스의 띠」(1976년 2월)부터 마지막 작품인 「에필로그」(1978년 3월)까지 독립된 이야기 12편이 하나의 작품으로 이루어진 연작 형식의 작품이다. 그리고 첫 작품과 마지막 작품이 가운데 10편의 작품을 품고 있는 액자구조 형식이다. 이 작품은 비산업화시대 노동자인 '난장이'의 노동소외와 철거민촌에 거주하는 '난장이' 가족의 파괴, 산업화시대 노동자인 아들 영수의 계급인식과 실천행위로 자본가 살해와 죽음, 진보적 지식인 활동가에서

27) 위의 책, 19쪽.
28) 조세희(2000), 『난장이가 쏘아올린 작은 공』, 이성과힘.
본 논문에 인용하는 조세희의 작품은 단편 제목을 밝히고 위 단행본의 해당 페이지를 표시한다. 초판은 1978년 6월 5일 문학과지성사에서 발행되었다.
29) 안재성(1989), 『파업』, 세계.
30) 방현석(1991), 『내일을 여는 집』, 창작과비평사.
본 논문에 인용하는 방현석의 작품은 단편 제목을 밝히고 위 단행본의 해당 페이지를 표시한다.
31) 정화진(1991), 『철강지대』, 풀빛.

현장 노동자 계급이 되는 지섭, 진보적 지식인 계급인 목사와 과학자, 긍정적 중간계층인 신애, 상류층 집안의 후손으로 태어나 방황과 갈등으로 계급적 한계를 극복하는 윤호 등 다양한 계급의 인물들을 상징적으로 제시하고 있다.

안재성의 『파업』은 제2회 전태일 문학상을 받은 작품으로 1986년 후반부터 1987년 유월 항쟁 전야까지 대규모 철강 공장인 대영철강에서 일어나는 노동자 학습 모임, 해고자 복직 투쟁, 파업 투쟁, 민주노조건설을 형상화하고 있다. 이 작품의 인물 구성은 지식인 노동자 홍기와 정기준, 1970년대 노동운동의 실패 경험이 있는 이상섭, 그리고 1980년대 노동자 계급의 의식 변화를 보여주는 중심인물인 김동연, 김영춘, 서동석, 정기준, 최보선, 손영원, 박팔봉, 장영철 등, 그리고 복직투쟁과정에서 분실 자살하는 김진영 등이다.

방현석의 『내일을 여는 집』은 「내딛는 첫발은」, 「새벽출정」, 「내일을 여는 집」, 「지옥선의 사람들」, 「또 하나의 선택」 등 5편으로 이루어진 소설집이다. 이들 작품들은 1987년 노동자 대투쟁이 지난 뒤 공권력과 결탁한 자본의 탄압으로 파업과 노조 건설이 실패하고 노동자들은 패배와 좌절에 빠진 가운데 또 다시 민주노동조합을 건설하기 위한 투쟁을 시작하는 노동 계급을 형상화 하고 있다. 「내딛는 첫발은」은 노조위원장, 사무장, 교선부장이 구속된 상태에서 남아 있는 정형, 정우, 민웅, 규성, 정식, 김정원, 순옥, 김진희 등이 자본가의 탄압과 구사대 폭력에 맞서 민주노조를 지키기 위한 옥상점거 파업투쟁을 형상화하고 있다. 「새벽출정」은 도자기를 굽는 회사인 세광산업의 위장폐업에 맞서 150일이 넘은 장기간 농성과 여성노동자인 미정, 윤희, 순옥, 민영, 철순, 상례, 금주, 경자 등 마지막 남은 65명 조합원의 파업출정식까지의 과정을 형상화하고 있다. 「내일을 여는 집」의 성만은 대성중공업에서 노조민주화

투쟁에 앞장서서 해고를 당한다. 그 후 구직을 위해 돌아다니지만 일자리는 없다. 이제 유아원에서 아이를 찾아오고 저녁을 짓는 가정일은 성만의 차지가 된다. 가정경제는 힘들어지고 아내 진숙과 이혼 얘기를 할 정도로 다투기까지 한다. 그러면서 성만과 진숙은 '내일을 위한 집'에서 개설한 강좌를 통해 가정에서의 가부장적이고 인간 착취의 모습을 인식하고 서로 존경하는 동반자로 다시 출발하게 된다. 부부는 대성중공업의 노동자들과 함께 복직투쟁을 하기 시작한다. 그리고 임신한 몸으로 진숙까지 점거현장에 참가한다. 복직투쟁은 승리한다. 이 작품은 인간해방을 위해 투쟁하는 노동자 계급이 가정 내에서 가부장적 봉건주의로 인간 착취를 하는 상황을 극복하고 그 변화된 인식이 복직투쟁까지 동참하는 과정을 형상화하고 있다.

「지옥선의 사람들」은 노조 설립을 위한 해포조선 노동자의 모임인 '동지회'를 중심으로 지식인 노동활동가인 기대, 민호의 노선 대립과 갈등, 그리고 일반노동자인 병덕, 정형, 봉수, 경식, 일순 등의 계급 각성과 실천을 형상화 하고 있다. 「또 하나의 선택」은 노조위원장인 석철이 노동운동의 실패와 자본가의 비인간적 탄압과 폭력에 의해 패배주의에 빠진 상태에서 구속된 후 형무소 옥중투쟁을 통해 진정한 계급의식을 획득하는 과정을 형상화하고 있다.

정화진의 『철강지대』는 1989년 3월부터 1990년 1월 민자당과 전노협 결성까지를 시대적 배경으로 백상중기의 어용노조를 부정하고 민주노동조합을 건설하는 과정을 형상화하고 있다. 노동자 소모임인 상록회, 어용 노조의 기만적 행위, 동남전자의 연대투쟁, 합법적 민주노조건설을 위한 대의원대회 개최와 파업투쟁 등을 그리고 있다. 이 작품의 인물은 상록회 회원인 중철, 상철, 칠규, 현태, 동주, 일남, 장씨, 권씨, 학생출신 노동자인 승혁, 동남전기의 명진, 경애, 재희, 연주, 어용노조 위원장 김병만, 백상중기 대표이사 백준희, 백상그룹 회장 윤판석 등 다양한 계급적 층위의 인물들이 등장한다. 이러한 다양한 계급 층위의 인물 구성에 의해 노동자 계급의 계급의식 획득과정과 집단적 투쟁과 연대뿐만 아니라 어용노조의 기회주의적 속성과 자본가 계급과 권력의 유착, 대기업의 생성과정 등과 같이 구체적인 계급관계를 형상화하고 있다.

2) 노동소설의 성장서사

노동소설의 성장서사에서 문제가 되는 것은 주체의 성장을 가로막는 대상과 그 대상을 극복하려는 주체의 내적·외적 변화와 실천행위이다. 이 두 영역은 각자의 성장 논리로 대립하게 된다.[32]

근대산업사회에서 노동자 계급의 존재는 복합적 의미를 가지고 있다. 산업사회의 생산과 유지, 발전의 동력으로 사회 구성의 중심 계급이다. 반면 산업사회의 생산 조건과 관계를 폭력으로 위협할 수 있는 유일한 계급이기도 하다. 그래서 노동 주체는 언제나 내적으로 갈등하고 방황하면서 자기 자신의 계급적 정체성에 의문을 품게 된다. 이러한 노동 주체의 모습은 노동소설에서 잘 드러난다.

『난장이가 쏘아올린 공』의 '난장이'는 산업사회로 변한 세상에서 추방될 때 까지 자신이 할 수 있는 기술로 부지런히 일을 하여 가족의 생존을 지키며 살다 죽은 인물이다. 그리고 작은아들 영호는 책만 읽는 형 영수와 달리 은강그룹에서 부여된 일을 열심히 한다. 이 둘은 세상의 불합리와 화해하고 가족의 행복을 자신들의 존재 근거로 삼고 주체

32) "대립의 희생자는 대립구조를 파괴하기 위해, 대립의 수혜자는 대립구조를 유지하기 위해 스스로의 성장을 꾀하게 마련인 것"(유기환(2003), 『노동소설, 혁명의 요람인가, 예술의 무덤인가』, 책세상, 89쪽.)

성을 정립했다고 볼 수 있다. 그러나 큰아들 영수가 첫 일터인 인쇄공장에 들어가서 깨닫는 것이 학교에서 배운 것과 세상은 다르게 움직인다는 것이었다. 영수와 사회의 첫 대면에서 발생하는 불일치의 경험은 그 후 영수의 주체 정립의 기원과 같다. 영수가 사회에서 찾으려 했던 것, 즉 일을 그만둔 아버지 대신에 가족의 행복을 책임지는 것, 혼자서라도 열심히 책을 읽어 기회가 되면 학교에 다니는 것, 그리고 더 큰 공장으로 취직도 하는 것, 명희와 행복한 미래를 꿈꾸는 것 등이다. 이와 같은 것들은 소박하고 일상적인 것들이다. 이처럼 영수도 사회의 구성원으로 사회의 기본 질서와 관습에 따라 행복한 삶을 꿈꾸던 사회 순응적 주체였다. 그러나 첫 노동자 생활 후 영수는 자신의 목숨까지 희생하면서 은강그룹 경영주를 살인하는 반항적 주체로 변한다. 이처럼 노동자 계급은 사회와 관계 맺는 방식이 개인에 따라 다를 뿐만 아니라 개별 주체 내면에서도 이러한 사회와의 관계는 갈등과 변화의 원인이다. 즉 노동자 계급은 상징질서에 순응적 주체거나 반항적 주체로 관계하고 내면에서 두 주체는 갈등한다.

이러한 노동자 계급의 주체는 성장소설에서 주인공이 사회의 구성원이 되는 과정을 통해 자아를 형성하고 주체를 정립하는 것과 통한다. 성장소설에서 성장의 의미는 인물이 사회와 관계를 맺고 난 이후 형성된 주체가 타자에게 상징질서와 동일한 기호로 인지되느냐 아니면 이질적 기호로 인지되느냐에 의해 구분된다. 이 두 가지 경우 모두 성장이라는 측면에서는 공통되지만 형성되는 주체는 정반대이다. 형성된 주체의 기호는 무의식적으로 이루어지는 주체의 일상적 삶을 통해 인지된다. 그래서 성장소설에서 인물들이 성장한 후 이루어지는 일상적 삶을 통해 인물의 성장의 의미, 즉 상징질서에서의 인물의 상징성을 찾을 수 있는 것이다.

전근대적 서사양식에서 주인공이 시련과 수련, 통과의례를 거친 후, 즉 무능력했던 주인공이 성장의 과정을 거친 후 부모의 원수를 갚거나 과거에 급제하는 능력자가 되었을 때 그 인물이 상징하는 기호는 봉건제의 신분질서를 지키고 입신양명을 한 영웅이다.

이광수 『무정』에서 이형식은 고아 신분에서 존경받는 교육자가 되어 식민지 현실의 상징적 공간인 경성에서 영어 교사로 학생들을 가르친다. 그리고 영채와의 봉건적 사랑을 지키지 못하고 갈등과 방황, 시련을 거친 후 조선의 젊은이들을 한곳에 모아 수재민을 위한 자선 음악회를 열고 유학길을 떠난다. 이러한 이형식이 상징하는 기호는 서양문명을 받아들이고 개화사상을 전파하는 식민지 계몽주의자이다.[33)]

이처럼 전근대적 서사양식의 영웅은 봉건주의 이데올로기인 신분제와 충효사상에 의해서, 『무정』의 이형식은 1910년대 새로운 상징질서로 등장한 제국주의 이데올로기에 의해서 성장의 의미가 부여되고 있다. 즉 지배이데올로기와 동일시되는 순응적 주체로 성장한 것이다.

그러나 노동소설에 나타나는 성장서사의 인물들이 상징하는 의미는 다르다.

『난장이가 쏘아올린 작은 공』의 영수는 중학교를 그만두고 노동자가 된다. 산업사회의 일원으로 성장하여 가족의 행복과 자신의 미래의 꿈을 위해 열심히 일한다. 그러나 공장은 학교에서 배운 것과 달랐고, 자

33) 나병철은 이광수의 계몽주의에 대해 성장소설의 관점에서 분석했다.
"이광수의 경우 현실(「자녀중심론」)이나 문학(「문사와 수양」)에서 자아의 성장이란 고아상태의 결핍을 서구적 교양으로 채워 넣어 시민사회의 공민이 되는 것이다. 여기서는 민족전통의 계승은 물론 식민지로부터 벗어나려는 주체적 성장이란 찾아보기 어렵다. 다만 '보다 우승한 공민이 되는'길, 즉 주체화인 동시에 예속화인 식민지의 시민이되는 길이 있을 뿐이다."(나병철(2007), 「식민지 시대 성장소설과 청년 주인공의 의미」, 『현대문학이론연구』 제30집, 현대문학이론학회, 178쪽.)

신의 야근과 잔업 수당은 받지 못하고, 정규직임에도 보조원의 임금이 지불되는 경험을 한다. 사회는 영수의 꿈을 억압하고 소외하는 성장의 장애로 작용한다. 산업사회의 노동자인 영수는 진정한 주체로 성장하기 위해서 자신을 타자로 만든 산업자본주의에 본능적으로 대항할 수밖에 없었다.[34] 물론 모든 노동자가 대항 주체가 되는 것은 아니다. '난장이' 처럼 사회에서 완전히 제거되어 비현실적이고 낭만적 주체가 되어 죽음을 선택하기도 하고 작은 아들 영호와 어머니처럼 산업자본주의 이데올로기와 어느 정도 화해하면서 개인의 행복, 가족의 행복을 통해 주체를 정립하기도 한다. 화해의 수단은 노동자의 일상적 행복을 유지시켜주는 노동의 댓가인 임금을 통해 이루어진다. 노동을 제공하고 임금을 받는 거래에 의해 노동자들은 산업자본의 질서에 완전히 복종, 순종하지는 않지만 그 지배이데올로기를 수용하는 것이다. 그리고 이러한 거래에 의한 화해는 복종과 순종의 유혹을 언제나 받는다. 현장노동자가 사무직, 관리직을 꿈꾼다거나, 더 큰 공장으로 가려는 욕망을 품고 있다. 즉 산업자본주의 논리에 의해 성장하여 상징질서의 상징기호(자본가, 지배적 관리자, 자영업자)가 되고 싶은 욕망을 완전히 제거한 것은 아니기 때문이다.

그러나 영수는 산업자본주의에 대항하고 저항하는 과정을 통해 성장이 진행된다. 이러한 과정에 의해 성장한 주체는 상징질서(국가, 법, 경찰, 학교, 공장 등)에 의해 부정의 기호로 상징화된다. 그래서 노동소설에서 노동자 계급과 관련된 공돌이, 공순이, 노동자, 계급, 빨갱이 등이 부정의

34) 1920~30년대 노동소설에서 식민지 산업자본주의로부터 소외된 노동자계급이 반식민지 산업자본주의 주체가 될 수밖에 없는 것과 동일하다.
나병철은 이에 대해 다음과 같이 말한다.
"염상섭의 소설과는 달리 처음부터 아버지의 부재에서 출발하는 민중적 성장소설은, 본받을 교양이념도 논쟁할 사상도 없는 상태에서, 본능적으로 식민지의 법에 저항하며 성장하는 청년들을 보여준다."(위의 글, 196쪽.)

기호로 작용하는 것이다. 이런 부정의 기호는 노동 주체와 산업자본주의사이의 대립과 갈등을 넘어 '새로운' 주체로 성장한 노동자 계급의 '해방적 주체'[35]를 상징하는 것이다.

이처럼 노동소설의 성장서사는 노동자 계급이 상징질서에 대항하고 저항하는 과정을 통해 '반항적' 주체이자 '해방적' 주체로 성장하는 '새로운' 주체 정립 이야기이다.[36] 이러한 노동자 계급의 '새로운' 주체는 마르쿠제가 말한 것처럼 '노동자를 노동의 도구로 만드는 사회 조직의 제거를 통해 억압 없는 현실원칙의 새로운 출현'[37]을 희망하는 것이다. 그래서 노동소설은 노동자 계급의 성장뿐만 아니라 그 성장서사를 통해 궁극적으로 형상화하려고 하는 것은 유토피아의 현실 실현[38]인 것이다.

본 논문에서는 이러한 성장서사의 관점에서 1970~80년대 노동소설의 노동자 계급의 '새로운' 주체 정립 과정을 규명하고자 한다.

이를 위해 먼저 1970~80년대 노동소설에서 노동자 계급의 성장을 가로막는 상징질서의 지배이데올로기인 국가 이데올로기의 역학을 규정하고 그 국가이데올로기의 억압성에 대항하는 성장서사로서의 노동소설을 규명할 것이다.

---

35) 나병철은 강경애의 『인간문제』를 분석하면서 식민지 자본주의 현실의 노동 주체를 "제국과 식민지 사이의 대립을 넘어서서, 제국에 저항하면서도 결코 자기 자신의 동일성으로 회귀하지 않는 진정한 해방의 주체"로 규정한다.(위의 글, 197쪽.)

36) 노동소설을 성장서사의 관점에서 본 연구는 아래와 같다.
김병길은 프로문학 노동소설의 공통된 서사로 "'프롤레타리아 성장'의 서사"로 규정하고 노동소설을 근대적인 "새 주체의 탄생 과정"에 대한 이야기라고 의미를 부여한다.(김병길(2000), 「프로소설의 시·공간성 연구」, 연세대학교 석사학위논문, 60쪽. 참조)
유기환은 노동소설의 대립구조의 형상화는 성장구조의 형상화를 위한 전제로 보고, 성장의 이야기를 인간 탄생으로 해석하고 있다.(유기환, 앞의 책, 87쪽. 참조)

37) H. 마르쿠제(2004), 『에로스와 문명』, 김인환(역), 나남, 184쪽.

38) 유토피아의 현실성에 대해서는 손철성 (2002), 『유토피아, 희망의 원리』, 카피랜드를 참조.

구체적으로 본 논문은 다음과 같이 전개된다. 3장 1절에서 반공이데올로기의 중층성과 억압적 국가 장치로서 자본의 재생산 논리를 규명하고 반공이데올로기에 자기검열로 내면화된 노동자 계급의 형성, 3장 2절에서는 경제 성장이데올로기의 시간 기능으로 집단화, 분할화, 그리고 생산성이 노동자 계급의 노동 가치를 박탈시키는 논리를 규명하고 경제 성장이데올로기의 억압적 규율장치에 의한 노동자 계급의 통제와 처벌, 3장 3절에서는 교육 이데올로기적 국가장치에 의해 일상화되고 역사화된 자본의 억압성을 규명하고 교육 이데올로기적 국가장치에 의한 노동자의 재생산성을 살필 것이다.

이러한 반공이데올로기, 경제 성장이데올로기, 교육이데올로기의 지배적 국가이데올로기에 복종과 종속이 아니라 부정하고 극복하려는 자율적이고 새로운 주체가 노동자 주체이다. 노동소설은 이러한 새로운 주체를 형상화한다. 노동자의 새로운 주체 정립 과정이 노동소설의 성장서사이다. 이러한 성장서사를 규명하기 위해 노동소설을 계급각성의 서사와 죽음의 서사로 구분하여 살피고자 한다. 그래서 4장 1절에서는 노동자 계급이 '새로운 주체'로 성장하는 과정을 계급각성의 서사로 규정하고, 주체와 '새로운 주체'사이에 개입하여 성장의 매개적 기능을 하는 매개 장치를 매개적 인물, 매개적 교육, 매개적 현장, 매개적 조직으로 구분하여 살필 것이다. 4장 2절에서는 죽음 서사의 사회적, 능동적 의미를 규명하고 그 죽음의 현실적 조건으로 거짓 대상인 상징질서, 계급의식을 각성한 주체, 상징질서의 고착상태와 죽음의 본능, 주체 죽음의 상징성으로 제시할 것이다. 그리고 주체가 '새로운' 대상을 희망하는 사회적 성장으로서의 죽음 서사의 상징성을 규명하고자 한다.

이러한 연구를 통해 1970~80년대 노동소설의 성장서사로서 새로운 대상을 희망한 '새로운' 주체 정립과정이 밝혀질 것이다. 이것으로 노동소설의 성장서사의 성격을 명확히 하고 아울러 한국문학사에 노동소설의 문학성을 자리매김할 수 있을 것이다.

3. 노동소설과 근대 국가 이데올로기의 역학

1) 반공이데올로기의 논리와 노동자의 형성

(1) 반공이데올로기의 중층성 : 민족, 국가, 자본

해방 이후 1980년대까지 반공이데올로기·경제 성장이데올로기는 국가권력의 절대적 지배 이데올로기로 작용하면서 한국 사회에서 비판적 논의의 대상이 될 수 없었다. 그 후 국민의 정부가 들어서면서 반공이데올로기에 대한 연구는 본격적으로 시작된다. 지배 이데올로기로서의 반공이데올로기의 억압성과 그 내면화 과정에 대한 연구와 그 내면화의 풍경인 문단과 작가의 자기검열[39]에 대한 연구가 이루어졌다. 그러나 한국노동소설에 나타난 반공이데올로기에 대한 연구는 전무하다고 해도 과언이 아니다. 물론 자본주의 모순에 대한 세계사적 보편적 관점에서 노동소설에 나타난 계급각성과 계급투쟁에 대한 연구가 중심에 있었다 하더라도 1970~80년대의 지배 이데올로기의 중심에 있었던 반공이데

39) 조동숙(1993), 「1950·60년대 소설에 나타난 이데올로기 연구」, 고려대학교 박사학위논문.
강진호, 앞의 책, 소명.
유임하(2005), 「이데올로기의 억압과 공포-반공 텍스트의 기원과 유통, 1950년대 소설의 왜곡」, 『현대소설연구』 제25권, 한국현대소설학회.
상허학회(2005), 『반공주의와 한국문학』, 깊은샘.
김진기 외 13(2008), 『반공주의와 한국 문학의 근대적 동학 I』, 한울.

올로기와 피지배계급의 삶과 의식을 형상화한 노동소설과의 관계에 대한 연구가 전무하다는 것은 한국문학사 연구에서 간과할 수 없는 새로운 문제점으로 남는다.

자본주의 국가의 지배 이데올로기와 노동현장은 불가분의 관계에 놓여 있음에도 불구하고 지배 이데올로기의 핵심인 반공이데올로기는 1970~80년대 노동소설의 중심 갈등으로 포착되지 못하고 있다. 이 문제는 1970~80년대 노동소설의 기본적 서사원리, 즉 자본가와 노동자의 계급적 모순을 중심에 놓는 이분법적 서사 원리와 관련되지만 외적으로 해방이후 1970~80년대까지 국가 이데올로기로서 한국사회에 내면화된 반공이데올로기의 속성 때문이기도 하다. 그 속성을 밝힐 때 1970~80년대 노동소설에 나타난 지배 이데올로기는 더욱 명확해질 것이다.

해방이후 노동소설이 본격적으로 창작된 시기는 1970~80년대이다. 1970년대 "경제 개발과 근대화라는 이름으로 추진된 한국 사회의 산업화 과정은 대자본의 육성과 수출 중심의 경제 성장 정책에 따라 노동자들을 저임금과 비인간적인 노동 환경 속으로 내몰아간다."[40] 이러한 산업사회의 노동 현장과 "노동자 계급의식의 맹아"[41]를 형상화한 것이 바로 황석영의 『객지』(1971)와 『삼포가는 길』(1973)이다. 초기 산업사회의 부랑노동자의 의식과 삶을 형상화한 것이 『객지』, 「삼포가는 길』이라면 윤흥길은 「아홉 켤레의 구두로 남은 사내」(1977), 「직선과 곡선」(1977), 「날개 또는 수갑」(1977), 「창백한 중년」(1977)의 중 단편을 통해 지식인의 이데올로기 허위와 소시민적 속성, 기득권에 대한 집착을 보여준다. 그리고 1970년대 산업화시대의 계급적 대립 구조를 상징적으로 제시한 조세희의 『난장이가 쏘아올린 작은 공』은 산업사회에서 주인공 '난장이'가 소

40) 권영민(2002), 『한국현대문학사 2』, 민음사, 271쪽.
41) 김윤식, 정호웅(1993), 『한국소설사』, 예하, 390쪽.

멸되어가는 삶과 새롭게 산업사회의 노동자로 탄생하는 그의 자식들인 영수, 영호, 영희의 현실적 삶의 조건을 보여주고 있다. 이러한 1970년대 노동소설의 공통점은 산업사회에서의 노동자의 탄생을 제시한다는 점이다. 황석영의 경우는 파괴된 농촌, 고향을 떠난 떠돌이 도시 부랑 노동자를, 윤홍길의 경우는 지식인이었던 중간계급이 노동자 계급으로 전락하는 과정을, 조세희의 경우는 산업사회에서 태어나서 성장한 산업 노동자의 탄생을 형상화하고 있다.

1970년대 노동소설이 개별적 노동자의 탄생을 형상화했다면 1980년대 노동소설은 한국사회를 지배하고 있는 국가 자본주의 구조와 대립하는 노동자 계급의 집단성과 조직성을 보여준다. 1980년대를 대표하는 노동소설인 안재성의 『파업』, 정화진의 『철강지대』, 방현석의 『내일을 여는 집』의 중심 소재는 민주노동조합의 건설과 파업과정이다.

이와 같이 1970~80년대 노동소설은 노동자의 탄생과 조직적이고 집단적 성장을 형상화하고 있다. 그러나 노동자의 발생과 그들의 조직적 저항은 자발적이라기보다는 지배적 사회 질서의 억압과 폭력에 대응하는 피지배계급의 방어적 저항의 과정이었다.

따라서 이러한 정황이 반영된 노동소설에는 대립적 서사가 필연적으로 제시되어 있다. 국가의 지배 이데올로기, 자본의 성격이 분석되어야 함은 이것들이 대립적 서사의 한 축을 이루고 있기 때문이다.

국가는 가장 강력하게 그 사회 집단의 성격을 규정하는 현실적 물리력을 가진 기구이다. 그리고 근대에 이르러 가장 보편적이며 공공성을 획득한 기구가 되었다. 우리 민족이 처음으로 근대민족국가를 주체적으로 건설하려고 시도한 때는 1945년이다. 해방공간은 민족주의를 바탕으로 한 국가건설이라는 이상을 향한 주체들 간의 대립 공간이었다. 이 과정에서 좌우익 대립을 종식시킨 현실적 힘이 반공이데올로기였다. 이를 통해 미군정기의 남한은 1948년 자본주의국가를 건설한다.

이 과정 속에서 일본제국주의에 저항적 공동체 담론이었던 민족과 민족주의가 해방 후 근대민족국가 수립과정에서 새로운 공동체 담론인 국가, 국가주의를 확대 생산한다.[42] 근대민족국가의 건설은 민족 공동체의 이름으로 민족구성원 모두가 새로운 '상상의 공동체'[43]를 현실의 시공간에서 주체적으로 경험하는 것이다.

민족구성원들은 일본제국주의 현실에서 "추방되었던 시절 그들 사이에 자라왔던 결속과 그들이 함께 달성한 해방행위의 기억 외에도 이 어렵게 획득한 인식이 마침내 그들 사이에 단결-일종의 사회계약을 형성한다. 본능적 만족의 포기를 수반하는 사회조직의 최초의 형태가 나타난다. 상호의무의 인지와 성스러운 것으로 선언되어 파괴될 수 없는 제도-한 마디로 도덕과 법의 시초가 나타나는 것이다."[44] 이로써 민족, 민족주의 담론은 해방이후 국가, 국가주의로 선언되며 공동체 구성원들은 소멸되지 않은 민족 담론과 함께 새롭게 조직된 국가 담론에까지 상상적 공간의 범위를 확장한다. 이처럼 해방이후 민족과 국가는 경험적

---

42) 김진기와 유임하는 반공이데올로기의 내면화 과정을 설명하면서 민족과 국가의 관계를 조명하고 있다.
"민족을 공동체로 상상하면서 동시에 국가와 사회를 공동체적 발상으로 인식하게 된다."(김진기(2008), 「관변문학과 문학 장의 이데올로기적 토대」, 『반공주의와 한국 문학의 근대적 동학Ⅰ』, 한울, 381쪽.)
"'지리적·사회적·정치적 분단'의 경로에서 생산된 증언 수기집은 문화의 장에서 민족·민족주의 담론의 이데올로기 효과를 발휘하면서 민족을 혈연공동체에서 사상공동체로 재편하면서 국민을 창출하는 근대국가 기획의 일부로 동원되었다."(유임하(2008), 「정체성의 우화」, 『반공주의와 한국 문학의 근대적 동학Ⅰ』, 한울, 178쪽.)

43) "민족만이 상상의 공동체에 관한 이야기는 아니니다. 국가 역시 상상된 공동체의 이야기인 것이다. 국가 이야기는 상상된 시공간과 국민을 창출한다."(유임하(2005), 「이데올로기의 억압과 공포 - 반공 텍스트의 기원과 유통, 1950년대 소설의 왜곡」, 『현대소설연구』 제25권, 한국현대소설학회, 55~75쪽.)

44) H. 마르쿠제, 앞의 책, 86쪽.

이고 상상적으로 시간과 공간을 공유하고 있는 것이다.

이와 같이 해방 이후 민족과 국가는 같은 시간과 공간에서 중첩된 상상의 공동체로 존재하게 된다. 그러나 1948년 남북한 단독 정부 수립에 의해 상상의 공동체는 처음부터 결핍 상태로 출발한다. 민족 주체들은 언제나 충족되지 않은 상태에서 하나의 민족, 하나의 국가를 꿈꾼다. 이러한 충족되지 않는 결핍의 상태는 한국전쟁에 의해 구체화된다. 이제 공동체 담론에서 민족과 국가의 중첩성은 상실되고 결핍의 지점에는 현실의 구체적 적을 배제하고 제거하기 위한 현실적 힘이 작동하기 시작한다. 남한에서 작동한 현실적 힘은 국가의 지배 이데올로기의 중심에 있는 반공이데올로기이다.

이제 반공은 근대민족국가 형성을 위한 보편적 공동체 담론이 되고 모든 구성원에게 일상을 살아가는 현실원칙이 된다. 이 현실원칙은 구체적으로 국가 제도의 집행과 보편적 도덕 습득 과정[45]을 통해 공동체 구성원의 삶에 적용되고 재생산된다. 이처럼 현실원칙으로 기능하는 반공이데올로기는 한국 전쟁이후 남한 사회에서 구성원들의 본능을 일정 부분 억압적으로 조종하는 규율로 작용한다. 그러나 현실원칙 외에 특정한 지배체계를 생성시키거나 유지시키기 위해 부가적으로 과잉억압[46]

45) 사회의 보편적 도덕을 습득하는 과정은 가족제도와 교육제도이다. 특히 근대에서는 교육을 통해 그 사회가 필요한 인간형을 양성한다. 그래서 반공과 관련된 교육내용을 살피는 것은 의미 있다. 이와 관련해서는 아래 글을 참조.
강진호(2008), 「국가주의의 규율과 '국어'교과서」, 『반공주의와 한국 문학의 근대적 동학 I』, 한울 ; 조미숙(2008), 「문학 교육과 국어 교과서의 정전화 과정」, 『반공주의와 한국 문학의 근대적 동학 I』, 한울 ; 김진균 · 홍승희(1991), 「한국사회의 교육과 지배 이데올로기」, 『한국사회와 지배 이데올로기』, 녹두.

46) "현실원칙은 본능에 대한 억압적 조종을 상당한 범위와 정도로 요구함과 동시에 특정한 역사적 제도와 지배의 특정한 이익은 문명된 인간의 공동생활에 피할 수 없는 억압적 조정 위에 부가적 조정을 다시 도입한다. 특정한 지배체계에 기인하는 부가적 조정은 과잉억압이다."(H. 마르쿠제, 앞의 책, 57~58쪽.)

적 기능을 수행한다. 이승만 정권부터 박정희, 전두환의 군사정권에 이르기까지 반공이데올로기는 민족 구성원의 행위를 억압하는 기제로 작동했다. 반공이데올로기에 의해 북한이 민족 담론에서 제거된 것과 같이 남한사회에서는 건강한 비판적 행위까지도 반공이데올로기에 의해 제거와 억압의 대상이 되었다.[47] 이 뿐만 아니라 해방이후 독재정권에 대한 비판적이었던 한국사회의 민족민주 세력의 자유, 민주, 민족통일, 민중해방운동을 과잉 억압하는 국가이데올로기로 작동했다.

이승만 정권의 반민주적 독재 체제를 전복시킨 것은 4·19혁명의 자유주의였다. 그러나 이 4·19의 자유주의를 전복한 것은 더 강력한 또 다른 독재 체제였다. 박정희 정권은 근대의 절대적 가치인 자유주의를 전복한 군사 쿠데타의 반역사성과 반민주주의에 정당성을 부여하기 위해 6·25전쟁 이후 민족과 국가 공동체 담론의 절대적 가치이자 구성원의 일상과 상상을 제어하면서 내면화되기 시작한 반공이데올로기를 지배 이데올로기로 삼는다.[48]

---

47) 이러한 억압과 제거는 국가 기구와 민간 기구에 의해 이루어졌다.
"단정을 수립한 이승만정권은 1948년 제정된 국가보안법을 토대로 1949년 한 해에만도 118,621명을 체포했으며, 제주 4·3항쟁에서 한국전쟁까지 10만 명 이상이 목숨을 잃었다. 또한 반공을 내세운 조직적인 민간인 학살이 자행되었는데, 그 대표적인 사례가 '국민보도연맹' 사건이었다. 전쟁 초기인 1950년 6월 28일에서 8월 31일 사이에 수원 이남 전역에서 30만 이상의 비무장 민간인이 국군, 경찰, 우익청년단체 등에 의해 살육되었으며, 사건의 진상은 조직적으로 은폐되었다."(윤충로·강정구(1998), 「분단과 지배 이데올로기의 형성·내면화」, 『사회과학연구』 제6집, 동국대학교 출판부.)

48) 박정희는 쿠데타를 일으킨 후 발표한 혁명공약 1호에 "반공을 국시의 제일의로 삼고 지금까지 형식적 구호에만 그친 반공태세를 재정비 강화한다"라고 밝혀 정권의 이데올로기적 성격을 명확히 하였다.
"박정희 정권은 강압적 국가 기구의 정비·강화, 법제정 및 개정 등을 통해 국가 통제기능을 강화했다. 국가기구 중에서 특히 중앙정보부는 정보 수집, 사찰, 이데올로기 통제 등의 총체적인 부분을 포괄하는 것으로 정권 유지를 위한 실질적 기능을 수행하였으며, 정치활동정화법(1962.3.16), 반공법(1961.7.3), 국가보안법의 강

박정희 정권의 지배 이데올로기에서 정치적 측면이 반공이데올로기였다면 경제적 측면은 국가자본주의를 바탕으로 한 발전이데올기였다. 박정희 정권의 발전이데올로기는 '국민의 대다수가 절대빈곤이었던 1960년대 경제 상황 하에서 '조국근대화' 혹은 '경제발전' 등 각종의 구호를 통하여 나타났으며, 이러한 국가의 정책목표들은 커다란 반대를 받지 않았다.'[49] 발전이데올로기는 해방 이후 상상적 공동체로 인식하기 시작한 국가 담론에서 반공이데올로기와 함께 핵심 지배 이데올로기가 된 것이다.

반공이데올로기의 내면화에는 폭력의 공포가 존재한다. 이승만 정권은 6·25전쟁을 통해 반공을 고착화했으며 박정희 정권은 4·19혁명을 전복한 5·16 군사쿠데타에 의해 공포를 내포한 반공이데올로기를 작동시켰다. 그리고 전두환 정권은 5·18광주민중항쟁을 국가의 폭력으로 탄압했다. 박정희 정권이 반공이데올로기를 정권의 정통성 획득에 이용했다면 전두환은 박정희 정권이 국가 공동체 담론으로 강화한 반공이데올로기를 현실 정치에서 물리력으로 실행하면서 그 내재화를 증명한 것이었다. "5·18광주민중항쟁은 1980년 민주화의 봄의 연장선에 서 있었다. 신군부는 광주의 민주화 열기를 무력으로 탄압하면서 전사회적인 공포 분위기를 조성하였고, 항쟁의 성격을 불순분자의 침입에 의한 대중 폭동으로 호도하여 반공·안보이데올로기를 부추겼다."[50]

화개정(1962.9.12) 등의 제도적 정비를 통해 정치적 영역과 시민사회 영역에서의 반대파를 제거하였다. 특히 유신체제 수립 이후의 권위주의적 통치방식은 극단적인 반공노선의 확립을 통한 국가권력의 안정성 추구라는 박정희정권의 특성을 잘 보여주고 있다. 이 같은 박정희정권의 통제기제는 반공의 실질적·내재적 성격 강화를 의미하는 것이었다."(위의 글 참조)

49) 신광영(1991), 「경제와 노동 이데올로기」, 『한국사회와 지배 이데올로기』, 녹두, 98쪽.

50) 윤충로·강정구, 앞의 글.

이상과 같이 이승만 정권부터 전두환 정권까지의 지배담론은 민족주의, 국가주의, 반공이데올로기의 중층적 지배과정이었다. 이러한 지배담론은 근대민족국가를 건립하고 성장시킨 동력으로 작동한 것은 분명하다. 그러나 반민주적인 독재라는 '지배계급의 특수한 이익'[51]을 위한 과잉억압으로 작용하면서 전쟁과 쿠데타, 민중탄압과 살상 등과 같은 피의 공포도 내포하고 있는 것이다.

이러한 지배 이데올로기가 호출한 민족공동체의 주체 내면에는 행복과 성공의 현실원칙과 동시에 공포, 억압, 폭력의 과잉억압의 속성이 이중적으로 내재화되었다.

1970~80년대 노동소설에도 반공이데올로기의 이중성이 작동하고 있다. 그러나 한국노동소설은 이러한 반공이데올로기의 중층적이고 이중적인 속성을 본질적으로 형상화하지는 못했다. 1970년대는 "정치화된 노동운동보다는 경제적 수준의 이슈를 중심으로 하는 노동운동이 초보적으로 출현"[52]하는 시기였다. 그래서 노동자의 탄생과 노동운동의 맹아적 단계였던 1970년대 노동소설은 정치적 지배 이데올로기인 반공이데올로기를 아직 포착하지 못했다. 1980년대 노동소설은 본격적으로 자본주의의 계급적 모순, 즉 자본가와 노동자의 대립적 계급투쟁을 형상화하는 것이 중심 대상이었다. 그 결과 반공이데올로기에 대해 비판적이거나 저항적 모습을 형상화하는 단계까지는 나아가지 못했다. 그러나 1980년대 노동소설인 안재성의 『파업』, 방현석의 「내딛는 첫발은」과 「또 하나의 선택」에서 보여주는 반공이데올로기는 의미 있다. 왜냐하면 이들 소설은 노동자의 일상적 삶에 자본주의와 결합된 반공이데올로기의

51) H. 마르쿠제, 앞의 책, 114쪽.
52) 조희연(2005), 「'반공규율사회'형 자본주의 발전과정에서의 노동자계급의 '구성'적 출현」, 『1960~70년대 노동자의 생활세계와 정체성』, 한울, 157~158쪽.

내면화된 지점을 형상화하고 있기 때문이다.

(2) 반공이데올로기의 억압적 국가장치와 자본의 재생산

한국문학에서 반공이데올로기의 내면화에 대해 논할 때 지금까지 두 가지 측면에서 접근했다. 하나는 반공이데올로기의 끝없고 무원칙적인 기표의 외연 확장이고[53], 또 하나는 초자아와 같이 작동하는 확장된 반공이데올로기에 스스로 반응하는 주체의 자기검열[54]이다.

이러한 반공이데올로기의 내면화의 두 측면은 서로 상대적인 것이다. 전자에 대한 반응이 후자인 것이다. 그래서 반공이데올로기에 대한 비판적, 저항적 관점을 가지지 못한 주체에 대해 문제를 삼을 때 먼저 필

---

53) 반공이데올로기는 사회의 모든 분야와 결합되어 지배 권력으로 존재했다. 그리고 그 기표는 '간첩', '빨갱이', '좌익', '용공', '불순세력' 등으로 불분명하고 광범위하게 기호화되었다. 그러나 유령처럼 돌아다니는 기표는 구체적 물리력으로 의미화되었다.
이와 관련하여서는 아래의 글을 참조.
"반공주의는 개인이나 집단의 정신 구조 속에 내재화해 일종의 초자아와 같은 기능을 수행하기도 한다. 이 처럼 기표로서의 '반공'이 전체 사회의 장, 문학 작품의 생산 및 소비의 유통으로 이루어지는 문화의 장, 개인의 정신구조라는 주관적 내면의 장 모두에 걸쳐 작동하므로, 그 영향력의 범위는 '반공이데올로기'라는 용어의 개념 범위를 넘어선다."(강웅식(2008), 「총론 : 반공주의와 문학 장의 근대적 전개」, 『반공주의와 한국 문학의 근대적 동학 Ⅰ』, 한울, 12~13쪽.)
"'용공'이라는 기호가 포함되었고, 거기에 '잠재적'이라는 말이 결합되어 당시 한국 내에 '잠재적 용공주의자'라는 혐의에서 자유로울 수 있는 사람은 한 명도 없을 만큼 기호의 외연이 넓어졌다."(김준현(2008), 「반공주의의 내면화와 1960년대 풍자소설」, 『반공주의와 한국 문학의 근대적 동학 Ⅰ』, 한울, 429쪽.)

54) 자기검열은 작가의 자기 검열에 의한 창작과 작품 속에 자기 검열에 의한 인물 형상화로 구분된다. 이 점에 대해서는 아래 글 참조.
강진호(2005), 「반공의 규율과 작가의 자기 검열」, 『반공주의와 한국문학』, 깊은샘.
김진기(2006), 「정치적 자유의 한 양상(2)」, 『겨레어문학』 제36집, 겨레어문학회.
김준현, 앞의 글.
유임하(2005), 「마음의 검열관, 반공주의와 작가의 자기 검열」, 『반공주의와 한국문학』, 깊은샘.

연적으로 반공이데올로기의 지배성, 억압성, 폭력성을 전제로 하지 않으면 반공이데올로기의 본질을 감추는 측면이 발생한다.[55] 따라서 반공이데올로기의 내면화는 반공이데올로기가 현실원칙의 특수한 지점에서 수행한 과잉억압의 경계 지점을 밝히는 것부터 시작되어야한다.

1980년대 노동소설에서 반공이데올로기는 노동자가 의식할 수 없는 대상이었다. 의식할 수 없다는 것은 현실의 물리력을 느끼지 못하는 것이 아니라 현실에서는 뚜렷하고 명확한 물리력이 존재하지만 그 실체의 본질을 인지 못하거나 그 물리력에 주체의 물리적 대응이 없는 상태이다. 앞장에서 살폈듯이 반공이데올로기는 해방이후 한국사회의 지배적 국가이데올로기였다. 국가이데올로기를 수행하고 물리력을 갖는 것은 국가장치[56]들이다. 이러한 국가장치들은 국가의 지배적 이데올로기를 함의하고 있다. 그리고 지배는 지배를 벗어나는 지점에서 폭력의 속성으로 지배를 유지하려고 한다. 국가의 유지는 지배 권력의 유지이다. 특히 특수한 국면, 즉 1980년대 군사독재의 권력 유지인 경우에는 그 지배의 폭력성이 더 강화되고 범위가 확장된다. 그리고 독재 유지를 위한 지배 이데올로기는 전체 사회의 기준이 되며 특히 사회 구성원을 구분한다.

---

55) 물론 한국문학은 반공이데올로기에 대해 비판적이고 저항적이었다고 볼 수는 없다. 이 문제는 한국문학의 한계와 관계된다. 그 가운데 양진오는 남정현의 「분지」에 대한 필화사건을 분석하면서 미국에 대한 직접적 비판을 의미 있게 다룬다.(양진오(2008), 「필화의 논리와 그 문학적 의미」, 『반공주의와 한국 문학의 근대적 동학 I』, 한울.)

56) "맑스주의 이론 속에서 국가장치(AE)는 정부·내각·군대·경찰·재판소·감옥 등 우리가 이후 억압적 국가장치라고 부르게 될 것들을 포함한다는 사실을 기억하자. 억압적이라는 말은, 문제의 국가장치가, 최소한 궁극적으로(왜냐하면 예컨대 행정적인 억압은 물리적이지 않은 형태를 띨 수 있을 것이기 때문이다), '폭력에 의해 기능한다는 것'을 가리킨다."(L. 알튀세르(1991), 「이데올로기와 이데올로기적 국가장치」, 『아미엥에서의 주장』, 김동수(역), 솔, 89쪽.)

1980년대 노동소설에는 이러한 반공이데올로기가 사회 구성원들에게 배제와 소외로 작용되고 있다. 그리고 그것을 수행하는 곳은 국가장치인 법과 경찰이었다.

안재성의 『파업』, 방현석의 「내딛는 첫발」과 「또 하나의 선택」에서 국가장치인 법과 경찰은 자본가의 노동자 탄압을 용인해 줄뿐만 아니라 자본가들에게 노조 탄압이 사회적 정의와 국가를 위한 길임을 보장해주는 역할을 한다.

안재성의 『파업』은 전쟁물자인 철조망을 생산·수출하는 대영철강에서 민주노조건설 과정을 형상화하고 있다. 계급의식이 없는 소극적 인물인 김동연이 위장취업자인 최형로의 비밀 노조 건설 모임에 동참하면서 처음으로 대공과 형사를 대면한다. 김동연이 대공과 형사를 만나기 전까지 한 행동은 비밀 모임에 참여하고 새벽에 전단지를 돌린 것이다. 그 사이 대영철강에서 개별적으로 활동하고 있던 또 다른 대학생 출신 위장취업자인 정기준이 구속되면서 대영철강에 경찰 조사가 시작되고 노동자들을 구속하기 시작한 것이다. 아직 대공과 형사는 김동연의 활동에 대해서는 전혀 모르는 상태에서 공산주의의 위험성을 말하고 있다.

> "이것 봐, 김동연씨. 당신 정기준이가 어떤 놈인 줄 알어? 그 놈은 북괴 김일성이의 주체사상을 신봉하는 자야! 못 믿겠지만 사실이야. 당신이 그 놈들끼리 주고받는 글들을 보면 놀래 자빠질걸? 이 사람 이거 벌써 물들어 버린 거 아냐?"57)

방현석의 「내딛는 첫발은」은 노조건설 후 회사의 조직적 탄압에 의해 위원장과 사무장, 교선부장이 구속되고 해고된다. 구속된 후 혼자 석방

57) 안재성, 앞의 책, 104~105쪽.

된 용호를 중심으로 새롭게 민주노조를 건설하려 한다. 용호가 경찰서 대공과로 잡혀 갔을 때의 상황이다.

> 지난번 위원장과 사무장이 잡혀갈 때도 작업시간에 불렀다. 교선부장과 용호가 잡혀갈 때도 현장사무실에서 본관사무실로 불렀다. 기다리고 있는 것은 대공과 형사였다. 그리고 대공과로 끌려갔다. 몇 번이고 조서를 다시 쓰고 그때마다 몇 번이고 귀빰을 얻어맞았다.[58]

방현석의 「또 하나의 선택」은 가구공장을 배경으로 노조위원장인 석철의 투쟁과정을 형상화한 작품이다. 석철은 가구공장에서 민주노조를 건설한 후 구속 과정과 교도소 내에서의 옥중 투쟁, 재판까지 형상화하고 있다. 석철이 회사의 고발에 의해 구속되고 분실에서 고문을 받고 난 뒤 취조를 받는 장면이다.

> "야, 너 이 책 읽었지?"
> 그가 들이댄 것은 『노동자의 새로운 철학』이라는 제목의 책이었다.
> "아닙니다."
> "읽지 않으려면 뭐하러 샀어, 임마, 돈 주고 사다가 집에다 뒀으면 읽었을 거 아냐."
> "아닙니다."
> "이 새낀 무조건 아니래. 들어오기 전부터 무조건 오리발 내밀기로 단단히 작정을 했군."
> "아닙니다."[59]

석철은 이번에 분실로 끌려오기 전에도 경찰서와 노동부의 조사를 받았다. 덫의 이름이 이적표현물 소지 탐독이라는 것 그리고 방의 붉은 색깔과 폭력이 함께 한다는 점이 달랐을 뿐이다. 이번에는 석철의 집에 있

58) 방현석(1991), 「내딛는 첫발은」, 20쪽.
59) 방현석(1991), 「또 하나의 선택」, 239쪽.

던 『노동자의 새로운 철학』이라는 책 한 권이 그 빌미였다. 그러나 사실 석철은 그 책을 읽어보지 못했을 뿐만 아니라 그 책이 현행법에 위배되는지 어쩐지도 몰랐다. 지금도 서점에 버젓이 꽂혀서 판매되고 있는데 왜 자신이 가지고 있는 것은 혐의를 받는지 알 수가 없었다.[60]

"잘 봐. 이건 김석철이 네 책상 책꽂이에 꽂힌 거야. 꽃파는 처녀, 철학 에세이, 민해철……"

여러 달 전의 사진이었다. 찬바람이 불어 닥치면서 문제의 소지가 있을 만한 책을 모조리 치운 지가 오래였다. 자신의 책상 위에 꽂힌 책들은 사실 그가 읽어보고 싶어 했던 것이었다. 그러나 그 책을 읽을 만큼의 여유를 석철은 가져보지 못했다.

"눈 똑바로 뜨고 살펴봐."

다음 사진은 대출용 서적들로 가득 채워진 책장이었다.

"할말 없어? 이 안에 이적표현물에 해당하는 책이 몇 권이나 되는지 알아. 자그마치 열네 권이야. 약삭빠르게 다 치워버렸지만 이 사진만으로도 공소유지는 충분해."[61]

안재성의 『파업』, 방현석의 「내딛는 첫 발」과 「또 하나의 선택」에서 노동자들의 민주노조건설과 통상적 노조활동과는 상관없이 공통적으로 등장하는 법집행 기관은 대공과다. 특히 방현석의 「또 하나의 선택」에서 회사가 석철을 비롯한 간부 7명을 경찰과 노동청에 고발한 것은 업무방해와 쟁의조정법 위반이었다. 그러나 그들을 구속하고 폭행하고 협박, 회유, 고문하는 국가장치는 공산주의와 공산주의자들을 상대하는 경찰의 대공과다. 노조의 모든 활동과 노동자의 모든 집단적 행동은 노동법과는 상관없이 반공이데올로기의 법제도인 국가보안법에 의해 법집행이 이루어지고 있다.[62]

---

60) 위의 책, 240쪽.

61) 위의 책, 242쪽.

62) "대항 이데올로기의 표출 혹은 대항이데올로기 수준에도 미달한 현실개혁이나 비

억압적 국가장치는 노동자들에게 뒤틀린 법질서와 폭력, 공포를 경험하게 한다. 『파업』의 김동연처럼 노동자 사이의 분열과 배신을 조장하면서 회유를 받거나, 「내딛는 첫발은」의 용호처럼 폭행을 당하거나, 「또 하나의 선택」의 석철처럼 고문으로 허위 자백을 강요받게 된다.[63] 이러한 폭력에 대한 노동 주체들의 경험은 일상 속에서 반공이데올로기의 공포로 작용한다.

「또 하나의 선택」의 석철은 대공분실에서의 고문 이후 33년 세월을 지탱해온, 딸 단비에게 자부심을 가질 수 있었던 '의리의 사나이 돌쇠'라는 말을 더 이상 사용할 수 없게 된다.

석철은 제일강업의 노조 일일주점을 저지하던 경찰에게 항의하다 끌려가는 한형을 말 한마디 못하고 그냥 보고만 있는다. 한형은 국일중공업의 해고자로 석철보다 노동운동도 오래 했고 아는 것도 많아서 늘 석철이 도움을 받았던 사람이다. 그를 처음 알게 된 것은 한형이 해고자 시절에 가두시위 중에 백골단에게 끌려가던 상황에서 석철이 격투를 벌

판적 태도마저도 국가안전에 대한 위협으로 간주되고 있다……. 「국가보안법」은 원래의 취지인 공산주의 통제법의 목표를 넘어서 거의 모든 사람을 마음만 먹으면 언제든지 처벌할 수 있을 정도로 확대 해석되고 있다. '좌경용공'이라는 기호가 이것을 설명해준다. '좌익' 혹은 '공산주의'로 명확히 표현하지 않고 '비스름한'것도 안 된다는 식이다."(심희기(1988), 「한국법의 상위이념으로서의 안보이데올로기와 그 물질적 기초」, 『창작과 비평』 제16권 1호(봄호), 창작과 비평사, 278쪽.)

63) 노동소설에 형상화된 억압적 국가장치인 법과 경찰의 폭력은 당시 국가보안법 집행의 일반적 과정이었다.
"영장도 없이 불법체포하여 외부로부터 완전히 차단된 상태에 감금한 다음, 짧게는 수일, 길게는 수개월에 걸쳐 폭행, 협박, 고문 등을 가하여 자신이 '용공'분자이며, '좌경'이데올로기를 가지고 있거나 '간첩'활동을 해왔다는 허위의 자백을 받아내고, 이 허위자백을 근거로 이들에게 국가보안법 위반 등의 죄명을 걸어 검찰로 송치하면, 검찰은 안기부에서 만든 의견서에 따라 공소장을 작성하여 기소를 하고 법원은 고문에 의한 허위자백이라는 당사자와 변호인들의 주장을 무시한 채 미리 정해진 대로 유죄판결을 해왔다."(한지수(1989), 「반공이데올로기와 정치폭력」, 『실천문학』 가을호, 118쪽.)

여 그를 구출했을 때였다. 그 후 소년시절에 듣던 '의리의 사나이 돌쇠'라는 별명을 나이 30이 넘어 다시 듣게 된 것이었다. 그런데 한형이 끌려가는데도 아무 말도 하지 못한 자신의 모습을 보고 석철은 더 이상 노조위원장도, 노동자도 아닌 삶을 살게 된다.

> 석철은 항의 한마디 하지 못했다. 그러고 나서는 사람 만나는 게 싫었다. 동지 어쩌고 하는 말 자체가 혐오스러워졌다. 술친구가 길 가다 싸움이 붙어도 끝까지 함께 싸우는 게 인지상정인데 한형이 끌려가는 것을 보면서도 외면하고 만 자신이었다. 그러고도 아무렇지 않게 돌아다닐 만큼 그의 낯짝은 두껍지가 못했다.[64]

이와 같은 석철의 변화 원인은 억압적 국가장치의 폭력과 공포에 대한 기억 때문이다. 결국 석철은 노조위원장직에서 사퇴를 결심하고 후임자를 찾게 된다.

반공이데올로기의 공포는 노동 주체에게 현실원칙을 지배하는 억압적 국가장치에 의한 물리적 폭력으로 작용한다. 그러나 석철과 같이 노동주체는 그 폭력의 본질을 인식하지 못할 뿐만 아니라 그 물리력은 거대하고 저항할 수 없는 보이지 않는 공포로 무의식 속에 존재하게 되는 것이다. 이것이 노동주체들의 내면에 자리한 반공이데올로기의 공포인 것이다.

반공이데올로기는 억압적 국가장치에 의해 예고 없이 노동자에게 불쑥불쑥 나타난다. 이것은 반공이데올로기가 국가의 일상적 제도와 장치를 통해 노동자의 일상적 삶을 단절시키기 때문이다. 이러한 노동자의 일상의 단절은 노동자의 집단적 활동을 결정적으로 파괴한다. 더 나아

64) 방현석(1991), 「또 하나의 선택」, 245쪽.

가 국가의 제도와 장치에 의한 그 파괴는 자본가와 노동자간의 계급모순을 정당화하고 역사화 시킨다. 정치이데올로기인 반공이 경제적 생산활동 주체인 노동자의 삶과 노동자 집단을 파괴하는 것이다.

노동자의 일상은 자본주의 생산관계 속에 있다. 노동자의 일상이 파괴되면 자본주의 생산관계도 균열이 생긴다. 다시 말하면 자본주의는 노동자의 일상이 파괴되는 것을 원하지 않는다. 꾸준히 생산관계 속에서 일상을 지속시키며 자본의 지배적 생산관계를 충실히 이행하길 원한다. 자본의 이윤을 확대재생산하기 위해 노동자의 일상은 자본의 이윤창출의 도구가 되는 것이다. 이러한 도구적 인간의 삶을 거부할 때 노동자는 자본과의 관계를 더 이상 지속할 수가 없다. 그래서 자본주의는 노동자의 일상을 지속시키기 위해 반공이데올로기의 억압성과 공포성을 이용한다. 즉 반공이데올로기는 자본의 재생산 도구인 것이다.

이렇게 자본주의는 한국사회에 내면화된 반공이데올로기의 억압성과 공포성을 이용해 노동자의 일상을 지속시키기도 하고 파괴시키기도 한다. 물론 이러한 지속과 파괴의 목적은 자본주의 생산관계를 안정적으로 재생산하기 위한 것이다.

자본주의는 반공이데올로기보다 더 오랜 역사를 갖고 있다. 자본주의는 특정한 시기의 정치체제가 변하더라도 그 정치이데올로기를 흡수하면서 지배적 속성을 유지해 왔다. 그래서 자본주의는 지배적 속성을 유지하기 위해서 해방 이후 형성, 내면화된 반공이데올로기에 적극적으로 기여하는 동시에 자본의 재생산에 반공이데올로기를 이용했다.

이러한 자본주의와 반공이데올로기의 관계는 해방 이후 남한사회의 자본가 형성과정에서 반공이데올로기와 밀접하게 관계하고 있기 때문이다.

안재성의 『파업』에서 회장 장상대의 자본의 형성과정이다.

장상대, 그가 대영제강을 세운 것은 자유당이 한창 기승을 부리던 시절이었다.

그는 이북에 공산주의가 들어오면서 대대적인 토지개혁으로 광활한 토지를 소작인들에게 빼앗긴 지주의 아들이었다. 공산주의 때문에 모든 부와 권력을 잃은 그의 집안은 6·25전쟁을 틈타 월남하였고, 그는 월남민으로 구성된 백골사단에 들어가 전쟁이 끝날 때까지 장교로 근무하였다. 그때의 인연으로 반공 제일을 부르짖으며 무한 권력을 행사한 자유당정권의 요로에 인맥을 맺어놓은 그는 전쟁이 끝난 후 양키들의 원조물자가 쏟아져 들어올 때 다른 재벌들과 마찬가지로 공짜물건을 받아다 멋대로 값을 불러 팔아먹는 떼부자의 길에 들어섰다.

그러한 대영이 제대로 성장하게 된 것은 5·16 군사쿠데타 이후였다. 처음에 카키복과 선그라스에 사납게 생긴 박정희가 탱크를 밀고 들어와 학생시위뿐만 아니라 기업들의 비리를 척결하겠다고 으르렁댈 때 장상대는 물론 자본가들은 모두 긴장했었다. 그러나 얼마 안가 박정희의 본색이 드러나고부터 그 조그만 파시스트는 자본가들의 영웅이요, 희망이 되었다. 반공을 국시로 자본주의 발전을 위해 막대한 외채를 끌어들이기 시작한 박정권은 기업가들에게는 신이나 다름없었다. 다른 재벌들과 마찬가지로 장상대는 일부를 정치자금으로 헌납하는 조건으로 엄청난 돈을 거의 무이자로 융자하였고 그것을 토대로 대영그룹을 세울 수 있었다.

자본가들의 벗 박정희가 죽은 날, 장상대는 진심으로 슬퍼하였다. 남들이 박정희를 독재자라 욕해도 그만은 결코 그렇게 생각하지 않았다. 자본토대가 약한 한국에서 자본주의가 일어나려면 남의 돈을 빌려 기업을 세우고 대신에 이자만큼을 노동자 임금에서 줄여 보충하는 것은 당연하였다. 그러기 위해 강력한 독재로서 노동자의 불만을 누르는 것도 당연했다. 박정희를 비난하는 놈들은 한국에 자본주의가 발전하는 것을 거부하는 빨갱이가 아니면 철딱서니 없는 야당 정치인들로밖에는 보이지 않았다.[65]

장상대의 자본형성과정을 설명하고 있는 부분이다. 장상대의 삶은 한국의 해방이후 근대화 과정과 일치한다. 해방공간에서 북한의 토지개혁

65) 안재성, 앞의 책, 186~187쪽.

으로 지주의 지위가 박탈되고, 6·25전쟁 상황에서 월남하여 전쟁에 참여했으며, 이승만 정권에서는 미국원조물자를 독점하여 부자가 되고, 박정희 정권에서는 국가독점자본주의의 전형인 정경유착 과정을 거쳤다. 이처럼 변하는 정권마다 자본의 논리로 회사를 성장시켰다. 한국자본가들의 특징은 근대 서구자본주의의 부르주아 계급과는 다르다. 서구 시민혁명에서 계급해방의 경험을 한 서구 부르주아 계급이 역사적 근대성을 본성으로 갖고 있다면 해방이후 한국 자본가들은 서구 근대의 부르주아 계급성을 획득하지 못한 체 서구의 자본주의를 형식적이고 계획적으로 그들의 경험을 표면적으로 답습하면서 성장했다. 이 처럼 한국 자본가들은 처음부터 아래로부터의 자발적인 동의, 토대와의 유기적 관계에 의해 성장한 것이 아니기 때문에 생산 관계 내에서 일어나는 구조적 갈등을 강력한 강제력으로 해결하려 했으며, 물리력으로 지배적 지위를 위지하려 했다. 그래서 특정 시기마다 변하는 정치적 지배 이데올로기를 옹호할 뿐만 아니라 그 물리력을 이용했다.

한국의 근대 산업화 과정에서 반공이데올로기와 자본가의 관계 속에는 한국 자본가의 일반적 속성이 숨어 있다. 그것은 『파업』의 장상대처럼 적대적 본능의 발생이다. 이것은 한국사회의 지배자들의 전반적인 전형이다. 위 인용문에는 장상대의 가족사를 통해 한국 자본가의 속성과 그 형성과정을 보여주고 있다. 북한의 토지개혁에서 지주의 지위를 박탈당하는 것은 경제적 문제뿐만 아니라 가문의 토대가 붕괴되고 장상대 개인 가족사의 근원이 흔들리는 것이다. 그리고 6·25전쟁에 장교로 참여하고, 이승만 정권과 박정희 정권의 반민주적 군사독재에 기생한다. 결국 장상대에게는 민족의 분단과 현실 모순과는 전혀 상관없는 삶, 즉 붕괴된 가문과 가족의 재건이 문제인 것이다. 장상대의 이러한 가족사의 붕괴와 월남, 가문의 지배적 지위의 재건은 그 시작부터 끝까지 북한이라는 현실적 적을 상대하고 있는 것이다. 박정희의 죽음에 '진심으로 슬퍼'하는 장상대의 모습은 단순한 지도자의 죽음이 아닌 자신의 삶과 동일시되던 운명의 죽음으로 경험되기 때문일 것이다. 이러한 장상대의 삶에서 발생한 반공이데올로기는 현실의 적인 북한과 남한 내의 '빨갱이'에 대한 본능적 적대감이다. 이러한 본능적 적대감은 장상대의 가족사에서 나타나듯 가문과 가족의 몰락과 근원의 상실에서 기인한 것으로 인간 본성이라고 하는 혈연성의 파괴의 경험 때문이다.

이러한 자본가의 본능적 적대감은 한국사회의 지배 계급의 전형적인 속성[66]이다.

> 장상필은 단순히 개인의 영달 때문에 흥분하는 것만은 아니었다. 그는 민정당 지구당 간부로서, 또 반공 청년회 간부로서, 철저한 반공주의자요, 자본주의 신봉자였다. 몇 해 전부터 공장지대를 들썩여 온 노사분규의 배후에는 반드시 공산주의자들이 도사리고 있다고 믿었고, 이들을 퇴치하기 위한 일이라면 아낌없이 자본을 털어 넣었다. 그것은 월남민인 장상대 회장의 뜻이기도 했다. (중략) 대영과 같은 기업에서 기금을 내는 것은 정부의 강압 때문이 아니라 강력한 정부를 양성해서 자본주의를 지키게 하려는 뜻에서였다. 정권이 자본주들을 지배하는 것이 아니라 자본주가 정권을 부양함으로써 스스로를 지키려는 것이다.[67]

회장 조카이면서 상무인 장상필은 지배 정권과 반공 조직에 적극적으로 참여할 뿐만 아니라 반공 수호에는 자본을 아낌없이 사용한다. 이것은 남한 내에서 자본가들이 성장하면서 습득한 보편적 생리라 할 수 있

66) "반공주의는 지배적 실천을 강화하거나 노동자계급의 저항적 실천을 규율하는 방식으로 국가와 자본에 기여하게 된다. 반공주의는 기본적으로 반북주의 형식을 취하고 있으나 반노동자주의로 규정될 수 있다".(조희연, 앞의 글. 131~132쪽.)

67) 안재성, 앞의 책, 96쪽.

는 정경유착의 현상이다. 이러한 반공이데올로기의 적대적 본능은 개인사에 의한 장상대 가문의 특징만은 아니다. 벌써 1970~80년대는 반공이데올로기가 한국사회 전 분야에 절대적 가치로 내면화되었기 때문에 지배계층의 일반적 속성이었다.

> "미친 놈! 지랄하고 자빠졌네!"
> 다른 놈들도 위에 대고 소리쳤다.
> "죽을래면 죽어라! 어디 죽을 용기나 있냐?"
> "얼른 죽어, 이 빨갱이 새꺄!"
> 제강과장이 큰 소리로 외쳤다.
> "올라가서 끌어 내!"[68]

> "시끄러 이 새꺄! 너희 같은 빨갱이들은 다 죽어야 돼!"[69]

복직 투쟁을 하고 있던 진영은 분신을 결심하고 회사 맞은 편 옥상에서 회사 사람들이 포함된 구사대와 대치하고 있었다. 이 상황에서 제강과장과 구사대가 당당하고 정의롭게 진영을 진압할 수 있었던 것은 반공이데올로기가 자본과 결합하여 확대 재생산되었을 뿐만 아니라 '빨갱이'에 대한 적대적 본능이 지배 계층의 일반적 속성이 되었기 때문이다. 이미 국가와 사회에서 전쟁터의 적과 같은 존재인 '빨갱이'는 생물학적 생명의 존중이나 사회의 제도와 법의 테두리에서 보호대상이 아니다. 이러한 자본가의 적대적 본능은 특정 인물을 대상으로 하는 것이 아니라 노조 전체를 부정의 대상으로 삼는다.

> 그는 노조와 공산주의를 구별하지 않았다. 보통의 어리석은 자본가들

68) 위의 책, 240쪽.
69) 위의 책, 240쪽.

은 노조를 자기의 이윤을 빼앗는 단체 정도로만 생각하고 그런 노조를 억압하려는 목적으로 빨갱이라는 누명을 씌우려 생각했다. 그러나 그에게는 그것이 결코 누명이 아니었다. 그가 보기에 노조는 단순한 이권단체가 될 수가 없었다. 노조가 제대로 움직이기 시작하면 당연히 자본주의 타도를 부르짖게 마련이다.

만일 해방 직후처럼 좌익세력이 노조를 장악한다면 공황이니 불황이니 하는 것들과는 비교도 안 되는 혼란이 일어나 자본주의를 뿌리채 흔들 것이라고 믿어 의심치 않았다. 그래서 그는 대영을 세운 그날부터 지금까지 노조란 노자도 꺼낼 수 없게 만들었고 노조를 분쇄하기 위해서라면 어떠한 희생도 치를 각오가 되어 있었다.[70]

해방 공간에서 가문을 몰락시킨 공산주의와 6·25전쟁에서 적으로 대면한 북한에 대한 경험에서 발생한 공산주의에 대한 장상대의 적대적 본능은 1980년대에도 유지되며 전쟁터와 같이 '어떠한 희생'이라도 감수할 각오로 지배적 지위를 위협하는 노조를 적으로 대면하고 있다.

자본가의 이러한 공산주의에 대한 적대적 본능은 앞에서도 언급했듯 지배적 논리에 잘 복종하는 노동자의 일상을 유지시키기 위해 재현되기도 한다. 그것은 노동자를 상대로 회유와 폭력으로 나타난다. 폭력은 앞에서 살폈듯 억압적 국가장치와 자본가에 의해 재현되었다. 회유는 폭력으로 가기 위해 사전에 행해지는 분류와 선택이 요구되는 과정이다. 불순분자와 선량한 국민으로 분류하고 노동자들에게 선택을 요구하는 것이다. 이것은 불순분자를 구별하는 것이 아니라 지배 이데올로기에 복종하는 선량한 국민을 강요하는 것이다. 선량한 국민이 아니면 모두 불순분자인 것이다.

"이것 봐, 김동연씨. 지금이라도 늦지 않았어. 사실대로 말해주기만 하

70) 위의 책, 188쪽.

면 당신 같은 선의의 피해자는 구제해 줄 수 있어. 여기 과장님도 계시는데 외람된 말 같지만, 우리도 근로자들이 얼마나 고생하는지 모르는게 아니야. 문제는 그러한 근로자들의 순수한 욕구를 악용하는 자들이 있다는 거야. 일부 멋모르고 책에서 공산주의를 배운 사람들이 공산주의의 실상을 모르고 환상을……"[71]

"얼마나 지독한 놈들인지 봤지? 새빨간 빨갱이 놈들이야! 해고비, 퇴직금 다주겠다는데 무슨 원수가 졌다고 악착같이 우리 회사에 기어들어 오려고 저 지랄이란 말야? 저놈들의 목적은 오직 하나, 투쟁, 투쟁 뿐이라고! 투쟁을 목적으로 우리 회사에 들어온 위장 취업자란 말야! 알겠어? 저런 놈들이 들어 왔다간 우리 회사는 당장 망해! 나쁜 자식들! 이게 뭐야, 다 부서졌잖아?"[72]

위 첫 번째 인용문은 위장취업자 정기준이 체포된 후 회사에 대공과 형사가 와서 한사람씩 불러 조사를 하고 있는 상황이다. 그리고 두 번째 인용문은 중간 간부인 최반장이 해고자인 이상섭, 김진영, 김영춘, 서동석의 출근시간 복직투쟁을 저지시킨 후 공장 현장에 와서 다른 노동자들에게 하는 말이다. 대공과 형사와 과장은 김동연에게 노조결성과 관련된 사항에 대해 말하면 공산주의자가 아닌 선량한 노동자가 될 수 있다고 말한다. 그리고 최반장은 해고자들은 빨갱이며, 선량한 노동자와 같이 공장에 일하러 들어오는 것이 아니라 투쟁하러 들어온다고 말한다. 그리고 그들 때문에 노동자들의 삶의 공간인 회사가 망한다는 것이다. 이것은 노동자들에게 빨갱이와 선량한 노동자 중에 하나를 선택하게 하고 선량한 노동자가 아닌 모든 것은 부정의 대상인 빨갱이라는 것이다.

이러한 빨갱이와 선량한 노동자의 이분법적 선택은 공장현장에서 회

71) 위의 책, 105쪽.
72) 위의 책, 120쪽.

사의 규율로 작용한다.

> 근로자 여러분 대다수가 불순분자들의 선동에 휩쓸리지 않고 회사를 아껴준 데 대하여 감사드립니다만, 만에 하나라도 부화뇌동했다가는 돌이킬 수 없는 인생의 오점을 남기게 될 것이라는 점을 밝혀둡니다. 아울러 말씀드리자면, 이번 기회에 회사 내에 남은 불순세력의 뿌리를 완전히 뽑고야 말겠다는 것이 사장님의 확고한 결심이라는 것을 알려드립니다.[73]

> "그동안 사회적인 혼란과 통치권의 약화를 틈타 불순한 체제전복세력이 우리의 산업현장에까지 광범하게 침투했습니다. 물론 우리 회사에서는 그런 일이 없겠지만 만에 하나라도 순수한 노사문제를 떠나 불순한 목적을 가지고 체제전복을 획책하거나 그러한 세력에 동조하는 사람이 있다면 스스로 회사를 떠나는 것이 현명할 것입니다. 이제 구국적 차원의 3당통합을 통해 안정적인 통치기반이 창출되었습니다. 체제를 수호하고 산업의 평화를 유지하기 위해 불법적인 노사분규 현장에는 과감히 공권력을 투입하겠다는 정부당국의 발표는 여러분도 들었을 것입니다. 회사도 그동안은 노사관계의 과도기적 시기로 생각하고 인내와 양보를 거듭해왔지만 앞으로는 어떠한 부당한 행위도 묵과하지 않을 것입니다."[74]

회장이나 사장의 훈시는 경제적이고 생산성에 대한 것이 아닌 반공교육으로 이루어진다. 즉 회사에 부정적 비판 세력은 반국가 세력으로 분류되는 것이다. 이것은 억압적 국가장치가 노동자나 노동조합을 탄압하는 것을 정당화시키고 일반화하는 것이다. 자본에 대한 저항은 곧 국가에 대한 저항이며 이는 곧 북한을 이롭게 하는 행위로 치부되었다. 이제 자본에 저항하는 자들은 국가를 위태롭게 하는 불온세력이 되는 것이다. 그래서 노조건설이나 노사분규 배후에는 언제나 빨갱이가 있는

73) 방현석(1991), 「내딛는 첫발은」, 28쪽.
74) 방현석(1991), 「또 하나의 선택」, 226쪽.

것으로 선전하는 것이다. 노조와 관계된 모든 행위를 부정한 것, 반사회적이고, 반국가적인 행위로 규정내리고 사전에 검열하는 것이다.

이와 같이 국가와 자본의 반공이데올로기는 노동자의 일상적 삶을 규율하고 제약했다. 오로지 선량한 노동자만이 일상적 삶을 지속할 수 있다. 그래서 노동자와 그의 가족들은 일상적 삶을 지속하기 위해 내면화된 반공이데올로기의 규율에 자기 검열을 한다.

(3) 반공이데올로기의 내면화와 노동자의 자기 검열

해방 이후 한국사회에서 노동자가 일상적 삶을 살아갈 때 반공의 기호, 즉 간첩, 빨갱이, 불순세력, 불순분자, 용공으로부터 자유로울 수 없었다. '박정희 정권에서는 사회 성원들의 사유방식까지를 통제하는 내면적 차원에까지 나아간 한층 더 진화된 것이었다.'[75] 반공의 기호는 넓고 깊은 외연으로 한국사회 전체를 뒤덮고 세밀하게 통제, 관리했으며, 사회 모든 분야를 지배하는 동시에 그와 결합되었다. 이러한 반공의 기호는 노동자의 일상적 삶에서도 국가와 자본의 과잉억압을 통해 구체적으로 재현되었다. 이 기호는 '과학적인 기호가 아니라 심리적 기호'[76]로서 노동 주체에 내면화되었으며, 노동 주체는 반공이데올로기의 사회적 억압성과 공포성에 자기검열로 반응한다.

한국노동소설에 나타난 인물들의 자기검열은 노동자 계급의식을 인식하기 전 단계의 노동자와 그들의 가족에 나타난다.

『파업』의 이상섭은 1970년대 노조활동의 경험을 가진 인물이다. 그 경험은 사회와 국가에 의한 공포와 희망 상실의 경험이다.

---

75) 윤충로·강정구, 앞의 글, 284쪽.
76) 심회기, 앞의 글, 267쪽.

> 동해노조가 무너질 때, 법도 정치도 방송도 아무도 그들을 도와주지 않았었다. 도와주기는커녕 공산세력이니 용공이니 하며 무자비하게 짓밟아 대기만 했다. 노동자는 아무리 발버둥쳐 봐야 노동자에 불과하다는 것을 뼈저리게 보여 주었다. 폭력보다, 해고와 기아보다 더 무서운 것은 그렇게 기를 쓰고 달겨들어 봤자 아무것도 변하지 않는다는 사실이었다.[77]

이러한 경험은 이상섭이 대영철강의 민주노조 건설을 위한 준비모임을 제안 받았을 때 머뭇거리는 이유가 된다. 이처럼 이상섭에게 과거의 경험은 현재 무의식적으로 내면화된 상태로 존재한다. 이러한 내면화된 과거의 경험은 이상섭 개인의 경험에만 머무르지 않는다. 이 경험은 이미 벌써 1980년대 한국 노동자 개인이 무의식적으로 품고 있는 일반적 내면과 동일하다.

경비실의 "유리창에 '좌경세력 척결하여 민주사회 수호하자'는 표어가 크게 써 붙여있"[78]는 공장에서 선량한 개인 노동자는 긍정의 기호 민주사회를 수호하기 위해 부정의 기호 좌경세력을 척결[79]해야 하는 일상적 삶을 살아간다. 표어처럼 기호화된 것은 무의미한 것처럼 보이지만 기표와 기의가 일치될 때는 현실적 힘이 발생한다. 그 힘의 공포, 즉 반공이데올로기의 역사적 과정 속에서 개인의 경험에 의해 쌓인 억압적 공포는 선량한 노동자 개인의 내면에 무의식적으로 존재한다.

『파업』의 김동연은 노동자 계급의식을 각성하는 과정을 전형적으로 보여주는 인물이다. 김동연은 노조건설 준비모임에서 학습을 하면서 숨어 있던 반공이데올로기의 공포를 자극하는 부정의 기호를 접한다.

---

77) 안재성, 앞의 책, 43쪽.
78) 위의 책, 9쪽.
79) 기호의 긍정과 부정의 상관성에 대해서는 심희기, 앞의 글, 267쪽 참조.

동지회? 동연은 조금 겁이 났다. 동지라면 빨갱이들끼리나 쓰는 말인 줄 알고 있었기 때문이다.[80]

홍기가 처음에 노동자라는 말을 꺼냈을 때 동지라는 말을 들었을 때와 마찬가지로 낯설은 느낌을 받았다. 그 말 역시 이북에서 많이 쓰는 용어처럼 보였기 때문이다. 그런데 홍기는 그런 그의 마음도 모르고 더 낯선 자본주의란 말을 마구 사용하는 것이었다.[81]

실제로 계급이라는 단어가 나왔을 때에는 사람들의 눈에 동요의 빛이 떠올랐다. 수십년간 골수에 박힌 반공교육이 어디 가겠나 싶었다. 그런데도 그거 공산당 용어가 아니냐고 묻는 사람이 아무도 없었다. 물어 보기조차 겁이 나나 보다고 짐작했다. 홍기는 그래서 뒤늦게, 계급이란 말은 학문적으로 널리 쓰이는 용어라고 말해 주었다.[82]

척결해야 될 부정의 기호인 동지, 노동자, 자본주의, 계급을 들었을 때의 김동연의 내면이다. 지식인으로 위장취업하여 노동자들에게 학습을 시키는 홍기(최형로)와는 달리 선량한 노동자들은 무의식 속에 숨어 있던 부정의 기호에 의해 자기검열부터 작동시킨다. 물론 이러한 부정의 기호는 계급인식의 과정, 즉 학습, 민주노조건설, 파업, 복직투쟁 등을 통해 부정성이 상실된다.

노동자 계급이 내면화된 반공이데올로기의 억압적 공포에 더 구속되는 것은 가족 때문이다. 노동자가 사회적 책임을 가져야 하는 최소단위가 가족이다. 노동자는 가족을 유지하기 위해 지배 이데올로기에 복종하는 삶을 살게 된다. 그리고 가족은 그러한 노동자의 복종의 삶을 단속하는 기능을 한다. 그래서 노동자와 가족은 반공이데올로기에 의해

80) 안재성, 앞의 책, 47쪽.
81) 위의 책, 49쪽.
82) 위의 책, 52쪽.

가족의 일상이 단절되는 것에 대해 언제나 공포와 두려움을 갖게 된다. 이러한 공포와 두려움은 '가족들에게 직접적으로 행해지는 반공에 의한 '협박' 때문이다. 이때의 협박은 노동운동에 나서는 노동운동가를 빨갱이로 규정하는 형태로 이루어졌다.'[83] 그래서 가족들은 노동자와 마찬가지로 반공이데올로기의 억압성에 대해 스스로 사전에 자기검열을 작동시킨다.

> "기가 막혀라…… 당신 지금 미친 거 아녜요? 그런 자리가 어디라고 당신이 끼었대요? 빨갱이로 몰리면 어쩌려고……."
> 동연은 아내의 말에 조금 부아가 일었다.
> "무식하긴! 미치긴 누가 미쳐? 데모하는 사람들 잘못하는 거 하나도 없어!"
> 그러나 아내도 지지 않았다. 그녀는 평소에도 무식하다는 말을 제일 듣기 싫어했다.
> "당신이 뭘 안다고 그래요? 운동권인가 뭔가 하는 것들은 다 빨갱이래요. 겉으로는 민주니 뭐니 외쳐도 속은 다 시뻘겋대요."
> 동연도 화가 치밀었다.
> "누가 그따구 소릴 해? 미친 자식들!"
> "아, 당신은 테레비도 안 봐요? 내 일하는 데서 납품받는 공장에도 학생출신 빨갱이가 들어와 휘젓는 바람에 문까지 닫을 뻔했대요."[84]

김동연이 노조건설 준비모임에 참여하면서 공단지역 해고자들의 점거농성을 지원하기 위해 처음으로 거리 시위를 하고 집으로 돌아와서 아내와 대화를 나누는 장면이다. 김동연도 이상섭과 마찬가지로 아내에게 알리지 않고 노조건설 준비모임에 참여하고 있었다. 이처럼 노동자들은 대부분 자신이 하는 노동운동에 대해 아내에게 말하지 않는다. 이것은

---

83) 조희연, 앞의 글, 154쪽.
84) 안재성, 앞의 책, 63~64쪽.

김동연처럼 "아무리 노동운동이 무언지 모른다 해도 적어도 자신들의 행동이 그 개개인에게는 어떠한 결과를 가져오리라는 것쯤은 잘 알고 있었기 때문이다."[85] 위 인용문처럼 아내들이 가장 우려하는 것은 '빨갱이로 몰리고', 빨갱이래요, 시뻘겋대요, '테레비에서 전해 들은 빨갱이 얘기', '주위에서 일어나는 학생출신 빨갱이 얘기' 등의 빨갱이 얘기이다. 그런데 이 모든 것이 전해들은 얘기들이다. 이처럼 아내들이 느끼는 것은 구체적 실체도 없이 일상에서 공기처럼 뒤덮고 있는 빨갱이에 대한 공포이다. 그래서 가족들은 남편이 하는 실재적인 노동운동에 대한 문제보다 그것을 둘러싸고 있는 사회의 공포성을 문제 삼는다.

『파업』의 홍기(최흥로)는 집집마다 일어나는 갈등을 해소해 보려고 가족 야유회를 제안한다. 남편, 아내, 아이들 모두 참여하는 가족야유회를 통해 개별적으로 존재하는 공포감을 다른 집의 경우를 접하면서 집단적으로 문제를 해결하려는 것이다.

> "큰 소리 치지 마씨오 잉? 내가 놀러온 줄 아시오? 당신네들 말하는 거 들어 보고 간첩신고하러 온 거다 이말이여! 당신네들도, 내서방이 요새 빨갱이 되는 거 같어서 감시하러 왔응께 조심들 하씨오 잉!"[86]

이상섭의 아내 고씨는 투박하고 주책 없이 굴고 바가지만 긁는 것 같아도 속은 깊은 여자였다. 이상섭이 70년대 동해노조 투쟁 경험을 가진 것과 같이 아내 고씨도 다른 젊은 아내들 보다는 연륜이 있고 노동조합에 대한 긍정적 인식을 하고 있는 인물이다. 위 인용문에서 고씨는 농담처럼 말하지만 다른 아내들처럼 빨갱이에 대한 공포를 느끼고 있다.

---

85) 위의 책, 63쪽.
86) 위의 책, 86쪽.

남편 "이상섭만이 그녀의 말 속에 어느 정도 진심이 숨어 있는 걸 알고 있다."[87]

이상과 같이 반공이데올로기의 내면화는 노동자와 가족들이 반공이데올로기의 억압적 공포성으로 인해 "논리적이고 주체적인 사고를 할 수 있는 능력을 박탈"당하는 것이며[88] 스스로 자기 검열을 통해 그 지배적 과잉억압에 복종하고 선량한 노동자가 되는 것이다.

2) 경제 성장이데올로기의 논리와 노동자의 억압

(1) 경제 성장이데올로기의 시간 기능 : 집단화, 분할화

한국노동소설의 발생적 기원은 공장에 대한 공간 인식이 생기면서 시작된다. 1910년대 토지조사사업과 1920년대의 산미증식계획을 거치면서 조선농민의 수는 감소하고 1920년대부터 공장과 노동인구가 급증한다. 그리고 노동쟁의 발생 건수도 늘었다. 이것은 1920년대부터 조선의 생산수단이 토지에서 공장으로 바뀌기 시작한 것을 의미한다.[89] 한국노동소설이 1920년대부터 창작되기 시작한 것도 이러한 시대적 변화와 무관하지 않다.

카프는 2차 방향전환 이후 "가자! 공장으로! 광산으로! 노동자 속으로!", "노동자, 농민의 생활을 그리자"라는 슬로건 아래 노동 현장과 노동자의 삶을 소설의 중심 대상으로 삼고자 했다.[90] 더 나아가 이러한 슬로건만으로 현실을 형상화할 수 없으며 "대중 속으로 들어가서 그들

87) 위의 책, 87쪽.
88) 김준현, 앞의 글, 429쪽.
89) 전명혁, 앞의 글 참고.
90) 권환(1930), 「조선예술운동의 당면한 구체적 과정」, 『중외일보』, 1930. 9. 3.

과 같이 호흡하고 생활하는 무산자적 諸 생활"[91]을 강조하기까지 했다. 그리고 노동소설 창작에 있어 그동안 지식인 중심의 카프 작가와 비교하여 노동자 출신 작가에 대해 우위적 지위까지 부여했다.[92] 노동소설의 창작에 있어 이러한 일련의 상황은 카프의 1·2차 방향전환 과정에서 관념적 현실인식에 의한 이론의 도식성, 작가의 당파성에 기초한 실천, 볼셰비키화에 의한 창작방법론 등의 많은 문제점을 드러냈다. 그러나 이러한 문제점에도 불구하고 1920~30년대 노동소설이 낯선 시공간으로 다가온 '공장'을 인식한 것은 분명하다.[93]

공장은 당대 작가들이 그때까지 경험해 보지 못한 낯선 대상이었다. 처음 한국사회에서 낯선 시·공간으로 다가 온 공장은 해방 이후 한국산업사회에서도 여전히 문제적 공간이다. 식민지 시기보다 1960년대 이후 현실의 지배적 공간이자 한국사회의 중심적 모순이 발생하는 공간인 공장은 국가 이데올로기가 보이지 않는 힘으로 수행되는 곳으로 더욱더 문제적 공간으로 존재한다. 한국사회에서 낯선 공간으로 다가와서 해방 이후 한국산업사회의 일상적 공간으로 존재하게 된 공장은 근대의 지배적 현실원칙이 작동하는 근대의 시·공간이다.

근대의 시간은 자연의 시간이 아닌 인간의 시간에 의해 삶이 계획되고 행위가 이루어진다. 자연의 시간은 밤과 낮에 의해 구분되지만 인간의 시간은 시계에 의해 구분된다. 이러한 근대의 인간의 시간은 측정이 가능한 시간으로 인간이 계획하고 확인하며 통제할 수 있는 시간으로

91) 한설야(1931), 「사실주의비판」, 『동아일보』, 1931. 7. 4.

92) 한설야(1933), 「이북명군을 논함」, 『조선일보』, 1933. 6. 22.

93) 이러한 낯선 공간의 의미는 한설야의 「과도기」의 주인공 창선이 간도에서 고향 창리로 돌아오는 귀향의 모습에서도 확인할 수 있다. 고향은 이제 더 이상의 자연적 생산관계가 아닌 산업사회의 생산관계로 변화되었으며 그의 삶은 이제 땅과 바다가 아닌 공장에서 이루어지는 일상의 생활로 바뀐 것이다.

변한 것이 특징이다. 같은 시간 같은 행위를 할 수 있도록 계획하고 신호를 보낼 수 있는 것이 시간의 통제에 의한 집단화 기능이다. 이러한 시간의 집단화 기능은 근대에서 생긴 것은 아니다. 봉건주의시대의 신의 시간에서도 확인 가능하다. 서구의 중세시대에 집단적 종교 행위가 있을 때 마다 종소리가 울리는 것은 자연의 시간을 따르는 농민들의 일상에 신의 시간이 개입하는 것과 같다.[94] 그 신의 시간은 일요일 교회가는 시간과 성탄절을 알리는 시간과 같이 집단적 행위가 요구될 때 인간의 시간을 단절시키고 개입한다. "시간을 측정하고 계산하는데 관심이 많았던"[95] 성직자들에 의해 현실에 작동한 신의 시간, 즉 중세의 종교는 인간의 삶을 규율하는 억압적 이데올로기 장치였다.

시간의 집단화에 대한 권리는 인간의 시간을 통제하고 그 시간의 생산적 결과에 대해 지배권을 행사할 수 있다. 봉건주의 시대에 밭에서 일을 하다가 해가 떨어지면 귀가하라고 농민에게 말해줄 수 있는 권리, 근대 산업사회에서 종소리가 나면 점심을 먹으러 가라고 말해줄 수 있는 권리와 같이 같은 시간에 같은 행위를 하도록 말할 수 있는 권리는 시간의 통제에 의한 집단화 기능에 대한 권리를 갖고 있는 것과 같다. 이러한 집단화 기능은 개인의 행위와 행위 사이에 헛되이 소모되는 개별적 시간을 최소화하여 생산력을 극대화시킨다. 뿐만 아니라 사회에 일상적으로 작용하기 때문에 평등한 시간으로 인식되어 개별적 시간에 대해 무감각해진다. 그러나 이러한 시간의 집단화 기능에 의한 생산성과 평등성은 시대를 초월하여 지배 이데올로기의 억압성과 폭력성을 은폐시키는 도구로 작용했다. 지배 이데올로기에 의해 시간의 집단화 기

94) 신의 시간과 인간의 시간에 대해서는 이진경(1997), 『근대적 시・공간의 탄생』, 푸른숲, 45쪽. 참조
95) 위의 책, 45쪽.

능이 일상적으로 작동하는 것은 그 사회의 생산관계를 유지시키는 공적 시간이다. 근대 산업사회에서 공적 시간이 작동하는 곳은 공장이다. 그래서 공적 시간이 작동하는 공장에서 추방된 주체는 사회에서 존재적 의미가 소멸될 뿐만 아니라 생존 자체도 불가능해진다. 이처럼 근대의 시간의 집단적 기능은 주체에게 사회의 존재를 확인시키는 공공성[96]을 가지는 것이다.

1960년대 이후 한국사회는 자본주의이데올로기의 하위이데올로기로 발전주의, 성장주의가 지배 이데올로기였다. 산업사회의 자본주의는 근대의 시간의 집단화 기능을 도구로 하여 노동자 주체를 성장주의의 억압성과 폭력성이 은폐된 생산성과 평등성, 공공성 속으로 호출했다. 이러한 근대의 시간의 집단화 기능은 한국노동소설의 주요인물들이 공장에 대해 가지는 보편적 인식에서 확인할 수 있다. 지배적 이데올로기에 포획된 근대의 시간은 집단화 기능에 의해 생산성, 평등성, 공공성이 작동하여 주체에게는 거부할 수 없는 현실의 일상이 되는 것이다. 이러한 근대의 시간이 작동하는 공간이 공장이다.

조세희의 『난장이가 쏘아 올린 작은 공』의 주인공 영수의 꿈은 큰 공장에서 일하는 것이다. 영수는 난쟁이인 아버지와는 다른 삶을 살 수 있는 길은 큰 공장에 들어가 기술을 배워서 기능공이 되는 것이라고 생각한다.

> "넌 저 공장에 나가면 안 돼."
> "미쳤어? 난 저 따위 공장엔 안 나가."

---

96) 근대적 시간-기계는 이른바 '공적 영역'에서 만들어지고 작동하기 시작하여 이른바 '사적 영역'으로까지 확장되었으며, 이 두 영역 사이의 시간성을 시계적 시간으로 동질화시켰다는 것이다. 그것은 노동자는 물론 근대인 전체의 삶을 분절하는, 생활양식의 분절기계가 되었다. (위의 책. 참조)

"그래. 약속했어."
"그럼, 만져봐."[97]

"명희야, 난 저 따위 공장엔 안 나갈 거야. 공부를 해서 큰 회사에 나갈테야. 약속해."[98]

이처럼 어린 시절 이웃집에 사는 명희와의 사랑의 약속이 큰 공장에 들어가는 것이었다. 개인이 사랑을 성취하고 한 사회에서 인정받고 성공하는 것의 증거가 큰 공장에 들어가는 것이다. 다른 말로하면 그 사회의 보편적 가치를 성취하고 사회의 일원으로 인정받는 길이 공장의 구성원이 되는 것이라 할 수 있다.

어머니는 인쇄소 제본 공장에 나가 접지 일을 했다. 고무 골무를 끼고 인쇄물을 접었다. 나는 겁이 났다. 나는 인쇄소 공무부 조역으로 출발했다. 땀을 흘리지 않고는 아무것도 얻을 수 없다는 것을 뒤늦게 알았다.[99]

나는 조역·공목·약물·해판의 과정을 거쳐 정판에서 일했다. 영호는 인쇄에서 일했다. 나는 우리가 한 공장에서 일하는 것이 싫었다. 영호도 마찬가지였다. 그래서 영호는 먼저 철공소 조수로 들어가 잔심부름을 했다. 가구 공장에서도 일했다. 그 공장에 가 일하는 영호를 보았다. 뽀얀 톱밥 먼지와 소음 속에 서 있는 작은 영호를 보고 나는 그만 두라고 했다. 인쇄 공장의 소음도 무서운 것이었으나 그곳에는 톱밥 먼지가 없었다. 우리는 죽어라 하고 일했다. 우리의 팔목은 공장 안에서 굵어갔다. 영희는 그때 큰길가 슈퍼마켓 한쪽에 자리잡은 빵집에서 일했다. 우리가 고맙게 생각한 것은 환경이 깨끗하다는 것 하나뿐이었다. 영희는 하늘색 빵집 제복을 입고 일했다.[100]

---

97) 조세희(2000), 「난장이가 쏘아올린 작은 공」, 92쪽.
98) 위의 책, 93쪽.
99) 위의 책, 96쪽.
100) 위의 책, 97쪽.

'난장이'가 죽은 후 어머니, 영수, 영호, 영희는 모두 일을 해야만 했다. 위 인용문과 같이 그들이 처음 산업사회의 일원으로 시작한 것은 인쇄소, 가구공장, 빵집 등과 같이 소규모 공장이나 자영업의 가게에서 단순 조수로 일하는 것이었다. 영수가 인식하듯 산업사회에서 살아가는 것은 산업사회의 생산관계 속으로 자동적으로 편입되는 것이다. 이것은 선택의 문제가 아닌 운명과 같이 생태적으로 산업사회의 인간이 놓여 있는 지점이다. 산업사회의 인간은 거부할 수 없는 근대의 시・공간 속에 존재하는 것이다.

그러나 이러한 아주 긍정적인 근대의 시・공간성은 근본적으로 인간의 시간 개념이다. 이 인간의 시간은 중세의 자연의 시간을 따르던 인간의 시간과는 달리 이미 자연의 시간인 밤과 낮을 거부한 시계의 시간이다. 중세 시대에 땅에서 자연의 시간을 따르는 인간의 시간에 신의 시간인 종교가 지배적 이데올로기로 개입했듯이 근대의 공장에는 인간의 시간에 시계의 시간인 자본주의가 지배적 이데올로기로 개입한다. 즉 인간의 시간을 따르는 공장에는 자본주의의 합리적이고 규격화된 또 다른 지배적 인간의 시간이 개입하는 것이다. 이 개입한 지배적 인간의 시간은 결국 공장의 생산력과 그 결과물을 지배하기 위한 시간이다.[101] 결국 노동자는 공장의 규율화된 지배적 인간의 시간에 습관화된다.

공장의 규율화된 지배적 인간의 시간은 자본주의의 생산성에 의한 시간 규율이다. 한국노동소설의 모든 작품에 등장하는 공장의 노동시간의 주・야간 편성이다.

101) '자연적 시간에 맞추어 신의 시간을 변경시킨다고는 하지만, 그것은 농민의 활동, 혹은 활동의 결과를 포획하기 위한 불가피한 타협이었고, 이를 통해 자연적 시간의 리토르넬로를 신의 시간 안으로 포획하고 지배하기 위한 타협이었기 때문이다.'(이진경, 앞의 책, 47~51쪽. 참조)

안재성의 『파업』에서 홍기가 대영철강(주)의 구직 면접에 합격하고 공장의 노동시간에 대해 지시 받는 장면이다.

> 열두시간 2교대인 건 알 꺼요. 1주일마다 주야가 바뀌는 거요. 내일부터는 주간이니까 아침 7시 40분까지 출근해야 하오. 8시까지 조회하고 일 들어가니까 늦으면 안되오. 큥, 이제 되었으니까 집에 가슈.[102)]

이미 근대의 시·공간성이 작동하는 공장의 주·야간 12시간 노동시간 편성에 대해 주체는 무비판적이며 무감각하다. 그리고 산업사회의 성장주의 하에서 자연의 시간과 인간의 시간에 억압성과 폭력성으로 개입한 지배적 인간의 시간에 대해 주체는 새로운 시간을 상상할 수밖에 없다. 그것은 『난장이가 쏘아올린 작은 공』의 영수가 어릴 때 공장을 꿈꾼 것처럼, 현실의 노동자들도 미래의 시간을 상상한다.

> 정말 가난이 죽어도 싫었다. 노동자 생활이 싫었다. 하지만 그것도 한 때뿐이었다. 세상은 그가 결코 노동자의 현실에서 벗어날 수 없음을 가르쳐 주었다. 처음에는 누구나 그러하듯이 자기가 노동자라는 것을 인정하고 싶지 않았다. 당장의 공장 생활은 먼 훗날 부자가 되기 위한 훈련 정도로만 생각했다. 평생을 아버지처럼 산다는 것은 상상만으로도 몸서리 처지는 일이었다. 언젠가는 포동포동하게 살이 쪄서 새까만 승용차만 타고 다니리라 믿었다. 실제로 라디오도 TV도, 예비군 교육도 회사 교육도 모두 그런 얘기만 가르쳤다. 그런 꿈이라도 없엇다면 젊은 혈기는 스스로 자신의 숨통을 눌러 버렸을는지도 몰랐다.[103)]

위 인용문은 『파업』에서 어릴 적 "아버지가 유명한 과자공장에 다닌

102) 안재성, 앞의 책, 13쪽.
103) 위의 책, 33쪽.

다는 사실을 자랑"[104]스럽게 생각하던 김동연이 군대 3년을 제외하고 십년의 공장 생활 후에 노동자의 현실에 대해 생각하는 부분이다. 앞에서 『난장이가 쏘아 올린 공』의 영수가 꿈꾼 공장도 산업사회의 주체가 필연적으로 거쳐 가야할 시·공간이었듯이 김동연에게도 공장은 미래를 보장해 주는 곳이었다. 그러나 김동연에게 '지독한 노동과 믿을 수 없는 적은 임금으로 사람을 부려먹는 공장은 인내심을 시험하는 곳 이상은 아니었다.' 즉 계급적 정체성을 인식하기 전 영수와 김동연의 공장 생활은 공장에 개입한 규율화된 인간의 시간으로 인해 인내의 시간일 뿐만 아니라 꿈을 앗아 가는 허황된 시간일 뿐이었다. 결국 김동연처럼 지배적 인간의 시간에 습관화된 노동자 주체는 '자신의 꿈을 포기하는 법을 배우고 스스로 자기 인생에 무관심해지는 방법을 배운다.'[105]

근대의 시간의 집단화 기능과 함께 공장에서 재현되는 또 다른 근대의 시간성은 분할의 기능이다.

근대의 과학과 이성은 경험적인 것에 기반을 둔다. 잊어버린 과거와 경험되지 않은 미래의 불분명했던 시간이 측정과 계산이 가능한 시간으로 변환된 것이 근대의 시간이다.[106] 이러한 측정과 계산이 가능하다는 것은 물리력으로 치환될 뿐만 아니라 계획할 때 분할이 가능하게 해 주었다.

근대의 인간은 의식적이든 무의식적이든 시간과 연결될 수밖에 없다. 분할된 시간은 근대의 이성과 과학에 의해 인간의 삶에서 긍정성을 부

104) 위의 책, 32쪽.
105) 위의 책, 33쪽.
106) ''시간의 공간화'를 통해 시간을 측정 가능하고 계산 가능한 양으로 변환시키는 도구이다. 시계를 통해 시간은 거리나 위치와 같은 동질적인 양으로 변환된 것이다. 시간이 동질적이라면 미세한 부분으로 분할하는 것도 가능하게 된다.'(이진경, 앞의 책, 57~59쪽 참조)

여 받는다. 그러나 인간의 삶을 분할시킨 '기계는 그 자체가 기계적인 도구와 관계의 시스템이 되고, 이리하여 개인의 작업공정을 훨씬 넘어선 존재로 확대된다. 그리고 기계는 지금보다 큰 지배권을 주장한다.'[107] 즉, 인간은 소멸되고 모든 생산력은 기계의 능력에 의해 측정되어진다.

지배적 인간의 시간에 의해 시간의 집단화 기능이 작동하듯 근대의 시간의 분할 기능에도 지배적 인간의 시간이 개입한다. 이 개입은 공장에서 지배 이데올로기에 의해 분할의 기능으로 작동한다. 시계 기계는 자체의 관계 시스템에 의해 분할된 유기체로 인간의 삶에서 긍정적 지배 구조로 존재한다. 이러한 시계 기계의 긍정적 지배구조는 기계의 소유자의 시간이다. 기계를 소유한다는 것은 특정 공간에서 특정 시간에 기계를 멈추고 작동시킬 수 있는 권리를 말한다. 기계의 소유자는 중세의 신부처럼 시계를 소유하지 못한 근대의 인간의 시간에 개입해서 분할된 시간을 멈추고 작동시켜서 지배적 인간의 시간을 따로 계획하고 시간표를 만든다. 기계의 소유자는 시간표를 짜는데 시계의 긍정적으로 분할된 시간을 이용한다. 이렇게 이용된 시계의 분할된 시간이 공장에 작동하는 근대의 시간의 분할 기능이다. 이제 시계의 분할의 긍정성은 사라지고 기계 소유자의 지배적 인간의 시간만 남는다.

공장에서 이루어지는 시·공간의 분할의 기능은 분업으로 이루어진다. 분업은 하나의 상품이 생산되는 전체 공정을 세부 단위 공정으로 나누어 그 단위 공정마다 최소 시간을 정해두는 것을 말한다. 시계의 초침바늘이 일정한 자연의 시간동안 일정한 간격의 물리적 공간이동을 통해 물리적 시간을 생산하듯 분업은 일정한 자연의 시간동안 일정한 노동자나 기계수단의 물리적 행위에 의해 상품을 생산한다. 그 시계의

107) H. 마르쿠제(1986), 『일차원적 인간』, 박병진(역), 한마음사, 49쪽.

초침이 이동하면서 소요되는 자연의 시간이 짧으면 짧을수록 과학적이고 문명의 진보적 발전이다. 공장의 분업은 생산성을 위한 것이다. 분업에서 노동자나 기계 수단의 물리적 행위에 소요되는 시간이 짧으면 짧을수록 생산성이 높은 것이다. "공장 안에서 이루어지는 이러한 분업은 각각의 작업에 대해 주어진 시간 안에 주어진 성과가 이루어진다는 전제 위에 성립하며, 이 경우에만 시간적 작업의 공간적 배치는 유효하고 효과적일 수 있"[108]다.

공장에서 분할의 기능을 상징적으로 보여주는 것이 콘베이어 위에서 이루어지는 작업 공정이다. 정화진의 『철강지대』에서 텔레비전 브라운관을 생산하는 콘베이어 작업은 이러한 근대적 시간의 분할의 기능을 보여주고 있다. 공밥 먹는 것을 인류 최대의 죄악이라고 생각하는 정대리는 국가가 수여한 '공정자격증'을 가지고 있다. 그는 생산 공정의 생산성 향상을 위해 최선을 다하는 인물이다. 그래서 "단위시간당 최대의 생산량을 뽑아낼 수 있는 수치만 계산"[109]해서 생산 공정에 적용하려고 한다.

> 확인해보니 아니나 다를까 콘베이어 속도가 28초다. 전날엔 29초. 이틀 사이에 콘베이어 속도가 평사시보다 2초나 빨라져 있었다.
> (중략)
> "물론이오! 우리가 찾는 것은 적정선이지 결코 극대치는 아닙니다. 노조에서는 논외로 치고 있는 불량률에 대해서도 충분히 검토할 것입니다. 다시 말하지만 측정을 끝낸다고 해서 곧바로 속도를 결정하지는 않습니다. 앞서 말한 여러 조건들을 다 고려해서 적정선, 그러니까 무리가 가지 않는 선에서의 최대한의 원가 절감과 생산성 제고라는 가장 바람직한 속도를 찾아내려는 것이지요."

---

108) 이진경, 앞의 책, 135쪽.
109) 정화진, 앞의 책, 124쪽.

"이런 식의 노조와해전술은 너무 속이 금방 들여다보이는 구식이라는 생각이 안 드세요?"

"절대 오해입니다. 경영합리화의 일환이라고 보는 게 정확한 이해지요."

(중략)

"이봐요. 28초는 세계적으로 공인된 기준속도란 말입니다. 그 기준 속도를 적용해보겠다는데 뭐가 그리 무리고 치사한 모략이라는 겁니까?"[110)]

정대리는 경영합리화, 생산성 향상을 위해 상품 생산 공정에 소요되는 시간을 단축하려 한다. 세계적 공인된 기준이라는 명분으로 그동안 생산 속도보다 2초를 앞당기려 한 것이었다. 생산 시간은 기계의 시간에 의해 결정난다. 즉 상품은 기계의 시간에 의해 생산되는 것이다. 그래서 정대리와 같은 관리자나 소유자는 기계의 시간을 통제하려 하는 것이다. 이러한 기계의 시간을 통제하려는 것이 근대의 시·공간성의 분할의 기능에 의한 것이다. 그러나 정대리가 기계의 시간을 2초 앞당기려한 것은 노조의 문제 제기와 콘베이어 속도인 28초를 사람의 손놀림인 30초가 따라가지 못해 콘베이어 라인 적체 현상이 생겨 실패한다. 더군다나 어쭙잖은 계획이라고 사장한테 힐책까지 받는다.

이상에서 근대의 시·공간성으로 집단화 기능과 분할의 기능에 대해 알아보았다. 집단화 기능과 분할의 기능은 공장의 시·공간을 측정하고 계획하며 통제하면서 근대의 합리적 생산성으로 기능했다. 그리고 지배적 인간의 시간이 자연적 인간의 시간에 개입할 때 억압적 기능을 하기도 했다.

110) 위의 책, 107쪽.

(2) 경제 성장이데올로기의 생산성과 노동 가치의 박탈

근대의 시・공간성의 집단화 기능과 분할의 기능은 공장의 생산성을 향상시키는 긍정적 작용을 한다. 공장은 집단적으로 최소 시간 동안 하나의 상품을 생산하기 위해 같은 장소, 같은 시간에 인간의 행위를 집결한 근대적 시・공간이다. 이러한 집단화 기능과 분할의 기능은 근대적 생산양식을 보장해주는 기능도 하지만 인간의 자연적 생산 시간을 통제, 지배하는 기능도 함의하고 있다. 지배적 기능이 정당화되는 것은 집단화 기능과 분할의 기능이 근대적 생산양식인 자본주의를 보존해 줄 뿐만 아니라 이미 '근대적 생산양식인 자본주의가 근대적 생활양식으로 개개인을 특정한 방식으로 길들이는 '습속'이기 때문이다.'[111] 그래서 습속 속에 놓인 '주체는 지배와 통제에 스스로 자유의사로 복종하며, 자연 상태, 자연의 시간으로 돌아가지 않고 행동 자체가 계산가능한 근대적 주체로 남는다.'[112] 근대적 생활양식으로 자본주의가 습속이 된 근대적 시・공간에서 주체는 지배와 통제에 무감각해지고 소멸된다. 이러한 주체의 변화가 인간의 사물화이다.

1970~80년대 한국노동소설은 근대적 시・공간성인 집단화 기능과 분할의 기능에 의해 사물화된 주체의 전형을 보여준다. 조세희의 『난장이가 쏘아 올린 작은 공』의 공간은 주체의 일상이 이루어지는 근대 산업사회의 시・공간이다.

'난장이'가 죽고 나머지 가족들은 은강으로 이사한다. 은강에서의 생활은 난쟁이 가족들이 도시 빈민의 생활에서 본격적으로 산업사회의 공

---

111) 박태호(1997), 「근대적 주체의 역사이론을 위하여」, 『근대주체와 식민지 규율권력』, 문화과학사, 48~49쪽.

112) 위의 글, 52쪽.

장 생활을 시작하는 것을 의미한다. 첫째 아들 영수는 은강 자동차 공장의 노동자, 은강방직 보전반 기사 조수로 일한다. 둘째 아들 영호는 은강 자동차 공장에서 주물 나르는 일을 한다. 그리고 막내 영희는 은강 방직에서 재봉틀을 굴리는 일을 한다. 이들이 생활하는 시·공간은 도시와 공장이다. '1883년 개항과 더불어 국제적 무역항으로, 산업 도시로 발달한 은강'[113]은 한국 근대 산업 도시의 역사를 상징화하고 있다. 1970년대 은강은 그 역사의 표정이다.

> 공장지대는 북쪽이다. 수없이 솟은 굴뚝에서 시커먼 연기가 오르고, 공장 안에서는 기계들이 돌아간다. 노동자들이 그곳에서 일한다. 죽은 난장이의 아들딸도 그곳에서 일하고 있다. 그곳 공기 속에는 유독 가스와 매연, 그리고 분진이 섞여 있다. 모든 공장이 제품 생산량에 비례하는 흑갈색·황갈색의 폐수·폐유를 하천으로 토해낸다. 상류에서 나온 공장 폐수는 다른 공장 용수로 다시 쓰이고, 다시 토해져 흘러 내려가다 바다로 들어간다. 은강 내항은 썩은 바다로 괴어 있다. 공장 주변의 생물체는 서서히 죽어가고 있다.[114]

공장지대의 표정은 두 가지다. 표층적으로 보이는 근대 공업도시의 표정, 즉 공장의 연기, 공장의 기계들, 일하는 노동자, '난장이'의 아들딸의 노동자 생활 등의 긍정적 표정과 이 표층 표정 속에 가려져 있어야만 하고 들어나면 추하고 더러워 심층에 숨어 있는 유독 가스, 매연, 분진, 폐수·폐유, 썩은 바다, 생물체의 죽음 등의 부정적 표정이다. 이러한 산업도시의 풍경은 주체의 삶과 동일하다. 즉 파괴되어가는 신체로 근대의 시·공간인 공장에서 생산 활동을 하는 것이다. 이러한 이중

113) 조세희(2000), 「기계도시」, 185쪽.
114) 위의 책, 85~186쪽.

적인 공업도시의 근대의 시·공간은 주체의 삶을 규정한다.

> 우리는 참고 살았다. 쾌적한 생활 환경을 찾아 은강에 온 것이 아니다. 공장 주변의 생물체가 서서히 죽어가는 것을 나는 목격하고는 했다. 은강 공작창과 합성 고무 공장 앞을 지날 때 나는 땅만 보고 걸었다. 공장을 끼고 흐르는 작은 내를 건널 때는 숨을 쉬지 않았다. 시커먼 폐수·폐유가 그냥 흘렀다. 노동자들은 아침 일찍 공장으로 걸어 들어갔다. 저녁 때 노동자들은 터벅터벅 걸어나왔다. 계속 조업 공장의 새벽 교대반원 얼굴에는 잠이 그대로 붙어 있었다. 그들은 잠을 쫓기 위해 잠 안 오는 약을 먹고 일했다.[115]

> 나는 공장 주변의 아이들이 자라면서 나타낼 질병의 증세를 생각했다. 은강 공업 지역이 저기압권에 들면 여러 공장에서 뿜어내는 유독 가스가 지상으로 깔리며 대기를 오염시켰다.
>
> 어머니는 은강에 온 후 계속 머리가 아프다고 했다. 호흡 장애·기침·구토 증상도 자주 일으켰다.[116]

영수는 눈도 막고 코도 막고 살아간다. 밤과 낮은 서로 바뀌고 잠을 거부해야만 하는 일상이다. 은강공업도시의 아이들과 영수의 어머니는 언제나 아프다. 영수와 어머니, 그리고 은강공업도시의 아이들은 생태계가 파괴된 도시의 일상을 보내는 것이다.

근대 산업사회의 도시는 자연적 환경에 인간의 시·공간이 개입하면서부터 생태가 파괴된 공간이 되었다. 이러한 도시의 생태 파괴적 속성은 그 시·공간에 존재하는 인간의 자연적 시·공간도 파괴하는 것이다. 이처럼 근대산업도시의 팽창과 성장은 주체의 파괴와 소멸로 이어진다. 이제 근대 산업자본주의 생활양식은 주체가 거부할 수 없는 것이

115) 조세희(2000), 「잘못은 신에게도 있다」, 214쪽.
116) 위의 책, 218쪽.

며 주체는 이러한 거대한 타자에 의해 신체와 의식까지 무의식적으로 규정된다. 이러한 주체가 생산되는 공간이 도시의 중심에 있는 산업사회의 생산 공간인 공장이다.

앞에서 살폈듯 공장은 시간의 집단화 기능과 분할의 기능에 의해 지배적 인간의 시간이 개입되는 시・공간이다. 이때 주체 행위는 자연적 시간이 아닌 개입된 지배적 인간의 시간에 의해 집단화되고 분할되었다.

시간은 공간의 이동을 요구한다. 더 이상 그 장소에 머물러 있어서는 안 된다는 신호를 분할된 시간이 알려주는 것이다. 그래서 주체는 그때까지 하고 있던 행동을 멈추고 다른 장소로 이동 해야만 한다. 만약 같은 장소에 있게 되더라도 다른 행위를 해야 하는 것이다. 즉 시간의 분할에 의해 같은 공간이라도 다른 공간적 의미가 생기고 같은 주체라도 다른 주체의 행위가 발생한다. 이러한 시간, 공간, 주체의 분할은 하나의 완결된 전체의 결과물에 종속된다. 주체의 행위는 분할된 시・공간뿐만 아니라 완결된 전체의 결과물에도 종속된다. 이러한 주체의 행위는 분할된 시・공간과 완결된 전체의 결과물을 위해 통제대상이 되는 것이다. 시・공간에 의해 통제된 주체의 신체는 습속화된 동일한 시・공간에서는 주체의 의식보다 먼저 반응을 보인다. 주체의 무의식적 반응은 구획되고 구조화된 시・공간에 의해 자율성이 박탈당한다. 이렇게 주체를 통제하고 자율성을 박탈할 수 있는 것은 주체의 사물화에 의해 가능하다.

공장의 시・공간 분할은 먼저 노동자 주체를 소멸시킨다.

> 넓은 현장에는 백 명이 넘는 노동자들이 일하고 있었지만 기계에 가려 서로 잘 보이지 않았다. 열두 시간이나 함께 일하면서도 사람들은 신기할 만큼 서로 대화를 나누지 않았다. 오직 자기의 기계에 매달려 로봇처럼

움직일 뿐이었다. 거대한 기계들은 하루 24시간, 1년 내내 무섭게 돌아가면서 그들의 땀과 피를 빨아들였다.117)

노동자들이 로봇처럼 움직이고 24시간, 1년 내내 멈추지 않는 기계는 생산의 논리 입장에서는 정당하다. 김동연이 근무하는 대영철강은 전쟁터의 철책에 사용되는 대형 철조망을 중동의 전쟁터로 수출하는 공장이다. 노동자들은 정상 근무를 해서는 생활할 수 없는 낮은 임금 때문에 12시간 2교대 근무뿐만 아니라 24시간 연근까지 하길 원한다. 눈가의 검은 그림자는 대영노동자의 표식이고 누가 더 짙게 패였는가는 얼마나 더 열심히 출근했는가를 표시해 준다. 이미 노동자는 공장의 생산성에 복종하는 주체이면서 스스로 그 길을 선택한다. 이러한 주체의 행위는 공장의 시·공간의 분할된 구조에 의해 이루어지는 것이다. 개별 주체에게 주어진 공간은 기계의 생산 단계와 동일하다. 정해진 장소 정해진 시간에 기계가 원하는 동작을 사람은 해야만 한다. 그리고 기계는 멈추지 않는다. 이러한 생산 기계의 분할은 노동자들의 사고를 멈추게 하며 타인과의 소통도 단절시킨다. 이러한 주체의 고립성은 주체의 자율성이 사라지는 것을 의미한다.

조세희의 『난장이가 쏘아올린 작은 공』은 난쟁이 자식들이 산업노동자가 되는 과정을 형상화하고 있다. 난쟁이 자식처럼 노동자들은 어린 나이에 산업노동자가 되어 성장기를 공장에서 보낸다.

노동자 대부분이 어린 나이에 들어와 중요한 성장기의 삼사 년을 이 공장에서 보냈다. 익힌 기술을 빼놓으면 성장의 기반이랄 것이 없다. 우리 공원들은 우리가 아는 것만큼 밖에는 사물을 이해하지 못했다. 아무도

117) 안재성, 앞의 책, 16쪽.

땀으로 다진 기반을 잃고 싶어하지 않았다. 회사 사람들은 우리가 생각하는 것을 싫어했다. 공원들은 일만 했다. 대다수 공원들이 변화가 일어날 수 없는 상태를 인정했다. 무엇 하나 일깨워줄 사람도 없었다. 어른들도 자기들의 경험을 들려줄 것이 없었다. 마음속에서는 옳은 것이 실제에서는 반대 방향으로 움직여지는 것만을 그들은 보았었다. 우리는 너무나 모르는 것이 많았다. 사장에게는 다행한 일이었다.[118]

성장기에 습득한 것은 공장의 생산 기계에 숙련된 신체밖에 없다. 아는 것은 공장에 들어오기 전 상태에서 멈추고 떠오르는 생각은 더 이상 없다. 생각의 마비 증상은 스스로에게 더 이상 변화가 일어날 수 없다는 것을 인정하게 만든다. 그리고 이러한 것은 여공들 보다 먼저 들어온 노동자들도 마찬가지다. 노동자에게 생각의 마비 증상이 생기고 자율성을 상실한 수동적 노동 주체로 변하는 것은 회사 사람들이 원하는 것이고 사장에게도 다행한 일이다. 왜냐하면 더 이상 변화가 없는 규격화된 노동자 주체는 회사와 사장에게 통제하기가 자유로운 뿐만 아니라 생산 기계의 시・공간 분할에 숙련되어 생산성이 향상되기 때문이다.

정화진의 『철강지대』의 백상중기는 주물공장으로 수동식 재래종 용광로와 자동식 전기로가 공존하는 곳으로 자동화되어 가는 과정에 있다. 중철은 민주노조 건설을 위해 만든 공장 외부 조직인 상록회의 회장이다. 중철은 '기계가 차라리 완전 수동식이었으면 하는 생각을 하면서 컴퓨터로 조종되는 자동선반 앞에서 인간은 기계를 감시 하는 경비병'이라 생각한다. 그리고 작업장 전체를 바라본다.

멀리 조립라인을 바라보면서 중철은 조립공들 전체가 라인에 연결된 부품들 같다는 생각을 해본다. 승혁과 현태, 인천공고 출신인 재식이나

118) 조세희(2000), 「난장이가 쏘아올린 작은 공」, 107~108쪽.

전문적인 기능이 있느냐 없느냐는 하등의 의미가 없다. 용접 로보트처럼 예정된 구멍에 부품만 갖다 박아라. 많이도 필요없지. 딱 한 개만 박아라. 제품에 대한 주관이나 논리적인 의심은 저 감상적이고 시대에 뒤떨어진 인간들의 무덤 속에나 묻어버려라. 이것이 중철이 아직 확연하게 알 수 없는 어떤 존재로부터 노동자들에게 끊임없이 강요하고 있는 명령이었다.[119]

객관적 거리를 두고 작업장 전체를 바라보는 중철의 시선에 인간은 감시병이 아닌 기계와 한 몸으로 보인다. 공장에서의 노동자의 존재는 더 이상 인간의 시·공간이 아닌 생산 기계의 시·공간에 의해 규정되고 있는 것이다. 그리고 신입 노동자들이 공장에 들어오기 전 배운 모든 기술과 생각은 공장에 들어온 후에는 무의미하다. 더 이상 개별 주체들의 자율성은 의미가 없어지며 노동자는 생산 기계의 시·공간에 따라 로봇처럼 작동하는 것이다. 생산 기계의 시·공간에서 이루어지는 제품에 대한 자율적 인간의 존재, 즉 모든 주관적 판단이나 논리적 의심, 감상은 불필요하고 비생산적인 것이다.

이러한 노동자 주체의 소멸은 공장의 지배적 인간의 시간이 발생하는 토대가 된다. 공장의 지배적 인간의 시간은 전근대처럼 인간의 시간을 지배하는 것이 아니라 공장의 시·공간을 지배하면서 발생한다. 즉 생산 기계의 시·공간에 의해 노동자 주체가 소멸되듯 생산 기계의 시·공간을 계획하고 통제하는 것이 공장의 시·공간을 장악하는 것이고 지배적 인간의 시간이 발생하는 것이다. 이미 생산 기계의 시·공간은 근대의 생산성 향상을 인정받았기 때문에 지배적 인간의 시간은 자유롭게 활동하게 된다.

생산 기계의 시·공간은 생산성 향상을 위해 존재한다. 그 생산성은

---

119) 정화진, 앞의 책, 107쪽.

이미 근대의 진보성에 의해 긍정성을 획득한 시간의 집단화 기능과 분할의 기능에 의해 보장된다.

조세희의 『난장이가 쏘아올린 공』에서 '난장이' 자식들은 '난장이'와 어머니, 그리고 영수가 꿈꾸던 큰 공장인 은강그룹에서 일하게 된다. 그러나 은강그룹은 그들이 꿈꾼 세상과는 달랐다. 이들은 아직 노동자 계급의식을 정립하지도 못했을 뿐만 아니라 지배적 인간의 시간에 의해 스스로 복종하는 생산 기계의 시·공간에 의해 자율적 주체가 소멸되는 과정에 놓인다.

> 우리가 하는 일은 단순 노동이었다. 영호는 쇠로 만든 손수레에 주물을 넣어 날랐다. 영희는 훈련 센터에서 교육을 받으며 작업장으로 이어진 중앙 복도를 청소했다. 나는 승용차 조립 라인에서 일하는 사람들에게 작은 부품들을 날라다 주었다. 한 대의 승용차는 헤아릴 수 없이 많은 부품으로 만들어졌다. 선참 노동자들은 열심히 일했다. 조립 라인 사람들은 나를 또 하나의 보조 기계로 보았다. 공장장에게는 노동자 전체가 기계였다.[120]

> 나는 승용차 시트 뒤에 달려 있는 트렁크에 구멍을 뚫었다. 드릴로 구멍을 뚫은 다음 십자나사못을 틀어넣는 것이 나의 일이었다. 나는 권총 모양의 두 가지 공구를 사용했다. 하나로는 구멍을 뚫고 다른 하나로는 나사못과 고무 바킹을 넣었다. 선참 노동자들은 나를 '쌍권총의 사나이'라고 불렀다. 일을 하면서 처음으로 기계에 의한 속박을 받았다. 난장이의 아들에게 이것은 아주 놀라운 체험이었다. 콘베어를 이용한 연속 작업이 나를 몰아붙였다. 기계가 작업 속도를 결정했다.[121]

> 영희는 일분에 백이십 걸음을 뛰듯 걸었다. 영희가 뛰듯 걷는 동안 직기들은 무서운 소리를 내며 돌아갔다. 기계도 고장이 나면 죽어버렸다.

120) 조세희(2000), 「은강 노동 가족의 생계비」, 200쪽.
121) 위의 책, 201~202쪽.

아니면 일을 제 마음대로 했다. 영희는 죽은 틀은 살리고, 이상 작업을 하는 틀에서는 관사를 풀어 이어 정상으로 돌렸다. 영희에게 주어지는 점심 시간은 십오 분밖에 안 되었다.[122)]

영수의 부품 나르기, 드릴 작업, 영호의 손수레로 주물 나르기, 영희의 복도 청소와 섬유 직기 작업의 공통점은 반복성, 단순성, 속도성이다. 이러한 요소들은 기계의 부품 하나하나가 하는 행위와 동일하다. 기계는 부품 하나하나의 기능에 의해 작동하고 제기능을 한다. 그리고 기계의 본체와 분리된 하나의 부품은 의미가 없다. 이처럼 노동자는 공장의 시・공간에서 완성품을 생산하기 위해 지정된 장소에서 지정된 속도로 지정된 행위를 단순하게 반복해야만 의미가 있는 것이다. 이러한 노동자의 행위는 영수가 처음 놀라운 체험을 한 것처럼 인간의 조건과 한계와는 상관없이 생산성의 절대가치에 의해 움직이는 기계의 반복성, 단순성, 속도성에 의해 구속받는다.

조립공은 콘베이어 위의 물건에 자신에게 할당된 부품만을 차례로 박으면 그걸로 끝이다. 노동자는 그 물건이 어떤 상품이 될 것이며 어떤 가치가 있는지에 대해 논리적 사고나 감상은 할 필요가 없을 뿐만 아니라 완성된 제품이 소비자에게 어떤 가치로 팔릴지에 대해 생각할 필요가 없다. 노동자의 모든 권한은 분할된 시・공간에 의해 제한되기 때문이다. 노동자 '개인의 생산고에 의해서가 아니라 기계에 의해 생산성이 결정되고 게다가 개인의 생산성을 측정하는 일 자체가 불가능해졌다.'[123)]

이와 같이 노동자의 사물화는 노동의 과정, 노동의 결과물, 잉여가치에 대한 권리를 박탈하는 것을 의미한다.

---

122) 위의 책, 203쪽.
123) H. 마르쿠제(1986), 『일차원적 인간』, 박병진(역), 한마음사, 49~50쪽.

(3) 경제 성장이데올로기의 규율 장치와 노동자의 통제

노동자의 사물화와 노동 가치의 소멸은 자연적 인간의 시간에 지배적 인간의 시간이 개입하면서 공장의 시·공간을 계획하고 통제하면서 시작된다. 지배적 인간의 시간의 통제와 처벌은 공장의 규율 장치와 통제자의 서열에 의해 이루어진다.

한국노동소설에 나타나는 대표적 공장 규율 장치는 노동 시간표이다.[124)]

노동 시간표는 공장의 시·공간을 지배하는 기준이 된다. 안재성의 『파업』에서 홍기가 대영철강에 면접을 보고 취업이 결정 난 후 그날 바로 '열두 시간 2교대, 1주일 주야 교대 근무, 아침 7시 40분 출근, 8시 조회'[125)]라는 노동 시간표를 반장으로부터 설명 받는다. 이 노동 시간표는 보편적 인간의 노동 활동을 생각하면 억압적이고 폭력적인 노동환경이다. 그러나 이러한 노동 시간표는 노동자가 첫 출근을 할 때 현실적 노동환경을 인정하고 숙지한 시간 규율이다. 자본가와 노동자 사이에 숙지하고 약속한 정규 노동시간은 문제가 되지 않는다. 이러한 정규적 시간규율은 이미 개별 노동시간을 떠나 당대 사회 현실이 반영된 노동시간으로 억압적이지만 공공성을 획득했다. 문제는 정규 노동시간 외에 이루어지는 비정규 노동 시간표이다. 비정규 노동 시간표는 지배 이데올로기에 의해 작동하는 노동 시간표이다. 그 대표적인 것이 야근, 잔업의 노동시간이다.

---

124) 시간표의 억압적 구조에 대해 이진경은 다음과 같이 말한다.
'시간표 기계', 그것에 부합하게 행동했는지를 확인하는 시계, 그리고 그 결과에 따라 상/벌을 주는 '처벌 기계'의 세 가지이다. 이 세 가지 요소가 반복적으로 계열화되면서 '시간 기계'의 자본주의적 배치를 이루게 되는 것이다.(이진경, 앞의 책, 66~67쪽.)

125) 안재성, 앞의 책, 13쪽.

영희는 졸음을 못 참아 눈을 감았다. 두 눈을 감은 채 직기 사이를 뒷걸음쳐 걷고 있었다. 그 밤 작업장 실내 온도는 섭씨 삼십구 도였다. 은강방직의 기계들은 쉬지 않고 돌았다. 영희의 푸른 작업복은 땀에 젖었다. 영희가 조는 동안 몇 개의 틀이 서버렸다. 반장이 영희 옆으로 가 팔을 쿡 찔렀다. 영희는 정신을 차리고 죽은 틀을 살렸다. 영희의 작업복 팔 부분에 한 점 빨간 피가 내배었다. 새벽 세시였다. 새벽 두시부터 다섯시까지가 제일 괴롭다고 영희는 말했었다. 영희는 눈물이 핑 돈 눈을 도렸다.[126]

조세희의 『난장이가 쏘아 올린 공』에서 영희는 방직 공장에서 야근을 하고 있다. 새벽 세 시와 다섯 시 사이에 졸음을 참지 못 한다. 반장은 졸고 있는 영희의 팔뚝에 핀으로 찔러 잠을 깨운다.

열두 시간 2교대도 부족해서 교대가 있는 일요일은 연근이라 해서 24시간 노동을 시켰다. 토요일밤 야근을 한 조가 월요일 아침에 출근하려면 일요일 야근이 비게 되므로 토요일 주간조가 일요일에 출근해서 24시간을 일했다. 형식상으로는 하고 싶은 사람만 일하게 되어 있지만 안 나오면 찍히기도 하거니와 돈을 위해서는 대부분이 출근하기 마련이었다. 동연도 연근을 단골로 했지만 입사한 이래 2년간 단 한 번도 빼놓은 일이 없는 악바리였다.[127]

안재성의 『파업』에서 김동연은 결혼을 하면서 구로에서 악명 높은 기업이며 산업재해가 가장 많기로 유명한 대영철강에 들어온다. 대영에 들어 온 이유는 단 한 가지다. 번듯한 전세방이라도 마련하기 위해 연장 수당을 받아 한 푼이라도 더 벌기 위해서다. 단위 시간당 낮은 임금 때문에 비정규시간에 노동을 할 수밖에 없다. 그리고 이러한 비정규 노

---

126) 조세희(2000), 「잘못은 신에게도 있다」, 218쪽.
127) 안재성, 앞의 책, 17쪽.

동시간도 노동자의 건강이 보장 되었을 때 가능하다. 이렇게 돈을 위해 비정규 노동시간에 노동을 하지만, 그리고 자유 선택이라고는 하지만 공장이 원할 때 거부 할 수 있는 권리는 없다. 거부하고 안 나오면 관리자의 감시 시선에 찍힌다.

—어머, 바깥세상엔 해가 있었어!
까르르르 터지던 웃음.
명진은 쓴웃음을 짓는다. 무던히도 더웠던 여름이었다. 노조설립의 기폭제가 되었던 잔업거부를 단행했던 날, 당당하게 퇴근카드를 찍고 경비실을 나섰을 때 이마에 부딪쳐오던 햇살이 얼마나 정겹던지.
낮에 햇빛이 세상을 비추어준다는 사실을 모를 리 없건 만은 그때 당시만 하더라도 쨍한 햇빛을 머리 위로 받으며 거리를 활보한다는 것이 쉬운 일이 아니었던 것이다. 게다가 한 달에 네 번 있는 일요일 중에 두 번은 거의 의무적으로 특근을 해야만 했던 시절이었다.[128]

정화진의 『철강지대』에서 모처럼 산행을 가기 위해 상봉터미널로 와서 토요일 오후 인파를 보고 명진은 과거 '노조 하나를 만들기 위해 목숨까지도 담보로 잡혀야 했던 칠흑같이 어두웠던 시절'에 잔업거부를 하고 햇빛이 있는 시간에 퇴근했던 시절을 회상한다. 명진은 그동안 칠흑같이 어둡던 지배적 인간의 시간이 작동하는 공장의 시·공간을 노동자의 주체적 행위로 거부하고 처음 자연의 시간을 회복하는 것이다.

비정규 노동 시간표는 야근, 잔업으로 이루어져 있다. 이러한 비정규 노동 시간표는 인간의 자연적 시간을 파괴한다. 이러한 시간 파괴는 억압적 통제자의 계획과 감시로 유지된다. 이 통제자는 영희의 졸음을 감시하는 반장, 김동연의 결근과 야근 거부를 기록하는 관리자들, 휴일이

128) 정화진, 앞의 책, 268쪽.

없는 명진의 노동 시간표를 작성한 자본가들이다. 이들이 공장의 시·공간을 계획하고 통제하는 지배 이데올로기를 실천하는 주체들이다.

공장의 규율은 지배 이데올로기를 실천하는 통제자들에 의해 집행된다. 이 통제자들은 서열로 구조화되어 있다. 공장의 '규율에서의 기본 단위는 서열 중심적이다. 서열은 어떤 분류·등급 속에서 사람이 차지하는 위치이다. 규율은 여러 신체를 한 곳에 뿌리박게 하지 않고, 분배하여 하나의 관계망 속에서 순환하게 하는 위치 결정에 따라 신체를 개별화시키는 것이다.'[129] 서열은 변화와 재배열되면서 하나하나 개별적 영역으로 존재한다. 그리고 이 개별 영역은 서로 유기적으로 관계하면서 하나로 구조화되어있다. 이 서열 구조를 가능하게 하는 것이 규율이다. 개별적 영역으로 존재하는 서열에서 규율의 감시와 통제가 발생하기 때문이다.

한국노동소설에 나타나는 공장의 서열은 견습(수습)노동자-정규노동자-조장-반장-과장-부장-본부장-이사-사장-회장으로 구조화되어 있다. 견습(수습)노동자, 정규노동자는 노동현장에서 육체노동을 하는 최하위 계층이고 조장, 반장, 주임은 현장 노동자 출신으로 노동현장의 한 구역을 책임지는 하위 관리 계층이며 과장, 부장, 본부장, 이사는 처음부터 관리직으로 출발하여 어떤 사안에 대해 결정권을 가진 상위 관리계층이다. 그리고 사장, 회장은 공장을 소유하면서 최종 결정권을 가진 최상위 계층이다. 이 서열에 의한 규율은 최상위 계층에서 최하위 계층으로 감시, 처벌의 기능을 한다.

감시의 시선은 위에서 아래로 볼 때 이루어지는 행위다. 서열에 의한 공간 배치도 이를 따른다. 높은 서열일수록 배치된 공간도 높은 곳에

129) M. 푸코(2003), 『감시와 처벌』, 오생근(역), 나남, 230쪽.

위치하고 있다.

안재성의 『파업』에서 홍기가 처음 대영철강에 면접을 보고 입사를 하는 장면이다.

> 과사무실은 한쪽 벽 위에 전망대처럼 달려 있어 넓은 유리창으로 현장 전체를 한눈에 내려다볼 수 있게 되어 있었다. 철계단을 밟아 올라가니 몇 명의 푸른 잠바들이 책상에 앉아 있었다. 나이든 과장은 노무과장과 마찬가지로 신입사원에 대해 아무런 관심도 갖지 않는 듯 반장이 내미는 서류에 도장을 찍을 뿐, 의례적인 인사말조차도 없었다.[130)]

현장의 관리자들이 있는 과사무실은 현장을 한 눈에 내려다 볼 수 있게 넓은 유리창과 높은 위치에 있다. 그 위치에 있는 관리자의 태도들은 높은 위치만큼 우월하다. 이러한 것뿐만 아니라 현장 곳곳에 숨어 있는 감시의 눈들은 상시적으로 존재한다. 하급 관리 계층과 동료지만 회사 정보원으로 활동하는 동료 노동자, 그리고 감시 카메라까지 있다.

정화진의 『철강지대』에서 감원 해고가 있은 후 노동자들이 느끼는 감시의 공포는 노동자의 의식까지 장악하고 있다.

> "도대체 무엇이 그리 두려워서 감시망을 몇 겹씩 두르는지 모르겠어요."
>
> 현태가 드넓은 식당을 둘러보면서 말했다.
>
> "현장을 포로수용소로 만들 심산인지."
>
> 그는 다시 바닥에 침을 뱉어낸다.
>
> "아직 감시 카메라는 설치 안했잖아?"
>
> 중철이 말을 마치고 씁쓸하게 웃었다. 언뜻 식당에까지 감시 카메라를

---

130) 안재성, 앞의 책, 12쪽.

설치해놓고 있다던 어느 주방기구회사의 사례가 생각났기 때문이었다. 그 사례를 들려주던 한 해고자는 처음엔 밥을 얼마나 먹는지 감시하는 줄 알고 한창 먹성 좋은 나이에 주린 배를 제대로 채우지도 못하고 입사초기를 보냈다던가.[131]

이처럼 노동자들은 노동의 시·공간에 존재하는 서열에 의한 감시를 공포로 느끼고 있다. 이러한 공포는 감시 뒤에 따라 오는 처벌 때문이다.

조세희의 『난장이가 쏘아올린 작은 공』에서 영수, 영호, 영희가 당하는 감시와 처벌은 일상적이었다.

난장이의 큰 아들은 은강에 가 일하기 시작한 이후 수없이 울었다. 협박도 수없이 받고, 폭행도 당했고, 병원에도 입원했었고, 구류까지 살았었다. 그의 얼굴은 몰라보게 야위었다. 두 눈만 유난히 커 보였다. 그의 이상이 그를 괴롭혔다.[132]

영희가 야근을 하면서 새벽잠을 이기지 못해 졸고 있을 때 핀으로 팔뚝을 찌르는 반장과 영수가 은강에 들어와서 겪게 되는 감시와 처벌은 노동자의 생존을 위협하는 것이다. 결국 영수는 회사의 마지막 처벌이 있기 전 사직을 한다. 공장에서의 감시와 처벌은 공장에서 노동자의 시·공간, 즉 노동자의 인간적 존재를 부정하기 위한 것이다. 공장에서 마지막 노동자의 시·공간이 사라지는 것은 해고이다.

조세희의 『난장이가 쏘아올린 작은 공』에서 영수가 다니는 인쇄 공장에 활판 윤전기, 자동 접지 기계, 옵셋 윤전기가 들어오면서 자동화되고

131) 정화진, 앞의 책, 286쪽.
132) 조세희(2000), 「기계도시」, 192쪽.

점점 커지는 공장 규모와는 달리 사장은 위기라고 말한다. 그리고 공장의 승급도 줄고, 노동자도 줄고, 일 양은 많아지고, 작업 시간은 늘었으며 월급 받는 날 옆 동료도 믿을 수 없어 말을 하지 못하고, 공장의 부당한 처사에 대해 말한 자는 아무도 모르게 쫓겨났다.

> 사장은 회사가 당면한 위기를 말했다. 적대 회사들과의 경쟁에서 지면 문을 닫을 수밖에 없다고 말했다. 이것은 노동자들이 제일 무서워하는 말이었다. 사장과 그의 참모들은 그것을 알고 있었다.
>
> 그것은 생각만 해도 무서운 일이었다. 큰 공장이 문을 닫으면 수많은 노동자들은 갈 곳이 없었다. 작은 공장들이 채용할 인원은 한정이 되어 있다. 나는 돈도 못 벌고 놀게 될지도 모른다. 새로운 일터를 찾는다고 해도 낯선 곳이다. 작은 공장이라 작업장은 더 나쁘고 돈도 오르지 않은 채 받는 액수보다 훨씬 적을 수가 있다. 생각만 해도 끔찍한 일이다.[133)]

모든 사장은 언제 어디서나 회사는 위기라고 말한다. 이것은 노동자의 주체적 삶을 억압하는 도구로 작용한다. 그리고 마지막으로 해고로 협박을 한다. 인쇄 공장에 다니는 어린 노동자들은 해고 이후의 상황을 상상한다. 그 상상은 곧바로 공포로 변하는 것이다. 노동자들에게 공장은 생존의 공간이기 때문이다. 해고는 노동자의 삶에서 일상을 박탈하고 비정상적 삶, 죽음에 다가 가는 삶이다. 그래서 해고는 최후의, 최고의 처벌인 것이다.

그래서 해고는 통제자에게 회유의 수단으로 작용한다. 노동자의 일상을 담보로 노동자에게 배신을 강요하는 것이다.

정화진의 『철강지대』에서 감원 공고가 난 후 감원 대상 중에 한 명인 홍만을 대상으로 엔진본부장은 공장 외곽 조직인 상록회에 대해 명확한

---

133) 조세희(2000), 「난장이가 쏘아올린 작은 공」, 107쪽.

정보를 캐기 위해 홍만과 고급 술집에서 만난다.

"그래 그건 자네 말이 백번 옳아. 그래서 난 자네를 다른 방식으로 구제하기로 결심을 했네. 어차피 객지에 와서 만나기 힘든 고향 후배를 내 현장에서 도울 길이 없다면 다른 곳에서라도 방도를 찾아야겠다는 생각에서 말이야. 우리 하청공장 중에서 계장 자리가 하나 빈곳이 있었거든."

"알고보니 자네 상록회원이었더군!"[134]

홍만은 처음부터 상록회에 관여했다. 임신 4개월이라 입덧이 심한 아내의 순박한 모습을 생각하며 일찍 집으로 간다. 그리고 가족들의 행복한 미래를 위해 열심히 일을 한다. 이런 홍만의 일상을 깬 것이 감원 대상에 포함된 것이다. 홍만은 김덕배의 제안을 받고 결국 현재 살고 있는 집의 전세 보증금도 받지 않고 급하고 몰래 서울로 이사를 간다.

안재성의 『파업』에서 곽가는 허약하고 우유부단하며 언제나 사람들 눈치를 보는 인물이다. 그리고 노동자 학습에도 참여하고 의도적으로 민주노조건설 준비모임인 '동지회' 사람들에게 접근하기도 하는 인물이다. 그래서 '동지회' 사람들은 경계를 한다.

"요놈의 입이 웬수지, 노조하자고 떠들고 다니다가 윤조장한테 걸려들었지 뭔가. 하루는 과장이 식당으로 부르길래 가보니 아들하고 처남이 같이 붙들려 왔드라고. 조합에 대해서 다 불지 않으면 세 명 다 해고시키고 경찰에 넘기겠다 하드만. 얼매나 놀라고 겁이 나는지 다 불어 버리고 말았어. 상섭이 자네하고 공부했던 거하며 이병우, 김동연이 다 불어 버리고 말았지. 휴……돈이 웬수지……"[135]

---

134) 정화진, 앞의 책, 198쪽.
135) 안재성, 앞의 책, 268쪽.

『파업』에서 진영의 분신자살 이후 공장 점거 농성이 시작되고 경찰과 마지막 대치 상황에서 곽가는 농성장을 빠져 나가려다 붙잡히고 "때, 때리지마! 다 말할께! 제발 때리지 마! 내, 내가 그랬어. 홍기도 신고하고 매일 보고를 해왔어……"라고 말한다. 그리고 오랜 시간 대영철강에서 같이 일한 동년배인 상섭과 단둘이 있으면서 그 동안 회사의 프락치 활동을 한 사정과 내용을 말한다.

이처럼 통제자의 회유에 의한 노동자의 계급적 배신은 노동자의 일상적 삶을 단절시키는 해고의 공포 때문이다. 이런 노동자의 계급적 배신은 다른 노동자들에게는 감시의 시선으로 작용한다. 배신에 의한 정보에는 곧바로 처벌이 뒤따르기 때문이다.

정화진의 『철강지대』에서 백상중공업은 "국내 경제에 불어닥친 위기 상황과 특히 부가가치가 낮은 중공업분야의 불황으로 인해 눈물을 머금고 인원감축을 실시할 수밖에 없으며 이 어려운 고비를 사원들의 인내와 슬기로 극복해 나가자고 하는 호소를 담아"136) 감원 계획을 회사 게시판에 공고한다. 문제는 감원 대상이다.

> "도대체 어떤 사람이 감원대상이 되는거예요?"
> 아직 사회초년생인 재식이 흥분하고 있는 승혁을 멀뚱히 바라보며 물었다.
> "인사고과라고 하는 건디 그게 또 웃기는거여."
> 옆자리에 앉아 있는 연마반의 손씨가 아들한테 설명하듯 자상한 말투로 이해를 시킨다.
> "우리는 알지도 못허는 사이에 조장부텀 과장 부장 같은 것들이 즈그들 멋대로 우리의 점수를 매긴다니까. 고분고분 일 잘허면 백 점이고, 틱틱 옳은 소리 해쌌고 지각 결근 같은 것 자주 하면 이유 불문하고 50점인

136) 정화진, 앞의 책, 181쪽.

겨, 알긌냐?"[137]

벌써 회사는 비밀리에 감원 작업을 시작한 이후였다. 휴가가 끝나고 돌아오지 않거나, 작업장에 혹은 점심시간에 본부장의 호출을 받았던 동료들은 다음날부터 현장에서 사라지는 일이 잦아지고 있었다. 이렇게 권고사퇴를 하지 않은 사람들은 최후 감원 공고에 의해 해고가 되는 것이다. 그 감원대상은 평소 관리직 계층이 노동자 개인에 대해 점수화한 인사고과에 의해 정해진다. 점수는 획득하는 것이 아니라 감소되는 것이다. 평소 하급 관리계층이나 노동자사이에 숨어있는 회사 정보원은 현장에서 개별 노동자를 감시하여 회사에 부정적이거나 관리 계층에 비판적인 태도를 가진 노동자에게 벌점과 같은 인사고과를 부여한 것이다. 이렇게 개별 노동자를 점수화한 것은 숫자라는 상징성 때문에 합리성과 객관성에 어느 정도 기대고 있다. 그러나 이것은 통제자의 지배 이데올로기와 결합할 수 있는 도구에 지나지 않는다.

> 엔진본부장 김덕배는 본관 3층에 있는 자신의 사무실에서 한 장의 종이를 앞에 놓고 회심의 미소를 짓고 있었다.
> 최칠규, 김중철, 한승혁, 오홍만, 박상철, 이호성, 양동주……
> 16절 크기의 종이 위엔 상록회원으로 '추정'되는 열네 명의 명단과 소속, 인적사항 그리고 정보원들이 제공한 추정근거 및 동태보고 사항이 깨알같이 적혀 있었다. 그중 최칠규와 한승혁의 이름 왼편에 붉은색의 V표시가 그려져 있었다. 김덕배의 추정과 정보원들의 추정은 정확히 일치하고 있었다.[138]

엔진본부장인 김덕배는 감원발표 하루 전 자신이 수집한 정보와 정보

137) 위의 책, 183쪽.
138) 위의 책, 186쪽.

원이 준 정보를 종합하고 있다. 인사고과라는 점수화된 개별 노동자에 대한 평가는 참고 자료이고 상위 관리계층인 엔진본부장의 최종 결정은 개별 노동자의 생산성에 의한 것이 아니라 이데올로기적 판단에 의한 것이다. 결국 회사 외곽 단체인 상록회 회원인 홍만, 칠규, 승혁은 감원된다.

이러한 서열에 의한 규율의 감시, 회유–배신, 처벌은 공장의 시·공간 안에서 일정한 구획을 가진다. 공장의 공간배치는 생산 기계가 있는 지점부터 사장이 앉아 있는 의자까지 명확하게 구획된 공간이지만 그 공간을 이동하는 주체들에게는 관념적인 공간이기도 하다. 최하위 계층은 생산기계에 붙어있고, 하위 관리 계층은 생산기계와 관리사무실 사이를 이동한다. 상위 관리계층은 현장 또는 독립된 건물에 위치한 관리사무실, 최상위 계층은 독립된 건물에 독립된 방에 위치한다. 이러한 공간 배치는 최하위 계층에서 최상위 계층으로 갈수록 공간의 이동 범위가 넓어진다. 즉 최하위 계층은 생산기계에 붙어 있지 않으면 규율위반인 것이다. 이러한 공간의 제한은 감시와 통제 기능을 한다. 이러한 공간의 감시와 통제가 가능한 것은 통제자들의 시선이 상시적으로 생산현장에 존재하기 때문이다. 즉 하위 관리계층과 상위 관리계층의 시선은 직접적이든 프락치나 감시카메라처럼 간접적이든 현장에 존재한다. 다시 말하면 관리 계층이 공장의 시·공간에 존재하는 직접적인 통제자의 시선인 것이다.

이러한 공장의 시·공간을 관통하는 통제자 시선은 최하위 계층과 직접적인 대립관계에 놓인다. 그러나 최상위 계층인 사장, 회장의 통제의 시선은 생산현장에 존재하지 않는다. 즉 사장의 모습은 생산 현장에 보이지 않는다. 언제나 훈시나 일방적 말씀으로 존재한다. 이러한 최상위 계층의 보이지 않는 관념적 존재는 일상적 노동생활에서 부재하는 자본가이다. 공장의 시·공간에 부재하는 자본가는 공장의 본질적 모순을 은폐한다.

3) 교육이데올로기의 논리와 노동자의 재생산

(1) 교육 이데올로기적 국가장치와 자본주의 사회

1970~80년대는 정치적으로는 군사독재가 강화되고, 경제적으로는 미·일의 선진자본에 종속되면서 국가 독점자본주의가 심화되는 시기였다. 자본주의 역사에서 선명하게 눈에 보이던 모순이 한국사회의 일상생활을 지배하고, 거부할 수 없는 국가권력은 개인과 사회를 보이지 않는 감옥처럼 감금하였다. 이러한 국가는 반공이데올로기와 경제 성장이데올로기로 사회 구조에 작용하였다. 그리고 한국의 자본주의는 자본의 자율성보다 이러한 국가 권력의 보호와 순응에 의해 성장했다. 그래서 국가는 자본의 재생산을 보장해 줄뿐만 아니라 국가 기구는 자본의 권력으로 전이되어 피지배계급을 억압하는 수단으로 작용했다. 이처럼 근대의 부르주아 계급에 의해 생성된 정치적 조직인 국가는 중립적일 수가 없다. 그렇기 때문에 국가에 의해 통제되는 교육 장치도 중립적일 수 없으며 탈정치적일 수도 없다.

그러나 자본주의 사회 뿐만 아니라 어떤 사회체제든 국가는 그 사회의 지배적 사회 계급의 일반적인 이익을 대변하고 보호하는 것은 사실이지만 그 사회의 제도와 장치들을 완전하게 옹호하지는 않는다. 반대로 사회의 제도와 장치들도 국가의 지배 이데올로기를 선전하고 전파하지만 완전한 집행자 기능을 할 수는 없다. 왜냐하면 제도와 장치들의 자율적인 기능에 의한 가변성이 존재하기 때문이다. 특히 교육 제도는 국가의 지배 이데올로기로 사회를 통합하고 보편적 지식을 전달하는 기능도 하지만 새로운 지식과 가치를 생산해야 하는 기능도 수행한다.

한국소설에서 교육은 근대의 긍정적 측면에서 출발한다. 가르침과 배움의 행위는 가장 근대적이면서 긍정적인 실천 행위들이다. 자신이 알고 있는 것을 타인들에게 알려 주고, 그것을 배울 자격이 누구에게나 있다는 것은 근대의 가치인 평등을 실천하는 행위이다. 그리고 이러한 가르침과 배움은 문명적 가치를 전달하는 행위로 사회의 유지와 재생산, 진보를 담당하는 동력이다. 그래서 이 행위의 주체인 교사와 학생은 근대 소설에서 언제나 긍정적인 근대의 실천자[139]들이다.

이처럼 교육은 제도적 기구임에도 문명의 진보를 담당하는 동력으로 한 사회의 건전한 비판 의식과 미래지향적인 사고를 배양하는 기능을 갖고 있다. 그래서 소설의 인물들은 개인의 성장을 완성하고 사회 모순을 극복하기 위해 근대의 제도 중 가장 평등한 기능을 수행하는 교육에 의지하려 한다.

이러한 교육이 이루어지는 현실의 물리적 공간은 학교이다. 물리적인 공간이라는 의미에는 사회를 구성하는 다른 요소들, 즉 정치적, 경제적, 문화적 요소들과 유기적으로 관계할 수밖에 없다는 것을 말한다. 이러한 의미는 교육의 긍정적 측면에 부정적 요소로 작용한다. 교육 제도는 국가의 제도적 장치로서 국가의 억압성에 복종할 뿐만 아니라 교육의 긍정적 재생산 기능은 지배 이데올로기의 허위의식과 결합되면서 지배 이데올로기의 재생산도 담당하게 된다. 그리고 지배 이데올로기의 억압의 대리자 역할까지 한다. 이처럼 교육 제도는 지배 이데올로기를 유지,

139) 한국의 근대소설의 시작인 이인직의 『혈의누』, 이광수의 『무정』이 학생, 배움, 교사, 가르침, 사제지간에 의해 인물들의 관계가 형성되고 있다는 것은 한국소설에서 가르침과 배움, 교사와 학생의 지위에 긍정성의 뿌리를 제공하는 것과 같다.

강화하며 자본주의의 생산관계를 재생산한다.

알튀세르는 이데올로기적 국가장치[140]를 규정하면서 학교에 대해 생산관계의 재생산 측면에서 봉건사회의 "지배적인 이데올로기적 국가장치, 즉 교회를 그 기능면에서 대체"[141]한 것이라고 말한다.

가족을 떠나 처음 조직적 사회활동을 시작하는 학교의 생산적 기능에 대해 알튀세르는 말한다.

> 학교는 모든 사회계급들의 취학연령 자녀들을 수용하며, 이후 가족 국가장치와 학교 국가장치 사이에 꽉 끼인 채 가장 '상처받기' 쉬운 여러 해 동안 새롭거나 낡은 방법으로 그들에게 지배 이데올로기에 둘러싸인 '노-하우'들(불어 · 산수 · 자연사 · 과학 · 문학 등), 또는 단순히 순수상태의 지배 이데올로기(윤리 · 공민교육 · 철학 등)를 주입하여 가르친다. 16세를 즈음하여 아이들의 거대한 무리 하나가 '생산 속으로' 어디론가 떨어진다. 그들은 노동자들이나 소농들이다. 교육을 받을 수 있는 젊은이의 또 다른 부분은 그럭저럭 조금 더 전진하여 길에 떨어지고 하급 및 중급 기술자 · 사무원 · 하급 및 중급 관리, 즉 온갖 종류의 쁘띠-부르조아지의 직위를 충당하게 된다. 마지막 부류는 정상에 도착해서 반(半)휴업 인텔리겐차로 떨어지기도 하고 '집단 노동자의 지식인'이외에, 착취의 대리자들(자본가 · 경영자), 억압의 대리자들(군인 · 경찰 · 정치가 · 행정관리 등) 그리고 이데올로기 전문가들(그 대부분은 확신하는 '속인'—문외한—인 온갖 종류의 사제들)등을 충당하기도 한다.[142]

---

140) 알튀세르가 말하는 이데올로기적 국가장치는 다음과 같다.
'종교 이데올로기적 국가장치(다양한 교회들의 체계), 교육 이데올로기적 국가장치(공적 · 사적인 다양한 '학교들'의 체계), 가족 이데올로기적 국가장치, 법률 이데올로기적 국가장치, 정치 이데올로기적 국가장치(다양한 정당들을 포함하는 정치적 체계), 조합 이데올로기적 국가장치, 커뮤니케이션 이데올로기적 국가장치(잡지 · 라디오 · 텔레지전 등), 문화 이데올로기적 국가장치(문학 · 예술 · 스포츠 등)'(L. 알튀세르, 앞의 책, 89~90쪽 참조)

141) 위의 책, 99쪽.

142) 위의 책, 100쪽.

이처럼 학교는 자본주의의 생산관계의 계급을 분류하는 기준이 되며 노동의 자격을 부여하는 기능을 한다. 그리고 그 개개인들이 분류되어 들어간 계급은 집단을 형성하고 각각의 집단들은 각각의 역할에 적합한 생산 수단을 지배할 수 있는 이데올로기들을 제공받는다.

이러한 교육 이데올로기적 국가장치에 의한 노동의 자격과 분류는 계급을 형성하는 조건이 된다. 그리고 그 형성된 계급은 다음 세대의 계급 형성에도 영향을 준다. 이처럼 교육 이데올로기적 국가장치는 소외된 계급이 자신의 계급의 지위를 극복하는 수단으로 작용하기도 하지만 계급의 지위를 고착화시키고 소외시키기도 하는 이중적 기능을 한다.

1970~80년대 노동소설에는 이러한 교육 이데올로기적 국가장치의 기능이 인물들의 계급적 지위를 결정하는 중요한 조건이 되고 있다. 그래서 노동소설에 나타나는 교육 이데올로기적 국가장치와 인물과의 관계는 자본주의 사회에서 노동자 계급이 재생산되는 과정을 보여준다.

(2) 교육 이데올로기적 국가장치의 일상성과 종속된 노동 주체의 역사화

『난장이가 쏘아올린 작은 공』의 서사는 전반부의 '난장이' 일가의 가장인 '난장이'의 삶과 죽음, 후반부는 '난장이'가 죽고 난 후의 영수의 삶과 죽음으로 이루어져 있다. 이 기본적 서사는 당대 생산관계에서 생산력을 재생산할 수 없어서 수동적으로 일상을 단절한 '난장이'의 죽음과 그 모순된 생산관계를 극복하기 위해 능동적으로 일상을 단절한 영수의 죽음을 통해 산업사회의 구조적 모순을 형상할 뿐만 아니라 아버지와 아들이라는 한 가족의 죽음, 비산업세대와 산업세대의 동일한 폭력에 의한 죽음, 그리고 동일한 폭력에 대한 다른 방식의 저항 주체를 형상화하고 있다. 이들의 죽음이 아무 이유 없음으로 끝나지 않는 이유는 개인적 죽음이 아닌 한 가족, 한 세대의 죽음을 통해 집단성을 내포하기 때문이다. '난장이'와 아들 영호가 대표하는 죽음은 사람들의 삶에서 집단적으로 일어나 일상의 단절을 상징하고 있다.

『난장이가 쏘아올린 작은 공』에서 '난장이'는 상징적 모습으로 제시된다. 그가 품고 있는 구체적 원관념은 단절된 일상이다.

'난장이', 아내, 큰아들 영호, 작은아들 영수, 막내딸 영희, 이렇게 5명의 '난장이' 가족은 오래전 농촌에서 행복동으로 올라와 무허가 건물을 짓고 살고 있었다. 그가 사는 행복동은 '난장이'와 같은 처지의 앉은뱅이, 꼽추, 순이네 등등 여러 가족들이 옹기종기 모여 사는 무허가 빈민가다. 그리고 그가 하는 일은 "절단기・멍키・스패너・렌치・드라이버・해머・수도꼭지・펌프종지굽・크고 작은 나사・T자관・U자관, 그리고 줄톱"[143]이 담긴 자기보다 큰 부대자루를 들고 여러 동네를 돌아다니면서 여러 잡일을 하는 것이다. 그가 "평생을 통해 해온 일은 다섯 가지이다. 채권 매매, 칼 갈기, 고층 건물 유리 닦기, 펌프 설치하기, 수도 고치기이다".[144] 더 나아질 것 같지 않은 일상의 반복이다.

어찌 보면 '난장이'가 하는 일은 그전까지 최고의 완성된 기술자들이 했던 일이다. 누구에게 배운 것도 아니고 학교에서 배운 것도 아닌 그냥 개인적 기술자인 것이다. 이러한 개인 기술자는 산업사회에서는 불필요한 존재이다. 그리고 산업사회에 노동력을 제공할 기회는 산업사회의 생산수단을 통해서 뿐이다. 그 노동력 제공의 자격은 산업사회에 맞는 노동력 재생산 구조를 통해서만 부여된다. 출생부터 지금까지 제도적 교육을 받지 않은 '난장이'는 변화된 1970년대 '산업일군'이 될 수 없다. 이것은 '곱추', '앉은뱅이'도 마찬가지다. 그들이 할 수 있는 일은

143) 조세희(2000), 「칼날」, 54쪽.
144) 조세희(2000), 「난장이가 쏘아올린 작은 공」, 95쪽.

유랑극단을 따라다니는 것과 같은 산업사회의 구조 밖의 일들뿐이다.

분업화된 산업사회는 인간에게 그렇게 많은 능력을 원하지 않는다. 모든 생산 과정은 토막 나고 그 한 토막 속에서 자기의 일만을 수행하면 된다. 그리고 그 일의 완성품에 대해서는 알 필요도 없고 권리도 없다. 그것이 분업의 장점이고 생산성이다. 그리고 주체들은 산업사회의 생산조건과 생산 수단을 재생산의 관점에서 인식하는 것은 개인으로서는 어려운 일이다. 알튀세르는 "생산이라는 관점, 더구나 단순한 생산활동이라는 관점의 집요한 자명성은 우리의 일상적 '의식'과 너무나도 잘 일치하여, 재생산의 관점에 선다는 것은 거의 불가능하다고 말할 수는 없을지라도 극도로 어려운 일"이며 "재생산의 필요성에 대해 사고하게 하지만, 전혀 그 조건들과 메커니즘을 사고할 수 있게 해주지는 않는"[145]다 라고 했다.

개인뿐만 아니라 기업, 공장조차 재생산에 대해 사고할 수 없는 생산조건이 산업사회의 일상을 지배하고 있다면 비산업사회에서 성장하고 산업사회의 노동의 자격을 받지 않은 '난장이'는 원초적으로 1970년대 인물이 아니며 존재조차 부정되는 소외된 인물이다. 결국 산업사회가 소외시킨 '난장이'는 아들 영수의 말처럼 경제적 고문을 이겨내지 못했다.

그럼 '난장이'는 무엇으로 살아가는가? 그의 가족, 그의 자식들이다. '난장이'는 아들 둘, 딸 하나가 있다. 그들은 아버지의 존재 조건이자 희망이다. 그 희망은 자식들의 미래의 일상이 '난장이' 자신과는 다른 것이라는 믿음 때문이다. 그리고 그 희망의 근거는 '난장이' 자신과는 다르게 자식들은 학교를 다니고 있다는 것이다.

145) L. 알튀세르, 앞의 책, 75~77쪽.

'난장이'는 불행한 현실을 극복하고 행복한 미래를 가능하게 해 주는 방법이 교육을 통해 가능하다고 생각한다. 그래서 '난장이'는 자식들을 학교에 보내기 위해 자신의 삶을 바친다. 그러나 '난장이'는 산업사회에서 노동 자격을 박탈당한 인물이다. 아버지는 더 이상 일거리가 없어지고 가장의 역할을 할 수가 없다. 영수는 열심히 공부해서 큰 공장에 들어가기로 한 명희와 약속을 지키지 못하고 중학교 삼 학년 초에 학교를 그만두고 인쇄소 일을 하기 시작한다. 이제 아버지가 하던 가장의 역할을 자식들이 빵집과 공장에서 하게 된다. 아버지는 자신 때문에 자식들이 자신과 같은 삶을 살게 될 미래를 걱정한다. 그래서 아버지는 꼽추, 앉은뱅이와 함께 유랑극단을 따라갈 결심을 한다. 그러나 어머니와 자식들은 아버지를 성토한다. 결국 아버지는 꼽추를 따라가지 못한다. "아버지의 꿈은 깨어졌다".[146] 그 깨진 꿈은 꼽추를 따라가지 못한 것보다 자식들을 더 이상 학교에 보내지 못하게 된 것을 의미하는 듯하다.

그리고 아버지의 아주 짧은 혀는 안으로 말려들어가고 잠을 잘 때는 혀를 이로 물었다. 아버지는 장남인 영수와 함께 작은 나무배를 타고 방죽 안으로 들어가서 마지막으로 말한다.

> 아버지가 말했다.
> "너만은 알고 있어야 한다. 너희 어머니는 병야. 어제 왔던 꼽추 아저씨가 또 올 거다. 나를 막지 마. 다른 일은 이제 힘이 들어 못 하겠다. 너는 내가 언제까지나 수도 파이프를 갈아 잇고, 펌프 머리를 들어 달 수 있을거라고 믿니? 높은 건물에서 줄을 타고 내려오는 일도 할 수가 없어. 이젠 안 돼."
> "아버지는 일을 안 하셔도 돼요. 저희들이 일을 하잖아요."
> "누가 너희더러 일하라고 했니?"

146) 조세희(2000), 「난장이가 쏘아올린 작은 공」, 95쪽.

아버지는 말했다.

"너희들은 학교에만 나가면 돼. 그게 너희들이 할 일이다."[147]

위 인용문과 같이 아버지는 산업사회로 변한 현실에서 상실된 자신의 노동 능력을 아들에게 설명하고 마지막으로 자신이 지켜주지 못한 꿈을 아들에게 당부한다. 그것은 자식들이 학교에 가길 바라는 것이다. 그리고 그는 자살한다.

물론 '난장이'는 자식들이 앞으로 살아가게 될 자본주의 산업사회의 생산관계의 모순을 알아차릴 수는 없었다.

산업사회의 새로운 세대인 영수, 영호, 영희는 은강그룹의 노동자들이다. 산업시대에 맞는 노동력을 제공하고 있는 것이다. 삼 남매가 은강그룹 계열에 훈련공으로 들어갔을 때의 영수의 서술이다.

아버지와는 전혀 다른 일을 우리는 시작했다. 우리는 큰 공장 안에서 기계를 돌려 일하는 수많은 공원들 중의 하나에 불과했다. 그것도, 아직 기술을 익히지 못한 훈련공이었다. …… 조립라인의 조립공들은 나를 또 하나의 보조 기계로 보았다. 공장장에게는 공원 전체가 기계였다.[148]

위 인용문처럼 영수, 영호는 아버지와는 달리 산업사회의 구성원으로 노동자 생활을 시작한다. 그들은 공업학교를 나오지 않았기 때문에 훈련공으로 분류되어 노동자 생활을 시작한다. 조립공장에 배치된 영수가 실제로 일하고 싶은 곳은 공작 기계공장이었다. 선반 일을 배우고 싶었던 것이다. 은강 전기에 들어간 영호도 영수와 마찬가지로 회전기 가공반에서 연마 일을 하고 싶어 했다. 그러나 영수와 영호는 은강그룹의

147) 위의 책, 99쪽.

148) 조세희(2000), 「은강 노동 가족의 생계비」, 200쪽.

훈련공 일을 열심히 한다.

> 선참노동자들은 나를 '쌍권총의 사나이'라고 불렀다. 일을 하면서 처음으로 기계에 의한 속박을 받았다. 난장이의 아들에게 이것은 아주 놀라운 체험이었다. 콘베어를 이용한 연속 작업이 나를 몰아붙였다. 기계가 작업 속도를 결정했다.[149]

영수는 은강그룹 계열인 은강 자동차에서 조립 공장의 기계공으로 발전하면서 처음으로 생산수단에 자신의 몸이 변하고 있다는 것을 느낀다. 물론 어머니는 아들이 그 훌륭한 승용차 제작에 참여하게 된 것을 기뻐했다. 그러나 아들은 '날마다 점심시간을 알리는 버저 소리가 오전 작업에서 구해주고 혓바늘이 빨갛게 돋고, 입에서는 고무 냄새와 쇠 냄새가 나고, 양치질을 해도 냄새가 나고, 손이 떨려 점심을 반밖에 먹지 못한다.'[150] 아버지와 어머니가 그렇게 바라던 산업사회에 소속된 노동자로 성장했지만 아들의 일상은 그렇게 즐겁지도 않으며 가족들의 행복도 찾아주지 못했다.

결국 이러한 일상은 아버지인 '난장이'의 삶과 별 차이 없이 반복되고 있는 것이다. 아버지는 비산업사회의 노동자였고 아들은 산업사회의 노동자였을 뿐이다. 그들은 생산관계의 변화에 따라 생산수단으로서의 노동력의 재생산 구조에 의해 노동자가 된 것이다.

이처럼 생산관계에서의 아버지의 지위가 아들의 생산관계에 직접적으로 관계되는 것은 '난장이'와 영수만의 문제는 아니다. '난장이' 가족의 족보 내력에서 더 선명히 밝혀진다.

---

149) 위의 책, 201~202쪽.
150) 위의 책, 202쪽.

영수는 인쇄소에서 노비 매매 문서를 조판하게 된다. 그리고 자신의 조상에 대해서도 알게 된다. 자신의 조상은 세습하여 신역을 바쳤고 상상 · 매매 · 기증 · 공출의 대상이었다.

> 할아버지의 아버지대에 노비제는 사라졌다. 증조부 내외분은 아무것도 몰랐다. 나중에서야 해방을 맞았다는 것을 알았으나 두 분이 한 말은 오히려 "저희들을 내쫓지 마십시오"였다. 할아버지는 달랐다. 할아버지는 유습에서 벗어나려고 했다. 늙은 주인은 할아버지에게 집과 땅을 주었다. 그러나 쓸데없는 일이었다. 모르는 면에서는 할아버지나 증조부나 같았다. 증조부대까지는 선조들이 살아온 경험이 도움이 되었으나 할아버지대에는 그것이 도움을 주지 못했다. 할아버지에게는 어떤 교육도 없었고 경험도 없었다. 할아버지는 집과 땅을 잃었다.[151]

영수의 조상은 봉건사회에서 노비였다. 그리고 생산관계의 변화에 따라 신분제가 사라지고 근대 자본 사회가 되어서도 자신들의 신분을 벗어날 계급의식이 없었다. 유습에서 벗어나려고 했던 할아버지조차 변화된 일상을 살아갈 수 없었다. 영수는 변화된 생산관계에 조상들이 살아갈 수 없었던 원인으로 교육과 경험이 없었기 때문이라고 한다.

이처럼 '난장이'와 영수, 그리고 그의 조상들은 그들이 속한 사회의 생산관계에서 생산수단으로서 노동력을 제공하는 피지배계급이었다. 그리고 이러한 계급적 지위는 당대 사회의 교육 제도에서 소외되었을 뿐만 아니라 변화되어가는 생산관계에 따라 새로운 노동력 재생산 교육의 경험이 없는 것과 관계된다.

---

151) 조세희(2000), 「난장이가 쏘아올린 작은 공」, 88쪽.

(3) 교육 이데올로기적 국가장치의 자본화와 노동자 재생산

『난장이가 쏘아올린 작은 공』에서 학교의 지배 이데올로기 재생산 논리는 교실에서 이루어지는 수학 교사의 수업에 나타난다.

『난장이가 쏘아올린 작은 공』의 시작과 끝은 교실이라는 공간이다. 첫 작품인 「뫼비우스의 띠」와 마지막 작품인 「에필로그」의 서술자는 수학 교사이다. 수학 교사가 학생들에게 말한다.

> 차차 알게 되겠지만 인간의 지식은 터무니없이 간사한 역할을 맡을 때가 많다. 제군은 이제 대학에 가 더 많은 것을 배우게 될 것이다. 제군은 결코 제군의 지식이 제군의 입을 이익에 맞추어 쓰여지는 일이 없도록 하라. 나는 제군을 정상적인 학교 교육을 받은 사람, 사물을 옳게 이해할 줄 아는 사람으로 가르치려고 노력했다.[152)]

수학 교사는 학생들을 정상적인 학교 교육 받은 사람, 사물을 옳게 이해할 줄 아는 사람으로 가르쳤다. 그러나 그해 학생들의 대입 예비고사 수학성적이 예년보다 떨어진다. 수학 교사는 그 책임을 지고 다음 학기부터 윤리를 맡으라는 통보를 받는다. 그리고 한 학생에게서 이 수학 성적에 대한 책임을 "누가 선생님께 지웁니까?"[153)]라는 질문을 받는다. 수학 교사는 답한다.

> 그들이다. 누가 이 이상 정확히 말할 수 있겠는가? 그들 자신에게는 죽을 때까지 져야 할 책임이 하나도 없다는 게 특징이다. 그들은 모두 그럴듯한 알리바이를 갖고 있다.[154)]

152) 조세희(2000), 「뫼비우스의 띠」, 29쪽.
153) 조세희(2000), 「에필로그」, 305쪽.
154) 위의 책, 305쪽.

그 학교에서 학생들이 가장 신뢰하는, 정상적인 학교 교육을 하고자 하는, 입시와 상관없는 굴뚝청소 이야기와 뫼비우스의 띠에 대해 생각해보라고 말했던 수학 교사는 결국 다음 학기에 없어질지도 모르는 윤리과목을 맡으라는 통보를 받는다. 그리고 학생들에게는 배운 지식이 간사하여 한 사람의 이익 수단으로만 사용되기도 하며, 가치판단의 기준점이 되지 못하기도 한다고 이야기한다. 그리고 학교의 존재는 선생, 학생, 학교 자체의 원리에 의한 것이 아니라 '그들'의 원리에 따라 움직인다고 말한다. 이처럼 교실에는 정상적인 학교 교육을 하고 싶어 한 수학 교사와 이미 '그들'의 원리가 된 학교의 이데올로기가 서로 충돌하고 있다.

'그들'의 원리는 학교 교육이 놓여 있는 현실 사회구조를 의미한다.

> 예비고사에서의 수학 성적이 나빠진 책임이 나빠진 책임이 수학 교사에게만 있는 것은 아니다. 이러한 제도를 만든 당국자, 그 제도를 받아들인 교육자와 학부모, 네 개의 답안 중에서 하나를 골라잡도록 사지선다형의 문제를 만든 출제자, 문제지 인쇄업자, 불량 수성 사인펜 제조업자, 수험 감독관, 키펀처, 슈퍼바이저, 프로그래머, 컴퓨터가 있는 방의 습도 조절 책임자, 판정자 역을 맡은 컴퓨터, 물론 나의 수업을 받은 제군 자신, 그리고 제군 앞에 서서 가르쳐야 될 나에게 늘 엉뚱한 주문을 한 진학지도 주임과 그 위의 교감·교장, 또 가르침을 주고받아야 할 제군과 나의 기분에 영향을 준 학교 밖 구성원들의 계획·실천·음모·실패 등 책임 소재를 정확히 밝히자면 들어야 할 것이 수도 없이 많다.[155)]

수학 교사는 교육의 책임에 대해 교육제도의 구조를 문제 삼고 있다. 그러나 이 제도는 이미 죽을 때까지 져야할 책임이 하나도 없으며 모두 그럴듯한 알리바이를 갖고 있다고 말한다. 사회구성원으로부터 보편적

155) 위의 책, 305쪽.

이고 긍정적 지위를 획득한 국가 제도, 즉 무감각의 존재인 상징질서는 더 이상 문제의 대상으로 인식할 수 없는 존재인 것이다. 결국 국가 제도의 책임은 구체적이고 감각적 주체인 개인, 즉 수학 성적에 직접적으로 관계한 수학 교사와 학생의 몫이다. 학생들은 수학 성적이 나쁜 것으로 책임을 지고 수학 교사는 수학을 가르치지 못하게 된 것으로 책임지게 된다.

학교는 가장 근대적인 행위가 이루어지는 곳이다. 이 공간은 근대문명이 진보된 문명의 결과물이라는 보편적 가치를 전달하는 계몽 장치이다. 이런 계몽장치는 근대의 시작 지점부터 지금까지 절대적 지위를 획득하고 있다. 그런데 이 근대성을 수호하는 계몽장치가 근대의 구조에 의해 억압되고 있는 것이다. 그 억압의 주체는 다름 아닌 근대적 제도 자체이다. 그 제도들은 이성적, 해방적, 진보적 속성을 상실하고 지배 이데올로기를 재생산하는 억압구조가 된 것이다. 이처럼 근대적 제도는 근대적인 형태와 구조를 가지고 있으면서 근대성을 억압하는 속성을 내재하고 있다. 학교도 진리와 지식을 생산하는 동시에 지배 이데올로기를 재생산하는 억압 장치로 변한 것이다. 수학 교사는 '그들'의 원리에 대해 '무서운 음모'라고 말한다. 그리고 학생들에게 그 음모는 제군과 제군의 후배들을 '인간 자본'으로 개발하는 것이라고 말한다. 수학 교사는 학교가 자본주의 생산관계와 결합하여 노동력을 재생산하는 것을 인식하고 있는 것이다.

알튀세르가 "노동력의 재생산은 임금에 의해 보장되며 임금은 임금노동자의 노동력의 회복(의식주, 즉 내일-어김없이 찾아오는 매번의 내일-기업의 창구에 모습을 드러내는 상태가 되는 데 필요한 것)에 필수적인 것"[156]으로 파악한다. 즉

156) L. 알튀세르, 앞의 책, 78쪽.

임금은 노동력 재생산을 위한 최소의 노동 가치인 것이다. 영수의 공장 생활은 주체의 발전도 가족의 행복도 보장되지 않았다. 영수의 삶은 산업사회에서 임금노동자의 노동력 재생산 구조 속에서의 일상이었다.

이러한 영수의 일상은 아버지 '난장이'의 일상과 다르듯 그 일상에 대한 대응도 다르게 나타난다. 영수는 아버지와 다르게 끝없이 배움을 갈구한다. 인쇄소에서 취직했을 때 명희와 미래에 대해 얘기하면서 꼭 공부를 다시 해서 큰 공장에 들어갈 것을 약속한다. 그리고 은강 자동차의 노동자가 되었을 때도 공업고등학교만 나왔어도 처음부터 훈련공이 아니라 기능공으로 일했을 것이라고 생각한다. 영수는 산업사회에서 신분을 상승시킬 수 있는 조건으로 '노동의 자격'이 부여되는 학교 교육을 제시하고 있다. 그러나 영수는 학교가 이미 공장과 함께 자본주의 사회의 지배 이데올로기를 재생산하는 곳이라는 것을 인식하지 못하고 있는 것이다.

알튀세르는 노동력 재생산이 더 이상 "현장에서가 아니라, 점점 생산의 바깥에서-자본주의적 학교 교육 체제에 의해, 그리고 또 다른 심급과 기관들에 의해-보장되는 경향"[157]을 가진다고 한다. 산업사회에서는 독립적으로 존재하는 제도적 장치들은 없다는 것이다. 그리고 그것들을 유기적으로 통일시키고 지배하는 것은 지배 이데올로기라고 보았다. 그 지배 질서에 복종하고 종속될 때 각각의 지위에 맞는 노동의 자격을 부여한다는 것이다. 지배 이데올로기에 종속된 노동의 자격을 가지고 자본주의 생산수단 속에서 지배 이데올로기에 복종하는 일상을 살아가야만 산업사회의 질서에서 살아갈 수 있는 자격이 부여되는 것이다.

노동력 자격을 부여하는 학교 교육 제도의 기능에 의해 사회구성원은

157) 위의 책, 79쪽.

교육 이데올로기적 국가장치에 종속된 삶을 살게 된다.

'난장이'에게 삶의 의미는 자식들을 학교에 보내는 것이었다. 그리고 영수는 어릴 적 명희에게 더 교육을 받아 큰 공장에 다니겠다고 약속한다. 그리고 학교를 그만 둔 후에도 무슨 책이든 손에 잡히는 대로 읽었고, 고입 검정고시를 거쳐 방송통신고교에 입학도 했다.

그러나 세상은 공부를 한 자와 못한 자로 너무나 엄격하게 나누어져 있었다. 교육을 받지 못한 '난장이'는 산업사회에서 노동의 자격이 없었다. 결국 변화된 산업사회에서 소외되어 가장으로서 경제력이 상실되고 자식들은 학교를 그만 두고 노동자가 된다. '난장이'는 교육을 받지 못해 경제력이 상실되고 영수는 아버지의 경제력 상실에 의해 교육을 받지 못한다. 이처럼 교육에 의해 아버지와 자식의 경제적 조건이 악순환되는 것은 교육에 의해 노동자가 재생산되기 때문이다. 그래서 영수는 세상은 학교 안에서 배운 것과는 정반대로 움직이고 여전히 그들에게 근대문명인으로 살아갈 자격조차 부여되지 않는 미개사회라고 생각한다.

결국 영수는 최소한도의 대우를 위해 싸워야 했다. 처음 인쇄소에 취직하여 공장 사람들과 함께 사장을 만나 '당신이 당하고 싶지 않은 일을 노동자들에게 강요하지 말라'[158]고 말하려 하고 은강 자동차에 들어가서는 어머니가 기뻐하는 산업사회의 훌륭한 노동자가 되기 위해 열심히 일을 하고 기술을 배우면서 더 이상 학교를 다니지 않는 대신 자율적인 노동자 중심의 새로운 배움의 공간을 찾게 된다.

158) 조세희(2000), 「은강 노동 가족의 생계비」, 204쪽.

4. 노동소설의 성장서사와 '새로운' 주체

1) 계급 각성의 서사와 사회적 성장의 장치

(1) 계급 각성의 서사와 사회적 성장

소설에서 성장서사를 문제 삼을 때 성장의 보편성을 획득하기 위해서 소설 장르의 특성에 기대면서 출발한다. 루카치의 정의에 따르면 소설은 "숨겨진 삶의 총체성을 찾아내어 이를 구성"[159]하는 것을 말한다. 그래서 소설은 총체성과 그것을 찾는 자로 이루어진다. 절대적 총체성을 가진 것은 "제1의 자연"이다. 제1의 자연은 생태적 자연이다. 이것은 인간이 알 수 없는 영역으로 끝없는 도전의 대상이며 증명해야할 대상으로 존재하는 것이다. 그러나 끝내 알 수 없다. 자연과 인간의 관계는 시간의 역사에 의해 문명으로 존재하게 된다. 무한한 시간의 조건에 의한 인류의 문명은 유한한 인간에게 있어서 그 기원조차 명확하지 않다. 개인에게 문명은 무한하며 긍정적이고 습득과 혜택의 대상이다.

루카치는 인간의 입장에서 인류의 문명에 관계하는 방식이 "관습"이며 그 "관습의 세계는 제2의 자연이다"라고 말한다. 제1의 자연과 인간의 관계가 불일치하듯 제2의 자연과 인간의 관계도 불일치한다. 인간은 이제 제1의 자연과 제2의 자연에 대해 총체성을 찾아내어 구성해야 한다. 그러나 제1의 자연은 이미 절대성과 불침범의 대상으로 상징화된 상태이고 이제 남은 것은 제2의 자연이다. 소설이 근대의 양식인 것은 인간을 중심 두고 인류의 문명과의 관계를 구성요소로 삼기 때문일 것이다.

159) G. 루카치(1985), 『소설의 이론』, 반성완(역), 심설당, 76~86쪽.

'소설의 주인공은 외부세계에 대한 낯설음으로부터 생겨난다'.[160] '낯설음'에 대한 주체의 반응이 소설 속 인간의 반응이다. 처음부터 외부세계와 낯설음이 존재하지 않으면 이미 외부세계와 동일한 주체로서 주인공은 외부세계에 함몰되어 표현의 흔적조차 보이지 않는다. 그래서 소설의 존재 자체가 허용되지 않는다. 그러나 낯설음을 인식했을 때 소설의 주인공은 낯선 세계에 대해 습득하기, 동일시하기, 비판하기, 극복하기 등으로 관계 맺는다. 이러한 자연과 인간, 인류문명과 인간, 총체성과 찾는 자, 소설과 주인공의 관계가 소설의 본질이다. 그러나 그 둘의 관계는 일치될 수 없기 때문에 주인공, 찾는 자, 인간은 끝없이 욕망해도 채워지지 않는 공간이 있다. 그 공간은 언제나 존재하며 틈[161]처럼 존재한다. 이 틈은 갈등의 원인이 되며 갈등의 현장이기도 하다.

이러한 소설의 본질은 인물의 존재를 규정한다. 인물은 처음부터 미완성된 소설의 시·공간에서 출발할 뿐만 아니라 불안한 존재이다. 그래서 "자체가 소설의 내적 형식으로 파악되어 온 소설의 진행은 문제적 개인이 자신을 찾아가는 여행이다."[162] 그리고 그 문제적 개인은 미완성된 문제적 소설을 완성시키는 길 위에 있다. 소설에서 문제적 개인이 문제적 소설을 완성하고 자신을 찾아가는 것은 "현실 속에서 침울하게 갇혀져 있는 상태로부터 명백한 자기인식"[163]을 하는 과정으로 나타난다. 이러한 과정에 있는 문제적 개인은 성장하는 주인공이 된다.[164]

---

160) 위의 책, 84쪽.

161) "외부세계(상징계)를 내면화한 후에도(즉 성장한 후에도) 여전히 채워지지 않는 욕망의 틈새를 자유롭게 드러내는 것이 한국성장 소설의 특성일 것이다."(나병철(2003), 「여성 성장소설과 아버지의 부재」, 『여성문학연구』 제10권, 한국여성문학학회, 187~188쪽.)

162) G. 루카치(1985), 『소설의 이론』, 반성완(역), 심설당, 103쪽.

163) 위의 책, 103쪽.

164) 김윤식과 정호웅은 한국소설의 문제적 인물에 대해 다음과 같이 설정하고 있다.

이러한 문제적 개인의 성장의 과정, 성장의 장애, 성장의 결과를 기본적 구성 요소로 하는 장르가 성장소설, 교양소설, 수련소설, 교육소설이다. 성장소설은 "주인공의 변화 양상이 미숙에서 성숙으로, 불완전에서 완전으로, 결핍에서 충족으로 변화하는 과정을 담고 있는 이야기"[165]이다. 다시 말해 성장소설은 문제적 개인이 사회 현실의 불완전한 총체성 상황에서 주체 인식을 하고 새로운 실천 행위를 통해 새로운 희망을 찾는 과정, 즉 '새로운' 주체로 탄생하는 과정의 이야기이다.

노동소설도 이러한 '새로운' 주체의 탄생 이야기이다. 즉 노동소설에는 성장하는 새로운 인간이 등장하는데, 조세희의 『난장이가 쏘아올린 작은 공』의 영수, 안재성의 『파업』의 동연이 대표적이다. 이들이 새로운 인간으로 탄생하는 것은 기존의 성장소설과는 다르다. 지금까지의 성장소설은 어린 자아가 사회성을 획득하여 성인으로 변하는 과정이 보편적이었다. 이러한 성장은 생물학적 어린 주체가 처음으로 그 시대의 사회성을 획득하는 과정으로 1차 성장이라 할 수 있다. 그러나 노동소설에 등장하는 인물은 이미 1차 성장의 과정을 통해 사회성을 획득한 주체이

문제적 인물은 "지식인이거나 넓은 견문, 예컨대 일본에서의 노동자 체험을 쌓은 농민, (중략) 책과 직접체험을 통해 풍부한 경험을 쌓았으며, 그리하여 세계와 인간 삶을 전체성과 관련지어 바라보고 이해할 수 있게 된 인물이다. 동시에 그는 그 같은 인식 능력에 힘입어 깨우치게 된 현실 내 모순을 혁파하고자 하는 적극적인 지향을 지니고 그것을 실천을 통해 현실화하고자 하는 인물이다." 그리고 그 전형으로 이기영의 「서화」의 정광조, 『고향』의 김희준을 제시한다. (김윤식, 정호웅, 앞의 책, 129쪽 참조)

문제적 개인(인물)에 대해서는 김윤식(1989), 「문제적 인물의 설정과 그 매개적 의미」, 『한국리얼리즘 소설연구』, 문학과비평사; 정호웅((1989), 「경향소설의 변모 과정」, 『한국리얼리즘 소설연구』, 문학과비평사 참조.

노동소설에서 노동자는 지배질서에 순응하던 주체에서 사회적 존재로서 계급의식을 획득한 후 사회의 본질적 모순을 극복하기 위해 실천하는 주체로 성장한다. 즉 노동소설에서 노동자는 문제적 개인으로 성장하는 것이다.

165) 최현주(1999), 「한국 현대 성장소설의 서사 시학 연구」, 전남대학교 대학원 박사학위논문, 16쪽.

다. 이 문제는 기존의 성장소설과는 달리 노동소설에 나타나는 성장서사의 특성과 관련된다.

노동소설에 등장하는 인물은 공장에서 노동자, 한 가정에서 가장, 아버지, 남편, 아내 등으로 청년기를 거쳐 독립된 사회 구성원으로 성장한 주체이며 사회와 가정에서 이미 이데올로기적 주체이다. 다시 말하면 공적인 영역에서 사회적 규범, 법, 지배 이데올로기를 습속 한 인물, 즉 상징계를 내면화한 주체들이다. 그들은 수동적, 복종적, 순응적 주체로서 상징계와 타협하여 1차 성장의 과정을 거친 인물이다.[166]

노동소설에서 이들의 1차 성장의 결과는 그 사회의 생산관계에서 규정된 노동자의 지위이다. 이 노동자 계급의 지위는 『난장이가 쏘아올린 작은 공』의 영수처럼 첫사랑인 명희와 행복한 가정을 꿈꾸었던 과거 어린 시절의 꿈이 좌절되고 그 유년의 꿈을 포기한 상태에서 자본주의 지배질서에 무의식적으로 순응하는 피지배 계급이다. 즉 그 사회의 지배적 구조인 상징계에서 소외된 주체들이다. 주체들은 1차 성장의 과정에서 꿈처럼 찾아 다녔던 상징계가 처음부터 부재했다는 것을 성장의 과정이 끝난 후에 경험하게 된다. 노동자 계급이 꿈꾸었던 상징계는 현실원칙에 존재하지 않았던 것이다.[167] 이러한 상징계는 노동자 주체에게

166) 이러한 1차 성장을 최현주는 한국 현대 성장소설의 한계로 지적한다.
"'성장'의 함의가 한국 현대 성장소설에서는 기성 사회에 대한 비판의 반담론으로, 혹은 기성 사회를 간접적으로 내면화시키는 상징권력으로 기능하였다. 하지만 한국 현대 성장소설에서 기능하고 있는 반담론은 이미 기성 사회의 담론을 수용한 채 이루어지고 있다는 점에서 그 한계를 내포하고 있으며, 그것은 기성사회와의 타협, 적응의 한 단면으로 읽혀지기도 한다."(최현주(2000), 「한국 현대 성장소설에 드러난 '성장'의 함의와 문화적 양면성」, 『현대소설연구』 제13권, 한국현대소설학회, 357쪽.)

167) "상징계의 부재는 한국 성장소설에서 유난히 아버지의 부재나 고아의식의 모티프가 빈번한 것과 통한다. 특히 여성주인공의 경우 아버지의 부재는 상징계의 부재와 동일하다. 처음부터 부재한 아버지의 경험은 여성주인공에게 새로운 상징계

허상이었으며 오히려 그 동안 노동자의 꿈과 성장을 가로 막고 있었던 것이다.

이제 노동자 주체에게 주어진 길은 두 가지이다. 상징질서에서 소외된 주체로 살아가느냐 아니면 새로운 상징계를 꿈꾸느냐이다. 이 두 가지 길 중에서 후자를 선택할 수 있는 주체는 상징계의 부재를 경험하고 인식한 주체이다.[168] 이러한 주체는 상징계의 부재를 극복하고 자아를 인식하며 새로운 인간으로서 새로운 이상적 상징계를 추구한다.

노동소설의 인물이 상징계의 부재를 인식하는 것은 노동자 계급의 사회적 조건을 인식하는 것이다. 인물은 자아 인식과 사회적 조건의 인식을 동시에 수행한다. 인물은 주체 형성을 하는 동시에 그 동안 자아가 찾아 다녔던 상징계와 자아를 이데올로기 주체로 호명한 지배 이데올로기에 대해 소외적 관계를 인식한다. 즉 주체와 상징계, 주체와 이데올로기 사이에 발생하는 불일치를 인식하는 것이다. 이러한 불일치의 관계는 소설과 성장서사의 기본적 본질인 자연과 인간, 인류 문명과 인간의 관계와 동일한 성질이다. 이러한 불일치 지점을 인식하는 것이 새로운 주체 형성의 출발점이다. 새로운 주체 형성의 출발점은 상징계와 주체의 불일치를 인식하는 것이다.

노동소설에서 인물의 계급의식의 획득 과정은 보편적 성장소설의 1차 성장서사와는 달리 주체가 상징계의 부재를 인식하고 새로운 주체 형성을 통해 새로운 인간으로 탄생하는 2차 성장의 서사라 할 수 있다. "계급의식의 획득과 더불어 등장인물은 바야흐로 의미 있는 사회적 존

를 찾을 자유를 부여한다."(나병철(2003), 「여성 성장소설과 아버지의 부재」, 『여성문학연구』 제10권, 한국여성문학학회, 185~187쪽.)

168) 아버지의 부재를 경험하는(미성숙하거나 성숙한) 주체는, 상징계적 예속에서 벗어난 해방을 욕망하는 또다른 무의식을 갖는다. 이것이 바로 들뢰즈·가타리가 말한 고아상태의 무의식이다.(위의 글, 187쪽.)

재로 변형되며, 마침내 자신이 역사적으로 해야 할 일을 하기 위해 새로운 길을 떠나는 것이다."[169] 이처럼 노동소설의 성장의 서사는 1차 성장의 과정을 마친 주체가 2차 성장의 과정을 통해 계급의식을 획득하는 과정이다. 즉 노동소설의 성장의 서사는 계급각성의 서사이다.

노동소설의 계급각성의 서사에는 기존의 성장서사와 또 다른 특성이 있다. 그것은 계급의식이 획득되는 사회 조건 때문에 생기는 특성이다. 1차 성장서사가 어린 자아의 개인적 성장이라면 2차 성장서사는 이미 주체로 성장한 자아의 사회적 성장이다. 이러한 차이는 성장서사를 구성하는 성장의 동기, 성장의 과정, 성장의 결과와 연관된다.

앞에서 밝혔듯 노동소설에 나타나는 2차 성장서사는 계급각성의 서사이다.

계급은 사회를 구성하는 제 조건들의 관계에 의해 발생한다. 계급은 "구체적 총체성으로서의 사회, 즉 일정한 사회발전 단계에서의 생산 질서와 이 질서에 의해 야기된 사회의 계급편성이다."[170] 계급은 "전체로서의 사회에 관계시키는 것을 의미한다. 왜냐하면 이 관계 속에서 비로소 인간이 자기 존재에 대해 갖는 그때그때의 의식이 그 의식의 모든 본질적 규정을 나타내기 때문이다."[171]

계급편성은 "몇 개의 근본유형이 나타나기 마련이고 이 근본 유형들의 본질적 성격은 생산과정에서 사람들이 점하는 지위의 유형에 의해 결정된다. 그런데 이렇게 생산과정에서의 특정한 유형적 상황에 귀속되는, 합리적으로 적합한 반응이 바로 계급의식이다."[172] 계급은 사회의

169) 유기환, 앞의 책, 101쪽.
170) G. 루카치(1986), 『역사와 계급의식』, 박정호, 조만영(역), 거름, 112쪽.
171) 위의 책, 112쪽.
172) 위의 책, 113쪽.

구성 조건간의 관계에 의해서 발생하며 그 계급이 사회에 반응하는 것이 계급의식이다. 이처럼 계급과 계급의식은 총체성으로서 사회 전체와 관련된 문제이다.

이러한 계급과 계급의식의 사회성은 노동소설의 계급각성의 서사에서 성장의 동기, 과정, 결과에 영향을 준다. 조세희의 『난장이가 쏘아올린 작은 공』의 영수는 아버지 '난장이'와는 달리 산업사회의 노동자 생활을 통해 자신의 사회적 존재를 인식한다. 그래서 영수의 성장의 동기는 산업사회이다. 그리고 영수의 성장의 과정은 교육과 실천, 그리고 죽음이다. 즉 목사가 운영하는 "사회조사연구회"에서 의식화교육을 받고 은강대학부설 노동문제연구소에 나가 배우기도 한다. 그리고 자신이 직접 산업장의 대표급 노동자 모임을 만들어 교육한다. 실천적 행위는 파업과 살해 그리고 사형에 의한 죽음이다. 이러한 영수의 성장의 과정은 개인을 포함한 사회 전체를 대상으로 한 주체적 실천 과정이었다. 성장의 결과도 개인적으로 고급노동운동지도자가 되는 것이 아니라 사회 전체의 변화, 즉 재판장에서 살인 동기라고 말한 "그분은 인간을 생각하지 않았습니다"에 나타나 듯 전체 노동자의 인간적 삶을 변화시키기 위한 것이었다. 영수의 성장의 결과는 노동자 계급과 사회 전체에 영향이 미친다.

이와 같이 노동소설의 성장의 서사는 계급각성의 서사이며 그 성장은 개인적 성장뿐만 아니라 사회적 성장이다. 그리고 성장의 동기, 과정, 결과에는 계급성, 사회성, 집단성[173]이 나타난다.

---

173) 유기환은 노동소설 성장 특유의 변별적 특징이 대상과 수혜자의 집단성이라고 한다.
"대상은 개별적 자아의 인식뿐만 아니라 자기 계급과 세계에 대한 인식이며, 궁극적 수혜자는 언제나 인류 전체가 된다."(유기환, 앞의 책, 95쪽.)

(2) 계급 각성의 서사와 성장의 매개 장치

성장서사의 기본 구조는 인물의 주체 인식과 행위의 변화 과정이다. 최현주는 성장서사 모형을 인식적 차원의 성장소설과 실천적 차원의 성장소설로 구분하고 주체가 성장하는 과정에 조력자가 개입한다고 보았다.[174] 그리고 유기환은 주체는 "① (자아에 대한)무지에서 (자아에 대한) 인식으로의 이행, ② 수동성에서 적극적 행동으로의 이행"[175]이라는 이중의 변형을 한다고 보았다.

노동소설의 계급각성의 서사 구조도 이러한 성장서사의 기본적 구조를 따른다. 노동자는 자신의 내부에 무의식적으로 숨어 있는 모순된 허위의식을 제거하는 의식의 변증법적 과정을 거친다. 그리고 이러한 개별적 의식은 노동자 개인의 차원이 아닌 "계급의 역사적 상황의 의미가 의식화된 것이라는 점을 이해"[176]한다. 이러한 노동자의 계급각성은 노동자 자신의 내부의 모순과 사회 현실의 모순, 그리고 역사의 모순을

---

174) 최현주(1999), 「한국 현대 성장소설의 서사 시학 연구」, 전남대학교 대학원 박사학위논문, 24~25쪽.

〈인식적 차원의 성장소설의 서사모형〉

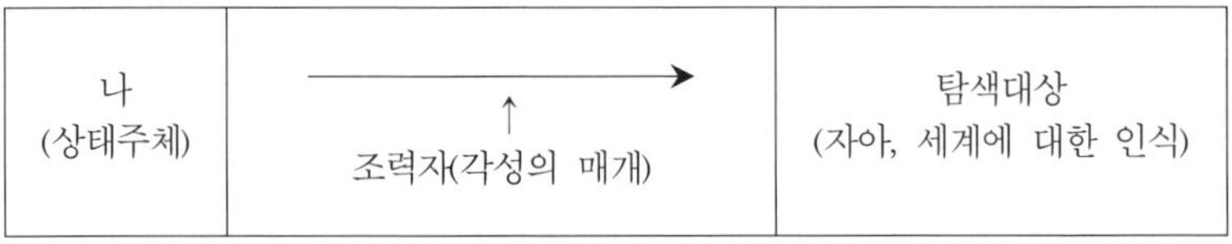

나 (상태주체)	⟶ ↑ 조력자(각성의 매개)	탐색대상 (자아, 세계에 대한 인식)

〈실천적 차원의 성장소설의 서사모형〉

나 (행위주체)	⟶ ↑ 조력자(능력 획득의 도움)	탐색대상 (꿈, 사랑을 성취)

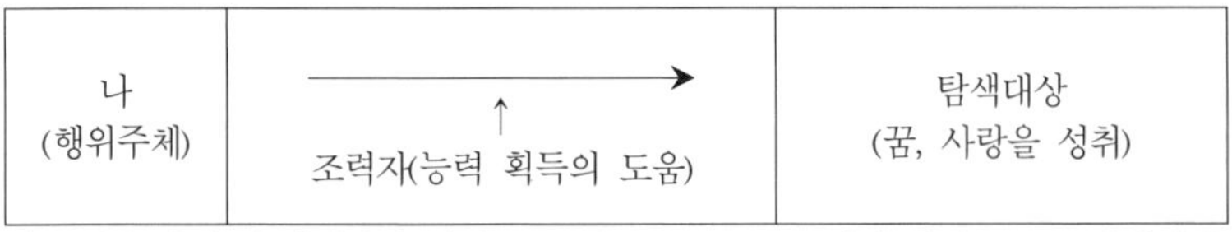

175) 유기환은 수잔 술레이만의 성장구조 이론으로 노동소설의 성장구조를 분석한다. (유기환, 앞의 책, 92쪽.)

176) G. 루카치(1986), 『역사와 계급의식』, 박정호, 조만영(역), 거름, 141쪽.

소멸시키기 위해 개별 주체의 일상적 삶 속에서 주체의 실천적 행위로 나타난다.

이러한 성장서사와 노동소설의 계급각성의 서사에서 문제가 되는 것은 인물 자체이다. 성장의 전과 후의 변화된 객관적 사실, 즉 변화된 주체의 의식과 행위가 성장의 본질을 규정한다. 노동소설에 나타나는 성장 후의 인물 변화의 본질은 규정된 상태에서 출발한다. 왜냐하면 노동소설의 인물은 자본주의 생산관계 하에서의 노동 환경과 계급각성의 서사라는 전제에 의해 이미 성장 전후의 본질이 규정되기 때문이다. 이러한 계급각성의 서사에서 문제가 되는 것은 인물이 주체를 재정립하고 새로운 인간으로 탄생하는 조건이다. 즉, 성장의 조건이 문제다. 이 성장의 조건에 의해 성장의 본질이 설명 가능해지고 이해될 수 있기 때문이다.

이 성장의 조건은 한 순간에 형성되는 것도 아니며 주체에 일회적이고 단편적으로 작용하는 것도 아니다. 이 조건은 성장 과정 전체에 관여하며 주체가 계급을 인식 하는 지점에 개입한다. 주체에 개입하는 이러한 성장의 조건은 노동소설의 객관적인 서사 장치로 작용한다.

주체에 개입하는 성장의 서사 장치는 주체와 타자 사이에서 매개적 성질을 가지고 있다. 이 매개적 성질은 개입한 자신은 변하지 않으면서 개입한 대상의 변화를 촉진한다. 그래서 중심이 아닌 중간적 의미, 보조자적 의미, 동기적 의미, 계기적 의미, 촉매적 의미를 담고 있다.

계급각성의 성장서사에서 노동 주체에 개입하는 성장의 조건은 주체와 성장한 새로운 주체 사이에 개입하는 서사적 매개 장치이다. 이 매개 장치를 매개적 인물, 매개적 교육, 매개적 현장, 매개적 조직으로 구분할 수 있다.

① 매개적 인물

지금까지 한국소설에서 매개적 인물은 문제적 인물인 지식인이었다. 그러나 이들은 지식인의 한계에서 벗어나지 못하고 농민, 노동자의 영웅으로 완결된 인물이었으며 자신의 정치적 이데올로기를 주입시키고자 하는 인물이었다. 이러한 지식인의 문제적 인물과 완결된 인물의 속성은 계급각성의 서사에서 매개적 인물로 존재할 수 있는 이유이다. 노동주체에게 지식인의 문제적 속성은 습득해야 할 속성이다. 그러나 완결적 속성은 지양되어야 할 속성으로서 소멸된 완결된 인물[177)]의 서사공간에 노동주체가 새로운 문제적 인물로 등장해야 한다. 그래서 지식인은 보조자적 의미, 촉매적 의미로 계급각성의 서사에 매개적 인물로 존재할 수 있는 것이다. 이러한 매개적 인물이 존재하는 방식과 기능은 교육과 계몽적 기능이다. 이것은 한국 근대 소설에서 진보적 지식인 계급의 전형이다. 노동소설의 매개적 인물은 『난장이가 쏘아올린 작은 공』의 지섭, 목사, 과학자, 『파업』에서 위장 취업한 홍기(최형로) 등이 대표적이다.

계급각성의 서사에서 중요한 것은 이 들의 개입에 대한 노동 주체의 변화 지점이다.

『난장이가 쏘아올린 공』에서 지섭, 목사, 과학자의 매개 대상은 영수이다. 영수가 이들과 관계 맺는 지점을 알아보자.

영수가 은강 도시로 와서 산업노동자가 된 이후 매개적 인물은 영수

177) 서경석은 「서화」, 『고향』, 「과도기」를 대상으로 지식인의 완결된 인물 유형이 변화(부차적 인물-자기비판-소멸)되어가는 과정을 분석한다. 이 과정은 완결된 인물 유형이 소멸된 서사공간에 농민, 노동자가 새로운 문제적 인물로 등장하는 과정이기도 하다. (서경석(1989), 「새로운 인물유형 등장과 서사적 공간의 확보」, 『한국리얼리즘 소설연구』, 문학과비평사, 171~192쪽 참조)

의 의식과 행위 변화에 결정적 영향을 미친다.

> 그들이 제일 싫어하는 사람은 노동자 교회의 목사였다. 그들은 사랑과 희생의 덩어리인 성인을 싫어했다. 목사는 나에게 완전한 성인으로 보였다. 오목 렌즈 안의 눈을 볼 때마다 그가 성인이라는 생각을 나는 하고는 했다. 그러나 나로서는 가장 이해하기 힘든 인물이었다. 나는 우리가 노력만 하면 스스로를 구원할 수 있을 것이라고 믿었다. 내 생각을 말하면 그는 웃기만 했다. 목사 앞에서의 나는 언제나 어린 학생이었다. 몸이 약하다는 한 가지 약점을 제외하면 그는 정치・철학・역사・과학・경제・사회・노동에 대해 모르는 것이 없는 지혜로운 사람이었다.[178]

> 일종의 의식화 교육으로, 나의 머리에 발전기를 설치한 이가 바로 그였다.[179]

은강에 올라와서 영수는 책을 읽으러 교회에 가고 필요한 자료도 목사가 찾아주었다. 그리고 영수는 목사에게 언제나 학생이었으며 의식화 교육도 받았다. 목사는 영수에게 성인이며 지혜로운 사람이었다. 영수의 삶에서 공장 생활과는 다른 새로운 삶을 가르쳐 준 사람이 목사였다. 영수는 아버지 '난장이'가 살아서 봤다면 놀랄 만큼 '고급 노동 운동 지도자'의 길을 향하고 있었다.

이런 영수의 은강에서의 삶에 계급의식의 본질에 대해 의문을 제기하는 사람이 지섭이다.

> "네 잘못을 이제 알아야 돼."
> "그게 뭐죠?"
> "어떤 일이든, 무지가 도움을 준 적은 없어."

---

178) 조세희(2000), 「클라인씨의 병」, 241~242쪽.
179) 위의 책, 242쪽.

화가 난 목소리로 그가 말했는데, 이에 대해서는 나도 할 말이 있었다.

"형이 알다시피 전 많이 배울 기회가 없었어요."

내가 말했다.

"방송통신고교도 중간에서 그만뒀고, 대학은 생각도 못 했어요. 그래서 책도 닥치는 대로 읽었고, 모르는 것은 아무나 붙잡고 물었어요. 여기 와서도 모르는 게 많아 노동자 교회에 가 두 어른에게 배웠어요. 대학 부설 기관 교육도 그래서 받은 거예요."

"그래서, 뭘 얻었니?"

"눈을 떴어요."

"너는 처음부터 장님이 아니었어!"

지섭이 큰 소리로 말했다.

"현장 안에서 이미 잘 알고 있는 사람이 바깥에 나가서 뭘 배워? 네가 오히려 이야기해줘야 알 사람들 앞에 가서 눈을 떴다구? 장님이 돼버린 거지, 장님이. 그리고 행동을 못 하게 스스로를 묶어버렸어. 너희 무지가 너를 묶어버린 거야. 너를 신뢰하는 아이들을 팽개쳐버리구."

"그렇진 않아요."

(중략)

"제가 할 일은 뭐예요?"

"현장을 지키는 일야."

"제가 일하는 곳이 현장야요."

"그럼 그곳을 뜨지 말고 지켜. 그곳에서 생각하고, 그곳에서 행동해. 노동자로서 사용자와 부딪치는 그 지점에 네가 있으라구."[180]

지섭은 지식인 한계를 극복하기 위해 노동자 삶을 선택했었다. 그래서 소위 말하는 위장취업이 아닌 노동자의 일상 속에서 계급 투쟁의 삶을 살아가고 있다. 지섭은 영수에게 현장에서 생각하고, 현장에서 행동하고, 노동자로서 사용자와 부딪치는 그 지점에 있으라고 말한다. 지섭이 다녀간 후 영수의 삶에 변화가 생긴다. 그 변화의 방향과 본질의 의미를 일깨워 주는 사람이 과학자다.

180) 위의 책, 256~257쪽.

지섭이 다녀간 다음의 내 변화를 제일 먼저 읽은 사람이 과학자였다. "따져보면 목사님과 나는 줄 밖의 사람야." 그가 말했다. "저도 줄 앞에 선 사람은 아녜요." 내가 말했다. "그럴 자격도 없구요." "하지만 너희 줄 야. 나는 줄 밖에서 소리쳐준 사람인가?"[181]

위 인용문과 같은 대화를 한 이후 과학자는 영수에게 클라인씨의 병이 그려져 있는 그림을 보여준다. 그리고 안팎의 구분이 없는데 닫힌 공간이 있다고 말한다. 다시 과학자를 찾은 영수는 '세계에 갇혔다는 그 자체가 착각이다'고 말한다. 그리고 "은강방직 보전반 기사 조수는 빠른 걸음으로 공장을 향해 걸어갔다."[182] 영수 자신이 세계에 갇혔다는 것은 착각이었다. 그래서 그는 보전반 기사 조수로 열린 공간인 공장을 향하고 있는 것이다.

매개적 인물인 목사, 지섭, 과학자는 영수가 계급의식을 각성하는 과정에 개입하여 계급각성의 서사를 이끌고 있다. 은강에 올라와 산업노동자로서 현실을 인식하는데 영향을 준 목사부터 고급노동지도자의 길에서 계급의 본질을 인식시킨 지섭과 과학자까지 매개적 인물은 영수의 계급각성의 과정에서 주체의 갈등을 해소시켜주는 인물들이었다.

② 매개적 교육

교육은 근대 사회에서 인간의 사회적 존재를 결정짓는 중요한 요소이다. 그런데 1970~80년대 노동자들은 교육에서 소외된 계급이었다. 교육에서 소외된 그들은 꿈을 포기하고 무능력과 열등의식 속에서 수동적 삶을 살아가게 된다. 이러한 삶을 극복하는 방식이 비제도적 교육 장치

181) 위의 책, 258쪽.
182) 위의 책, 263쪽.

를 통한 노동자의 주체적 배움의 길이다. 비제도적 교육 장치는 그 사회의 지배 이데올로기를 재생산하는 교육 이데올로기적 국가장치와는 구별된다. 그들이 주체적으로 선택한 비제도적 교육 장치는 학습모임이다.

> 나는 그가 마련한 여섯 달 과정의 교육 프로그램에 참가하여 많은 것을 배웠다. 나는 산업 사회의 구조와 인간 사회 조직, 노동 운동의 역사, 노사간의 당면 문제, 노동 관계법 등을 배웠다. 정치·경제·역사·신학·기술에 대해서도 배웠다. 모두 열네 명이 매주 토요일 오후에 모여 일요일 저녁까지 숙식을 함께하며 배웠다.[183]

『난장이가 쏘아올린 작은 공』의 영수는 은강시에 올라와서 교회에서 교육을 받는다. 그리고 목사가 운영하는 '사회조사연구회'를 통해 노동자 계급과 자본주의 생산관계에 대해 배운다. 그리고 그는 자신의 공장에 돌아가서 노동조합을 만들고, 노동자를 대상으로 교육을 한다. 이처럼 영수는 매개 대상에서 매개적 인물로 성장하게 된다.

『파업』의 비교육 제도는 '동지회'이다. 이 '동지회'는 지식인 노동활동가 홍기와 1970년대 노조활동 경험이 있는 이상섭에 의해 이루어진다.

> "오늘 공부 첫날 우리가 배울 것은 과연 우리 노동자는 어떤 존재인가 하는 것입니다. 정부나 사장은 우리를 근로자니, 노무원이니, 공원이니, 심지어 따를 종자를 써서 종업원이라는 모욕적인 말을 하기도 합니다만 우리는 분명 노동자이지요?"[184]

> 홍기는 두 번째 시간에는 본격적으로 계급이란 용어까지 사용하면서, 자본주의 사회가 어떤 계급으로 이루어졌는가, 각 계급은 어떠한 위치에 있으며 어떻게 변화하는가에 대해 말했다.[185]

183) 위의 책, 242쪽.
184) 안재성, 앞의 책, 48쪽.

홍기의 강연은 매우 이해하기가 쉬웠다. 그는 방대한 자료와 실제 사례들을 깨알같이 메모해 와서 흥미진진하고 실감나게 자본주의의 모순을 설명해 주었다. 제국주의 전쟁, 공황과 불황, 공해와 사회악 등 현실적인 문제들을 주제로 한 토론은 노동자들을 매료시켰다. '동지회' 노동자들의 의식은 빠르게 성장해 갔다.[186)]

『파업』의 김동연은 노조 결성 추진위원회인 '동지회'에 참여 하면서 위장 취업한 홍기(최형로)로부터 교육을 받는다. 소극적으로 참여한 '동지회'에서 김동연은 노동, 계급, 자본주의에 대한 이론적 교육을 받는다. 김동연은 후에 현장투쟁과 함께 민주노동조합 위원장으로 성장하고 지식인 노동활동가(홍기)와 연대투쟁(오성노조) 도움 없이 전면 파업을 선언한다.

이러한 학습모임을 통한 노동현실과 계급의 지위에 대한 이론 교육의해 노동자들은 지식에 대한 열등의식을 극복하고 자신의 삶을 논리적으로 해석 할뿐만 아니라 투쟁현장의 실천과 이론을 변증법적으로 사고한다. 그리고 이러한 노동자 자신의 실천과 사고의 변화는 매개적 대상에서 매개적 인물로 성장하는 원동력이 된다.

③ 매개적 현장

매개적 인물과 매개적 교육 장치는 노동자의 인식을 이론적으로 발전시킨다. 이러한 이론적 현실 인식은 지식인들의 한계에서 나타나듯 관념성으로 떨어지기 쉽다. 그러나 노동자는 노동 현실을 선경험한 상태이기 때문에 이론적 관념성보다 『난장이가 쏘아 올린 작은 공』의 영수처럼 현실을 외면할 가능성에 대한 경계가 필요하다. 이러한 경계는 노

185) 위의 책, 51쪽.
186) 위의 책, 57쪽.

동 주체의 실천적 행위로 극복이 가능하다. 이론 교육 이후에 행해지는 실천적 행위는 노동자 자신의 삶을 객관적으로 확인하는 작업이다. 이러한 실천적 행위가 이루어지는 공간이 시위, 파업 현장이다.

『파업』의 기본적 서사는 위장취업한 홍기(최흥로)의 매개로 대흥철강의 노동자들이 민주노조를 건설하는 과정을 형상화한 것이다. 전반부에 해당하는 것이 노동자들의 배움의 과정이고 후반부에 해당하는 것이 파업과 민주노조건설 과정이다. 매개적 현장은 이러한 서사의 중심에 있다. 『파업』의 전반부에는 시위를 통해 노동자 계급의 동질감과 집단적 연대의식을 경험하게 된다. 그리고 후반부에는 파업을 통해 민주노조건설이라는 계급적 희망을 경험하게 된다.

『파업』의 홍기(최흥로)는 좋은 경험이 되리라 생각하고 '동지회'의 회원들에게 공단지역 해고자들의 점거농성을 위한 시위에 참가하자고 제안한다. 김동연은 처음 시위에 참가하게 된다.

> 서로 아무 말 하지 않아도, 세상의 고독과 냉정함은 다 짊어진 듯 무거운 얼굴로 바쁘게 걸어가는 다른 행인들과는 전혀 다른 얼굴들이 서로를 쉽게 느끼게 해주었다. 어딘가 긴장되어 있으면서도 두려움과는 거리가 먼, 느긋하고 평화로운 빛을 가진 얼굴들은 그들이 시위를 위해서 나왔을 때만이 아니라 생활 자체가 늘상 사랑과 대화로 이루어져 있음을 말해주었다. 시위자들은 처음 만나면서도 뜻깊은 눈웃음을 주고받으며 거사의 시간을 기다렸다.[187]

시위현장인 공단교차로는 이미 전경버스가 곳곳에 서 있고 전경들은 지나가는 행인들과 학생들을 검문검색하고 있었다. 그리고 벌써 수십명 젊은이들이 연행이 되고, 전경들이 방석복과 곤봉으로 위압감을 조성했

187) 위의 책, 59쪽.

다. 이런 시위현장을 김동연은 김진영과 함께 배회하고 있었다. 다른 지역 노동자와 학생 등이 참가한 첫 시위 현장에서 그가 보고 느낀 것은 시위자들 간의 동질감이었다. 그 동안 김동연 자신의 내부에서만 머물러 있던 의식의 재생산이 첫 시위를 통해 대상과 의식의 상호작용으로 발전하는 것이다.

처음 '동지회'에서 교육 받을 때 들었던 동지, 계급, 자본주의, 등에 대해 불안한 생각이 들고, '동지회' 모임을 아내에게 말 못하고 있었던 김동연에게 시위현장은 개별적 의식을 자극하는 충격이었다.

> "야 이, 죽일 놈들아! 때리지마아-!"
> 동연은 자기도 모르게 미친 듯이 소리 질렀다. 길바닥은 구경하던 여자들의 비명과 남자들의 욕설로 귀를 찢는 듯했다. 순간!
> "빠방! 빠바방!"
> 다시 최루탄이, 이번에는 수십 발이 한꺼번에 터지기 시작했다. 연기가 뽀얗게 퍼졌고, 사람들은 또다시 흩어지기 시작했다. 그러나 이번에는 아까처럼 무작정 도망치지는 않았다. 서서히 밀리면서도 사방에서 '군부독재 타도!, '폭력경찰 타도!의 구호가 터져나왔다. 동연도 난생 처음으로 군부독재 타도를 목이 터져라 외쳐댔다. 아무리 외치고 소리쳐도 분이 풀리지 않았다. 사람들에 밀리지 않으려고 버티며 계속 외쳐댔다.
> "폭력경찰 물러가라!"
> 진짜로 눈물이 줄줄 흘러 내렸다.[188]

> 그날은 이상하게 말을 하고 싶었다. 옥상에서 울부짖던 여공들이 눈에 어른거려 자신의 감정을 얘기하지 않고는 견딜 수가 없었다.[189]

여공들이 백골단과 전경들이 휘둘러 대는 쇠파이프에 맞아 비명을 지르는 모습을 보고 무의식적으로 김동연은 소리를 지른다. 그리고 입에

188) 위의 책, 62쪽.
189) 위의 책, 63쪽.

서 잘 나오지 않던 시위자들의 구호가 목이 터져라 나오는 경험을 하게 된다. 이러한 김동연의 무의식적인 행위는 외부 세계의 충격에 대한 주체 의식의 대답이다. 이러한 주체 의식에 의한 실천적 행위의 대답은 새로운 주체가 형성되는 것을 의미한다. 이러한 새로운 주체의식에 의해 김동연은 그동안 말 못하고 있던 '동지회'와 시위에 대해 말할 수 있게 되고 말 하고 싶어진 것이다. 그 새로운 주체 의식은 다름 아닌 노동자의 동질감과 집단적 연대의식에 의한 노동자 계급의식인 것이다.

『파업』의 후반부는 파업의 과정을 통해 계급의식의 희망적 전망을 제시한다. 김동연은 대영철강의 노조위원장으로서 역사적으로 해야할 일을 해야한다. 외부세계에 대한 주체의 자율성은 의식의 재생산과 관련된다. 주체의 자율성은 외부세계의 충격에 대한 선택적 반응이다.

대영철강의 민주노조건설과정은 해고자 투쟁, 분실 자살, 점거농성으로 이어졌다. 결국 점거농성은 구사대에 의해 폭력으로 진압되고, 김동연은 집에까지 쫓아 온 구사대에 의해 이빨이 부러지는 폭행을 당하고 500만원에 합의보고 사표를 내라고 협박당한다. 그는 공포와 패배주의로 일주일간 회사도 못나가고 도망다녔다. 그러나 분실자살한 김진영의 죽음 때문에 회사에 출근해서 다시 집회를 연다.

> "……결국은 우리를 위해 죽었습니다. 뺏기고 짓밟히고, 그러고도 개처럼 비굴하게 살아야만 하는 우리를 위해 죽었습니다. 제강과 여러분, 저는 말을 못합니다. 그래서 뭐라고 제 마음을 말로 표현하지 못하겠습니다. 그렇지만 여러분, 우리 동료가 죽은 이 마당에 우리가 더 이상 무얼 망설여야 합니까?"[190]

190) 위의 책, 253쪽.

『파업』은 '동지회'를 중심으로 민주노조건설을 하려고 한다. 그러나 회사는 어용노조를 건설하고, 구사대 깡패들을 '동지회' 사람들의 보조자로 작업현장에 투입하여 민주노조건설을 방해한다. 결국 김동연을 비롯한 '동지회'의 민주노조건설은 회사의 조직적 방해와 구사대의 폭력에 의해 좌절된다. 이러한 좌절은 몇몇 선진노동자들의 희생만으로 민주노조가 건설될 수 없다는 것을 보여준다. 일반 노동자 대중의 계급의식이 성장하지 않으면 결국 시련을 극복할 수 없는 것이다. 이미 자본은 사회의 생산관계에 의해 지배권을 행사하고 조직적으로 집단화된 힘으로 작용하기 때문이다. 그 힘에 대한 저항적 힘은 노동 대중의 집단화된 계급의식에 의해서만 극복될 수 있다.

> "나가! 나가!"
> 장영철이 혀짧은 목소리로 외치며 벌떡 일어섰다. 그러자 놀랍게도 여기 저기서 다른 이들도 일어서기 시작했다. 그때, 우당탕 문이 활짝 열리고 정문에 나갔던 과장과 고용깡패들이 쏟아져 들어왔다. 여섯이었다.
> "뭐야, 이 새끼들아! 앉지 못해? 저 새끼 잡아!"
> 과장은 들어오자마자 호통치며 배식구 쪽을 향해 내달았다. 뒤를 이어 깡패들도 동연을 잡기 위해 쫓아왔다. 동연은 자기도 모르게 식판 하나를 집어들고 대항할 자세를 취했다. 그런데 그때 놀라운 일이 일어났다. 사방에서 노동자들이 튀어 일어나며 소리지르기 시작한 것이었다.
> "야, 이 새끼들아! 물러나지 못해?"
> "저 새끼들 때려 죽이자!"
> 분노는 폭발했다! 식당 안은 노동자들의 고함으로 가득찼으며 달려가던 놈들은 추춤거리지 않을 수 없었다. 동시에 십여 명의 노동자들이 놈들을 향해 우르르 몰려갔다. 전혀 예상치 않았던 일에 놈들은 소스라치게 놀라 구석으로 몰렸다. 과장이 눈을 까뒤집고 소리쳤다.
> "뭐야? 물러가지 못해?"
> 순간, 달려들던 노동자들이 주춤했다. 과장의 차디찬 눈이 살벌하게 그들을 쏘아보았다. 그러나 그의 얼굴색은 두려움으로 질려 있었다.[191]

어느 정도 정리가 되었을 때 동연이 앞에 나섰다. 이제 현장에는 홍기도, 기준도 없었다. 오성모방 노조도 없었다. 오로지 대영노동자만의 힘으로 모든 것을 헤쳐 나가야 했다. 그는 다시 한 번 마음을 가다듬고 목을 젖혀 힘차게 외쳤다.

"동료 여러분! 저는 우리 민주노조의 이름으로 선언합니다! 지금부터 전면파업을 선언합니다! 동의합니까?"

"찬성이오!

와 하는 함성과 함께 박수소리가 터져나왔다.[192]

물론 선진 노동자들의 희생적 노동운동은 노동대중들에게 충격으로 작용한다. 그 충격은 노동 대중들의 계급의식을 자극하고 그들의 주체에게 선택을 강요한다. 위 인용문은 노동대중들의 집단적 주체의 반응이다. 대영철강 노동자들은 과장과 구사대의 공포에 동시다발적으로 반응한다.

이처럼 계획하지 않고 동시에 여러 주체가 실천적 행위를 하는 것은 새로운 역사의식의 시작과 같다. 이러한 주체의 집단적 반응은 그 동안 개별적 계급의식과는 다르다. 개별적 계급의식은 불안과 회의 때문에 실천적 행위로 발전하지 못한다. 그러나 개별 주체가 동시적이고 집단적 실천행위를 하는 순간 불안과 회의를 극복하고 집단적 계급의식으로 발전한다. 그리고 나아가 혁명적 전망을 밝게 한다. 이러한 노동 대중들의 집단적 계급의식을 확인한 김동연은 위장취업한 홍기, 기준 그리고 연대투쟁을 해준 오성방직 노조 없이 대영철강의 노동대중들만으로 새로운 파업을 결의하고 민주노조건설이라는 희망적 전망을 제시한다. 이처럼 집단화된 계급의식의 실천인 시위와 파업은 노동 주체에게 희망적

---

191) 위의 책, 253~254쪽.

192) 위의 책, 255쪽.

계급의식을 각성시키는 매개 장치인 것이다.

④ 매개적 조직

매개적 조직은 1980년대 노동소설의 중심적 서사 장치이다. 왜냐하면 대부분의 작품이 민주노조건설의 좌절과 성공의 과정, 즉 합법적 노동자 조직을 건설하기 위한 노동자들의 투쟁 과정을 형상화하고 있기 때문이다.

이 투쟁의 이야기는 투쟁의 공간, 투쟁의 주체, 투쟁의 대상, 투쟁의 방법, 투쟁의 목표에 의해 형상화된다. 투쟁 공간은 경제 성장이데올로기의 논리가 노동자를 통제하고 규율하는 공장이며 투쟁 주체는 사회적 성장으로서 계급의식을 획득한 노동자이다. 그리고 투쟁의 대상은 근대국가이데올로기가 작동하는 모순된 자본의 현실이다. 그리고 이러한 투쟁 대상을 극복하기 위한 투쟁의 방법은 시위, 파업이고 성취하고자 하는 투쟁의 목표는 민주노동조합 건설이다. 이러한 투쟁 이야기에서 조직은 투쟁의 목표이면서 투쟁의 주체가 된다. 앞에서 살핀 매개적 현장에서 노동주체의 실천적 행위인 시위와 파업도 집단화된 조직에 의해 이루어지기 때문이다.

투쟁 이야기는 투쟁 목표를 두고 투쟁 주체와 투쟁 대상간의 대립과 갈등 이야기다. 조직은 이 과정에서 투쟁 주체에게 매개적 기능을 한다.

민주노조건설을 위한 과정은 두 가지 의미를 가진다. 하나는 노동자 계급에 의한 노조 건설과 또 하나는 합법적 절차에 의한 노조 건설이다. 즉, 노동자의 주체성과 노동자 조직의 합법성을 위한 투쟁인 것이다.

노동자의 주체성은 어용노조와의 투쟁이다.

『파업』은 홍기를 중심으로 '동지회'를 구성하여 노동조합을 건설하려 한다. 회사의 방해뿐만 아니라 어용노조인 한국노총과 금속노동조합연맹의 비협조적인 태도에 대해 지적한다.

> 사실 어용노조를 어떻게 만들지에 대해 실무적으로 도와준 것이 바로 노총과 금속노련 간부들이었다. 상급단체 인준증은 그들만이 내줄 수 있는 것이었다. 그런데 말성이 생기자 자기네들만 살아 보려고 타협안을 제시하라 하니 도무지 믿을 수가 없었다. 노총으로서는 골치 아픈 민주노조가 안 생기는 것이 우선 좋아서 이름뿐인 유령노조를 만들도록 도와 주었으나 농성이 확대되자 적당히 어용노조를 만드는 방안을 내세운 것인데 만일 어용이라도 노조가 만들어지면 자기들로서는 노조 만드는 데 공헌했다는 명분을 가지게 되니 그런대로 괜찮은 방안이라고 생각하는 것이 분명했다.193)

위 인용문과 같이 노총과 금속노련은 김동연의 노조건설을 지연시키고 회사에 의한 어용 노조 신고를 도와준 것이다. 이 사실을 알게 된 김동연을 비롯한 노동자들은 구로 구청장실을 점거하고 농성을 시작한다. 뿐만 아니라 오성모방 여공들의 연대 투쟁으로 확대된다. 이 상황에서 노총은 자신들의 어용성이 문제되자 김동연의 민주노조와 회사의 어용노조를 합병하자는 제안을 한 것이다.

『철강지대』의 백상중기에는 이미 김병만이 노조위원장으로 있는 어용노조가 건설되어 있는 상태이다. 김병만은 사장 백준희와 노사 문제를 원만히 해결하는 댓가로 뒷거래도 하기도 하고 전국 노동조합의 참교육 지지 성명서에 서명을 하기도 한다. 김병만은 전국 노동조합과 사장 백준희 사이에서 일정 정도 거리를 유지하면 개인의 부와 명예를 추구하는 이중적 기회주의 인물이다. 김병만은 백준희가 사장으로 부임하기 전부터 노조위원장이었으며 타회사가 노사분규로 시끄러울 때 백상

193) 위의 책, 200쪽.

중기를 안전지대로 유지 시킨 장본인이었다. 김병만은 노조위원장 이후 자동적으로 주어질 이사 대우를 넘어 노조위원장 경력으로 국회의원까지 꿈꾸는 인물이다. 그리고 회사의 배신으로 유사시 비빌 언덕으로 노조 위원장 모임에도 빠지지 않고 있다. 이처럼 백상중기는 김병만이라는 인물에 의해 노동조합이 개인의 부와 명예를 위해 사조직화되어 있는 것이다.

『철강지대』는 이런 어용화된 백상중기의 노동조합을 민주노동조합으로 새롭게 건설하기 위한 주체적 실천 과정이 형상화되고 있다. 『파업』이 국가의 합법적 행정절차 과정에 의해 민주노조의 합법성을 회득한다면 『철강지대』는 노동조합 조직 내에서의 합법적 절차 과정에 의해 합법성을 획득한다.

2) 죽음의 서사와 사회적 죽음의 현실성

(1) 죽음의 서사와 현실성 : 사회적 죽음, 능동적 죽음

인간은 태어남과 죽음 사이의 시·공간에 존재한다. 그 시·공간에서의 의식과 행위를 삶이라 한다. 태어남이 삶의 시작이라면 죽음은 삶의 끝이다. 한 인간의 태어남의 의미가 태어난 이후의 삶에 의해 규정되듯 죽음의 의미도 죽기 전까지의 삶에 의해 규정된다. 즉 죽음은 삶의 문제이다.

인간을 죽은 자로 규정 내리는 죽음 상태란 현실의 시·공간에서 더 이상 주체적 행위를 할 수 없을 때를 말한다. 즉 '한 사람이 생물학적 통합 기능을 상실하는 것이다. 이것이 심폐사, 뇌사, 세포사와 같은 인간의 생물학적 죽음이다.'[194] 이러한 생물학적 죽음은 그동안 인간이 한 모든 것과의 단절을 의미 한다. 주체가 인간으로서 했던 모든 이성적이고 욕망적인 행위(노동, 식욕, 성욕)뿐만 아니라 타자와의 관계까지 단절되는 것이다. 문제는 이 단절이 영원하다는 것이다. 삶을 단절하는 죽음은 삶과 만날 수도 없고 오히려 적대적이다. 삶과 만날 수 없다는 말은 주체가 죽음을 대면할 수 없다는 것이다. 그래서 인간은 인식적 생물학적 기능이 모두 정지된 상태이기 때문에 죽음의 주체뿐만 아니라 죽음을 목격한 타자도 죽음을 인식할 수 없다. 이처럼 죽음은 인간의 영역을 벗어나 있다. 뿐만 아니라 죽음의 존재 유무조차도 모른다. 인간이 인식하는 그 사건을 죽음으로 규정내릴 뿐이다. 죽음은 결코 알려질 수 없는 것이다. 그래서 '죽음은 인간에 순응하지도, 길들여지지도 않는 절대적 타자로서 미지의 것이다.'[195]

결국 인간은 죽음의 의미를 규정할 때 그 대상은 생물학적 죽음 그 자체 보다 죽음을 맞이하기 전의 주체의 삶과 주제가 죽은 이후 그 주체의 죽음을 경험한 타자의 삶이 된다. 그래서 인간이 죽음을 문제 삼을 때 그 죽음은 타자의 죽음인 것이다. 왜냐하면 주체의 죽음을 경험하는 타자뿐만 아니라 생물학적 죽음이 오기 전에 주체가 인식하는 자신의 죽음도 자신의 실제적 죽음이 아닌 객관화된 타자의 죽음과 같다. 이러한 타자의 죽음은 죽음이 타자와의 관계에 의해 규정되어지는 사회적 죽음이다.

이러한 사회적 죽음은 문학의 재현적 속성에 의해 상징화된다. 문학

194) 유호종(2001), 『떠남 혹은 없어짐－죽음의 철학적 의미』, 책세상, 108~117쪽 참조.

195) 안상헌(2004), 「죽음은 언제나 타자의 죽음이다」, 『철학, 죽음을 말하다』, 산해, 247쪽.
안상헌의 글은 하이데거의 자아 동일화하는 죽음의 존재적 의미를 비판하는 관점에 서서 레비나스의 타자와 죽음에 대해 말하고 있다.

의 재현은 단순한 실제의 사실을 반영하는 것을 넘어서서 진실을 향한 상징적 작업이다. 그래서 문학은 인간이 이성적으로 인식한 사실보다 더 본질적인 사실에 가까워지려 한다. 다시 말해 문학은 죽음을 문제 삼을 때 생물학적 죽음보다 그 죽음이 사회적으로 상징하는 의미(슬픔, 추모, 제사, 영웅, 복수, 죄, 불멸, 등)를 추구한다. 그래서 문학은 인식 불가능한 절대적 타자인 생물학적 죽음까지도 상징화하려 한다. 자아 중심적인 죽음은 이미 지배 질서가 존재하는 상징계로 편입되어 지배 질서에 구속된다. 이럴 경우 죽음은 죽음의 공포와 두려움을 극복하기 위해 긍정적으로 미화된다. 죽은 자가 재생·환생하고, 죽음이 영웅의 필요조건이 되고, 제의적 수단이 되며, 승화, 신비화, 신화화된다. 그러나 죽음을 극복하고자 하는 이러한 인간의 행위조차도 절대적 타자인 죽음의 공포, 두려움, 예측 불가능성을 제거할 수는 없다.

문학에서 이러한 죽음의 관념성과 자아 중심적 상징화의 한계를 지양하기 위해서는 죽음의 현실적이고 실천적 의미를 밝혀야 한다. 이것은 문학이 죽음에 직면한 사람들과 죽음을 지켜 본 사람들에 대해 역사적이고 현실적인 응답과 재현을 했을 때 가능하다. 그래서 문학에서 지향해야 할 죽음의 대상은 사회적 죽음이다. 노동소설은 이러한 사회적 죽음을 전형적으로 형상화하고 있다. 왜냐하면 노동소설에 나타나는 죽음은 사회의 계급 갈등과 모순에 의해 발생하는 주체의 죽음을 형상화 하고 있기 때문이다. 그래서 이 '죽음'의 문제는 노동소설을 분석하는 주요한 개념이다.

1970~80년대 노동소설에서 노동자 계급의 죽음을 전형적으로 보여주는 작품은 조세희의 『난장이가 쏘아올린 작은 공』과 안재성의 『파업』이다. 이 두 작품에 나타나는 실제 죽음은 산업사회에서 소외되어 몰락하는 빈민 계급의 죽음('난장이'), 산업재해에 의한 노동자의 죽음(이영식),

계급각성을 한 노동 계급의 살인(영수)과 자살(김진영)이다.

조세희의 『난장이가 쏘아올린 작은 공』에는 여러 인물의 죽음이 나타난다. 영희 증조할머니 동생, 명희, '난장이', 노동자부부, 영수, 은강그룹 창업자, 은강그룹 회장의 동생, 부동산 업자, 꼽추, 앉은뱅이 등의 죽음이 그것이다. 이 인물들은 직·간접적으로 관계되어 있으며 서로 적대적 대립 관계에 의해서 각자의 죽음에 닿아 있다. 이 가운데 '난장이'와 영수의 죽음은 이들의 죽음을 포괄하면서 서사의 중심축으로 작용하고 있다. 『난장이가 쏘아올린 작은 공』의 초반부에는 변화하는 산업사회에 소외된 빈민 계급인 '난장이'의 죽음이 서사의 중심에 있고, 후반부는 산업사회의 생산관계에서 피지배계급으로서 노동자 계급인 영수의 살인과 죽음이 서사의 중심에 있다. '난장이'는 영수에게 다른 가족의 '짐'이 되는 것이 싫어 자살 하겠다고 말한 후에 얼마 지나지 않아 벽돌공장의 높은 굴뚝에서 떨어져 자살을 한다. 그 후 철거반에 의해 시체가 발견된다. '난장이'의 죽음은 중학교 삼학년이라는 어린 나이인 영수를 노동자로 만든다. 영수는 윤호에게 은강그룹 회장을 죽이겠다고 말하고 살인을 실행하지만 잘못하여 회장의 동생을 죽인다. 그리고 재판을 받고 사형 당한다.

안재성의 『파업』에는 산업재해로 죽는 영식의 죽음과 민주노조건설투쟁 과정에서 분신자살을 하는 김진영의 죽음이 있다. 이영식은 야간작업 중 철사줄에 발목이 감긴 채 몸뚱아리가 와인더를 따라 돌면서 쇳덩이와 철사뭉치에 부딪쳐 머리에서 피가 쏟고 뼈와 살이 드러나는 대형 사고를 당한다. 그리고 며칠 후 죽는다. 김진영은 민주노조건설과 해고된 후 복직투쟁 과정에서 구사대의 폭력에 의해 노동자들의 집회가 진압된 후 분신을 결심한다. 그 후 복직투쟁을 하는 공장 정문 앞에서 또 다시 회사 간부와 구사대, 경찰에 의해 기준, 동석, 진영은 폭행

당하고 검거된다. 그 과정 속에서 진영은 건물 옥상에 올라가서 분신자살한다.

위의 두 작품에서 문제가 되는 죽음은 자살이다. 자살은 일반적인 죽음의 속성을 벗어난다. 죽음은 '외부에서 느닷없이 다가오는 것이며, 현재적 미래가 아니라 다가오는 미래, 즉 도래하는 것'[196]인데 자살은 주체에 의해 계획적이고 예측 가능하다. 죽음의 기본적 속성에서 벗어난 자살에 대해 보편적인 인간의 존엄성과 생명 존중이라는 측면에서 무조건적으로 부정하는 것은 오히려 자살의 문제성을 회피하는 것이다. 특히 현실적이고 시대적 폭력과 관계된 노동소설의 자살에 대해 관념적으로 접근하는 방식은 본질에서 벗어날 가능성이 있다.[197] 영수와 김진영의 죽음과 관계하는 실제 대상은 은강그룹 총수와 자본가와 구사대다. 이들은 각각 서로의 집단적 조직을 대표하고 있다. 즉 노조 측과 회사측, 민주노조건설 투쟁과 구사대 폭력, 노동자 계급과 자본가 계급, 피지배 계급과 지배 계급 등과 같이 대립의 실제 대상들이다. 그리고 이 대립은 영수와 김진영이 죽기 진전까지 진행되었으며 극점에 닿아 있었다. 이런 두 주체가 상징하는 집단의 대립은 영수와 김진영의 죽음과 무관하지 않다. 이와 같이 노동소설의 죽음은 주체와 타자와의 관계, 즉 주체의 죽음과 현실적 조건과의 관계에 의한 사회적 죽음이다.

노동소설에서 문제시 되는 스스로 선택한 죽음(살인, 자살)도 사회적 죽

196) 위의 책, 254쪽.

197) 김성진은 노동소설은 아니지만 권정생의 『초가집이 있던 마을』을 분석하면서 문식의 자살로 귀결되는 작품의 결말부와 1970~80년대 열사의 죽음을 연결한다. "그것은 분명 시대의 비참함이 강요한 것이고 가급적 회피되어야 할 삶의 방식이지만, '인간 자연권'이라는 추상 명제를 앞세워 그것을 덮어놓고 부정하는 것도 무의미하다."라고 말한다.(김성진(2008), 「아동청소년 문학의 정전과 권정생의 '한국전쟁 3부작'」, 『문학교육학』 제25호, 501쪽.)

음에서 살필 필요가 있다.

노동소설에서 죽음은 시작이자 끝이다. 그러나 그 죽음의 의미는 다르다. 서사의 양 끝점에서 노동소설의 서사 전개의 발전적 의미를 상징적으로 제시하고 있다.

앞에서 밝혔듯 『난장이가 쏘아올린 작은 공』의 전반부의 중심적 서사는 '난장이'의 죽음이다. 강제 철거와 '난장이'의 죽음으로 인해 '난장이' 일가의 행복동에서의 삶은 끝난다. '난장이'는 급속도로 변화하는 산업사회의 현실을 따라 가지 못하고 일거리는 줄어든다. 그리고 집까지 강제 철거당한다. 그리고 자신의 희망인 자식들마저 학업을 포기하고 일하러 다니게 된다. 그는 자식들의 희망 없는 미래가 자신의 존재 때문이라고 생각한다.

> 아버지는 멀어진 집을 힐끔 돌아보았다.
> "난 죽기로 결심했다."
> 아주 낮게 아버지는 말했다.
> "장남이기 때문에 너에게만 이야기하는 거다. 난 죽기로 결심했어."
> "왜요?"
> 나는 무서운 생각이 들어 몸을 떨었다.
> "왜냐구? 왜냐구 물었니?"
> "너희 삼남매하구 너희 엄마 때문야. 그리구 저 집 때문이다."
> (중략)
> "아버지가 돌아가신다고 해결될 일이 있어요?"
> "너희들 짐이 되기가 싫어."
> "누가 아버지를 짐으로 생각한단 말예요? 돌아가시면 아버지는 비겁자가 되세요."
> "그래도 할 수 없지."[198]

198) 조세희(2000), 「클라인씨의 병」, 250~251쪽.

위 인용문 같이 '난장이'의 존재 의미는 가족의 행복이다. 그러나 이제 자신의 노동력 상실로 가족의 행복은 끝난다. 그래서 '난장이'는 자살한다. 이와 같이 『난장이가 쏘아올린 작은 공』의 전반부에서 묘사된 '난장이'의 경제적 소외와 희망 없는 자식들의 삶, 그리고 '난장이'의 죽음은 억압받고 소외된 계급의 어둡고 희망 없는 현실을 형상화하고 있다.

『파업』의 시작 부분에는 홍기가 위장취업해서 첫 출근한 대영철강의 생산현장이 묘사된다. 그 생산현장을 묘사하는 중심에 이영식의 죽음이 있다. 1년 내내 하루 24시간 멈추지 않고 돌아가는 기계와 시간당 저임금 때문에 기본 노동시간 외에 잔업과 24시간 연속으로 노동하는 연근을 하지 않을 수 없는 노동 조건을 형상화하고 있다. 연근을 해서 창백한 얼굴로 몸이 좋지 않은 상태에서 야근 작업을 하던 영식은 결국 생산 현장에서 사고를 당하고 죽게 된다. 『파업』의 시작부분에서 묘사된 생산현장의 비인간적 노동 환경과 산업재해에 의한 영식의 죽음은 목숨까지 위협당하는 불안한 노동자의 일상을 형상화한 것이다.

이처럼 노동소설의 시작은 억압과 소외에 의한 어두운 현실이다. 그런데 이러한 어두운 현실보다 더 문제시되는 것은 노동 주체들의 수동적 삶이다. 이러한 노동자의 수동적 삶은 '난장이'가 스스로 억압과 소외에 복종하는 수동적 죽음을 선택한 것뿐만 아니라 『파업』에서 이영식이 죽고 난 이후 서술되는 부분에 잘 나타나 있다.

> 모진 생명은 굴종의 삶을 끈덕지게 강요했으며 앞날의 희망은 조금도 열리지 않았다. 복종과 인내의 삶은 영원히 계속될 것처럼 보였다. 찬란한 미래는 어둠 저편에 깊숙이 숨어 있을 뿐이었다. 자신의 진정한 주인이 찾으러 올 때까지.
>
> 이영식의 유해는 이틀 뒤 벽제 화장터에서 한 줌의 재가 되어 몹시도

차가운 한강물 위로 떠갔다. 삼십 평생을 모진 노동과 처절한 가난 속에 살았던 한 젊은 노동자는 그렇게 덧없이 죽어갔다.[199]

이 장면[200]은 이영식의 죽음뿐만 아니라 복종과 인내의 삶, 즉 억압과 소외된 어두운 현실 속으로 숨어 들어가는 노동자의 수동적 삶을 서술하고 있다. 이처럼 노동소설의 시작이 어둠인 이유는 억압과 소외의 어두운 현실 때문이기도 하지만 주체성이 상실된 노동자의 수동적 삶 때문이기도 하다.

이와 같이 노동소설의 전반부에 나타나는 죽음은 노동자의 수동적 삶에 의한 수동적 죽음이다.

노동소설의 후반부에 나타나는 죽음은 전반부에 나타난 죽음과는 또 다른 의미를 가지고 있다.

『난장이가 쏘아올린 작은 공』의 후반부의 서사는 영수의 죽음을 향해 있다. 아버지 '난장이'가 죽고 은강으로 이사 온 후 은강그룹에서 노동자 생활을 시작한다. 그리고 노동운동을 하기 시작한다. 영수는 '은강에 가 일하기 시작한 이후 수없이 울고, 협박도 수없이 받고, 폭행도 당했고, 병원에도 입원했었고, 구류까지 살았었다.'[201] 그러나 민주노조건설은 언제나 실패한다. 그리고 마지막 수단으로 선택한 것이 은강그룹 경영주를 살해하는 것이었다. 이것은 당연히 자신의 죽음을 전제로 하는 실천방법이다. 영수는 윤호 옆집에 사는 은강그룹 경영주를 죽일 계획을 윤호에게 말한다.

199) 안재성, 앞의 책, 37쪽.
200) 등장인물이 아닌 외부서술자에 의해 현실적 어둠과 미래적 희망을 기계적이고 선언적으로 서술하고 있어 현실성이 떨어지는 서술상의 문제가 있다.
201) 조세희(2000), 「기계도시」, 192쪽.

"조합 총회, 대의원 대회 한번 제대로 치러보지 못했어. 모든 것이 일방적야. 법대로 되는 게 없어. 내내 지기만 했어. 동료들을 대할 면목도 잃었어. 내가 그들에게 준 것은 고통뿐야."[202)]

"할 말은 없어."
그가 말했다.
"그를 죽이려고 그래."
"미쳤어!"
윤호가 소리쳤다.
"사람을 죽인다고 해결될 일은 없어. 넌 이성을 잃었어."
"좋아."[203)]

영수는 모든 시련을 견디면서 노동운동을 한다. 그의 꿈은 법대로 조합 총회를 열고 대의원 대회를 개최하여 민주노조를 건설하는 것이다. 그러나 언제나 실패하고 자신과 동료들은 폭행과 구류와 해고만 당할 뿐이다. 그리고 선택한 것이 은강그룹 경영주를 죽이는 것이었다. 윤호의 말처럼 살인은 미치지 않고서야 할 수 없는 가장 비이성적 행위이다. 그러나 영수는 윤호에게 "우리가 할 수 있는 일은 없어"[204)]라고 말한다. 더 이상 현실에서 이성적이고 법대로 할 수 있는 일은 없다는 것이다. 영수는 가장 비이성적인 행위인 살인을 함으로써 법정에 선다. 그리고 사형 선고를 받고 죽음을 맞이한다. 영수는 살인을 하고 재판을 받고 사형을 당하는 것까지 계획했을 지도 모른다. 그동안 영수가 실천한 이성적이고 법대로 한 모든 행위들은 법(상징질서)에 의해 좌절되었다. 오히려 비이성적 행위인 살인만이 법에 의해 평가된다. 다시 말하면 그 동안 수없이 상징질서 속에 편입되고자 했던 영수의 이성적이고 법대로

202) 위의 책, 192쪽.
203) 위의 책, 193쪽.
204) 위의 책, 191쪽.

한 행위는 상징질서에 의해 좌절되고 오히려 비이성적인 행위가 상징질서 속에서 상징화되는 것이다.

『파업』의 후반부 서사는 민주노조건설 과정이다. 이 과정 속에 김진영의 죽음이 놓여 있다. 김동연을 비롯한 대영철강의 노동자들은 민주노조건설을 위해 한국노총 금속노동조합연맹에서 설립 인준증을 받고 구청에 접수시키지만 구청에서 노조설립을 거부한다. 구청장 면담을 요구하면서 농성을 하고 전국금속노동조합연맹에서 점거농성을 한다. 결국 경찰과 금속연맹, 대영철강 사장은 회의를 하여 어용노조와 민주노조를 합병하기로 결정한다. 김동연을 비롯한 노동자들은 점거농성을 풀고 일상으로 돌아간다. 그러나 회사는 약속을 어기고 구사대를 노동현장에 투입하여 노동을 방해하고 김동연과 노동자들을 구사대의 폭력진압으로 진압한다. 결국 합법적 절차에 의한 민주노조건설은 불법적 폭력에 의해 실패한다. 이러한 민주노조건설과정에 김진영은 해고자 신분으로 매일 공장 정문에서 출근하는 노동자들의 동참을 호소하면서 복직투쟁을 한다. 그러나 구사대에 의해 매일 폭행을 당할 뿐이다. 그리고 죽음을 생각한다.

> 죽음. 어둠으로 밖에는 상상되지 않는 죽음의 세계가 차가운 습기처럼 가슴을 적셔 들어왔다. 요 며칠간 끊임없이 자신을 괴롭혀온 생각이었다. 아니, 괴로움이 아니라 황홀한 유혹이었다. 지금까지 단 한시도 편안해 본 적이 없는 가혹한 삶을 저 참담한 폭력으로부터 벗어날 수 있는 유일한 길이었다. 더 이상은 방법이 없어 보였다. 오직 자신의 죽음으로써만 이 저 어두운 노동자들의 눈을 뜨게 할 수 있을 것만 같았다. 절망 속에 헤매는 동지들을 살릴 수 있을 것만 같았다. '그래 죽음을 주자…' 진영은 시커먼 하늘을 올려다보며 중얼거렸다.[205]

205) 안재성, 앞의 책, 234쪽.

김진영이 죽음을 결심하는 순간이다. 민주노조건설을 위해 도움을 받고자 노동자에게 우호적 단체인 노동사무소, 노동위원회, 야당당사, 재야단체, 노동운동단체을 돌아다녀 보지만 다들 외면한다. 그리고 합법적 절차에 의한 노조건설도 구청에 의해 거절된다. 결국 회사와 협상한 결과도 구사대의 폭력에 의해 좌절된다. 김진영은 이 가혹한 삶, 참담한 폭력에서 벗어날 유일한 길을 찾게 된다. 김진영이 느끼는 가혹한 삶, 참담한 폭력은 자신이 매일 당하는 구사대의 폭력만 의미하는 것은 아니다. 노동단체와 합법적 국가 기관, 자본가에 의해 빈틈없이 구조화된 상징질서에 의한 폭력이다. 결국 김진영이 견고한 상징질서를 파괴하기 위해 선택한 유일한 길은 죽음이었다. 이 죽음은 상징질서의 폭력에 의해 모든 주체적 행위가 실패한 이후에 찾은 길이다. 즉 김진영의 죽음은 상징질서에 복종하지 않고 민주노조건설과 복직 투쟁의 연장선 위에 있는 끝없는 실천으로서의 주체의 능동적 죽음을 의미한다.

이와 같이 영수와 김진영과 같은 노동자 계급은 상징질서에서 이성적 대상이 될 수 없었다. 노동자 계급이 인간의 질서인 상징질서(법, 경찰, 자본)에서 이성적 대상이 아니라는 것은 인간으로서의 존재가 부정되는 것(소외, 억압)을 의미한다. 결국 노동자 계급은 가장 비이성적이고 미친 짓을 선택한다. 이제 노동자 계급은 상징질서에서 가장 명확한 상징성으로 이미 기호화된 죽음을 통해 사회적 의미를 획득하는 것이다. 그러나 노동자 계급의 죽음의 상징성은 기존의 상징질서와는 적대적이다. 왜냐하면 노동자 계급의 죽음은 지배적 이성과 상징질서에서 해방하려는 주체 행위의 결과물이기 때문이다. 그래서 그 죽음을 공유하고 상징화 하는 주체는 새로운 주체이다.

이상과 같이 노동소설의 죽음의 서사는 전반부의 수동적 죽음에서 후반부의 능동적 죽음으로 발전하는 구조이다. 그 능동적 죽음은 지배적

이성과 상징질서를 초월하려는 노동자 계급의 주체적 죽음이며 해방적 주체 행위이다.

(2) 죽음의 서사와 현실성의 조건

노동소설의 죽음의 서사가 사회적 죽음으로서 실천적이고 능동적 주체의 죽음이 되기 위해서는 주체의 죽음이 구체적인 현실과 관계 맺고 있어야 한다. 죽음은 현실의 존재자인 주체를 매개로 현실과 관계 맺는다. 그래서 죽음의 의미는 주체의 문제가 된다. 인식 불가능한 죽음이 주체를 통해 현실에 재현되는 것이다. 그래서 현실과 관계하는 죽음을 품고 있는 주체의 변화와 형성이 죽음의 의미가 되는 것이다.

이런 관점에서 죽음의 서사는 죽음을 품고 있는 주체의 형성과 변화의 과정이라고 할 수 있다. 앞에서 살폈듯 『난장이가 쏘아올린 작은 공』의 영수와 『파업』의 김진영의 죽음은 상징질서에 순종, 복종하지 않고 새로운 상징질서를 상상한 주체의 실천적 행위였다. 보편적으로 자아는 현실을 구조화하는 상징질서[206]를 절대적 타자, 절대적 현실로 오인하고 그 상징질서에 동화되어 흡수된다. 그래서 자아는 사회를 지배하는 상징질서의 규칙과 규율을 따르는 사회적 주체로 성장하는 것이다. 그러나 영수와 김진영은 상징질서에 순응, 복종, 흡수되지 않고 또 다른 상징질서를 상상했다. 그렇다면 영수와 김진영이 인식한 상징질서는 순응, 복종할 수 없고 흡수될 수 없는 것이었다는 결론이 나온다. 문제는

206) 홍준기는 라캉과 알튀세르의 사상적 연관성을 규명하는 글에서 상징계에 대해 "어떤 체계 또는 질서를 구성하는 각 항목들이 서로 간의 차이difference에 근거해 성립될 때 우리는 이를 상징계라고 부른다", "상징적인 것이 현실을 구조짓는다"라고 했다.(홍준기(1999), 「라캉과 알튀세르」, 『라캉과 현대 철학』, 문학과지성사, 210쪽, 216쪽.)

영수와 김진영이 인식한 상징질서가 어떤 것인가이다.

① 거짓 대상인 상징질서

앞장에서 살폈듯 1970~80년대 지배 이데올로기는 반공이데올로기, 경제성장이데올로기, 교육이데올로기이다. 이러한 '이데올로기와 필연적으로 결부된 상징질서를 통해 파악된 현실이 구체적 개인들에게는 '사실상' 현실 자체 또는 지향하는 현실로 여겨질 수밖에 없다.'[207) 상징질서를 유지하는 반공, 경제성장, 교육은 근대적 국가이데올로기 장치로서 남한 사회를 조화로운 질서로 유지시켜주는 역할을 한다. 그래서 『난장이가 쏘아올린 작은 공』의 영수는 큰 공장에 들어가서 숙련된 기술자가 되는 것이 성공한 삶이라 생각하면서 아버지 '난장이'와 다른 삶, 즉 산업사회의 구성원으로 살아가길 원했다. 그리고 『파업』의 김진영은 '동지회' 모임을 하기 전까지 '술버릇' 나쁜 평범한 일반 노동자였다. 이처럼 영수와 김진영은 산업사회의 구성원으로 살아가길 원했다. 즉 자신들의 이상이 현재 자신들이 살아가고 있는 현실에서 이루어지길 꿈꾼 것이다. 그 꿈이 실현되려면 현실을 구조화한 상징질서 속으로 자신이 흡수되어야 한다. 그래서 주체들은 상징질서가 자신과 같은 쪽에 서 있다고 믿고 싶어 하고 믿어버린다. 엄밀하게 말하면 주체가 인식하기도 전에 이미 상징질서 쪽에 복종해 서 있는 것이다. 그러나 그들의 꿈은 현실에서 이루어지지 않는다. 왜냐하면 상징질서는 그들이 상상하고 꿈꾸었던 것 같이 완벽한 것이 아니기 때문이다.

1970~80년대 노동소설에 나타난 지배 이데올로기는 사회의 질서를 규정하지만 실재를 은폐하는 기능도 한다. 상징질서는 이데올로기의 억

207) 위의 글, 216~217쪽.

압적 기능에 의해 반공은 법질서를 파괴하고 경제 성장은 노동력을 착취하며 교육은 지배 이데올로기를 재생산하는 수단으로 전락한다.

『난장이가 쏘아올린 작은 공』의 영수와 『파업』의 김진영은 상징질서에 흡수되어 평온함을 추구하지만 주체로 성장하는 과정에서 상징질서와 주체가 일치되지 않는 경험을 하게 된다.

영수는 행복동에 살 때 인쇄소에서 처음 일을 했다. 그러나 세상은 공부를 한 자와 못한 자로 너무나 엄격하게 나누어져 있었고, 학교 안에서 배운 것과는 정반대로 움직였다. 그리고 사장에게 하려던 부당한 노동환경에 대한 항의도 하지 못하고 그냥 회사에서 쫓겨난다.

은강그룹에서의 경험은 더 직접적이고 구조적 복잡성을 가지고 있다. 은강그룹에서 산업노동자로 생활한 영수는 거대한 사회의 구조적 모순을 인식하기 시작한다. 그리고 그 모순에 합리적으로 저항한다. 영수가 노조지부장에게 부당한 노동환경에 대해 관련 법규정을 들어가면서 항의 한다. 노동조합은 회사의 권리를 옹호하고, 회사는 기본적인 법까지 지키지 않는다. 그리고 이 모든 비정상적 행위의 책임자인 회장은 아이러니하게 이 사회를 위해 희생하는 훌륭한 사람으로 존재한다. 그리고 합법적 조합 총회와 대의원 대회는 치러보지도 못한다. 그래서 영수는 "법대로 되는 게 없어"[208)]라고 말한다. 영수가 사회적 주체로 성장하면서 관계하는 상징질서는 합리적이지도 이성적이지도 않았다.

『파업』의 김진영은 취업규칙 및 사칙 위반으로 해고조치된다. 정기준의 위장 취업이 회사에 의해 발각되고 해고되면서 같은 위장 취업자로 해고된 것이다. 그 후 경찰서에 연행되지만 조사만 받고 모두 풀려난다. 그리고 부당해고에 대한 복직투쟁을 하게 된다. 복직투쟁은 회사 정문

---

208) 조세희(2000), 「기계도시」, 192쪽.

에서 이루어지는 선전과 시위행위이다. 언제나 그 현장은 해고자와 회사 구사대 간의 폭력이 존재한다.

> "개새끼들! 전부 죽여 버려! 이 빨갱이 놈의 새끼들!"
> 놈들은 특히 해고자를 노리고 있었다. 진영을 발견한 철조망 과장이 쓰러진 그의 머리를 발로 짓이기며 이를 갈았다. 진영은 머리가 으깨어져 몽클뭉클한 핏방울을 떨어뜨리며 버둥대었으나 전신이 마비되어 꼼짝도 할 수가 없었다. 거친 숨을 몰아쉬는 그의 입 안으로 모래가 들이마셔졌다. 과장은 아주 만족스럽다는 잔인한 미소를 띠고 씹어 뱉았다.
> "요놈의 개뼉다구 같은 새끼! 잘 걸렸다! 그 동안 네 놈 때문에 얼마나 골치가 아팠는지 모를 거다, 이 새끼 죽어라!"
> 놈은 더러운 구둣발로 상처난 그의 머리를 자근자근 짓이기며 쾌감에 빠져 웃어댔다. 진영은 고통으로 이를 악물었다. 침이 질질 흘러 시멘트 바닥에 떨어졌고, 먼지에 뒤엉켜 다시 뺨에 묻어 왔다. 진영은 고통과 분노로 피눈물을 흘리면서도 신음소리 하나 내지 않았다. 아물거리는 의식 속에 과장의 다른 쪽 발목이 눈에 들어왔다.
> "으아악… 아악!"
> 과장이 찢어지는 비명을 지른 것은 바로 직후였다. 진영이 놈의 발목을 힘껏 깨물었다. 과장은 그토록 잔혹하게 남을 짓밟으면서도 웃어 대다가 자기가 물리자 미친 개처럼 비명을 질러댔다. 그리고 이어서 진영의 깡마른 몸 위에 쇠몽둥이가 엄청나게 날아들었다. 진영은 멀리 건물 구석에 공포에 질린 채 숨어 있는 노동자들을 보면서 아득히 정신을 잃어갔다.[209]

복직투쟁과 민주노조건설과정에 대한 회사의 대응은 폭력이다. 이런 폭력은 단순한 싸움이 아니다. 이 폭력은 경찰, 안기부 등의 국가 기관과 함께 이루어지는 것이다. 회사의 노조 탄압은 국가 이데올로기인 반공을 실천하고 있는 것이다. 그래서 국가 기관은 회사에서 1차적으로

209) 안재성, 앞의 책, 222~223쪽.

불순세력들을 억압하길 원한다. 그렇기 때문에 회사의 폭력이 이루어지는 현장에서 경찰들은 노동자들을 검거하고 연행한다. 회사와 국가의 공권력이 같은 공간에서 이루어지는 것이다. 그래서 김진영이 회사 정문에서 마지막 복직투쟁을 하면서 분신자살 하는 현장에서도 김기준이 검거되고 연행된다. 이처럼 회사의 폭력은 단순한 회사와 노동자 간에 이루어지는 싸움이 아니라 사회를 구성하는 지배적 제도와 노동자 집단 간에 발생한다. 국가의 공권력은 더 이상 노동자를 보호해주는 평등한 법 집행 기관이 아닌 것이다. 이처럼 김진영이 인식한 상징질서는 폭력에 의한 비이성적이고 비합리적인 것이었다.

이와 같이 영수, 김진영이 사회적 주체화, 즉 상징질서와 동일시하는 과정에서 비이성적이고 비합리적인 상징질서에 의해 주체와 상징질서가 일치되지 않는 경험을 하게 된다. 이것은 상징질서의 불완전성 때문이다. 1970~80년대 노동소설에 나타난 상징질서인 반공이데올로기, 경제성장이데올로기, 교육이데올로기의 불완전성은 그 상징질서의 억압성에 의해 발생하는 노동자 계급의 소외 때문이다. 이러한 소외가 발생하는 상징질서는 불완전할 수밖에 없으며 언제나 노동 주체의 욕망을 충족시켜주지도 못한다. 그래서 노동 주체는 항상 욕망의 결핍 상태이다.

그래서 영수와 김진영에게 상징질서는 동일시 대상으로서의 자격을 상실했을 뿐만 아니라 진실 대상이 아닌 비이성적이고 비합리적인 거짓 대상일 수밖에 없다. 그래서 그들은 거짓 대상이 아닌 '새로운' 욕망의 대상을 욕망한다. 만약 상징질서가 완벽하고 진실된 대상이라면 주체에게 결핍이 생기지도 않을 뿐만 아니라 '새로운' 욕망의 대상을 욕망할 필요도 없다. 그래서 주체는 불완전하고 거짓 대상이 아닌, 욕망이 충족되는 '새로운' 욕망의 대상, 즉 죽음을 욕망의 대상으로 삼는다. 이와 같이 노동소설에 나타나는 거짓 대상인 상징질서는 죽음 서사의 현실적 전제 조건이 된다.

② 계급 각성의 주체

노동자 주체는 상징질서가 거짓 대상이라는 것을 인식하는 순간 그동안 순종적이고 복종적이었던 주체에 균열이 생긴다. 이러한 주체 균열은 새로운 주체 정립의 출발점이 된다. 즉 노동자 주체는 상징질서에 복종하는 주체에서 상징질서의 불완전성을 극복하려는 주체로 변한다.

영수의 새로운 주체 정립의 변화 과정은 조세희의 「기계도시」에 나타나 있다. 「기계도시」는 윤호의 시선에서 갑갑하고 버려진 도시인 은강을 설명하고 윤호와 영수의 대화로 이루어져 있다. 은강에 대한 설명은 은강의 상징질서의 모순을 보여준다. 그리고 윤호와의 대화는 윤호의 주체 변화를 설명한다. 윤호가 생각하는 은강에는 "교육청 · 시청 · 경찰서 · 세무서 · 법원 · 검찰청 · 항만관리청 · 세관 · 상공회의소 · 문화원 · 교도소 · 교회 · 공장 · 노동조합 등"이 있다. 그리고 1883년도에 개항한 은강은 교과서에 나올 정도로 국제 무역항이며 산업도시로 발달한 도시이다. 그러나 은강을 움직이는 서울 사람들은 은강에서 살지 않는다. 이 은강에 사는 사람들은 '난장이'의 아들딸과 같은 노동자들이다. 이 노동자들이 사는 은강은 합리적 상징질서가 작동하는 곳이 아니다.

> 공기 속에는 유독 가스와 매연, 그리고 분진이 섞여 있다. 모든 공장이 제품 생산량에 비례하는 흑갈색 · 황갈색의 폐수 · 폐유를 하천으로 토해 낸다. 상류에서 나온 공장 폐수는 다른 공장 용수로 다시 쓰이고, 다시 토해져 흘러 내려가다 바다로 들어간다. 은강 내항은 썩은 바다로 괴어 있다. 공장 주변의 생물체는 서서히 죽어가고 있다.[210]

---

210) 조세희(2000), 「기계도시」, 185~186쪽.

「기계도시」는 이해할 수 없는 국가장치인 기관이나 단체와 너무나 선명하게 죽어가는 은강을 대비하여 묘사하고 있다. 이런 상질 질서의 모순을 제시하고 영수가 은강에 와서 첫날밤을 교회 사무실에서 밤을 새우며서 노동자들을 상대로 한 조사 자료를 보는 장면을 설명한다. 그 조사자료에서 '우리나라에서 부지런히 일하고 아껴 쓰면서 저축하면 누구나 잘살 수 있다고 생각하는가?'라는 질문에 '도저히 안된다'라는 답을 한 3.8%를 보고 영수는 적은 수의 좌절 · 반항 · 소외 의식을 생각한다. 그리고 영수는 그때 이미 일만 할 수 없다는 것을 알았다고 윤호에게 말한다. 윤호와 영수의 대화를 통해 회사의 해고, 어용화된 노조, 노동운동과 그로 인한 협박, 폭행, 구류까지 살았던 지난날의 은강에서의 삶을 형상화한다. 그리고 「기계도시」의 마지막은 영수가 은강그룹의 경영주를 죽이겠다는 말을 들은 윤호가 영수를 도울 방법으로 단체를 만들어야겠다는 결심을 하는 장면이다. 행복동에서 큰 공장에 취직하는 것을 꿈으로 살아가던 영수가 은강에 올라와서 노동운동과 죽음까지 결심하게 되는 과정은 「기계도시」에서 전개된 상징질서의 모순과 노동자 계급의 정체성, 그리고 그 정체성 인식에서 실천적 행위로 이어지는 계급투쟁의 과정이다. 이러한 과정은 주체의 계급의식의 변화에 의한 것이다.

『파업』의 김진영는 영주와 대화를 나누면서 처음 죽음에 대한 암시를 한다.

> "경찰도 웃기는 놈들이지, 글쎄 그런 걸 들춰낼 게 뭡니까? 어쨌든간에 그 정도로 나도 세상을 엉망으로 살았죠. 모든 게 뭣같았으니까요. 그러나 노동운동은 나를 변하게 만들었습니다. 이제는 더 이상 술 한 잔 먹고 울분을 떠뜨릴 일이 아니라는 것을 알았지요. 가끔 저는 이렇게 생각하곤 해요. 내 한 몸 죽어 이 세상에 착취와 억압을 없애는 방업은 없을까 생

각해 보곤 해요. 그럴 수만 있다면 얼른 죽어 줄 텐데 하고……"[211]

김진영은 툭하면 술 먹고 싸움질만 하던 과거를 얘기하면서 해고되고 첫날 경찰서에서 신원조회를 하다가 폭력 전과 4범이라는 것이 다른 동료들에게 알려지자 부끄러워한다. 그리고 '동지회' 활동과 해고자 투쟁 속에서 새롭게 변한 자신을 발견한다. 그래서 김진영은 상징질서의 억압과 폭력의 모순을 인식하고 간혹 자신의 죽음에 대해 생각했다는 것을 영주에게 말한다. 그리고 노동자의 힘이 거대하고 인류의 역사는 선이 승리하고 그 승리자가 노동자라고 말한다. 이 처럼 김진영은 계급투쟁과정에서 상징질서의 모순을 인식하고 노동자 계급의 정체성과 계급적 실천적 행위 속에서 죽음까지 생각하게 된 것이다. 이러한 김진영의 변화는 주체의 균열과 새로운 주체 정립 과정에서 계급의식을 각성했기 때문이다.

위와 같이 영수와 김진영은 상징질서에 복종하던 주체에서 계급의식을 획득한 후 계급 투쟁적 실천 행위를 하는 새로운 주체로 변한 것이다. 이제 주체는 상징질서에 자아를 동일시하여 복종하던 주체가 아니라 주체의 균열을 경험한 주체로서 '새로운' 욕망의 대상을 찾는 주체이다. 이러한 주체는 결핍을 인식하고 끝없이 새로운 대상을 욕망하면서 타자의식을 갖게 된다. "프로이트는 ≪쾌락원칙를 넘어서≫에서 욕망을 충족시키는 유일한 대상은 죽음뿐이라고 했다." 즉 죽음을 욕망의 대상으로 삼을 수 있는 주체는 욕망이 충족되지 않은 주체이어야 한다. 이러한 주체는 노동소설에서 계급의식을 각성한 주체이다. 영수와 김진영처럼 거짓 대상인 상징질서와 계급의 정체성을 각성하고 새로운 욕망

211) 안재성, 앞의 책, 173쪽.

대상을 찾는 계급투쟁적 실천 행위를 하는 주체가 계급의식을 각성한 주체이다. 이와 같이 노동소설에서 계급의식을 각성한 주체는 죽음 서사의 조건이다.

③ 상징질서의 고착 상태와 죽음의 본능

앞에서 살핀 거짓 대상인 상징질서와 '새로운' 욕망의 대상을 찾는 주체는 다른 시·공간에 존재하는 것이 아니다. 현재 같은 시·공간에서 서로의 차이, 빈틈, 결핍을 간직한 상태로 공존한다. 공존 한다는 것은 주체가 거짓 대상인 상징질서와 자신의 결핍된 주체성를 인식하는 것을 말한다. 이 공존은 주체 내부일 수도 있고, 다른 주체일 수도 있다. 문제는 주체가 이러한 공존의 사실을 알고 있고 그 공존이 유지될 수 있는가이다. 공존이 끝나는 지점은 타자의식이 소멸되는 지점이다.

『난장이가 쏘아 올린 작은 공』에서 영수의 죽음에 대한 서술은 영수가 윤호에게 은강그룹 경영주를 살해하겠다는 결심을 말하는 것, 은강그룹 경영주 아들인 경호에 의해 영수의 재판과정이 서술되는 것, 그리고 꼽추와 앉은뱅이에 의해 영수가 사형되었다는 사실이 서술되는 것이다. 영수가 윤호에게 말하는 살인결심과 꼽추와 앉은뱅이가 영수의 사형에 대해 서술하는 것은 살인과 사형에 대한 그들의 자아 중심적 서술이라고 할 수 있다. 그러나 영수의 법정 진술에 대한 경호의 서술은 대립하는 주체에 의해 서술되기 때문에 두 인물의 주체의 대립 지점이 나타난다.

영수는 법정에서 검사의 신문에 대해 거부권을 행사하지 않고 모두 답한다. 조합 활동과 서클 활동에 대해서는 모두 인정하고, 회사 기계를 파괴하거나 엉뚱한 사람들이 피해 보는 폭발물을 제조하는 것은 하지 않았다고 진술한다. 여기까지 영수의 행위는 파괴와 폭력이 아니라 상징질서와 주체가 거짓 대상인 상징질서를 극복하기 위한 공존 행위라고 할 수 있다. 그러나 검사의 마지막 심문인 은강그룹 경영주 동생을 살인한 사실은 인정한다. 그러나 그 살인이 우발적인 것이 아니냐고 묻는 변호사의 질문에 대해서는 인정하지 않는다. 그리고 당시의 심적 상태를 간단히 말해 달라는 변호사의 질문에 답한다.

> "이미 철도 들고, 고생도 많이 해본 공장 동료들이 일제히 울음을 떠뜨려, 엉엉 소리내어 우는 현장에 저는 서 있어보았습니다. 웬만한 고생에는 이미 면역이 된 천오백 명이, 그것도 일제히 말입니다. 교육도 받고, 사물에 대한 이해도 깊은 공장 밖 사람들에게 그 이야기를 해본 적이 있는데, 그럴 수 있을까 좀처럼 믿어지지 않는다는 말들이었습니다. 제가 말해도 사람들은 믿지 않습니다."
>
> "아뇨. 내가 믿겠습니다."
>
> "그분은, 인간을 생각하지 않았습니다."
>
> "그것이 살해 동기입니까?"212)

변호사가 영수에게 우발적 살의를 가지게 된 원인으로 제시한 회사의 노조탄압은 살해 동기의 표층적 현상일 뿐이다. 문제는 수많은 노동자들이 엉엉 우는 것을 주위 사람들조차 믿지 않는다는 사실과 은강그룹 경영주는 자신들을 인간으로 생각하지 않는다는 것이다. 이것은 불완전한 상징질서와 결핍된 주체가 공존하는 현실에서 영수가 거짓 대상인 상징질서를 확인하는 순간이다. 그리고 이 거짓 대상은 변화 가능성이 없는 고착된 대상으로 인식된다.

이러한 고착된 대상으로서의 상징질서는 영수의 재판을 지켜보는 경호의 시각에서 더 명확해진다.

---

212) 조세희(2000), 「내 그물로 오는 가시고기」, 289쪽.

그들은 저희 자유 의사에 따라 은강 공장에 들어가 일할 기회를 잡았던 것과 마찬가지로 언제나 마음대로 공장 일을 놓고 떠날 수가 있었다. 공장 일을 하면서 생활도 나아졌다. 그런데도 찡그린 얼굴을 펴본 적이 없다. 머릿속에는 소위 의미있는 세계, 모든 사람이 함께 웃는 불가능한 이상 사회가 들어 있었다. 그래서 늘 욕망을 억누르고, 비판적이며, 향락과 행복을 거부하는 입장을 취하고는 했다. 이상에 현실을 대어보는 이런 종류의 엄숙주의자들은 생각만 해도 넌더리가 났다.[213]

이처럼 경호에게 현실은 가장 이상적인 사회이다. 경호는 공장이 노동자의 자유로운 생활을 보장해준다고 생각한다. 노동자 자신들이 선택해서 들어온 공장은 언제나 그만두고 싶을 때 그만 두면 된다. 그리고 그들의 의식주를 해결해 주는 곳이 공장이라고 생각한다. 그런데 그들은 영수처럼 발육이 좋지 못해 작은 몸속에 모진 생각들만 처넣고, 지섭처럼 잃은 두 손가락이 사물에 대한 이해에 영향을 끼쳐 객관적인 눈까지 잃게 만들었다. 그래서 그들은 불가능한 이상 사회를 기준으로 현실을 비판하고 욕망을 억누르고 향락과 행복을 거부한다. 경호가 생각하는 현실은 진실된 상징질서이다.

이처럼 영수와 경호가 생각하는 상징질서에 대한 생각은 평행선이다. 거짓된 상징질서를 진실된 상징질서로 받아들여 동일시하는 경호와 거짓된 상징질서를 거부하고 새로운 대상을 욕망하는 영수의 주체 간의 갈등은 더 이상 타자를 의식할 틈조차 없이 긴장 관계로 고착되어 있다. 이것은 주체 간의 문제뿐만 아니라 사회 전체를 긴장 관계의 고착 상태로 만든다. 이 고착 상태에는 사회전체가 타자의식을 상실하고 거짓 대상인 상징질서를 실재로 믿고 일방적으로 복종만이 존재한다. 사회 전체는 노예 상태이며 정신병과 같은 전체주의적 광기만이 존재한다.

---

213) 위의 책, 289쪽.

영수는 이런 거짓 대상인 상징질서의 고착 상태, 노예 상태, 광기의 상태를 풀어 주기 위해 '새로운' 욕망의 대상을 찾아야 한다. 영수가 '새로운' 욕망의 대상을 찾는 것은 '파괴를 위한 파괴가 아니라, 긴장의 제거를 위한 파괴인 죽음의 본능'[214]이다.

이상과 같이 상징질서의 고착 상태와 죽음의 본능은 노동소설의 죽음 서사의 조건이다.

④ 주체의 죽음과 상징성

죽음은 생물학적 죽음이라는 현실적 사건을 지칭한다. 그리고 죽음의 의미는 죽음 주체의 삶과 주체가 죽은 이후 그 주체의 죽음을 지켜 본 타자의 삶에서 찾을 수 있다. 이런 측면에서 죽음의 의미는 타자의 죽음, 사회적 죽음이었다. 그래서 죽음의 의미는 주체의 삶 자체에서 의미를 찾을 수 있을 뿐만 아니라 그 죽음을 지켜 본 시선과의 관계에서도 새로운 의미가 생성된다. 주체의 죽음이 현실의 타자에게 아무런 영향을 미치지 않는다면 그 죽음은 무의미할 뿐만 아니라 신화화되기 때문이다. 이러한 새로운 의미는 주체의 죽음과 관계하는 타자의 정체성과 삶의 변화에 의해 결정된다. 이제 주체의 죽음은 타자의 주체화로 전이되어 의미화 된다. 이 전이의 의미화는 타자의 입장에서 새로운 주체 탄생에 해당된다.

타자에 의해 이루어지는 죽음의 의미는 인식 불가능한 현상적 사건으로서 주체의 죽음이 아닌 인식 가능한 죽음 주체의 과거의 삶에 의해 의미화 된다. 과거에 죽음 주체와 타자와의 관계에서 이루어진 현실적 삶이 죽음의 의미를 설명 한다. 이제 죽음 주체의 명확한 과거의 삶은

---

214) H. 마르쿠제(2004), 『에로스와 문명』, 김인환(역), 나남, 49쪽.

남아 있는 타자들 사이에 존재하는 이야기가 된다. 인식 불가능한 죽음은 인식 가능한 죽음 주체의 명확한 과거에 의해 의미화된다. 의미화의 주체는 죽음을 지켜 본 타자에 의해 이루어진다. 이 의미화 과정에서 명확했던 죽음 주체의 과거는 타자와 타자 사이에서 이야기로 존재하면서 기호화된다.

『난장이가 쏘아올린 작은 공』에서 영수의 죽음에 대해 이야기하는 인물은 경호와 경호 어머니,

경호 어머니는 경호에게 묻는다.

> "그래 그 사람은 어떻게 됐니?"
> 어머니가 물었다.
> "말씀 안 드렸어요?"
> "아니."
> "사형 선고를 받았어요."
> 그랬구나, 오, 하느님, 이라고 어머니의 입술이 말했다.[215]

경호는 이번 일들로 해서 매우 중요한 것을 알게 되었다고 어머니에게 말했다.

> "그렇지만 지금 말씀드리고 싶은 건 그게 아녜요. 우리 공장 노동자들이 행복한 마음을 갖고 일하게 할 수 있는 방법을 제가 알아냈어요."
> "경훈아."
> 어머니가 웃었다.
> "그런 생각은 안 하는 게 좋아. 아무리 좋은 공장에서 일해도 그렇지, 많은 사람들이 어떻게 똑같이 행복해질 수 있겠니?"
> "약을 쓰면 돼요."

215) 조세희(2000), 「내 그물로 오는 가시고기」, 298쪽.

"약이라니?"

"그들이 행복한 마음으로 일만 하게 하는 약을 만드는 거예요. 그들이 공장에서 먹는 밥이나 음료수에 그 약을 넣어야죠. 약은 우수한 연구진을 구성해 만들게 해야 돼요. 처음엔 경비가 많이 들겠지만 장기적으로 보면 이 이상 좋은 방법은 있을 수 없어요."[216]

이번 사건으로 중요한 것을 알게 되었다면서 경호는 어머니에게 행복한 마음으로 일만 하게 하는 약을 만들어야한다고 말한다. 표면적으로 표현된 약이 내포하는 의미는 노동자들의 감각 자체를 마비시키고 내면까지 왜곡하여 인간의 기능을 상실시키는 지배 방법의 필요성을 인식한 것이다. 은강그룹 경영주의 아들인 경호의 시선에서 영수의 죽음에 대한 이야기는 자신의 계급적 이데올로기를 더 강화하는 측면을 보여준다.

"저 안에 누가 들어가 있었는지 알아?"

"왜 이래?"

앉은뱅이는 친구의 말뜻을 몰랐다. 그래서 뒤로 물러앉았다. 그는 주머니 속에 들어 있는 칼만 생각했다.

"행복동 난장이 생각나?"

꼽추가 물었다. 앉은뱅이가 고개를 끄덕였다.

"벽돌 공장 굴뚝에서 떨어져 죽었지?"

"그래, 그 난장이의 큰아들이 저 안에 들어가 있었어."

"왜?"

"사람을 죽이구."

앉은뱅이는 아무 말 안 했다.

"난장이가 늘 자랑을 한 아들야."

"꽤 자랑했었지."

앉은뱅이는 조심스럽게 물었다.

"지금은 저 안에 없단 말이지?"

216) 위의 책, 299~300쪽.

"나왔지."
"사람을 죽였는데 어떻게 나왔지?"
"죽어 나왔어."
"그 아이가!"
"저희 아버지하곤 달랐지."
"아주 다르게 죽었군."
"난장이의 아내가 두 아이를 데리고 와 시체를 찾아갔어, 울지도 못하구. 난장이의 식구들은 물가에 한참 앉아만 있다 갔어."
"못 할 일야."
"그러니까 자네 주머니 속의 칼은 이제 버리는 게 좋아."[217]

'난장이'가 죽기 전 아들 영수에게 앉은뱅이와 꼽추와 함께 차력사를 따라 가게 해 달라고 했다. 아버지가 가족들을 위해 할 수 있는 일을 하게 해 달라고 했다. 영수는 아버지가 차력사를 따라가는 것을 반대했다. '난장이'는 죽는다. '난장이' 없이 앉은뱅이와 꼽추는 차력사를 따라 전국을 돌면서 다른 사람들에게 자신들의 모습을 구경시켜주는 댓가로 가족들에게 돈을 보낼 수 있었다. 그러나 야밤에 천막에서 자고 있던 앉은뱅이와 꼽추는 사장과 차력사에게 버림을 받는다. 그들을 잡으러 쫓아 가는 고속도로 위에서 어둠 속에서 별빛을 받아 드러낸 큰 건물을 발견한다. 영수가 사형되기 전까지 수감되어 있던 감옥이었다. 꼽추는 앉은뱅이에게 영수가 죽게 된 사실과 그 후 가족에 대해 이야기 해준다. 꼽추와 앉은뱅이가 나누는 영수의 죽음에 대한 이야기는 직접적인 타자의 변화에 대해 이야기하지는 않지만 영수의 죽음에 대한 이야기가 시간과 공간을 초월해서 이야기 되고 살아남은 자들 사이에서 죽음의 의미가 재생산 되고 있는 것을 보여준다.

특히 『난장이가 쏘아올린 작은 공』에서 영수의 죽음에 대한 이야기는

---

217) 위의 책, 314~316쪽.

노동자 계급이 아닌 경호와 경호 어머니, 꼽추와 앉은뱅이에 의해 각각의 계급적 측면에서 형상화된다. 이처럼 노동자의 죽음은 노동 계급뿐만 아니라 자본가 계급, 빈민 계급 등 각각의 계급 이데올로기에 의해 죽음의 의미가 재생산 된다.

『파업』의 김진영의 죽음에 대한 이야기는 노동소설에서 나타나는 전형적인 죽음의 상징성을 형상화한다. 김진영의 분신은 대영철강의 민주노조건설 과정에서 노동자의 집단적 실천 행위가 이루어지는 계기가 된다. 김진영의 죽음은 남아 있는 노동자들의 반성과 분노로 연결되고 개별 노동자의 각성은 계급의 집단적 실천으로 확장된다.

김동연은 김진영의 죽음이후 노조위원장으로서 비굴하게 구사대의 매를 피해 도망갔던 자신을 반성한다.

> "그런데 내가, 아니, 여기 있는 우리 모두가 그런 생각에 몸을 사리고 있는 동안에 우리 동료는 우리를 위해, 우리를 위해……"
>
> 끈질기게 가슴을 울렁여오는 설움에 그는 말을 잇지 못하고 한 동안 천장만 올려다보았다. 기어이 눈물이 핑돌았다.
>
> "……결국은 우리를 위해 죽었습니다. 빼기고 짓밟히고, 그러고도 개처럼 비굴하게 살아야만 하는 우리를 위해 죽었습니다. 제강과 여러분, 저는 말을 못합니다. 그래서 뭐라고 제 마음을 말로 표현하지 못하겠습니다. 그렇지만 여러분, 우리 동료가 죽은 이 마당에 우리가 더 이상 무얼 망설여야 합니까?"[218]

노동자들 앞에서 김동연은 자신의 행동에 대해 반성하고 민주노조건설에 동참할 것을 호소한다. 이러한 반성은 김동연뿐만 아니라 남아 있는 모든 노동자들에게 적용된다. 그동안 해고자 투쟁에서 빠져 있던 이

---

218) 안재성, 앞의 책, 252~253쪽.

상섭은 감옥에 간 대학 출신 홍기, 기준에 대한 불신과 패배주의에 있던 자신을 반성한다. 그리고 김영춘도 자신들이 조금만 더 열심히 배우고 같이 싸웠으면 김진영이 죽지 않았을 거라고 말한다. 그리고 손영원은 우리들 모두가 죄인이며 이제 더 이상 피하지 말고 끝까지 싸우자고 한다.

이러한 반성은 김진영의 죽음이 있었기에 가능하다. 죽음이라는 절대적 행위 앞에 남아 있는 노동자들은 모두 반성의 대상이 될 수밖에 없으며 누구나 새롭게 시작할 수 있는 조건이 주어지기 때문이다. 이처럼 김진영의 죽음은 노동자들에게 반성적 상징 기호로 작용한다.

개별 노동자의 반성적 기호는 민주노조건설에서 집단적 실천에서 상징적인 기호로 확장된다. 파업과정에서 노동자들은 구사대의 폭력에 자발적으로 대응하고 파업의 요구 조건에 분신 사망한 김진영에 대해 정당한 위로금을 지급하고 이 일에 대해 공개 사과하라고 요구한다. 그리고 파업과정에서 집회나 구호를 외칠 때마다 "장상대도 인간이냐? 김진영을 살려내라!"라고 외친다. 그리고 경찰에 의해 시신이 빼앗겨 장례조차 치러주지 못한 김진영의 장례식을 거행한다. 그리고 김진영을 수백여 동지들과 민주인사의 애도 속에 노동운동의 역사인 전태일 동지 옆에 안장한다.

이처럼 김진영의 죽음은 개별노동자의 계급적 반성과 각성, 그리고 민주노조건설의 집단적 실천으로 확장되었다. 이 과정에서 그 죽음의 의미는 상징적 기호로 재생산된다.

3) 성장서사와 '새로운' 주체

노동소설이 대립의 서사, 투쟁의 서사, 저항의 서사이며 그리고 그 대립, 투쟁, 저항의 주체는 노동자라는 것은 주지의 사실이다. 노동소설은 주체의 이러한 대립과 투쟁, 저항의 과정이 노동 계급의 주체 정립의 측면에서 계급각성의 서사, 죽음의 서사였다. 이러한 서사에 의해 성장한 주체는 지배적 국가 이데올로기에 종속되지 않는 '새로운' 주체이다.

노동소설의 노동자 주체는 노동자 계급만의 유토피아를 상상하는 것은 아니다. 상징질서 속으로 흡수되려고 하는 주체와 '새로운' 대상을 희망하는 주체는 노동자 주체 내부에서 갈등하고 분열한다. 물론 노동소설에서 언제나 승자는 후자이다. 왜냐하면 거짓이고 불완전한 대상으로 인식된 상징질서에 흡수되는 것은 반문명적 행위이기 때문이다. 이러한 측면이 노동소설의 낙관주의 전망과 유토피아 지향성이기도 하다. 그래서 언제나 '새로운' 주체를 정립한 노동자는 '새로운' 대상을 희망한다.

계급각성의 서사에서 매개적 장치에 의해 인물들은 '새로운' 주체로 성장한다. 매개적 장치를 통해 노동자는 계급의식을 획득한 문제적 인물로 성장할 뿐만 아니라 노동자 자신이 계몽주체가 되어 새로운 상징질서를 계획하고 다른 계급의 주체 변화에 개입하는 매개적 인물[219)]이 되기도 한다.

『난장이가 쏘아올린 작은 공』에는 여러 층위의 이데올로기 주체들이

219) 곽명숙은 1970년대 민중시를 분석하면서 민중시에 호명작용이 일어나는 양상을 규명한다. "시적 주체가 호명을 받는 위치에서 호명하는 주체로 전이되어 일어나는 호명"과정을 "민중적 주체가 정립되고 민중이 상상되어 가는 과정"으로 보았다.(곽명숙(2005), 「1970년대 한국시에 나타난 민중의 의미화와 재현 양상」, 서울대학교 박사학위 논문, 44~67쪽, 참조.)

등장한다. 영수와 직접적 대립 관계에 놓여 있는 자본가들과 자본가의 상속자 경호, 그리고 중산층 계급인 신애, 진보적 지식인 계급인 수학 교사, 목사, 과학자 등이다. 이들은 영수처럼 주체 변화과정이 구체적으로 서술되지 않는다. 단지 '난장이', 영수와의 관계 속에서 그들이 행하는 이데올로기적 실천을 통해 계급적 이데올로기가 드러날 뿐이다. 여기서 대립관계에 놓인 지배 이데올로기를 실천하는 자본가들과 경호를 제외한 나머지 등장인물들은 지배 이데올로기에 대해 갈등하거나 불복종하는 주체적 실천을 보여준다. 그러나 이들도 벌써 억압적 지배 이데올로기가 작동하는 현실원칙을 경험하고, 그 과정 속에서 살아가는 기성세대 인물들이다. 그래서 이들이 하는 저항적 실천은 소극적일 수밖에 없다. 즉 신애처럼 '난장이'에 대한 동정심으로 나타나고, 목사처럼 계몽적이며, 과학자, 수학 교사처럼 개인적 수준으로 서술된다. 그래서 이들의 저항은 언제나 주인공 '난장이'와 영수를 지도하고 조력하는 위치에 서 있다. 다르게 말하면 각각의 인물들은 근대자본주의 이데올로기의 근본적 모순에 한 발짝 물러나 있으며, 저항의 대리자를 내세우는 듯하기도 하다. 이들은 '난장이' 가족과는 다르게 근대자본주의라는 현대의 문명 속에 살 수 있는 자격이 부여된 계급이며 저항을 선택할 수 있는 계급, 다시 말해 저항을 선택하지 않더라도 그들은 역사적 책임이 없는 계급이다.

그러나 근대문명의 해택과 지배 이데올로기의 강력한 영향권에 있으면서도 기성세대와는 다른 위치에 존재하는 인물들이 있다. 그들은 성장기에 있는 학생, 청년들이다. 이들은 가족이데올로기와는 또 다른 사회적 이데올로기의 호명에 처음으로 주체적인 답을 해야만 하는 시기에 놓여있다. 그래서 강력한 지배 이데올로기에 가장 잘 반응한다. 이들은 '난장이' 아들 영수와 다르게 교육 이데올로기적 국가장치 속에서 대답만 잘하면 그 현실원칙을 지배할 수 있는 자격이 부여된다. 하지만, 반대로 강력하게 유토피아적 이데올로기 주체를 세우기도 한다.

근대문명에서 학교는 가장 강력하게 지배 이데올로기가 보편성을 유지하면서 재생산되는 공간이다. 그렇기 때문에 억압적 지배 이데올로기가 작동하는 교육 이데올로기적 국가장치 속에서 한 인물의 갈등과 거부, 저항은 현실원칙을 벗어나는 주체 정립과정이다.

『난장이가 쏘아올린 작은 공』에서 이에 속하는 대표적 인물로는 독립군 할아버지, 배우지 못한 아버지 밑에서 태어나서, 명문대 대학생, 과외교사, 위장취업 학생 노동자, 노동현장 활동가 과정을 거치는 지섭과 당대 최고의 교육장치인 대학에서 주체적 갈등을 겪는 신애의 남동생, 그리고 상류계층 집안에서 율사의 아들로 태어나 제도적 교육장치인 고등학교와 사교육장치인 고액 개인 과외로 재수생 과정을 거치는 윤호다.

'난장이' 아들 영수가 교육 이데올로기적 국가장치에 소외된 인물이라면 이들은 교육 이데올로기적 국가장치 속에서 갈등하고 거부하면서 지배 이데올로기에 답하지 않는 인물들이다. 지섭과 신애 동생은 지배 이데올로기의 합리적이고 보편적 진리를 재생산하는 대학교육 장치 속에서 대립과 갈등, 저항을 통해 주체를 정립한 진보적 지식인이다. 그러나 윤호는 지배 이데올로기를 재생산하는 교육 장치 속에서 주체를 정립하는 과정에 있는 인물이다. 지섭과 신애 동생이 진보적 지식인의 계몽주의의 전형을 보여주는 완결된 인물이라면 윤호는 교육 이데올로기적 국가장치 속에서 주체 정립의 과정을 보여주는 문제적 인물이다.

윤호의 집안 풍경은 지배적이고 향락적인 부유한 상류층으로 제시된다. 사다리로 올라가야 할 높은 책장들이 있는 서가가 있고, 어머니를 대신해 집안일을 하는 가정부 아주머니가 있고, 아버지를 수행하는 비서가 있다. 아버지는 율사로서 '남의 나라의 묵은 법을 꺼내 밑줄'을 긋는 일에 몇 달을 보내시지만 구체적으로 무슨 일을 하는지 알 수 없다. 누나는 '미끈한 다리, 하얀 팔, 볼록한 가슴, 크고 검은 눈-그리고 누구나 생각하게 하는 얇은 옷 속의 탄력'의 예쁜 몸을 가졌다. 그러나 윤호는 누나를 '창녀'라 부른다. 윤호 자신도 아버지의 지배적 사회 지위를 물려받기 위해 아버지가 원하는 A대학교 사회 계열에 들어가려고 사교육을 받으면서 입시를 준비하고 있다. 이처럼 윤호의 계급적 현실은 지배 이데올로기 장치들을 향유하고 소유하면서 그 지배 이데올로기를 재생산하는 것이다. 그리고 그 지배적 지위를 보장받은 계급이다.

그러나 윤호는 과외선생님으로 지섭이 온 이후 변화가 생긴다. 이 변화는 자신의 계급적 현실과 새롭게 접하게 되는 또 다른 세계(타 계급의 현실) 사이에서 일어나는 갈등이다. 지섭을 통해 접하게 되는 또 다른 세계는 '우주인과 그 가족'이다.

> 달빛 아래에서 이 공구들은 난장이를 닮아 보였다. 난장이 옆에서 난장이의 아들은 라디오를 고치고 있었다. 그는 라디오가 고장이 나 방송통신 고교의 강의를 받지 못했다. 난장이의 딸은 팬지꽃이 피어 있는 두어 뼘 꽃밭가에서 줄 끊어진 기타를 쳤다. 난장이와 그의 아들딸이 사용하는 것들은 모두 '최후의 시장'에서 나온 것들이었다.
>
> 난장이의 부인은 인형집에 일했다. 소녀 인형에 치마를 입히는 것이 그녀의 일이었다. 종일 백 개의 인형에 백 벌의 치마를 지어 입히고 와 늦은 저녁밥을 지었다. 두 홉 보리쌀을 씻어 안쳐 끓이고 그 위에 여섯 개의 감자를 까넣었다. 난장이와 그의 식구들은 조각마루에 앉아 저녁식사를 했다. 그들은 보리밥과 삶은 감자를 먹고 검은 된장에 시든 고추를 찍었다. 조각마루 끝에서 지섭이 종이 한 장을 집어들었다. 그것을 윤호에게 주었다. 윤호는 '재개발 사업 구역 및 고지대 건물 철거 지시'라는 제목의 철거 계고장을 한자 한자 뜯어 읽었다.
>
> 난장이와 그의 식구들은 말 한마디 없었다. 이집 저집에서 여전히 아이들이 울어대었다. 이상한 냄새도 여전히 났다.[220]

윤호가 지섭를 따라 처음 우주인과 그 가족, 즉 '난장이' 가족을 본 장면이다. 그가 본 것은 모두 쇠로 된 공구들과, 백 개의 인형과 치마, 고장 난 라디오, 줄 끊어진 기타, 보리밥과 삶은 감자, 검은 된장과 시든 고추, 철거 계고장, 그리고 침묵과 울어대는 아이, 이상한 냄새였다. 윤호는 자신이 살고 있는 지구에 또 다른 세계가 있다는 것을 처음 알게 된 것이다. 그날 밤 윤호는 우주인과 '난장이' 꿈을 꾼다.

자신의 계급 현실과 또 다른 세계의 충돌에 의한 객관적 현실 인식이 그동안 현실원칙 속에서 윤호의 계급적 현실을 보장해 줬던 교육 이데올로기적 국가장치에 균열을 생기게 한다.

> 그날 밤 윤호는 공부를 하지 않았다. 지섭도 책을 읽지 않았다. 그는 처음으로 달나라의 생활에 대해 이야기했다. 달은 순수한 세계이며 지구는 불순한 세계라고 했다.[221)]

> 다음날 학교 수업을 어떻게 받았는지 생각이 나지 않았다.[222)]

> 윤호는 그의 죽음을 한 세대의 끝으로 보았다. 윤호는 여자아이와 자면서도 난장이의 죽음을 생각했었다.[223)]

이처럼 균열된 윤호의 삶은 지섭으로부터 대기권 안에서의 관측이 아닌 대기권 밖에서의 '우주여행'에 대한 이야기를 듣고 주체를 막아선 지배 이데올로기의 모순을 인식하는 데까지 나아간다. 윤호는 '난장이'가 죽은 후에도 '난장이'의 모습에 의해 감정이 계속 흔들리며 현실인

---

220) 조세희(2000), 「우주여행」, 65~66쪽.
221) 위의 책, 66쪽.
222) 위의 책, 67쪽.
223) 조세희(2000), 「기계도시」, 181쪽.

식과 주체의 변화는 그의 일상을 지배하고 있던 교육 이데올로기적 국가장치에 대한 무의식적 균열로 나타난다. 이처럼 '난장이'와 그의 가족이 보여주는 또 다른 현실은 윤호의 이데올로기적 주체에 균열을 생기게 하는 동기가 된다.

이러한 윤호의 균열은 지배적 현실원칙이 작동하는 일상과 '난장이'와 그의 가족이 상징하는 또 다른 세계 사이에서 계속 일어난다. 그리고 지섭, '난장이', 영수와의 관계를 통해 주체의 갈등과 변모, 그리고 주체 정립으로 이어진다.

이처럼 주체 변화와 정립은 인물들 간의 관계를 통해서 이루어진다. 뿐만 아니라 주체가 관계 맺은 타자들의 생산조건을 인식했을 때 더 구체화 된다. 주체는 자신의 생산조건을 거부하고 타자의 생산조건과 생산관계를 자신의 생산조건과 동일시하면서 변화된 주체에 역사적 당위성과 진리성을 부여한다.

윤호가 지섭과 '난장이'를 통해 현실의 모순을 관념적 수준으로 인식했다면 '영수'를 통해서는 현실 존재 조건인 생산관계를 구체적으로 인식하게 된다.

> 교육청 · 시청 · 경찰서 · 세무서 · 법원 · 검찰청 · 항만관리청 · 세관 · 상공회의소 · 문화원 · 교도서 · 교회 · 공장 · 노동조합 등이 그곳에 있다. 노동자들이 공장에서 하는 일은 쉽게 알 수 있지만 기관이나 단체, 또는 집회소 사람들이 하는 일은 그렇게 간단히 이해할 수 없다.[224]

> 윤호는 아버지가 무서운 일을 하고 있다는 것을 늘 생각했다.
> 수많은 공장, 그 공장을 움직이는 경영인들, 그리고 그 경영인들을 움직일 수 있는 사람은 서울에 있었다. 그들은 공장 기계를 돌리기 위해 물

224) 위의 책, 185쪽.

리적 힘만을 사용하고, 그 힘의 일부로 은강의 공해도를 측정, 발표했다.[225)]

그가 뒤늦게 안 것은 대중 앞에 나타나지 않는 몇십 명 정도의 사람들이 우리나라 국민 경제 생활을 실질적으로 지배한다는 것이었다. 그들이 큰 공장을 돌리고, 은강시 내항 도크에 들어온 육만 톤급 화물선에 제품을 적재한다.[226)]

윤호는 영수를 만나면서 은강기계도시에 사는 영수 가족과 노동자들의 계급적 현실과 생산 조건을 이해하게 된다. 그리고 그는 노동자 계급이 살아가고 있는 일상을 지배하는 힘, 공포, 폭력을 알게 되고 그 지배 이데올로기의 물리적 억압이 행해지고 있는 억압적 국가장치와 이데올로기적 국가장치를 인식한다.

그 후 윤호는 영수가 노동자 계급의식을 획득한 후 노동활동가로 성장하여 은강그룹 총수를 죽이겠다는 소리를 듣고도 그를 도와주고 싶어도 도와줄 수 없는 자신의 계급적 생산조건에 대해 갈등한다.

난장이의 큰 아들이 원하는 것이 무엇인지도 윤호는 알고 있었다. 그러나 난장이의 아들딸을 위해서 윤호가 해줄 수 있는 일은 하나도 없었다.[227)]

윤호는 어떤 도덕적인 핵심과 맞부딪쳤다. 그래서 이제 끝내야지, 하고 그는 중얼거렸다. 은희를 안고 있는 윤호의 머릿속에 까만 기계들이 들어차 있는 은강시가 떠올랐다. '단체를 만들자. 그 사람 혼자의 힘으로는 안 되는 일야.'[228)]

225) 위의 책, 187쪽.
226) 위의 책, 191쪽.
227) 위의 책, 190쪽.
228) 위의 책, 194쪽.

윤호는 지금까지 자신의 삶과는 다른 결심과 삶을 계획한다. 윤호는 자신의 계급적 갈등뿐만 아니라 현실 모순을 극복하기 위해 구체적이고 집단적인 실천으로 '단체'를 만들 결심까지 하게 된다.

이러한 윤호의 현실 인식과 계급적 갈등, 집단적 실천까지의 변화는 우주인과 그의 가족, 즉 '난장이'와 그의 가족, 영수의 매개에 의한 것이라고 볼 수 있다. 윤호의 변화된 주체는 산업자본주의 지배 이데올로기에 대해 '도덕적인 핵심'에 맞부딪힌 모습으로 대답한다. 설사 이 '도덕적 핵심'이 과학자가 말한 '줄 밖의 외침'이 되더라도 지배 이데올로기에 대답한 주체와는 분명히 다르다.

그러나 윤호의 주체 정립은 그동안 진보적 지식인, 중산 계층처럼 노동자 계급에 대한 우호적 시선, 계몽의 시혜자, 동조자 수준, 선택적 저항을 벗어나지 못한 것이다.

이러한 지식인 계급의 한계를 극복하기 위해 지섭은 지방으로 내려갔다. 『난장이가 쏘아 올린 작은 공』에서 지방으로 내려간 지섭의 활동은 구체적으로 묘사되어 있지 않다. 그러나 이러한 지식인 계급의 현장활동은 1980년대 노동문학에서 중요한 부분을 담당하고 있다.

1980년대 노동소설에서 이데올로기적 국가장치의 지배 이데올로기에 대답하지 않는 대표적인 인물이 『파업』의 지식인 계급인 홍기이다. 홍기는 주체적 배움의 과정과 현장 활동을 통해 '새로운' 주체를 정립한 영수와는 달리 새로운 가르침을 통해 새로운 주체적 실천 행위를 한 인물이다. 홍기와 같은 지식인 계급은 대학교를 졸업했거나 다니면서 공장에 취업했다고 해서 학출로 불린다. 이런 학출은 1980년대 정치 상황에서 노동자들을 조직화, 이념화하는 역할을 했기 때문에 공장에 들어온 불순분자로 분류되어 회사에서 취업 자체를 거부했다. 그래서 그들은 학력을 속이고 공장에 위장 취업한다. 이들이 공장에 들어와서 노동운동의 실천으로 첫 번째 하는 것이 교육이다. 그들은 노동자들에게 자본주의 사회 현실과 계급의 정체성, 계급의식을 각성시키는 교육을 한다. 이를 위해 공통적으로 만드는 비제도 교육 장치가 소모임이다.

『파업』의 제1장 <현장>의 첫 장면이 홍기가 대영철강으로 면접을 보러 가는 장면이다. 홍기의 시선으로 대영철강의 열악한 노동 현장과 산업재해로 영식이 죽는 장면을 묘사한다. 제2장 <동트는 새벽>은 본격적으로 홍기가 민주노동조합을 건설하기 위한 첫 번째 실천으로 소모임인 '동지회'를 만들고 학습, 토론을 통해 일반 노동자들의 의식을 변화시키는 과정을 묘사한다. 이처럼 『파업』은 지식인 계급인 홍기의 가르침으로 시작하는 것이다.

홍기는 '동지회'의 첫날 학습 시간에 노동자의 생산관계에 대해 얘기한다.

> 근로자라면 일을 하는 모든 사람, 그러니까 노동자, 농민, 소상인 등을 모두 이르는 말이죠. 그런데 노동자라면 나에게 고용되어 임금을 받으며 사는 사람만을 가리킵니다. 그래서 노동자를 임금노동자라고 부르기도 하는 겁니다.[229]

홍기는 일반 노동자들이 빨갱이, 불순분자들만이 사용한다고 생각하는 '동지', '노동자', '계급', '자본주의'라는 용어에 대해 지배 이데올로기의 상징적 허위성을 폭로하고 노동자 계급의 정체성과 계급의식을 각성시키는 교육을 실시한다. 그리고 '동지회'의 실천 경험과 연대성을 강화하기 위해 공단지역 해고자들의 점거농성 계획에 참가하자고 제안하기도 한다. 이처럼 홍기는 노동자들의 이론과 실천을 통해 집단적 계급

229) 안재성, 앞의 책, 49쪽.

의식을 강화시킨다. 이러한 홍기의 가르침은 본질적으로 1980년대 억압적 국가 이데올로기인 반공이데올로기, 경제 성장이데올로기, 그리고 교육 이데올로기 장치의 모순에 대한 부정에서 시작된 것이다. 그리고 이것은 홍기가 지식인 계급의 사회적 지위와 제도 교육의 지배이데올로기를 극복했기 때문에 가능하다. 이처럼 홍기의 반국가 이데올로기적 노동 운동과 소모임을 통한 가르침은 '새로운' 주체의 정립에 의한 실천 행위인 것이다. 홍기의 '새로운' 주체는 『난장이가 쏘아올린 작은 공』의 지섭이 자신의 관념적 운동성을 극복하기 위해 지방으로 내려가 공장생활을 하는 것과 통한다. 홍기와 지섭의 '새로운' 주체는 분명 노동자 계급의 '새로운' 주체 정립과는 다르다. 지식인의 주체 정립의 출발점은 이성적이고 논리적이지만, 노동자 계급의 주체 정립의 출발점은 생존과 관계된 욕망적이고 감성적이다.

『난장이가 쏘아올린 작은 공』의 영수는 윤호, 지섭, 『파업』의 홍기와는 달리 중학교 삼 학년 초에 학교를 그만두고 산업사회의 노동 자격을 부여받은 노동자 계급이다. 상대적으로 교육 이데올로기 국가장치의 자장에서 멀어져 있었다.

교육 이데올로기적 국가장치에서 소외된 영수는 교육에 대한 욕망을 충족시키기 위해 매개적 인물과 매개적 교육을 통하여 주체적으로 배움의 노력을 한다. 책읽기, 목사가 운영하는 교육 프로그램 참가, 사회조사연구회 활동, 그리고 목사, 과학자, 지섭과의 대화를 통해 주체적으로 배운다. 이런 주체적 배움의 길을 통해 교육 이데올로기적 국가장치와 산업자본의 지배 이데올로기에서 벗어난다.

틈만 있으면 책을 읽는 형 영수의 모습은 동생 영호의 눈에 '고민하는 사나이', '이상주의자'로 보였다. 그 '고민하는 이상주의자'가 공책에 옮겨 적어둔 내용은 아래와 같다.

'폭력이란 무엇인가? 총탄이나 경찰 곤봉이나 주먹만이 폭력이 아니다. 우리의 도시 한 귀퉁이에서 젖먹이 아이들이 굶주리는 것을 내버려두는 것도 폭력이다./반대 의견을 가진 사람이 없는 나라는 재난의 나라이다. 누가 감히 폭력에 의해 질서를 세우려는가?/

(중략)

세대와 세기가 우리에게는 쓸모도 없이 지나갔다. 세계로부터 고립되었기 때문에 우리는 세계에 무엇 하나 주지 못했고, 가르치지도 못했다. 우리는 인류의 사상에 아무것도 첨가하지 못했고…… 남의 사상으로부터는 오직 기만적인 겉껍질과 쓸모 없는 가장자리 장식만을 취했을 뿐이다./지배한다는 것은 사람들에게 무엇인가 할 일을 준다는 것, 그들로 하여금 그들의 문명을 받아들이게 할 수 있는 일, 그들이 목적 없이 공허하고 황량한 삶의 주위를 방황하지 않게 할 어떤 일을 준다는 것이다.'[230]

학교를 그만두고 틈만 있으면 책을 읽고 돈이 생기면 헌책방에 가서 책을 사서 읽고, 아주 어려운 것도 참고 읽은 영수는 자신과 사회에 대해 근본적 의문을 제기하게 된다. 동생 영호는 책만 읽는 영수에게 질문을 한다. "도대체 이걸로 뭘 하겠다는 거야?"라는 영호의 질문에 영수는 "나는 책을 통해 나 자신을 알아보는 거야."라는 답을 한다. 영수에게 사회는 지배적이고 폭력적이다. 그 '지배'가 해야 할 일들과 책임 그리고 바라는 것들이 나열되어 있다. 그는 아직까지 '지배'에 대해 기대하는 듯하다. '지배'에 대한 희망과는 달리 그 속에 있는 자신은 지배당하는 대상에 조차 소외된 무기력한 존재이다. 이처럼 학교를 그만두고 첫 노동자 생활을 하던 영수는 중학교 때까지 배운 학교의 지식과는 다르게 움직이는 현실 사회의 모순을 인식하게 된다. 그러나 이러한 현실 모순에 대한 인식은 아직까지 지배이데올로기가 소망의 대상으로 남아 있는 것처럼 관념적이고 추상적이다.

230) 조세희(2000), 「난장이가 쏘아올린 작은 공」, 110쪽.

은강시로 올라와 은강그룹에서 일을 하기 시작한 영수는 매개적 인물과 매개적 교육을 통해 구체적이고 실천적 노동운동가로 발전한다.

영수는 목사에 대해 '의식화 교육으로, 자신의 머리에 발전기를 설치한 이가 바로 그였다'[231]라고 말한다. 노동활동가로 성장한 영수는 자신이 매개적 인물이 되어 매개적 교육 장치인 소모임을 조직하여 다른 노동자들을 대상으로 의식화 교육을 한다. 열다섯 개의 서클을 만들고, 산업장의 대표급 노동자 모임을 만들어 모임을 주도하였다. 훌륭한 이론가, 고급 노동 운동 지도자가 되어가고 있었다. 그러나 이러한 영수의 계급의식에 눈떴음과 실천에 대해 지섭은 비판적이다. 대학생, 과외선생님, 학생운동, 노동운동의 경험을 통해 자신의 관념적 운동성의 한계를 경험하고 지금은 목사, 과학자와는 다르게 그 자신이 노동자로 살아가는 지섭은 이런 영수의 관념적인 의식을 문제 삼는다.

> "제가 할 일은 뭐예요?"
> "현장을 지키는 일야."
> "제가 일하는 곳이 현장야요."
> "그럼 그곳을 뜨지 말고 지켜. 그곳에서 생각하고, 그곳에서 행동해. 노동자로서 사용자와 부딪치는 그 지점에 네가 있으라구."[232]

영수는 행복동에서 처음 인쇄소 노동자가 될 때부터 은강그룹 노동자의 삶까지 소외되었던 교육에 대해 열등의식을 가지고 있었다. 그 열등의식을 극복하기 위해 책을 읽고, 의식화 교육을 받으면서 자신이 계몽주의자가 되어 소모임을 만들고, 동료 노동자들을 교육시키고, 민주노조 건설을 위한 노동활동가를 생산하는 교육자가 된 것이다. 이러한 변화

231) 조세희(2000), 「클라인씨의 병」, 242쪽.
232) 위의 책, 257쪽.

된 영수의 계몽적 노동활동가의 삶은 지섭이 지방으로 내려가기 전의 극복 대상으로 삼았던 삶과 동일하다. 위 인용문은 그런 영수의 삶에 대해 지섭이 계몽주의적 노동운동의 관념성과 계급투쟁의 발생지점인 현장의 중요성을 지적한 것이다.

이후 영수의 삶은 변한다. 그 삶은 이론적 노동운동가의 삶이 아니라 역사가 자신의 주체적인 계급의 역사라는 것을 인식하고 갇혀 있다고 생각한 세상에 대해 은강방직 보전반 기사로서 현장에서 실천하는 열린 삶이다. 그 후 그는 죽음의 서사에서 밝혔듯 현실에서 온몸을 던지는 죽음을 선택한다. 이러한 영수의 의식과 실천의 변화는 지배 이데올로기의 생산관계를 재생산하는 교육 이데올로기적 국가장치와 경제 성장 이데올로기에 대립되는 영수의 주체적 삶의 과정이다.

영수가 '난장이'의 아들로 태어나서 은강그룹 노동자가 될 때까지의 삶 즉, 학교를 그만두고 처음 행복동에서 인쇄소에 취직했을 때의 꿈, 명희와 함께 약속한 꿈, 공부를 더 해서 큰 공장 노동자가 되려는 꿈, 그 후 미개사회와 같은 세상을 경험하고, 자본가에 대한 미숙한 저항을 하고, 주체적 배움으로 학습모임에 참가하고, 은강그룹에서 노동운동가로 성장하기까지의 삶은 한 인간이 근대산업문명 속에서 문명인으로서 생산관계의 계급의식을 각성하고 새로운 사회적 희망의 대상을 찾는 '새로운' 주체를 정립하는 과정이라 할 수 있다.

방현석의 「또 하나의 선택」은 노조위원장인 석철의 '새로운' 주체 형성과정을 보여주고 있다. 회사는 노조의 홍보대자보를 찢고 대의원의 현장 활동을 봉쇄하며 정부 당국은 노사분규 현장에 공권력을 투입하겠다고 발표하는 상황에서 석철을 비롯한 조합 지도부는 일반조합원과의 괴리로 전체 조합원이 참여하는 투쟁이 아닌 지도부만 참여하는 단식과 같은 극단적 투쟁을 하다가 실패한다. 그리고 석철은 경찰서에 끌려가

좌익 활동을 했다는 자백을 강요받는다. 결국 회사의 고발로 경찰서와 노동청에 끌려가 업무방해와 쟁의조정법 위반으로 불구속입건된다. 그리고 젊은 시절 의리의 사나이 돌쇠로 불리면서 의리와 용기가 있었던 그는 거리 집회에서 경찰에 의해 끌려가는 한형을 그냥 지켜보기만 한다. 그리고 구류 사흘을 살고 나온 한형에게 자신은 책임질 가족이 있고 "역사의 주체, 다 개뼈같은 소리"라고 말한다. 결국 그는 현재 자신의 나태하고 무기력한 삶의 태도로 노조위원장까지 그만두려고 한다. 그러나 이러한 석철의 일상을 단절시키는 것은 회사의 고발에 의한 구속과 감옥생활이다.

석철이 구속되는 죄명은 절도죄다. 석철이 가구공장에서 제품을 만들고 남아서 버리는 나뭇조각으로 딸 단비의 장난감을 만들어 준 것을 회사는 상습적으로 회사의 물품을 훔쳤다고 고발한 것이다.

석철은 상징질서인 반공이데올로기와 경제성장이데올로기의 억압과 공포 속에서 나약한 주체로 동지를 배반하고, 딸 단비에게 부끄러운 아빠였으며, 33년간 지켜온 인생의 자존심과 삶을 포기했었다. 그리고 교도소로 면회 와서 쾌활한 모습을 보이려 노력하는 아내는 단비가 폐렴에 걸리고 회사는 보험카드를 빼앗아 갔다고 말한다. 변호사는 공판이 있기 전에 와서 검찰의 공소사실을 대충 인정하고 후회하는 진술만 하면 집행유예로 풀려날 수 있다고 검찰과 타협하라고 한다.

그러나 석철은 교도소에서 경제사범 사동과 공안사범 사동을 옮겨가면서 옥중투쟁을 하게 된다. 석철은 교도관료들이 착복한 급식비를 되찾아 조금이라도 나은 밥을 먹기 위해서 싸울 수밖에 없었다. 그리고 얼굴도 모르는 석철을 수감생활이 좋은 공안사범 전용의 8사동으로 옮겨오기 위해 옥중투쟁위원회가 단식 투쟁을 했다는 것을 알게 된다. 그들과 함께 자신을 단련하기 위해 학습과 토론을 하고 경제사범들과 함께 수감자들의 규정된 식사제공, 세면시간과 운동시간 등을 위해 옥중투쟁을 한다. 이러한 교도소에서의 자기 수련과 성장과정에 의해 석철은 잊고 있었던 자신의 계급적 정체성과 의식을 각성하게 된다. 그리고 검찰과의 타협을 거부하고 재판에서 최후진술을 하게 된다.

> 제가 오늘 이 자리에 나온 것은 재판받기 위해서가 아니라 저의 어린 자식이 세상을 알게 되었을 때 애비가 왜 빨갱이가 되고 또 절도범으로 몰리게 되었는지를 분명하게 밝혀두기 위해서입니다.[233]

> "예, 저는 예전에 법은 공평하고 누구나 지킬 가치가 있는 것이라고 배웠습니다. 또한 국가의 권력은 모든 국민을 위해 존재하는 것으로 알고 있었습니다. 그러나 제가 노동조합을 하고 나서 이 자리에 서기까지 이 땅의 법과 국가권력이 보여준 것은 그 반대였습니다. 이 땅의 법이 아주 소수의 사람들을 위해 다수의 사람들을 짓밟는 데 그 용도가 있으며 이 땅의 국가권력은 그것을 집행하기 위해 존재하고 있을 뿐이라는 사실을 저는 분명히 알게 되었습니다."[234]

> 동료를 배신하지 않는 것이 도둑놈이라면 저는 도둑놈이 되겠습니다. 노동자가 인간답게 살기 위한 방법을 공부한 것이 빨갱이라면 저는 기꺼이 빨갱이가 되겠습니다.[235]

그는 일상생활이 단절된 감옥생활과 옥중투쟁을 통해 그동안 자신의 삶을 지배하고 있던 거짓 대상인 상징질서, 즉 법과 국가권력의 허위성을 인식한 것이다. 석철은 상징질서가 진실된 절대적 타자가 아닌 불완전한 대상이기 때문에 자신을 도둑놈, 빨갱이로 규정한 것은 무의미할 수밖에 없다는 것이다. 이제 이러한 거짓 대상인 상징질서를 인식하는

---

233) 방현석(1991), 「또 하나의 선택」, 280쪽.
234) 위의 책, 281쪽.
235) 위의 책, 281쪽.

것은 석철 자신 내부에 존재했던 허위의식과 수동적 주체를 극복하는 것과 동시에 이루어진다. 석철은 거짓 대상인 상징질서가 아닌 '새로운' 대상을 희망하는 '새로운' 주체로 탄생한 것이다.

앞에서 살핀 교육 이데올로기적 국가장치에 소외된 영수와 상징질서의 억압적 국가장치의 폭력성을 인식한 석철, 그리고 교육 이데올로기적 국가장치 속에서 갈등하고 방황한 윤호, 지식인 계급의 사회적 지위와 제도 교육의 지배 이데올로기를 극복한 홍기, 지섭 등은 알튀세르의 "이데올로기는 개인들을 주체로서 호명한다"[236]라는 명제에 해당하지 않는 인물이다. 이처럼 지배 이데올로기에 대답하지 않음은 새로운 이데올로기의 호명에 대답했을 수도 있지만 영수, 윤호, 홍기, 석철처럼 자율적인 '새로운' 주체정립이기도 하다. 산업자본주의 사회에서 억압적 국가장치와 이데올로기적 국가장치는 하나의 이데올로기로 통일, 복종시킨다. 이러한 지배 이데올로기가 호명할 때 '예'라고 대답하지 않고 순응과 반성의 과정, 갈등, 대립, 투쟁, 저항의 과정을 통해 계급의식을 획득하고 '새로운' 대상을 희망하는 '새로운' 주체를 정립한 인물이 영수, 홍기, 석철, 지섭 등이 대표하는 각성한 노동자 계급이다.

5. 결론

지금까지 본 연구는 1970~80년대 한국노동소설에 나타난 지배적 국가 이데올로기와 저항 주체인 노동자 계급사이의 대립 양상을 분석하고, 이를 바탕으로 노동자 계급의 '새로운' 주체정립 과정을 규명하고자 했

236) L. 알튀세르, 앞의 책, 115쪽.

다. 지금까지의 논의를 요약하고 종합적인 의미를 규정하는 것으로 본 연구를 마치고자 한다.

노동소설의 개념을 바탕으로 1970년대와 1980년대의 시대적 변화 양상과 특성이 형상화된 작품으로 조세희의 『난장이가 쏘아올린 작은 공』과 안재성의 『파업』, 방현석의 『내일을 여는 집』 그리고 정화진의 『철강지대』을 연구 텍스트로 삼았다.

노동소설의 성장서사에서 문제가 되는 것은 주체의 성장을 가로막는 대상과 그 대상을 극복하려는 주체의 내적·외적 변화와 행위이다.

노동자 계급의 주체는 성장소설에서 주인공이 사회의 구성원이 되는 과정을 통해 자아를 형성하고 주체를 정립하는 것과 통한다. 그래서 노동소설의 성장서사는 노동자 계급이 상징질서에 대항하고 저항하는 과정을 통해 '반항적' 주체이자 '해방적' 주체로 성장하는 '새로운' 주체 정립 이야기이다.

이러한 성장서사의 관점에서 본 논문에서는 1970~80년대 노동소설의 노동자 계급의 '새로운' 주체 정립 과정을 규명했다.

먼저 1970~80년대 노동소설에 나타난 국가 이데올로기인 반공이데올로기, 경제성장이데올로기, 교육이데올로기을 규명했다.

반공이데올로기는 일본제국주의에 저항적 공동체 담론이었던 민족주의와 해방 후 근대민족국가 수립과정에서 새로운 공동체 담론인 국가주의를 내포하는 중층적 지배담론으로 작용한다. 이러한 반공이데올로기를 현실원칙에서 수행하는 곳은 억압적 국가 장치인 법과 경찰이다. 안재성의 『파업』, 방현석의 「내딛는 첫발」과 「또 하나의 선택」에서 억압적 국가장치인 법과 경찰은 자본가의 노동자 탄압을 용인해 줄뿐만 아니라 자본가들에게 노조 탄압이 사회적 정의와 국가를 위한 길임을 보장해주는 역할을 한다. 반공이데올로기의 공포성과 억압적 국가 장치의 폭력성은 노동자들을 나약한 수동적 주체로 만든다. 이러한 주체는 일상의 삶을 지배하는 현실원칙의 과잉억압에 복종하고 자율적으로 억압적 규율을 따르게 된다. 자본주의는 한국사회에 내면화된 반공이데올로기의 억압성과 공포성을 이용해 노동자의 일상을 지속시키기도 하고 파괴시키기도 한다. 그래서 자본주의는 내면화된 반공이데올로기에 적극적으로 기여하는 동시에 자본의 재생산에 반공이데올로기를 이용했다. 계급의식을 각성하기 전 노동 주체는 이러한 반공이데올로기의 사회적 억압성과 공포성에 자기검열로 반응한다. 노동자와 가족들은 반공이데올로기의 억압적 공포성으로 인해 논리적이고 주체적인 사고 능력을 박탈당하였으며 스스로 자기 검열을 통해 그 지배적 과잉억압에 복종하고 선량한 노동자가 되었다.

경제 성장이데올로기는 근대의 진보성에 의해 긍정성을 획득한 시간의 집단화 기능과 분할의 기능에 의해 보장된다. 이러한 인간의 조건과 한계와는 상관없이 절대가치인 경제 성장이데올로기의 생산성에 의해 노동자의 자율적 주체는 소멸되고 생산 기계의 시・공간만 남는다. 이러한 노동자의 사물화는 노동의 과정, 노동의 결과물, 잉여가치에 대한 권리를 박탈하는 것을 의미한다. 이러한 노동자의 사물화와 권리 박탈을 위해 지배적 인간의 시간에 의해 통제와 처벌이 작동한다. 통제와 처벌은 규율장치인 노동 시간표, 감시, 감원, 해고와 통제자의 서열에 의해 이루어진다.

교육이데올로기 국가장치는 지배이데올로기를 재생산 할 뿐만 아니라 산업사회의 질서에서 살아갈 수 있는 노동력 제공의 자격을 부여하는 기능을 하고 생산관계를 재생산 한다. 이러한 교육이데올로기 장치에 대응하여 노동자는 계급각성의 과정과 실천을 통해 근대산업사회의 문명인으로 편입되고자 노력하고 소외 극복, 새로운 희망의 길 찾기를 한다. 그것이 주체적 배움의 길이었다. 노동 주체의 순응과 반성의 과정, 갈등과 저항의 과정이 자율적 주체정립과정이었다.

이러한 반공이데올로기, 경제 성장이데올로기, 교육이데올로기의 지배적 국가이데올로기에 대응하는 노동소설의 서사는 성장서사이다. 성장서사를 계급각성의 서사와 죽음의 서사로 구분했다.

계급각성의 서사는 주체와 새로운 주체 사이에 개입하는 서사적 매개장치에 의해 이루어지는데 이 매개 장치를 매개적 인물, 매개적 교육, 매개적 현장, 매개적 조직으로 분류했다.

매개적 인물에 의해 노동주체는 지식인의 현실 비판성은 습득하고 관념성은 극복하여 계급각성의 서사를 통해 새로운 문제적 인물로 등장하는 것을 확인했다.

매개적 교육은 노동자들이 교육이데올로기 장치에 소외되어 꿈을 포기하고 무능력과 열등의식 속에서 복종의 삶을 살아가는 수동적 주체에서 자율적 주체로 성장하게 하는 비제도적 교육 장치를 말한다. 노동주체들은 이러한 비제도적 교육 장치를 주체적으로 선택하고 교육에 대한 주체적 배움의 과정을 선택한다. 노동주체들이 주체적으로 선택한 비제도적 교육 장치는 학습모임이다. 이러한 학습모임에 의한 노동 현실과 계급의 지위에 대한 이론 교육은 노동자들에게 자신의 삶을 논리적으로 해석 가능하게 만들어 주었다.

매개적 인물과 매개적 교육이 노동자의 의식을 이론적으로 발전시켰다면 매개적 현장과 매개적 조직은 이론적 관념성을 경계하고 노동주체의 실천적 행위를 통해 이론 교육 이후 획득한 논리성을 객관적으로 확인하는 기능을 한다. 이러한 매개적 현장은 시위, 파업의 현장이다. 매개적 현장은 노동주체의 집단적 실천으로 나타난다. 개별 주체의 동시적이고 집단적 실천행위인 시위와 파업을 통해 노동주체는 개별주체의 불안과 회의를 극복하고 집단적 계급의식으로 발전한다. 매개적 현장에서 이루어지는 시위와 파업은 매개적 조직인 민주노조을 건설하기 위한 것이다. 민주노조건설을 위한 과정은 노동자 계급에 의한 주체적인 노조 건설과 합법적 절차에 의한 노조 건설이라는 두 가지 의미를 내포하고 있다. 이러한 민주노조건설과정은 노동주체에게 희망적 전망과 계급의식을 현실에 객관화하는 매개적 기능을 한다. 이러한 매개 장치에 의해 노동 주체는 계급의식을 획득하고 지배이데올로기에 대답하지 않는 새로운 주체로 탄생되는 것을 확인했다.

노동소설의 죽음의 서사가 죽음의 일반적 속성을 벗어나는 것은 자살이다. 일반적 죽음은 외부에서 느닷없이 다가오는 것이며, 도래하는 미래인데 자살은 주체에 의해 계획적이고 예측 가능하다. 죽음의 서사는 주체의 죽음과 타자와의 관계, 즉 죽음과 구체적인 현실 조건과의 관계에 의해서 능동적 주체의 죽음으로 발전하는 구조이다. 노동 주체가 어용 노동 단체와 국가 기관 그리고 자본가에 의해 빈틈없이 구조화된 상징질서의 폭력을 경험한 이후 상징질서를 파괴하기 위해 선택한 유일한 길이 죽음이다. 이 죽음은 상징질서의 폭력에 의해 모든 주체적 행위가 실패한 이후에 찾은 길이다. 노동자의 죽음은 상징질서에 복종하지 않고 민주노조건설과 복직 투쟁의 연장선 위에서 이루어진 능동적인 실천 행위이다.

노동소설의 죽음의 서사가 사회적 죽음으로서 실천적이고 능동적 주체의 죽음이 되기 위해서는 주체의 죽음이 구체적인 현실과 관계 맺고 있어야 한다. 죽음이 관계 맺고 있는 현실적 조건은 거짓 대상인 상징질서, 계급의식을 각성한 주체, 상징질서의 고착상태와 죽음의 본능, 주체 죽음의 상징성이다. 거짓 대상인 상징질서는 주체의 동일시 대상으로서의 자격을 상실했을 뿐만 아니라 진실 대상이 아닌 비이성적이고 비합리적인 거짓 대상이다.

노동자 주체는 상징 질서가 거짓 대상이라는 것을 인식하는 순간 그동안 순종적이고 복종적이었던 주체에 균열이 생긴다. 이러한 주체 균열은 새로운 주체 정립의 출발점이 된다. 즉 노동자 주체는 상징 질서에 복종하는 주체에서 상징 질서의 불완전성을 극복하려는 주체로 변한다.

거짓 대상인 상징질서와 새로운 욕망의 대상을 욕망하는 주체는 다른 시·공간에 존재하는 것이 아니다. 현재 같은 시·공간에서 서로의 차이, 빈틈, 결핍을 간직한 상태로 공존한다. 공존이 끝나는 지점이 주체가 소멸되는 지점이다. 거짓 대상인 상징질서의 고착상태, 노예상태, 광기의 상태일 때 주체는 이 지점을 인식한다. 이 상태를 풀어 주기 위해 주체는 새로운 욕망의 대상을 찾아야 한다. 새로운 욕망의 대상을 찾는 것은 이상주의자, 현학자 심지어 개혁가들의 행동의 근간을 이루는 공격성, 즉 아들이 아버지를 살해해야하는 살해충동, 죽음의 본능에 의한 전복과 같다. 이러한 거짓 상징질서의 고착상태와 주체의 죽음의 본능은 노동소설의 죽음 서사의 조건이다.

이상과 같이 1970~80년대 노동소설은 상징질서인 국가의 지배 이데올로기와 노동 주체의 관계를 형상화하고 있다. 노동소설은 지배 이데올로기인 반공이데올로기, 경제 성장이데올로기, 교육이데올로기의 억압성에 대응하는 주체의 성장서사로서 계급각성의 서사, 죽음의 서사로 구조화 되어 있다. 이러한 노동자 계급의 계급각성의 서사와 죽음의 서사가 '새로운' 대상을 희망하는 '새로운' 주체 정립 과정임을 규명하였다.

5장 조정환의 노동해방문학론과 유토피아 기획

1. '선언적 노동해방문학론'과 유토피아 기획

한국에서 근대 자본주의가 시작된 지도 100년이 넘어가고 있지만 잉여가치의 집중과 계급의 분리는 더욱 깊고 넓게 세분화되고 정교해지고 있다. 이제 자본주의 구조는 일상적으로 인간의 본능까지 포섭하는 듯하다. 그리고 억압 관계에 의해 구조화되어 있다는 것도 사실이다. 억압의 조건들이 있는 현실에서 유토피아를 꿈꾸는 것은 필연에 가깝다. 그러나 그 유토피아를 꿈꾸는 일에는 많은 혼란과 한계가 존재한다. 그것은 현실의 존재 조건을 바탕으로 유토피아를 기획하기 때문이다.

"마르쿠제는 물질적 조건의 변혁과 이를 토대로 한 인간의 행복을 추구하는 것을 비판이론의 목표로 내세우면서 기존 현실을 초월하는 유토피아적 차원을 적극적으로 옹호한다."[1]

---

1) 손철성(2002), 『유토피아, 희망의 원리』, 카피랜드, 159쪽.

그리고 마르쿠제는 "과잉억압의 제거는 본래 노동의 제거가 아니라 인간존재를 노동의 도구로 만드는 조직의 제거이다. 만일 이것이 사실이라면 억압 없는 현실원칙의 출현은 노동의 사회적 조건을 파괴하는 것이 아니고 변경하는 것이다"[2]라고 말한다.

한국문학사에서 새로운 현실원칙의 출현을 위해 현실 조직의 제거와 사회적 조건을 변경하려는 노력이 나타난 시기는 1925년 카프의 프로문학론과 해방공간에서 조선문학가동맹의 인민민주주의민족문학론, 그리고 1980년대 후반 노동해방문학론이었다.

이 시기의 공통점은 외적으로는 반제국주의, 민족주의, 민중주의 관점에서 새로운 민족국가를 상상하는 과정이었고 내적으로는 맑스주의를 사상적 기반으로 한 조직적인 문학운동을 기획하는 과정이었다. 그리고 이 기간 동안의 이러한 문학 활동은 민족문학론으로 수렴되었다.

다른 점은 카프의 프로문학론과 조선문학가동맹의 인민민주주의민족문학론의 경우는 민족국가 외부에 과잉억압인 일본제국주의가 존재했다면, 1980년대 노동해방문학론의 경우에는 민족국가 내부에 과잉억압인 분단현실과 국가독점자본주의, 군사독재가 존재하고 있었다.

1980년대 후반 조정환이 이러한 현실원칙의 과잉억압을 제거하고 사회적 조건을 변경하는 것은 노동해방문학론을 제청하는 것이었다. 조정환은 백낙청의 분단문학에 대해 주체의 무계급성을 비판한다. 그리고 김명인의 민중적 민족문학론에 대해 당파성이 결여된 민중주의를 비판하면서 노동해방문학을 제창한다.

역사무대의 중앙으로 저 거칠은 근육질의 팔뚝을 내뻗고 있는 노동자

2) H. 마르쿠제(2004), 『에로스와 문명』, 나남, 184쪽.

계급의 혁명적 정서를 자기 것으로 하고 밝은 미래를 향해 치켜떠져 있는 노동자계급의 눈 속에서 해방의 지혜를 빨아들임으로써 비로소 우리의 문학은 '노동해방'의 대오와 하나가 될 수 있다.[3)]

노동자대중은 이제 구태의연한 민족문학, 목적의식이 결여된 민중문학에 더 이상 만족하지 못한다. 이들은 얽히고설킨 모순의 똥거름 속에서 '노동해방'의 이상이 약동하는 문학, 원대한 인류공동체의 이상이 번득이는 현실주의문학, 민중의 황폐해진 영혼을 축여 줄 생명의 문학을 갈망하고 있다. 따라서 노동해방문학은 무계급적 민족문학과 다를 뿐만 아니라 무당파적 노동문학과도 달라야 한다. 노동해방문학은 노동문학의 최고 형태로서 민중문학의 구심이 되고 영도자가 되어야 한다. 이러한 노동해방문학은 무엇보다도 노동자계급 당파성을 분명히 하고 노동해방사상을 견지하며 노동자계급 현실주의의 방법에 의거하지 않으면 안 된다.[4)]

위의 글에서 그는 목적의식이 결여된 민중문학, 무계급적 민족문학, 무당파적 노동문학을 비판하고 노동해방의 이상을 목표로 당파성과 노동해방사상을 견지하는 노동해방문학을 제시한다. 그러나 이것은 노동자 계급의 혁명적 정서와 해방의 지혜를 선취하지 못한 자신을 포함하여 지나온 과거의 문학에 대한 비판과 다가오지 않은 미래를 향해 노동해방문학의 시작을 선언하는 수준에 불과하다.

그는 현 시기가 이 선언적 노동해방문학론이 민족문학의 주체성과 현실의 객관성을 획득하기 위한 단련의 과정이라고 말한다.

노동자들을 강제노역의 사슬에서 해방시킬 근본적 변혁의 주체적·객체적 조건이 아직 충분히 성숙하지 못한 상태에서 민족민주변혁투쟁을 통해 근본적 변혁의 객관적 조건을 확보해 내고 노동자계급의 주체적 단련을 꾀하기 위해서이다.[5)]

3) 조정환(1990), 「민주주의 민족문학론에 대한 자기비판과 노동해방문학론의 제창」, 『노동해방문학의 논리』, 노동문학사, 43쪽.
4) 위의 글, 44쪽.

조정환은 위의 글에서 변혁의 객관적 조건을 확보하기 위해 민족민주변혁투쟁을 통해 노동자계급의식을 단련해야 한다고 말한다. 현실에 대한 구체적 분석과 현실에 내재하는 경향성이나 잠재성을 바탕으로 미래에 대한 현실적 가능성을 파악하는 것이었다.

1980년대 후반 조정환의 노동해방문학론은 아직 현실의 중심은 아니지만 이미 그 존재가 현실에 나타난 객관적 사실을 바탕으로 현실원칙의 과잉억압에 비판적이며, 노동 해방이라는 대안적 이상을 제시하는[6] 유토피아적 기획이었다.

2. 주체성과 현실성

1980년대 전후 문학의 새로운 창작 주체로 노동자 계급이 등장한다. 1920년대 이북명이 노동자 생활 3년을 하고 노동소설을 쓸 때 그의 스승 한설야는 그의 노동자 계급적 지위를 부러워했었다. 1920년대와 마찬가지로 1980년대 전후 그동안 노동문학 창작주체가 지식인 중심에서 노동자가 직접 창작 주체로 등장하는 것은 의미 있는 일이었다.

이러한 변화를 강조한 것이 채광석, 김명인이 주도적으로 전개했던 민중적 민족문학론이었다. 그러나 조정환은 김명인의 민중적 민족문학론이 창작주체에 경도되는 점을 비판한다.

---

5) 조정환(1990), 「'민족문학주체논쟁'의 종식과 노동해방문학운동의 출발점」, 『노동해방문학의 논리』, 노동문학사, 77쪽.

6) 손철성은 칼 만하임, 에른스트 블로흐, 월러스틴의 유토피아 개념을 정리하면서 근대적 유토피아 개념을 실현 가능한 더 좋은 대안적 사회체제의 의미로 유토피아 개념을 정립하고 이것의 주요 특성으로 대안성, 현실 비판성, 실현 가능성, 진보성을 들었다.(손철성, 앞의 책, 5쪽 참조)

> 민중에 의한 문학생산만을 강조하는 것은 무계급사회의 이상을 역사발전의 합법칙성을 떠나 조급하게 실현하고자 하는 조급성의 발현에 지나지 않는다. 그리고 이것은 계급사회의 대중이 갖는 모순적 성격을 투쟁적으로 극복하고자 하는 대신 그것에 추종해 들어가는 대중추수성의 발로에 지나지 않는다.[7]

위의 글에서 민중이 직접 쓴 작품이 지배이데올로기를 극복하지 못하고 반동적 내용을 담는 경우의 가능성을 제기하고 김명인의 '문학의 주체는 대중'이라는 주장에 대해 출신 계급에 매몰되어 주체의 객관적 존재 조건을 결정짓는 객관적 현실을 보지 못하는 문제점을 지적한다. 그는 주체 중심보다는 객관현실 차원에서 세계를 바라보기를 요구한다. 그리고 주체와 현실의 관계에서 주체의 입장·태도를 강조한다.

> 노동문학론은 위에 지적한 본질적 측면은 모두 사상한 채 '노동자가 글을 써야 한다, 그리하여 문학운동의 주체가 되어야 한다'는 주장을 드높이 제기하고 있었다. 이는 우리가 사는 이 세계를 바라봄에 있어 '노동과 투쟁을 통한 객관현실의 실천적 변화'를 중심으로 보지 않고 '주체'를 중심으로 보는 태도의 표현에 다름 아니다. 그리고 이러한 관점으로는 노동자계급 지도사상을 객관현실 차원에서 객관적으로 실천해 낼 수가 없다.[8]

그는 "문학주체성은 창작주체의 출신 직업이나 출신 계급을 의미하는 것이 아니라 창작주체의 계급적 입장, 현실에 임하는 이념적 태도, 정치적 지향의 총화로서 작품내용의 객관성"[9]에 의한 것이며 "작가는 계급

7) 조정환(1990), 「'민족문학주체논쟁'의 종식과 노동해방문학운동의 출발점」, 『노동해방문학의 논리』, 노동문학사, 72쪽.
8) 조정환(1990), 「민주주의 민족문학론에 대한 자기비판과 노동해방문학론의 제창」, 『노동해방문학의 논리』, 노동문학사, 20~21쪽.
9) 위의 글, 37쪽.

적 입장과 실천적 입장을 분명히 해야 하며 보편 민중을 대변하는 입장, 즉 노동자계급의 입장을 대변해야 한다"[10]라고 말한다. 이러한 문학의 주체성은 현실의 모순과 직접적으로 관련된다. 구체적 현실모순에 대한 주체의 입장에 의해 변혁적 계급성이 나타나기 때문이다.

조정환은 백낙청이 제시한 주요모순인 '분단체제와 남북한 민중간의 모순'[11]에 대해 비판한다. 백낙청은 분단사회에서 민족문학론에서 일탈한 계급문학론을 주장하는 것은 편협한 것이라고 주장한다. 조정환은 이에 대해 현실의 존재 조건인 사회구성체에 대한 명확한 분석 없이 분단현실에 추상적으로 접근하고 있다고 비판한다. 그리고 분단모순과 계급모순의 관계에 대해 설명한다.

> "분단을 극복한다"는 목적의 관점에서 보더라도 분단문제는 계급적 관점을 떠날 수 없다. 대체 누가 분단현실과 가장 철저히 투쟁하여 통일사회를 실현할 것인가? 광범한 민중의 참여가 필요하다는 것은 당연한 것이지만 분단으로 인하여 가장 큰 고통을 받고 있는 노동자계급의 변혁전망과 실천적 투쟁이 없이는 분단극복이 철저하게 이루어질 수 없다. 왜냐하면 우리의 통일은 노동자계급의 지도하에 이루어지는 전민중의 사상적·정치적 통일을 간절히 요구하고 있기 때문이다.[12]

조정환에 의하면 현재 분단모순에 의한 억압의 대상이 노동자 계급이며 그래서 이 모순 극복 투쟁의 중심 주체는 노동자 계급이라는 것이다. 그리고 통일사회의 주체는 노동자 계급이 되어야 한다는 것이다. 그러나 "지금의 통일운동은 노동자계급의 대중투쟁과 굳게 결합하지 못하고

---

10) 위의 글, 37쪽.
11) 백낙청(1989), 「통일운동과 문학」, 『창작과비평』 1989년 봄호, 65쪽.
12) 조정환(1990), 「'민족문학주체논쟁'의 종식과 노동해방문학운동의 출발점」, 『노동해방문학의 논리』, 노동문학사, 58쪽.

있다는 점에서 한계"를 갖고 있다고 지적하고 "식민지 국가독점자본주의 사회에서 분단을 극복하고자 하는 분단극복문학도 노동자계급에게 계급적 통일의식을 불어넣는 데 힘을 쏟아야 한다"라고 말한다.[13]

이러한 조정환의 백낙청에 대한 비판의 본질은 예술성에 대한 백낙청의 미학관을 비판하는 데서 확실히 드러난다. 그는 백낙청의 미학관을 독자수용범주인 효용주의와 기술범주인 형식주의라고 비판한다. 그리고 '각성된 노동자의 눈'이라는 애매하고 즉자적인 개념 대신 '노동자계급의 당파성'이라는 과학적 개념을 사용해야 한다고 주장한다. 조정환에게는 형식과 기술보다 문학의 내용이 최상위 지위이며 그 내용은 다름 아니라 "노동자계급적 당파성을 영혼으로 하여 예술적 진리(작품의 객관성)를 확보한다는 노동자계급의 미학"[14]이다.

조정환은 주체는 객관적 현실과의 관계에 의한 것이며, 그 객관적 현실은 민중적 민족문학론의 대중추수적 현실성과 분단문학의 관념적 현실성을 극복한 것이어야 한다고 본다. 그 결과 노동해방문학의 주체성은 노동자계급의 당파성에 의해 형성되는 것이다.

3. 당파성

조정환은 문학운동사 측면에서 노동자계급적 당파성의 의미를 부여하고 있다. 그는 1925년 카프는 당파성이 정착되기 전 제국주의 파시즘의 탄압에 의해 해체되었으며 분단 이후에는 당파성이 오랫동안 잊혀 왔다

13) 위의 글, 59쪽.
14) 위의 글, 63쪽.

고 보고 있다. 그리고 문학사에서의 당파성의 지위를 이렇게 부여한다.

> 신동엽의 '민족성'도, 김지하의 '풍자와 해학'도, 백낙청의 '민중성'도 노동자계급 당파성 사상에 이를 수 있는 다리를 놓고 그것에 접근하는 길을 뚫는 데는 기여하였으나 노동자계급 당파성의 사상을 대체할 수 있는 것은 못되었다. 당파성 사상이 결여된 민중성은 민중과의 연대의 낮은 수준에 그칠 수밖에 없으며 노동자적 입장을 굳게 견지하지 못하는 풍자나 해학은 진보적 부르주아지의 문학방법이었던 비판적 현실주의의 수준을 넘어설 수 없는 것이다. (중략) 노동자계급의 성장이 두드러져 가는 80년대 중반에 들어 백낙청의 미학사상에도 '각성한 노동자의 눈'이라는 기준이 제시되고 있는 것을 보면 이 사실은 분명해진다.[15]

그는 분단이후 전개된 문학사에서 이루어진 소위 민족문학론은 부르주아지의 문학이며 노동자 계급의 당파성을 대체할 수 없다고 말한다. 그에게 당파성은 1980년대 급속히 발전한 노동문학의 주체성이 도달할 최고의 사상이며 문학의 가치 판단의 기준으로 작용하고 있다.

조정환은 1980년대 노동자가 문학의 주체로 등장하는 것에 역사적 측면에서 긍정적 의미를 부여했다. 그러나 "민중에 의한 글쓰기"[16]의 양적 향상만 고려하는 문화주의를 경계하고 질적 성장을 주장한다. 그 질적 성장은 노동자계급적 당파성의 획득을 통해서 최고의 미적 수준에 도달할 수 있다는 것이다.

> 노동자계급적 당파성이 문학운동에 대해 갖는 의미는 무엇인가? 첫째는, 문학가가 노동자 계급의 정치적 당과 조직적으로 결부되어 있어야 한

15) 조정환(1990), 「민주주의 민족문학론에 대한 자기비판과 노동해방문학론의 제창」, 『노동해방문학의 논리』, 노동문학사, 23쪽.

16) 조정환(1989), 「민중문학운동의 목표와 방법문제에 관하여」, 『민주주의 민족문학론과 자기비판』, 연구사, 51쪽.

> 다는 것이다. (중략) 이러한 입장에 대해 노동자 계급의 당이 없는 상태에서 당파성을 주장하는 것은 무모한 짓이며 종파주의라는 지적을 하기도 한다. 그러나 이러한 태도는 당의 형성과 건설문제를 자기 삶의 사명으로 삼지 않으려는 기회주의적 논리에 불과하다. 노동자 계급의 정치적 당은 노동자 계급과 민중의 고된 투쟁 속에서 비로소 건설될 뿐이며 한 사회에 가득찬 노동자 계급 당파성이 조직으로 전화하여 노동자 계급의 정치적 당으로 농축되기 때문이다. 대중의 당파성에 기초하지 않고서는 당은 건설되기 어려울 뿐만 아니라 설령 건설된다 하더라도 유지되기 어렵다. 즉 오늘날 우리사회에서 요구되는 당파성이란 당 형성의 사상적·조직적 추동력으로서의 당파성이다. 둘째는, 노동자계급의 정치적 당과의 이데올로기적 결부, 수미일관한 노동자계급의식의 체현이다. 세계관에 있어서 보여주는 수미일관한 계급의식은 창작의 전 과정을 지도하면서 문화적 전형의 진실성을 보장해 주는 힘이 된다. 즉 작가는 노동자계급적 세계관으로 무장함으로써 이 복잡다단한 사회생활의 심부로 파고들어가 그 핵심을 캐어 낼 방법적 힘을 갖게 된다. 이로써 비로소 작가는 노동자계급적 영혼을 갖게 되는 것이며 이것으로써 독자대중의 영혼을 '노동해방'의 방향으로 운전해 갈 수 있는 것이다.[17]

조정환이 말하는 당파성의 현실적 의미는 두 가지이다. 첫째는 문학가의 세계관이고 둘째는 정치적 당이다. 이 고전적 의미가 문제가 되는 것은 현실을 판단하는 기준점으로 작용하기 때문이다. 그는 현재 '문학가들은 노동자계급의 독자적 사상을 자기 것으로 체현하고 있지 못하고', '정치적 노동자 계급의 당도 없다'. 그래서 현재의 당파성의 의미는 '수미일관한 노동자계급의식의 체현'이며 현실 정치적 '당 형성의 사상적·조직적 추동력'이라고 말한다. 이러한 문학가의 세계관과 정치적 실천으로써 독자대중의 영혼을 '노동해방'의 방향으로 운전해 갈 수 있다고 말한다.[18]

---

17) 조정환(1990), 「민주주의 민족문학론에 대한 자기비판과 노동해방문학론의 제창」, 『노동해방문학의 논리』, 노동문학사, 23~24쪽.

조정환이 판단하는 현재의 당파성의 수준은 미숙한 상태이다. 그래서 당파성은 문학가가 성취해야 할 대상이며 미래의 목표를 향한 현실 운동의 사상적·조직적 추동력으로 보고 있다. 그래서 자신의 민주주의민족문학론에서 당파성을 관념적이고 사상적으로만 인식한 한계를 자기비판했을 뿐만 아니라 백낙청의 분단문학과 김명인의 민중적 민족문학론에 대한 비판도 노동자계급의 당파성이 기준점이 된 것이다. 이러한 추상적이고 관념적인 당파성은 개인적 단계를 넘어서 집단적 당파성이 구현될 때 극복 가능하다.

조정환은 당파성을 문학의 가치 판단의 기준점으로 삼고 있다. 그러나 1980년대 객관적 현실은 미성숙 단계이며 현실 노동해방문학에서 지향해야 할 목표지점으로 인식하고 있다.

4. 조직성

조정환은 민주주의민족문학론에서 "문학운동에 있어서 계급연관성의 확보가 곧장 노동문학으로 나아가서는 안 된다"[19]라는 자신의 주장에 대해 "노동자계급 당파성을 사상적으로 선취했으면서도 실천에 있어서는 민주주의 민족문학"에 머물렀다고 자기비판한다.

> 민주주의민족문학론의 요점은 문학이 우리 사회의 파쇼권력과 민중 사이에 객관적으로 형성되어 있는 투쟁전선에 민중의 입장에서 책임 있게

18) 위의 글, 18쪽.
19) 조정환(1989), 「80년대 문학운동의 새로운 전망」, 『민주주의 민족문학론과 자기비판』, 연구사, 39쪽.

복무해야 한다는 것이었다. 이 전선의 내용은 파쇼와 제국주의에 반대하면서 민중민주주의를 꾀해 나가는 반제반파쇼민족민주전선이다.[20]

민족문학론의 전선적 사고는 현실운동을 객관적으로 반영하는 것으로 투쟁의 실천적 측면에서는 유용한 전술이다. 그러나 문제는 목표와 주체가 불명확하다는 것이다. 민주주의민족문학론은 현실 추수적이고 현상을 설명하는 수준에 머물고 있다.

조정환은 민주주의 민족문학론의 목표와 주체의 상실, 즉 계급의식 결여에서 오는 통일전선의 문제점을 지적하고 전술적 통일전선 속에서 노동자계급의 궁극적 목표와 독자성을 유지해야 함을 강조한다.

변혁의 문제를 계급을 중심에 놓고 사고하지 않고 통일전선을 중심에 놓고 사고하는 것과도 결부되어 있다. 통일전선이라는 것도 기본적으로는 노동자계급의 목적의식적 투쟁방식의 하나이다. 즉 당면변혁에서 일치된 이해를 갖는 여러 계급계층을 자신의 동맹군으로 끌어들여 제국주의 및 파쇼와의 투쟁에 떨쳐 나서게 하는 노동자계급 전술의 하나이다. 그러므로 통일전선 속에서도 노동자계급은 자신의 궁극목표를 잊지 말아야 하며 엄연히 독자성을 유지하여야 한다.[21]

그리고 노동자 계급의 목적의식과 독자성을 유지하기 위해서 노동자 계급의 조직성과 집단성을 강조한다. 현실운동에서 전국적 노동조합이 조직되면서 문예운동도 조합의 일반적 지도력 속에 포함되어야 한다는 주장이 제기된다. 대중조직인 노동조합과 문예운동을 분리하고 문예운

20) 조정환(1990), 「민주주의 민족문학론에 대한 자기비판과 노동해방문학론의 제창」, 『노동해방문학의 논리』, 노동문학사, 21쪽.

21) 조정환(1990), 「'민족문학주체논쟁'의 종식과 노동해방문학운동의 출발점」, 『노동해방문학의 논리』, 노동문학사, 78쪽.

동이 조합주의에 빠지는 것을 경계한다. 그리고 문예운동을 일관되게 지도할 수 있는 전위당의 건설을 강조한다.

> 노동조합은 노동자대중의 자발적 대중조직이지 목적의식적인 지도조직이 아니다. 노동자계급 대중운동을 노동자계급해방의 관점에서 일관되게 지도해 낼 수 있는 조직은 오직 노동자계급 전위당뿐이다. 물론 우리가 처한 현재의 조건은 이를 허락하지 않고 있다.[22)]

조정환은 현 시기 노동운동이 계급적 당파성을 획득하고 일상적 대중투쟁이 이루어지며 전국노동조합의 단결체인 전노협 준비까지 발전되었기에 노동자계급문예의 과제는 독자적인 노동해방문학으로 나아가는 것이며 그리고 노동자의 계급적 정치의식을 고취하고 전위당 건설에 복무해야 하는 것이라고 주장한다.

조정환의 조직성은 현 시기 노동자 계급의 목적의식과 독자성을 유지하고 대중을 지도할 수 있는 전위당을 건설하는 것이다. 그리고 노동해방문학은 전위당 건설을 위해 복무하는 것이었다.

5. 결론

조정환의 노동해방문학론은 객관적 현실 분석과 주관적 세계관의 결합에 의해서 다가올 미래에 대한 전망과 목표를 제시하는 것이었다. 현실의 "반민중적 파시즘문학 대 민중문학이라는 대립구도 속에서 부르주아문학 대 노동자계급문학이라는 새로운 대립선"[23)]이 그어지고 이러한

22) 위의 글, 80쪽.

현실을 토대로 노동해방문학론은 당위로서 노동자 계급의 당파성을 도출했으며 그리고 노동자계급의 최고의 집단적 전위인 노동자 당을 건설하는 것을 목표로 설정하게 된 것이다.

그러나 앞에서 살폈듯이 조정환의 노동해방문학의 주체성과 당파성, 조직성은 1980년대의 객관적 현실의 미성숙으로 주체성은 시민적 민족문학론과 민중적 민족문학론의 주체의 관념성과 대중 추수성을 비판하는 수준에 머물렀으며, 당파성은 노동해방문학이 지향하고 획득해야 할 계급성의 목표로만 설정되어 있다. 그리고 조직성은 노동해방문학이 전위당을 건설하는 과정에 복무해야 한다는 원론적 수준에 머물렀다.

이처럼 조정환의 노동해방문학론은 '선언적 노동해방문학론'이었으며 더 이상 발전하지 못하였다.[24]

---

23) 조정환(1990), 「'노동해방문학'의 시대 90년대의 개막과 문학가의 새로운 임무」, 『노동해방문학의 논리』, 노동문학사, 100쪽.

24) 1987년 노동자 대투쟁과 1989년 노동해방문학론이 제창된 지 10여년이 지난 2007년 조정환은 그 당시를 다음과 같이 회고 한다. '감옥에서 수개월의 정치토론을 통해 획득한 것이 문학이 노동계급 당파성의 원리에 따라 조직되어야 한다는 것', 그리고 그 노동해방문학의 불능화의 이유가 내부적으로는 국가권력, 자유주의 세력뿐만 아니라 유사한 목표를 가진 진보진영들로부터의 냉대와 비난이 예상보다 더 거셌다는 것이고 외부적으로는 1989년, 1990년에 걸쳐 있었던 동구권 국가 사회주의의 몰락 때문이었다. 그리고 그 후 열정이 앞선 실천의 1980년 후반에서 냉정한 탐구의 1990년대로 전환했다.(조정환(2007), 「1987년 이후 문학의 진화와 삶문학으로의 길」, 『실천문학』 87권, 실천문학사, 255~271쪽 참조.)

6장 안재성의 『파업』에 나타난 내포적 총체성과 인물의 의미 관계

1. 노동소설의 연구 시선

본 연구의 목적은 1980년대 후반 노동소설의 대표적 작품인 안재성의 『파업』에 나타난 내포적 총체성의 결핍을 규명하고 인물의 의미 관계를 밝히는 것이다.

노동소설은 근대의 상징 질서인 자본에 의한 모순을 극복하고자 하는 노동자 계급의 실천적 행위를 형상화한다. 1970~80년대 자본은 지배이데올로기인 반공주의, 경제성장주의, 군부독재주의 등을 통해 구체적 현실 속에 작동했다. 이러한 지배이데올로기에 저항하는 노동자의 삶과 계급의식의 성장과정을 형상화한 것이 노동소설이다.[1)]

1) 박규준은 1970~80년대 노동소설을 지배 이데올로기와 그에 대립·저항하는 노동계급의 주체 성장서사로 규명하였다.
지배 이데올로기는 반공이데올로기, 경제 성장이데올로기, 교육 이데올로기로 구분하였으며, 지배이데올로기에 저항하는 새로운 주체를 정립하는 과정은 계급 각성의 서사, 죽음의 서사, 성장서사로 구분하여 노동소설을 규명하였다.(박규준(2009), 「한국 상징질서의 억압과 모순에 저항한 노동자의 삶을 형상화한 노동소설은 내적 구조로 대립서사를 함의하고 있다. 그래서 노동소설에 대한 평가는 대립서사에 대한 형상화 수준과 관련된다. 노동소설의 대립서사는 현실 반영과 문학 운동성 측면에서는 긍정적 성과로 연결되었지만 예술성 측면에서는 부정적 평가를 받는 원인이기도 하다.

물론 예술성 측면의 부정적 평가라 할지라도 문학의 운동성을 거부하는 것은 아니다. 즉 문학의 운동성에 대한 부정이 아니라 작품에 형상화된 대립서사의 예술성에 대한 비판이었다.

이러한 비판의 핵심은 예술성 측면에서 리얼리즘 비판이라 할 수 있다. 예술성에 대한 비판 중 두 가지 측면에 주목할 필요가 있다. 하나는 오창은[2]처럼 "작가들이 보고자 했던 것들(이를테면 노동, 파업, 조직 내의 갈등 등)만 기술됨으로써, 1980년대 노동소설은 '투쟁하는 노동'만 보여주면서도 '생활하는 노동'을 은폐시키고 말았다."라고 비판하는 것이다. 그리고 다른 하나는 강진호[3]처럼 노동"주체의 일방적 시선과 배타적 신념에 바탕을 둔 것"에 의해 타자인 "자본가들을 인간 이하의 악한으로 매도하고 타도의 대상으로 그렸다는 것"이다.[4] 전자는 작품 전체로 볼 때 대립서사의 과잉이고 후자는 대립서사 내에서 대립 주체의 불균형이다. 이 문제는 리얼리즘의 중심 개념인 총체성과 관련된다.

현대 노동소설 연구－이데올로기와 성장서사」, 대구대학교 박사학위논문.)

2) 오창은(2006), 「1980년대 노동소설에 대한 일고찰」, 『어문연구』 51, 어문연구학회, 155쪽.

3) 강진호(2004), 「1980년대 노동소설과 근대성의 딜레마－주체의 낙관적 의지와 배타적 신념」, 『현대소설사와 근대성의 아포리아』, 소명, 262쪽.

4) 오연희도 이러한 "주체의 일방적 시각"이 1980년대 노동소설의 문제점으로 지적한다. "가난한 사람들은 대부분 인정 많고 선한 반면 사회적으로 지위가 있거나 잘 사는 사람들은 예외 없이 악한 존재로 유형화되는 등 세계의 중층성 내지는 다면성에 대한 인식을 약화시키면서 현실의 도식화를 초래했다."(오연희(2007), 「노동소설의 새로운 모색」, 『어문연구』 54, 어문연구학회, 303쪽.)

그래서 이병훈[5]은 정화진과 안재성, 김하경의 작품을 분석하고 노동운동에 대한 총체적 이해에 미치지 못하고 있으며 주관성을 노출함으로써 작가의 현실인식의 한계를 드러내고 있다고 평가했다. 조정환[6]은 1980년대 "노동문학 작품들이 흔히 제시하는 인물들은 이상화된 나머지 작가 자신의 당파성을 '상황과 행위 자체로부터 저절로' 드러내기보다 구호와 도식을 통해 원칙적·명시적으로 표명하는 수단으로 떨어지"고 "구호와 도식이 아니라 '개별화를 통해 드러나는 전형적 상황과 전형적 인물'이 리얼리즘의 지향이라고 볼 때 당시의 노동문학은 그 수준을 만족할 만큼 보여주지 못했"다라고 평가했다. 결국 1980년대 노동소설은 총체성 획득에 실패했다는 것이다.[7]

이러한 1980년대 노동소설에 대한 비판적 평가를 이분법으로 재단하여 청산주의나 환멸주의적 시각으로 연결하는 것을 경계하는 시각도 있다. 오창은[8]은 환멸의식으로 노동소설을 "역사에서 배제"하려는 경향에 대해서는 반성해야 하며, "80년대 노동소설에 나타나는 노동자 계층의 역사적 경험의 서사화, 곡선적이고 굴곡적인 인간사의 형상화는 분명한 미적 성취로 재해석되고 재평가돼야" 한다라고 말한다. 고영직[9]은 1980

---

5) 이병훈(1991), 「노동 장편소설의 최근 변모와 성과가 지니는 현재적 의미」, 『한길문학』 1991년 여름호, 한길사, 90~91쪽.

6) 조정환(2000), 「사회주의 리얼리즘의 종말 이후의 노동문학」, 『실천문학』 봄호, 실천문학사.

7) 작가의 당파성에 의해 작품의 도식화, 미학성의 결여로 평가한 연구로는 하정일, 김복순이다. 하정일은 1980년대 노동소설이 저항서사만 남고 유토피아 충동이 거세되었다고 평가했다.(하정일(2000), 「저항의 서사와 대안적 근대의 모색-산업화 시대의 민족문학」, 『1970년대 문학연구』, 민족문학사 연구소. 소명.)
김복순은 1980년대 노동소설을 도식성, 계급적 환원주의, 이념적 편향주의, 배타적인 적대주의, 상투적이며 사물화 되어 있는 인간상을 형상화 했다고 평가했다.(김복순(2000), 「노동자의식의 낭만성과 비장미의 '저항의 시학'—70년대 노동소설론」, 『1970년대 문학연구』, 소명.)

8) 오창은, 앞의 글, 168쪽.

년대 노동문학에 대한 현재적 의미로 "객관 현실을 사실적으로 파악하고 현실과 예술의 관계를 규정하고자 했던 민중·노동문학의 시도는 신자유주의 시대에 대응하는 미학과 윤리학을 재구성하는 데 있어서 유의미한 텍스트"가 된다는 측면을 제시했다.

이와 같이 노동소설에 대한 연구는 문학의 운동성과 예술성 그리고 그 논쟁의 원인이기도 한 미학적 관점에서의 리얼리즘의 성취와 관련된다. 이러한 연구 성과는 문학사적, 미학적 관점에서 의미가 있다. 그러나 그동안의 연구가 텍스트 자체에 대한 정치한 연구보다 문학의 운동성과 예술성 간의 논쟁 속에서 연구 시각이 한정된 것도 사실이다.

1990년대 이후 포스트 모더니즘적 사회, 문화적 현상으로 1980년대를 청산과 후일담의 대상으로 전락시키는 분위기 속에서 1980년대 거대서사의 중심에 있었던 노동문제를 형상화한 노동소설은 최근까지 연구대상조차 되지 못했다. 더구나 지금까지의 성과가 이분법적 선입견으로 작용하여 노동소설에 대한 관심을 후퇴시키는 듯 하기도 하다.

그러나 노동소설은 한국문학사에서 1920년대, 1950년대, 1970년대, 1980년대에 활발히 창작되었던 것처럼 사회변혁 시기에 반복적으로 생산되었던 부정할 수 없는 양식이었다. 그래서 노동소설에 대한 극단적 이분법 논쟁으로 환멸주의, 청산주의 등과 같은 비역사적 연구시선을 극복하기 위해서는 노동소설의 미적 창작방법인 리얼리즘에 대해 텍스트를 분석하여 구체적으로 증거 해야 할 것이다. 그래서 본고에서는 『파업』의 표현적 측면에서 총체성이 미약하게 된 요소인 작가의 개입 양상과 내용적 측면에서 총체성을 형상화한 인물의 의미관계를 알아보려고 한다.

---

9) 고영직(2005), 「이론신앙을 넘어, 사실의 재인식으로—1980년대 민중, 노동문학론에 관한 단상」, 『실천문학』 겨울호, 실천문학사, 76~87쪽.

2. 내포적 총체성의 결핍과 작가의 개입

1980년대 후반의 노동소설은 현실 반영이라는 리얼리즘적 창작방법이 문단의 중심을 형성하고 있었던 상황에서 대부분 창작되었다. 그래서 철학적이고 사회과학적 이념에 호명된 작가들에 의해 계급투쟁이라는 목적지향적 의식에서 노동현장의 노동 여건과 노동현장의 파업 투쟁 그리고 민주노조 건설과정이 중심 소재로 다루어졌다. 이것은 1980년대의 진보 진영의 역사철학적 기반이 역사를 계급투쟁의 역사로 인식하는 마르크스의 사적 유물론이라는 것과 무관하지 않다. 이러한 측면에서 노동소설의 내면에 흐르는 기본적 서사는 대립서사였다.

노동소설의 대립서사가 1970년대는 피억압적 상황이나 소외를 노동자 개인적 차원에서 다루었다면 1980년대는 사회구조적 모순에서 자본집단과 노동집단의 대결을 집단적 차원에서 형상화했다. 지배이데올로기의 억압에 대한 피지배계급의 저항은 1970년대의 자유민주주의적 개인 저항에서 1980년대는 민중해방, 노동자 해방적 집단저항으로 나타났다.[10] 그리고 대립서사의 대립 갈등과 투쟁과정을 통해 지배의 억압성과 피지배의 저항성을 재생산하는 성장서사로 형상화되었다.

이러한 노동소설의 기본적 서사는 『파업』과 무관하지 않다. 작가 안재성은 실제로 1980년 대학에서 제적당한 후, 노동운동탄압 저지투쟁위

10) 1980년대는 사회가 국가독점자본주의로 변하고 자본은 거대화된다. 그리고 민중의식의 성장으로 노동자 계급은 자본가과 어용적 노조인 한국노동조합총연맹에 대해 저항했으며 주체적이고 자율적인 노동조직인 민주노동조합을 건설한다. 특히 군부독재의 연장에 대한 투쟁은 6・29선언과 1987년 노동자 대투쟁으로 정점에 달한다. "1987년의 노동쟁의는 과거 선진자본주의 여러 국가에서의 '제1차적 노사분규'와 달리 동시대의 후기후발자본주의 국가에서 유래를 찾기 어려울 정도로 폭발적이고 강렬했다는 점이 특징적이다."(김동춘(1995), 『한국사회 노동자 연구』, 역사비평사, 17쪽.)

원회, 청계피복노조에서 활동하는 등 광산지역노동운동을 비롯한 상당한 노동운동 경력 소유자이다. 1986년 <현장>에 「동지」를 발표하면서 글을 쓰기 시작, 단편 「바깥세상이 보인다」(1988)와 지역노동에 대한 보고서인 실록 「타오르는 광산」(1988)을 발표하였으나, 『파업』이 사실상의 등단작이자 대표작으로 간주된다. 그리고 이후 장편소설 『사랑의 조건』(1991), 『피에타의 사랑』(1992) 등을 발표함으로써 방현석, 정화진과 함께 노동문학의 대표작가로 인정받아 왔다. 이처럼 작가의 삶을 통해 알 수 있듯이 『파업』은 작가의 경험적 실천을 통해 나온 체험 소설이라 할 수 있다.[11]

『파업』은 1986년 후반부터 1987년 6월 항쟁 전야까지 대규모 철강공장인 대영철강에서 벌어지는 노동 집단과 자본 집단으로 구성된 인물들 사이의 계급 대립을 형상화하고 있다. 노동 집단을 구성하는 인물은 평범한 노동자에서 노조위원장으로 성장하는 김동연, 복직투쟁과정에서 분실 자살하는 김진영, 그리고 동지회에 가입하여 적극적 노동운동을 실천하는 이상섭, 김영춘, 서동석, 최보선, 손영원, 박팔봉, 장영철 등 그리고 대학교에 다니다 공장으로 위장 취업한 지식인 노동활동가인 홍기와 정기준이다. 자본 집단을 구성하는 인물은 대영철강의 자본을 대표하는 회장 장상대, 상무 장상필, 관리 집단을 대표하는 제강과장, 관리과장, 생산과장 등이다.

그리고 이러한 대립과 갈등 극복과정을 통해 노동 집단의 성장과정을 형상화하고 있다. 노동자들은 '동지회'를 조직하여 학습을 하고, 해고 후 해고자 복직 투쟁을 하면서 점점 계급의식과 투쟁성이 성장한다. 그리고 현장 노동자와 함께 파업 투쟁까지 전개하여 민주노조를 건설한다.

---

11) 작가에 대한 기본적 사항은 임규찬의 글을 참조함.(임규찬(1995), 「1980년대 노동운동의 소설적 모형」, 『동아출판사 소설문학 대계 95』, 동아출판사, 594~595쪽.)

이처럼 『파업』은 1980년대 후반의 노동소설의 중심서사인 대립서사와 성장서사를 표면화하고 있다.

이러한 『파업』의 중심 내용인 대립서사, 성장서사는 당대 현실을 반영한 노동소설의 미학적 성과인 총체성과 연결된다. 그러나 '장편소설을 통해 총체성을 본격적으로 제기 한 측면은 있으나 조직형성 과정에 대한 서술이 구체성을 담보되지 못하고 대화나 묘사에서 불충실한 면이 많으며, 자본가와 중간관리층에 대한 묘사가 일면적이고 그에 대한 인식이 부족했다'[12]고 평가받는다.

이처럼 『파업』도 1980년대 노동소설의 한계인 총체성의 미약함이 나타난다. 총체성의 미약함의 원인을 텍스트 분석을 통해 알아보자.

루카치의 총체성 개념은 외연적 총체성이 아니라 내포적 총체성을 강조한다.

> 루카치는 형상화되는 삶의 단편을 객관적으로 결정하는 '본질적인 객관적 규정요인들 전체 alle wesentlichen, objektiven Bestimmungen'를 올바른 관계 속에서 반영해야 한다고도 주장한다. 이때에도 루카치는, 형상화된 삶의 단편이 자체로서 이해될 수 있고 추체험될 수 있도록, '삶의 한 총체성으로 나타나도록' 객관적 규정요인들을 반영해야 한다고 본다. 이 경우의 총체성은 '외연적 총체성'이 아니라 '내포적 총체성'이다. "예술작품의 총체성은 오히려 내포적인 것이다. 그것은 형상화된 삶의 단편에 대해 결정적 의미를 객관적으로 지니는, 전체 삶의 과정 속에서의 그 존재와 운동, 그 특질과 위치 등을 결정하는 여러 규정요인들의 자체내적으로 완결되고 마무리된 연관관계이다."[13]

12) 위의 글, 599~600쪽.
13) Georg Lukács Werke. Bd.4. Neuwied-Berlin 1971. Probleme des Realismus 1. Essys über Realismus.(홍승용, 「루카치 리얼리즘론 연구」, 서울대학교 박사학위논문, 1992, 105쪽 재인용.)

루카치는 총체성의 내용적 측면과 표현적 측면에서 설명하고 있다. 먼저 내용적 측면에서는 사적 유물론과 유물변증법 관점에서 사회를 결정하는 객관적 규정 요인들을 반영해야하며 그 자체 내적으로 완결되어야 한다고 말한다. 예술의 표현적 측면에서는 '형상화된 삶의 단편이 그 자체로서 이해될 수 있고 추체험될 수 있도록 총체성'이 나타나야한다고 말한다.

더 나아가 표현적 측면에 대해 루카치는 에른스트 블로흐와의 총체성 논쟁에서 다음과 같이 말한다.

> 현상과 본질의 올바른 변증법적 통일성을 인식하는 일이 중요하다. 즉 남들도 함께 체험할 수 있도록 예술적으로 형상화된 '표면구조'의 묘사가 문제인 것이다. 이러한 묘사는 밖에서 주석을 붙이는 일 없이 형상화를 통해 묘사 된 생의 단명 속에서 본질과 현상의 연관관계를 보여준다. 우리는 본질과 현상의 관계가 '형상화'되어 있다는 점을 강조한다.[14]

이처럼 표현적 측면에서 총체성은 '형상화된 것 자체만으로 독자가 이해하고 추체험'할 수 있어야하며 '주석을 붙이는 일 없이 형상화를 통해 묘사'해야 한다고 말한다.

『파업』은 대립서사와 성장서사를 통해 본질적인 객관적 규정요인[15]인 계급 상황, 계급투쟁, 현실의 발전경향, 주체의 의식의 성장과정 등을 형상화했다. 그래서 내용적 측면에서는 총체성이 형상화되었다고 볼 수 있다. 그러나 표현적 측면에서 내포적 총체성은 미약하다고 볼 수

---

14) G. 루카치(1985), 「문제는 리얼리즘이다」, 『문제는 리얼리즘이다』, 홍승용(옮김), 실천문학사, 79쪽.

15) 객관적 규정 요인은 "계급상황 및 계급투쟁 혹은 객관적 현실의 발전경향들을 포괄한다. 또 이에는 주체들의 의식적 조직적 성장과 이를 위한 사회적 조건들이 포함된다."(홍승용, 앞의 논문, 105쪽.)

있다.

『파업』의 내포적 총체성을 가로 막고 있는 것은 작품에서 주석과도 같은 작가의 직접적 개입이다. 등장인물의 초점과 행위로 사건을 서술하는 것이 아니라 부분 부분에서 작품 외부의 작가의 초점에서 사건을 서술하고 있다. 그래서 독자가 작품과 직접적으로 관계하는 것이 아니라 독자와 작품 사이에 작가가 개입하여 어떤 목적을 가지고 독자의 사고를 지배하려는 듯한 서술이 표면적으로 나타난다. 이러한 작가의 개입은 독자에게 작가의 세계관을 기계적이고 도식적으로 적용하는 것처럼 표현된다. 그래서 『파업』은 내용적인 총체성만 남고 표현적인 총체성은 상실되어 내포적 총체성이 결핍되고 있다.

『파업』에서 작가의 개입은 사건 상황에 대한 작가의 직접적 설명, 지식인 활동가에 대한 관념적 묘사, 서사 결합의 도식성으로 나타난다.

『파업』에서 상황에 대한 작가의 직접적 설명은 작가의 세계관과 당파성이 등장인물의 인식이 아닌 작가의 직접적 목소리로 표출되고 있다.

> 복종과 인내의 삶은 영원히 계속될 것처럼 보였다. 찬란한 미래는 어둠 저편에 깊숙이 숨어 있을 뿐이었다. 자신의 진정한 주인이 찾으러 올 때까지[16]

> 수십 년간 역사의 흐름이 정지되어 있던 대영제강에는 그렇게 해서 역사의 합법칙적 발전이 시작되고 있었다.(38쪽).

위의 설명은 작가가 등장인물의 현실적 삶에 대해 의미를 부여하는 서술이다. 작품의 초반부로 전자는 김동연이 산업재해로 목숨을 읽은

16) 안재성(1989), 『파업』, 세계, 37쪽.
앞으로 『파업』에서 인용하는 원문은 본문에 쪽수만 표시하기로 한다.

이영식의 장례식장에 다녀와서 아내 순영이와 순영이의 재취업 문제로 다투고 난 후 노동자의 암울한 일상에 대해 의미를 부여하고 있다. 그리고 후자는 홍기가 대영철강에 위장 취업하여 김동연, 이상섭, 김진영과 가까워지면서 그의 박식함과 다정한 태도로 노동자들에게 사랑받기 시작한 부분에 대한 의미를 부여하고 있다. 두 부분에서 공통적으로 작가가 개입하는 인식은 작품에서 묘사된 등장인물의 현실 상황과 그에 대한 인식보다 과잉적으로 작가의 미래의 시간을 예단적으로 개입하는 것이다. '진정한 주인이 찾으러 올 때까지', '역사의 합법칙적 발전이 시작'과 같은 서술은 작품에 묘사된 상황과 시간에 대해 현실성을 퇴색시킨다. 등장인물의 갈등과 고뇌에 대해 작가의 세계관에 의해 긍정적 미래를 보장하고 있는 것이다. 인물의 유토피아적 미래는 인물의 의식과 실천행위에서 인물 자신과 독자가 이해해야할 부분이다. 이러한 작가의 직접적 설명은 작품에서 사건이 발생할 때 마다 과도하게 서술되고 있다.

『파업』에서 지식인 활동가에 대한 관념적 묘사는 작품의 서사적 측면에서 중요한 부분을 차지한다. 『파업』의 첫 장면은 홍기가 대영철강에 위장취업하기 위해 면접을 보는 장면으로 시작한다. 홍기를 중심으로 전개되는 서사는 작품 전반부를 차지할 뿐만 아니라 현장 출신 노동자 중심으로 서사가 전개되는 작품의 중반부와 후반부까지 중요 인물로 등장한다.

소설의 초반부는 위장취업한 지식인 활동가인 홍기가 비공개 조직인 '동지회'를 건설하는 과정을 형상화하고 있다. 홍기는 '동지회'를 기반으로 대영철강에서의 민주노조건설을 제안하고 자신은 대영철강을 퇴사한다. 홍기가 퇴사한 이유는 예전에 활동하다 '뿔뿔이 흩어진 운동가를 조직하기 위한 것'에 있기도 했다. 그리고 성장한 현장 노동자 계급이 스스로 민주노조를 건설하고 그 과정을 통해 주체적 계급의식을 각성시키기 위한 것이었다. 이러한 홍기의 위장취업과정은 1980년대 후반 지식인 활동가에게 주어진 규정화된 전형이다. 이러한 외형적 지식인 활동가의 모습은 작품에서 형상화되고 있다. 이러한 외형을 유기적으로 이해하기 위해서는 지식인 활동가의 내적 갈등이 필수적이다. 그것은 경제적 조건이 다른 지식인 활동가가 노동자 계급의 일상을 살아가야하기 때문이다. 그래서 지식인 활동가는 자신의 출신 계급으로 인한 갈등과 노동자를 선도하면서 발생하는 노동자 사이에서 갈등하게 된다. 『파업』에서 홍기의 내적 갈등은 미약하거나 현실 조건과 괴리되어 관념적으로 묘사되고 있다.

> "책 많네요? 형은 좋겠어요. 집도 있고 책도 많고. 노동자들은 평생 가도 이런 생활은 꿈도 못 꿀 거예요. 허긴 나도 장남만 됐으면 이보다 더 나았겠지만 막내인데다가 집안에서도 빨갱이로 찍혀서 별 볼일 없어요."
> "이깟 집이 뭐가 대단하냐? 돈벌이 없으니 얼마 못가 팔아먹게 될 건데. 자 정동지! 이리와 앉아 술이나 마시자고. 그렇지 않아도 벌써부터 한번 부를려고 했었지. (후략)" (134쪽).

홍기와 정기준이 운동 노선 갈등 후 정기준이 홍기의 집으로 찾아와서 두 지식인 활동가가 대화하는 장면이다. 두 지식인 활동가의 일상적 삶의 조건과 의식을 보여주고 있다. 홍기는 아버지에게 물려받은 집이 있고 방 한 칸은 세를 놓았다. 아내는 번역일을 한다. 정기준은 운동만 하지 않았으면 아버지지로부터 재산을 물려받았을 것이다. 이 두 지식인 활동가의 역사적 가족의 삶의 조건은 김동연 부부의 꿈이 전세방을 마련하는 것과 비교될 수 없는 경제적 조건이다. 더군다나 홍기는 "이깟 집이 뭐가 대단하냐?"라고 말하기까지 한다. 이러한 경제적 조건은 현장 노동자는 해고 후 일상적 삶을 단절 시키지만 지식인 활동가는 퇴사 후에도 다시 돌아 올 수 있도록 일상적 삶을 제공해 준다. 오히려 더 큰 문제는 홍기가 이러한 현장 노동자와 자신의 경제적 조건의 차이를 인식하지 못하거나 가볍게 생각하는 것이다. 이러한 지식인 활동가의 인식은 선험적 지식을 통해 노동자 계급을 이해할 뿐 홍기 자신을 노동자 계급이 될 수 없게 만든다.

이러한 두 지식인 활동가의 모습은 작품에서 현장 노동자와 괴리된 모습으로 형상화된다. 홍기와 정기준은 '동지회' 모임에서 둘만의 논쟁을 한다. 정세 판단이나 활동 방향에 대한 절대적 위치를 갖고 논쟁을 한다. 그들은 현장노동자가 경험하지 못한 또다른 시공간인 지식과 활동가 조직에 대해 이야기하는 존재로 비춰진다. 그래서 현장노동자에게 지식인 활동가는 절대적 지위를 갖게 되고 현장노동자는 수동적으로 그들의 논쟁을 지켜만 볼 뿐이다. 노동현장과 노동자 계급에 대한 지식인 활동가의 내적 갈등이 형상화되지 않고 작가의 개입에 의해 지식인 활동가에 대한 관념적 묘사만 외형적으로 나타날 때 이야기는 풍부하게 이해되지 않고 경직되고 도식적으로 전개될 수밖에 없다.

『파업』을 내용 중심으로 나누면 초반은 홍기의 위장취업과 동지회 조직 건설, 중반은 해고 투쟁, 종반은 파업 투쟁이다. 중심인물로 나누면 전반부는 홍기를 중심으로 한 지식인 활동가의 실천 투쟁이고 후반부는 김동연을 중심으로 한 현장 노동자의 주체적 민주노조건설 투쟁이라 할 수 있다. 서사는 내용 중심과 인물 중심이 유기적으로 결합될 때 완성된다고 할 수 있다. 『파업』에서 내용상 가장 핵심적인 것은 민주노조건설 투쟁과정이다. 지식인 활동가에 의해 계급적 인식을 각성한 노동자 집단이 주체적으로 민주노조를 건설하는 과정의 이야기이다. 그렇다면 핵심적 인물은 현장 노동자 집단 중에서 선진적 인물로 성장하여 민주노조위원장이 된 김동연이라고 볼 수 있다. 김동연의 계급적 성장이야기는 상세히 묘사되고 있다. 노동자로 살아간 아버지를 부끄러워하거나, 반공주의에 포섭되어 빨갱이에 대한 선입견을 가지고 있었으며, 단순히 돈을 많이 벌기위해 가장 산업재해가 많은 대영철강으로 이직하기도 하고 구사대의 폭력으로 노동투쟁을 두려워하기도 한다. 이런 그가 첫 연대투쟁으로 거리로 나가 최루탄을 경험하고 '동지회'활동으로 현실에 대한 인식을 새롭게 하고 해고 투쟁과 파업투쟁을 승리하면서 민주노도위원장으로 성장한다.

그러나 『파업』에는 또 다른 서사인 지식인 활동가인 홍기의 노동 현장 투쟁이야기가 있다. 작품의 첫 장면이 홍기의 대영철강 위장취업 장면이라면 마지막 장면은 교도소에 있는 홍기가 김동연이 보낸 편지를 읽는 장면으로 끝난다. 지식인 활동가가 서사에 표면화되는 것에 대해서는 앞에서 말했듯 사건의 방향을 결정하는 역할을 하고 있다. 그리고 첫 장면과 마지막 장면을 통해 작품 전체의 서사에 개입한다. 『파업』을 지식인 활동가인 홍기의 노력으로 미성숙 노동자들을 선진노동자로 계급의식을 고취시키고 결국 민주노조를 건설하게 만들었다는 것으로 읽을 수 있다.[17]

그러나 소설의 전반부는 홍기 중심으로 서사가 전개되지만 후반부로 갈수록 중심 사건인 파업투쟁에 이미 퇴사와 구속된 홍기는 참여하지 못하고 관찰자로 남는다. 그리고 김동연은 내적 갈등과 극복을 통해 계급성을 인식하고 민주노조건설을 위해 파업 투쟁을 주체적으로 전개했다는 측면에서 오히려 역동적이고 유동적 주체인 김동연을 핵심적 중심

17) 임규찬은 학생출신으로 위장 취업한 홍기를 중심인물로 보고 있다. "『파업』은 홍기라는 선진적 노동운동가의 의식이 작품의 심장부 역할을 하고 있다"(임규찬, 앞의 글, 596쪽.)

인물로 볼 수도 있다.

이처럼 작품에 형상화된 서사는 핵심적 중심인물이 불분명 할 정도로 서사의 집중도가 떨어진다. 텍스트에는 여러 서사가 중첩될 수는 있지만 중심적 인물을 통해 텍스트 전체를 유기적으로 통합하는 중심 서사가 필요하다. 『파업』은 내용 중심의 서사와 인물 중심의 서사가 유기적으로 결합되었다고 볼 수 없다. 이것은 내용 중심으로 전개되는 텍스트 전체의 서사에 인물 중심의 서사인 지식인 활동가 중심의 서사가 도식적으로 개입된 것으로 볼 수 있다.

『파업』의 총체성의 미약함은 작가의 개입으로 텍스트에 작가의 목소리가 직접적으로 표현되었기 때문이다. 등장인물과 사건의 유기적 전개에 의해 표현되지 않고 작가의 목소리가 직접적으로 노출되어 텍스트의 총체성을 미약하게 만들었다. 그 방식은 텍스트에서 사건 상황에 대한 작가의 직접적 설명, 지식인 활동가에 대한 관념적 묘사, 서사 결합의 도식성으로 나타났다.

3. 상징질서와 인물의 의미 관계

노동소설의 대립서사는 단순한 소재적 차원에서 자본가 계급과 노동자 계급의 대립이 아니다. 지배적 이데올로기가 상징질서를 규율화하고 주체들이 무의식적으로 습속하는 모순된 현실에 대한 저항이자 대립이다. 상징질서의 지배적 이데올로기의 억압과 모순에 저항할 뿐만 아니라 이미 벌써 상징질서 내부에 동일시된 저항 주체를 향한 내적 저항까지 포함하고 있다. 즉 노동소설에서 대립과 저항의 대상은 이미 벌써 상징화되어 보편적 질서를 형성한 현실이다. 노동소설은 상징질서의 모순된 징후를 극복, 변혁하여 새로운 시공간을 상상하는 인물, 사건의 갈등 양상을 형상화 한 것이다. 즉, 모순된 현실을 극복하려는 “유토피아 충동”,[18] ‘유토피아 지향성’[19]을 형상화하고 있다. 노동소설은 대안적 체제, 새로운 상징질서를 꿈꾸는 변혁적 상상인 것이다. 이러한 노동소설의 변혁성과 유토피아 지향성은 중심인물이 지향하는 세계에 의해 나타난다. 특히 중심인물과 지향점이 다른 주변 인물들과의 갈등에서 구체적으로 형상화된다고 할 수 있다. 다시 말해 인물들의 주체성의 충돌 양상을 형상화하는 것이다.

인물의 주체성은 상징질서와의 관계에서 표면화된다. 주체는 상징질서의 상징적 기표에 능동적이거나 수동적으로 예속되어 상징화된 상징적 주체이다. 그리고 상징화되지 않아 기표로 의식되지 않는 무의식적 주체도 존재한다. 이러한 무의식 주체는 상징질서와 관계하지만 의식되지 않는 존재이다. 이러한 무의식 주체의 존재로 인해 상징질서는 절대화될 수 없고 새로운 상징질서로 변화 가능한 유동체인 것이다.[20] 이처

---

18) 하정일, 앞의 책, 27쪽.
하정일은 유토피아 충동에 대해 “대안적 체제의 탐색은 어떤 정형화된 이데올로기에 귀속되지 않고 항상 유토피아적 충동으로 남아 있다. 이 유토피아적 충동은 현실의 비극성을 최고조로 고양시키는 동시에 저항의 잠재력을 극대화하는 이중적 기능”을 한다고 하였다.

19) 김복순, 앞의 책, 119쪽.
김복순은 “노동/자본의 모순이 핵심적 모순관계인 자본주의 사회이기에 노동소설은 필연적으로 유토피아 지향성을 띠게 된다.”고 하였다.

20) 주체가 보편적 실체 속의 균열로서 출현하는 주체와 실체의 이 역설적 관계는 프로이트-라캉적 실재라는 정확한 의미에서의 ‘사라지는 매개자’ –즉, 비록 어디에도 실제로 존재하지 않고 그 자체로서 우리 경험으로 접근할 수 없지만 그럼에도 불구하고 다른 모든 요소들이 일관성을 유지하기 위해서는 사후적으로 구성되고 전제되어야만 하는 어떤 요소의 구조-로서의 주체 개념에 달려 있다.(S. 지젝(2007), 『부정적인 것과 함께 머물기 : 칸트, 헤겔 그리고 이데올로기 비판』, 이성민(옮김), 출판b, 66쪽.)

럼 인물의 주체성은 주체를 포함하고 있는 상징질서와의 관계에 의해서 형성된다. 그렇게 형성된 주체성이 인물의 의미이다.

『파업』의 인물들은 상징질서와의 관계를 통해 주체의 의미를 형성한다. 그리고 의미화 된 주체들은 상징질서를 통해 관계가 연결되어 있다. 상징질서와의 관계에 의해 형성된 중심인물의 의미 관계는 궁극적으로 『파업』이 지향하는 새로운 상징질서를 제시할 것이다. 이것은 『파업』이 형상화한 상징질서의 총체성[21]과 관련될 것이다.

앞에서 살폈듯 『파업』의 상징질서의 지배적 이데올로기는 반공주의, 경제성장주의, 군부독재파시즘이었다. 이러한 상징질서에 관계 맺는 방식에 따라 인물들은 서로 타자적 존재로 관계한다.

상징질서를 절대화하는 자본가 계급인 장상대와 상징질서에 상징화되지 않고 상상적으로 초월하는 노동자 계급인 김진영, 그리고 상징질서를 현실적으로 전복하는 노동자 계급인 김동연이다.

장상대, 김진영, 김동연의 관계는 상징질서를 대상으로 서로 대립적이면서 부정성과 순종성이 공존하는 관계이다.

1) 상징질서의 과잉적 절대성－억압과 파괴

1980년대 후반은 상징질서의 기표인 반공주의, 경제성장주의, 군부독재파시즘이 현실을 표상하고 구성한다.

---

21) ‘누빔’은 총체화를 수행하며, 이 과정을 통해 자유롭게 부유하는 이데올로기의 요소들을 고정시키게 된다. 다시 말해 누빔을 통해 그 요소들은 의미의 구조화된 네트워크의 일부가 된다.(S. 지젝(2002), 『이데올로기라는 숭고한 대상』, 이수련(옮김), 인간사랑, 156쪽.)

그의 머리 위 유리창에는 '좌경세력 척결하여 민주사회 수호하자'는 표어가 크게 써 붙여 있었고, 옆에는 철판으로 만든 공원모집공고가 걸렸는데 일 년 내내 붙어 있었던 듯 페인트 색깔이 바래고 군데군데 벗겨져 녹이 드러나 보였다.(9쪽)

홍기가 위장취업을 하기 위해 대영철강을 찾는 장면에서 정문 경비실을 묘사한 장면이다. 1980년대 사회의 지배적 상징성을 보여준다. 반공주의, 민주주의, 자본주의가 현실에 발현되는 흔적이다. 국가의 기본적 지향점은 표어로 상징되어 일상의 곳곳에서 주체에게 주입된다. 자본의 규칙이 정당화된 일상 속에서 주체는 순종적 노동자가 되어 일 년 내내 일자리를 찾아 공단을 헤매고 돌아다닌다. 국가와 일상을 지배하는 상징은 거부할 수 없는 모습으로 현실에 발현되어 노동 주체를 고정시키고 기계적인 순종자로 만든다.

이러한 상징질서의 지배적 이데올로기를 상징적으로 동일시[22]하는 인물이 장상대이다. 장상대는 상징질서의 권력적 지배 속성을 절대화하여 과잉적으로 현실에 표출한다. 그 표출 방식은 과잉적 억압과 법질서의 파괴이다.

자본가 계급인 장상대는 상징질서를 상징하는 인물이다. 장상대는 이북의 토지개혁에서 지주의 아들로서 월남한 인물이다. 이승만 자유당 시절과 박정희의 5·16 군사쿠데타에서 성장한 자본가로 지배이데올로기인 반공주의와 자본의 성장주의를 대변하는 인물이다.

장상대, 그가 대영제강을 세운 것은 자유당이 한창 기승을 부리던 시절이었다. 그는 이북에 공산주의가 들어오면서 대대적인 토지개혁으로 광

22) "I(A)는 상징적인 동일시를 나타낸다. 그것은 주체가 상징적 질서인 큰 타자 속의 어떤 기표적인 특질 (I)과 동일시함을 나타낸다."(위의 책, 156쪽.)

활한 토지를 소작인들에게 빼앗긴 지주의 아들이었다. 공산주의 때문에 모든 부와 권력을 잃은 그의 집안은 6·25전쟁을 틈타 월남하였고 그는 월남민으로 구성된 백골사단에 들어가 전쟁이 끝날 때까지 장교로 근무하였다. 그때의 인연으로 반공 제일을 부르짖으며 무한권력을 행사한 자유당정권의 요로에 인맥을 맺어놓은 그는 전쟁이 끝난 후 양키들의 원조물자가 쏟아져 들어올 때 다른 재벌들과 마찬가지로 공짜물건을 받아다 멋대로 값을 불러 팔아먹는 떼 부자의 깅에 들어섰다. 그리고 대영이 제대로 성장하게 된 것은 5·16 군사쿠데타 이후였다. 장상대는 일부를 정치자금으로 헌납하는 조건으로 엄청난 돈을 거의 무이자로 융자하였고 그것을 토대로 대영그룹을 세울 수 있었다.(186~187쪽).

장상대의 개인사적 성장 배경에서 나타나는 그는 남한 사회의 지배이데올로기의 태동과 논리를 같이 하고 있다.

장상대는 박정희가 죽는 날 진심으로 슬퍼하고 박정희를 독재자라 욕해도 그만은 결코 그렇게 생각하지 않았다. 그리고 자본주의가 일어나려면 남의 돈을 빌려 기업을 세우고 대신에 이자만큼을 노동자 임금에서 줄여 보충하는 것은 당연하고 강력한 독재로서 노동자의 불만을 누르는 것도 당연하게 생각했다. 그리고 '박정희를 비난하는 놈들은 한국에 자본주의가 발전하는 것을 거부하는 빨갱이'로 보았다. 이처럼 장상대는 1980년대 상징질서의 지배적 이데올로기의 억압성과 재생산 논리를 그대로 따르고 있다. 즉 장상대는 큰 타자인 상징질서와 동일시되는 주체이면서 그 논리를 재생산하는 주체이다.

상징적 동일시를 절대화한 장상대는 상징질서의 불완전성을 인식할 수 없는 주체이다. 결국 상징질서의 과잉적 억압성까지 절대화하여 반보편적이고 반윤리적 주체가 된다. 그러한 주체의 행위는 상징질서의 구조를 파괴하는 것으로 나타난다. 대표적인 것이 억압적 국가장치인 법의 질서를 넘어 그 법질서 자체를 파괴하는 반윤리적 욕망의 주체가 되는 것이다.

상징질서가 현실에 규정적으로 작동하는 곳은 국가적 제도장치들이다. 특히 법은 모든 구성원들이 보편적으로 합의한 것으로 현실을 규율하고 규범적으로 질서화한다.

> 과장은 근로계약서와 서약서를 주고 옆의 책상에 앉아 쓰도록 했다. 그러나 근로계약서에서 가장 중요한 임금과 노동시간란은 비워 두라고 했다. 그건 회사에서 알아서 써준다는 것이었다. '다음 사항을 위반 했을 때는 해고되어도 법적 소송을 걸지 않겠습니다'라는 말로 시작되는 서약서는 12개항 모두가 근로자들 선동했을 때, 서명운동을 했을 때, 상사 지시에 따르지 않았을 때 등 쟁의에 관한 것들이었다.(11쪽)

홍기가 대영철강에 취업을 하면서 근로계약서와 서약서를 작성하는 장면이다. 아주 자연스럽게 일상적으로 근로기준법이 파괴되고 있는 것이다.

그리고 장상대는 대영철강에 불법적으로 무노조를 주장하고 민주노조의 설립신 중간에 개입하여 구청에 압력을 넣어 어용노조를 설립한다. 경찰, 치안본부, 안기부, 검찰, 등 모든 기관에 로비를 하여 법질서를 파괴하면서까지 자신의 자본 재생산을 유지하려 했다. 이러한 장상대의 법질서 파괴는 상징질서에 동일시되는 주체를 넘어 상징계의 억압성과 파괴성을 절대화하는 주체인 것이다. 그리고 노동자 계급에게는 절대화된 상징질서의 과잉적 억압과 파괴된 법질서에 복종과 순응을 강요한다.

2) 상징질서의 상상적 초월성 – 죽음

지배이데올로기가 작동하는 상징질서를 통해 파악된 현실은 구체적 개인들에게는 사실상 현실 자체 또는 지향하는 현실로 여겨질 수밖에 없다. 상징질서를 유지하는 지배이데올로기는 사회를 조화로운 구조로 유지시켜주는 역할을 한다. 그래서 노동자들은 자신들의 꿈이 현재 자신들이 살아가고 있는 조화로운 사회에서 이루어지길 꿈꾸는 것이다. 그러나 그들의 꿈은 현실에서 이루어지 않는다. 왜냐하면 상징질서는 그들이 상상하고 꿈꾸었던 것 같이 완벽한 것이 아니기 때문이다. 상징질서는 결핍되어 있는 비전체이다.[23]

이러한 비전체인 상징질서와 주체와의 관계를 지젝은 다음과 같이 설명한다.

> '큰 타자' 속에서의 소외 다음에는 큰 타자로부터의 분리가 이어진다. 주체가 큰 타자는 그 자체가 정합적이지 않으며, 순전히 잠재적인 [가상적인] 것이며, 빗금 쳐져 있으며, 물(物)을 박탈당하고 있다는 것을 간파하자마자 분리가 이어진다.-그리고 판타지는 주체가 아니라 타자의 이러한 공백을 채우기 위한, 즉 큰 타자의 정합성을 (재)구성하기 위한 시도이다.[24]

상징질서에서 소외된 주체는 분리를 시도한다. 그리고 그 불완전하다고 간파한 주체는 그 상징질서의 완결을 시도하거나 이질적으로 새로운 상징질서를 상상하기도 한다.[25]

---

23) "실재는 상징적 질서와 현실 사이의 외적 대립이 상징적인 것 자체에 내재적인 것이 되어 내부로부터 그것을 훼손하는 지점이다. 그것은 상징적인 것의 비전체이다. 실재가 존재하는 것은 상징적인 것이 자신의 외적 실재를 포착할 수 없기 때문이 아니라 상징적인 것이 완전히 자신이 될 수 없기 때문이다. 존재(현실)가 존재하는 것은 상징 체계가 비정합적이며, 결함이 있기 때문이다."(S. 지젝(2013), 『라캉 카페』, 조형준(옮김), 새물결, 1140쪽.)

24) S. 지젝(2013), 『헤겔 레스토랑』, 조형준(옮김), 새물결, 605쪽.

25) 지젝은 이러한 현상에 대해 증상의 개념으로 설명한다.
'증상'은 그 자신의 보편적인 토대를 뒤집는 어떤 특별한 요소이며, 그 자신의 속

『파업』에서 지배이데올로기를 상징화한 자본가 계급의 억압과 파괴에 의해 소외되고 분리된 주체는 노동자 계급이다.[26)]

상징질서의 불완전성과 파괴적 현상은 주체에게 상징계와 동일시하는 과정에서 비이성적이고 비합리적인 상징질서에 의해 동일시되지 않는 경험을 갖게 한다. 이러한 지배이데올로기 불완전성은 그 상징질서의 억압성에 의해 발생하는 노동자 계급의 소외로 구체화되기 때문이다.[27)] 이러한 소외가 발생하는 상징질서는 불완전할 수밖에 없으며 언제나 노동 주체의 욕망을 충족시켜주지도 못한다. 그래서 노동 주체는 항상 욕망의 결핍 상태이다. 주체는 이러한 상징질서의 불완전성에 대한 욕망이 아닌 '새로운' 욕망의 대상을 욕망한다. 만약 상징질서가 완벽하고 진실 된 대상이라면 주체에게 결핍이 생기지도 않을 뿐만 아니라 '새로운' 욕망의 대상을 욕망할 필요도 없다. 그러나 상징계와 주체는 언제나 변증법적으로 변화하는 열린 구조이다.

『파업』에서 이러한 상징질서의 불완전성과 억압, 파괴로 인한 소외와 분리를 주체적으로 인식하는 인물이 김진영이다. 그는 불완전하고 파괴

을 전복시키는 종이다. 이런 의미에서 '이데올로기 비판'을 마르크스의 기본 절차는 이미 '증상적'이라고 할 수 있다. 그것은 주어진 이데올로기의 장에 이질적이면서도 동시에 그 장을 완결시키기 위해 필요한 어떤 결렬의 지점을 탐색하는 데 있다.(S. 지젝(2002), 『이데올로기라는 숭고한 대상』, 이수련(역), 인간사랑, 49쪽.)

26) "라캉은 증상을 '억압된 것의 회'로서 설명"한다.(위의 책, 103쪽.)
"증상은 다음과 같은 것이라 할 수 있다. 특수한, '병리적인', 기표적인 형성물, 향락의 매듭, 해석과 소통에 저항하는 관성적인 오점, 담화의 회로 속에, 사회적인 유대의 네트워크 속에 포함될 수 없는 얼룩, 하지만 동시에 그러한 네트워크를 가능케 하는 실정적인 조건, 이제 라캉에게 있어 왜 여자가 남자의 증상인지가 분명해진다."(위의 책, 136쪽.)

27) 지젝은 상징계와 노동자 계급의 소외에 대해 다음과 같이 설명한다.
전체성의 보편적이고 합리적인 원칙 자체를 전복시킨다. 마르크스에게 있어 현존하는 사회의 이러한 '비합리적인' 요소는 물론 프롤레타리아이다. 그것은 '이성 자체의 비이성'(마르크스)이며, 현존하는 사회질서 속에서 구현된 이성이 자신의 비이성을 만나는 지점이라고 설명한다.(위의 책, 51쪽.)

적이며 비합리적인 상징질서를 대면한다.

김진영은 툭하면 술 먹고 싸움질만 하던 과거를 얘기하면서 해고되고 첫날 경찰서에서 신원조회를 하다가 폭력 전과 4범이라는 것이 다른 동료들에게 알려지자 부끄러워하는 활달하며 비각성된 노동자였다. 그 후 홍기와의 '동지회' 활동과 해고자 투쟁 속에서 구사대의 폭력과 권력기관의 비합리성과 자본가의 파괴성을 경험하면서 상징질서의 불완전성을 대면하게 된다. 상징질서의 파괴성으로 인해 민주노조건설이 반복적으로 실패하자 상징계의 암흑적인 벽에 갇힌 자신의 존재를 인식하게 된다. 김진영이 회사 정문에서 마지막 복직투쟁을 하면서 분실자살 하는 현장에서도 김기준이 검거되고 연행된다. 이처럼 회사의 폭력은 단순한 회사와 노동자 간에 이루어지는 싸움이 아니라 사회를 구성하는 지배적 제도와 노동자 집단 간에 발생한다. 국가의 공권력은 더 이상 노동자를 보호해주는 평등한 법 집행 기관이 아닌 것이다. 결국 새로운 욕망의 대상을 욕망한다. 상징질서의 폭력적 파괴가 이루어지는 구사대의 폭력 현장에서 분신자살한다.

"노동자도 인간이다! 인간답게 살아보자!"
정문 맞은편 3층 상가 옥상이었다! 사람들의 시선이 일시에 3층을 향했다. 파란 하늘을 등지고 꿋꿋이 선 깡마른 모습이 조각처럼 눈에 선명히 들어왔다. 온 몸에 덮어쓴 석유가 머리칼과 옷가지로 뚝뚝 흘러내리고 있었다. 비장한 음성이 쩌렁쩌렁 들려왔다.
"구사대는 물러가라! 물러가지 않으면 분신하겠다!"
올려다보던 사람들 사이에서 동요가 일어나기 시작했다. 회사 안에 들어갔던 노동자들도 철문가로 몰려 나왔다. 제강과장이 욕설을 퍼부었다.
"미친 놈! 지랄하고 자빠졌네!"
다른 놈들도 위에 대고 소리쳤다.
"죽을래면 죽어라! 죽을 용기나 있냐?"

"얼른 죽어, 이 빨갱이 새꺄!"
제강과장이 큰 소리로 외쳤다.
"올라가서 끌어 내!"
구사대가 우르르 건물로 몰려갔다. 진영은 날카롭게 외쳤다.
"올라 오지마! 올라오면 분신하다!"
그러나 구사대는 그의 말은 안중에도 없었다. 동석이 미친 듯 소리쳤다.
"올라 가지마! 사람 죽는단 말야!"
그러자 남아 있던 구사대 하나가 가슴을 내질렀다.
"시끄러 이 새까! 너희 같은 빨갱이들은 다 죽어야 돼!"
(중략)
구사대는 3층까지 올라가 잠겨 진 옥상 문을 부수기 시작했다. 쿵쿵 소리가 아래까지 들려왔다. 그러나 진영은 더 이상 올라오지 말라는 소리는 하지 않았다. 그의 손에는 이미 불붙은 유인물 한 장이 들려 있었다.
"어용노조 물리치고 민주노조 쟁취하자!"
석유에 젖은 그의 뺨에는 눈썹에서 나온 피와 눈물이 엉켜 뜨거운 피눈물이 되어 흘러내리고 있었다. 대영제강 전체가 흐릿하게 내려다 보였다. 그는 반쯤 타들어간 종이를 몸에 갖다 댔다. 불꽃이 옷깃에 옮겨 붙어 시뻘건 불길이 끄으름을 날리며 서서히 일어나기 시작했다.
(중략)
노동자들이 미친 듯이 외쳤다. 한 명, 두 명이 아니라 수많은 사람의 외침이었다. 마침내 노동자들의 마음이 다시 하나로 뭉치는 순간이었다. 그러나 진영은 이미 아무소리도 듣고 있지 못했다. 그는 불꽃이 목을 타고 들어오는 고통 속에서 마지막으로 처절하게 절규했다.
"노-혁-노동자도 인간이다! 인간답게 살고 싶다!"
그리고 3층 아래로 훌쩍 뛰었다. 커다란 불덩이가 검은 끄으름을 날리며 곧바로 떨어졌다. 퍽! 머리 깨지는 소리가 소름끼치게 들려 왔다. 시멘트 바닥에 사지를 뻗고 쓰러진 그는 더 이상 꼼짝도 하지 않았다.(240~241쪽.)

김진영이 분신하면서 외쳤던 구호에서 새로운 이상향을 알 수 있다. 노동자도 인간답게 살 수 있는 세상, 어용노조가 아닌 노조의 본질적 존재 가치가 실현되는 민주노조를 건설할 수 있는 합리적인 세상을 꿈꾼 것이다.

김진영의 죽음은 현실적으로 보면 반인륜적이고 범법행위이다. 김진영의 죽음은 라깡이 『안티고네』를 분석하면서 안티고네가 법질서를 어기면서 오빠의 매장을 강행한 것과 같은 윤리적 행위인 것이다. 라캉은 죽음을 무릎 쓰고 오빠의 장례를 치르는 것은 주체의 집요한 욕망으로 보았다. 결국 이것은 불완전한 상징계 속에서의 욕망의 비극인 것이다. 이러한 행위의 주체는 상징계의 동일시의 범위를 넘어 존재하는 욕망의 주체가 되는 것이다. 김진영은 더 이상 상징계에 존재하는 주체가 아닌 윤리적 주체인 것이다.

죽은 김진영은 살아남은 자들에게 더 이상 상징계에 존재하는 주체가 아니다. 죽음의 의미는 죽음을 지켜 본 타자의 시각에 의해 재정립된다. 남은 주체들에게 김진영은 새로운 세계로 위치 지워져야하는 존재, 즉 승화의 대상이 된다. 남은 주체들에 의해 애도와 승화의 절차를 통해 김진영은 상상의 타자로 존재하게 되는 것이다.

3) 상징질서의 실재적 현실성 – 파업

살아남아 현실에 존재하는 노동자 계급은 상징질서에 동일화 되지도 않으면서 새로운 상징질서를 끝없이 상상해야한다. 그리고 그것을 현실화해야 한다. 그래서 노동자 계급은 상징질서의 억압과 파괴에 저항하면서 '상징적인 구조를 뒤틀어 버린다.'[28] 지젝은 상징질서의 뒤틀림에 대해 다음과 같이 설명한다.

---

28) "실재는 상징적인 구조의 뒤틀림을 설명하기 위해서 사후에 축조되어야만 하는 실체이다."(위의 책, 275쪽.)

라캉의 실재가 지니고 있는 역설은 그것이(현실에서 일어난다는, '실제로 존재한다는' 의미에서) 존재하지 않음에도 불구하고 일련의 속성들을 가지고 있는 실체라는 사실이다. 그것은 어떤 구조적인 인과율을 실행한다. 그것은 주체들의 상징적인 현실 내에서 일련의 효과들을 산출할 수 있다. 동일한 모체에 근거를 둔 다수의 농담들이 그것을 예증하고 있다.[29]

지젝은 라캉의 실재를 설명하면서 '존재하지 않음에도 불구하고 일련의 속성들을 가지고 있는 실체, 어떤 구조적인 인과율을 실행, 주체들의 상징적인 현실 내에서 일련의 효과들을 산출'한다고 말한다. 이것은 비가시적이면서도 가시적인 것, 상징적이지 않으면서 상징적인 것이 존재해야만 존재할 수 있는 것이다. 이러한 실재의 의미는 노동자 계급이 현실적 투쟁에서 상징화 되지 않으면서 새로운 상징을 상상하는 것과 동일하다고 볼 수 있다. 상징 질서에 일방적으로 호명되지 않으면서 상징계에 존재할 수 있는 또다른 주체라고 할 수 있다.

『파업』에서 상징질서의 구조를 뒤트는 실재적 주체는 김동연이다. 중심인물인 김동연은 단란한 가정을 꿈꾸는 보편적 노동자 계급으로 비공개 노동자 모임인 '동지회' 활동을 하면서 선진 노동자로 성장한다. 김진영이 꿈꾸던 상상의 새로운 상징질서를 현실에서 실천하는 인물이다.

김진영의 죽음은 노동소설에서 나타나는 전형적인 죽음으로 상징화되고 있다. 김진영의 분신은 대영철강의 민주노조건설 과정에서 노동자의 집단적 실천 행위가 이루어지는 계기가 된다. 김진영의 죽음은 남아 있는 노동자들에게 윤리적 반성과 상징적 타자에 대한 분노로 연결된다. 이러한 개별 노동자의 각성은 계급의 집단적 실천으로 확장된다. 상상적 타자로 존재했던 김진영의 죽음이 현실에서 재현되고 반복되는 것이

29) 위의 책, 275~276쪽.

다. 이것은 현실적 죽음의 반복이 아니라 죽음에 의해 기표화된 윤리적 행위의 반복, 윤리적 주체의 재현인 것이다. 이러한 윤리적 행위의 반복과 윤리적 주체의 재현이 이루어지는 사건이 파업이다.

파업현장은 상징계의 비합리적이고 억압적 주체인 자본가 계급과 반복되는 윤리적 주체인 노동자 계급이 공존하는 공간이다. 이 공간은 불완전한 상징계의 총체적 유기체이다. 그래서 상징계의 불완전한 주체들의 변증법 갈등이 최고점에 이르는 곳이다. 그리고 실재적 주체들의 유토피아 지향점인 새로운 상징질서의 가능성이 진행된다.

김동연은 노조위원장으로서 비굴하게 구사대의 폭력을 피해 도망가서 회사에도 나오지 않았던 자신의 행위를 김진영의 죽음 이후 반성한다. 그리고 김진영의 죽음을 지켜본 살아남은 자로 상상적 타자로 존재했던 윤리적 주체를 상징질서로 불러 들여 반복한다.

> "그런데 내가, 아니, 여기 있는 우리 모두가 그런 생각에 몸을 사리고 있는 동안에 우리 동료는 우리를 위해, 우리를 위해……"
>
> 끈질기게 가슴을 울렁여오는 설움에 그는 말을 잇지 못하고 한 동안 천장만 올려다보았다. 기어이 눈물이 핑 돌았다.
>
> "……결국은 우리를 위해 죽었습니다. 빼기고 짓밟히고, 그러고도 개처럼 비굴하게 살아야만 하는 우리를 위해 죽었습니다. 제강과 여러분, 저는 말을 못합니다. 그래서 뭐라고 제 마음을 말로 표현하지 못하겠습니다. 그렇지만 여러분, 우리 동료가 죽은 이 마당에 우리가 더 이상 무얼 망설여야 합니까?"(252~253쪽.)

김동연은 자신의 행동에 대해 반성하고 민주노조건설에 동참할 것을 호소한다. 이러한 반성은 김동연 뿐만 아니라 남아 있는 모든 노동자들에게 적용된다. 이상섭은 대학 출신 홍기, 기준에 대한 불신과 해고자 투쟁에서 빠졌던 자신의 패배주의를 반성한다. 그리고 김영춘도 자신들이 조금만 더 열심히 배우고 같이 싸웠으면 김진영이 죽지 않았을 거라고 말한다. 손영원은 우리들 모두가 죄인이며 이제 더 이상 피하지 말고 끝까지 싸우자고 한다. 이러한 반성적 윤리적 주체는 파업 투쟁에 동참하여 승리로 이끈다. 이처럼 살아남은 자들에 의해 윤리적 행위가 반복적으로 재현된다.

이러한 윤리적 행위는 새로운 상징계, 즉 합리적이고 합법칙적이며 인간이 존재하는 유토피아를 지향하는 주체의 역동적인 실천 행위이다. 윤리적 행위와 윤리적 주체의 반복과 재현은 불완전한 상징계를 전복하는 것으로 새로운 상상적 타자를 상징적으로 동일시하여 새로운 상징질서를 구조화하는 것이다. 노동소설에서 파업 모티브는 이러한 혁명적 실천의 반복이 이루어지는 사건이자 공간이다.

이상에서 『파업』의 상징질서와의 관계를 통해 형성된 인물의 의미 관계를 알아보았다. 『파업』의 인물들은 상징질서와의 관계를 통해 주체의 의미를 형성했으며 그 의미화된 주체들은 상징질서를 통해 관계가 연결되어 있었다. 상징질서를 절대화한 자본가 계급인 장상대는 지배이데올로기의 과잉적 억압과 법질서 파괴로 형상화되었고 상징질서에 상징화되지 않고 상상적으로 초월하는 노동자 계급인 김진영은 윤리적 행위인 죽음으로 윤리적 주체가 되었다. 그리고 상징질서를 현실적으로 전복하는 노동자 계급인 김동연은 윤리적 행위의 반복인 파업투쟁을 승리로 이끌었다.

이와 같은 『파업』의 인물의 의미 관계는 상징질서의 대립적 계급관계인 노동현실과 새로운 유토피아를 지향하는 계급적 노동주체를 총체적으로 형상화한 것이다.

4. 결론

이상에서 1980년대 후반 노동소설의 대표적 작품인 안재성 『파업』의 내포적 총체성의 결핍을 규명하고 인물의 의미 관계를 밝혔다.

『파업』의 내포적 총체성의 결핍은 작가의 개입으로 텍스트에 작가의 목소리가 직접적으로 표현되었기 때문이다. 등장인물과 사건의 유기적 전개에 의해 표현되지 않고 작가의 목소리가 직접적으로 노출되어 텍스트의 총체성을 미약하게 만들었다. 그 방식은 텍스트에서 사건 상황에 대한 작가의 직접적 설명, 지식인 활동가에 대한 관념적 묘사, 서사 결합의 도식성으로 나타났다.

『파업』의 상징질서와의 관계를 통해 형성된 인물의 의미 관계는 장상대, 김진영, 김동연을 통해 형상화되었다. 상징질서를 절대화한 자본가 계급인 장상대는 지배이데올로기의 과잉적 억압과 법질서 파괴로 형상화되었고 상징질서에 상징화되지 않고 상상적으로 초월하는 노동자 계급인 김진영은 윤리적 행위인 죽음으로 윤리적 주체가 되었다. 그리고 상징질서를 현실적으로 전복하는 노동자 계급인 김동연은 윤리적 행위를 반복하는 파업투쟁을 승리로 이끌었다.

『파업』은 작가의 직접적 개입으로 내포적 총체성이 결핍되는 한계를 보이지만 그럼에도 불구하고 인물의 의미 관계를 통해 당대 사회현실의 대립적 계급관계와 새로운 유토피아를 지향하는 계급적 노동주체를 총체적으로 형상화한 것이다.

1장 리얼리즘 이야기

G. 루카치(1985), 「문제는 리얼리즘이다」, 『문제는 리얼리즘이다』, 홍승용(편역), 실천문학사.
F. 엥겔스(1989), 「런던의 마가렛 하크니스에게」, 『마르크스 엥겔스의 문학예술론』, 김영기(편역), 논장.
S. 지젝, 『이데올로기라는 숭고한 대상』, 이수련(역), 인간사랑 2002.
______, 『라캉 카페』, 조형준(역), 새물결 2013.

2장 한설야의 『황혼』에 나타난 인물의 주체 구성 방식

고명철(2005), 「한설야 문학, 그 탈식민의 맥락」, 『반고어문연구』 20집, 243~271쪽.
김동환(1987), 「1930년대 한국 전향소설연구」, 서울대 석사학위논문.
김윤식・정호웅(1993), 『한국소설사』, 예하.
김재용(2004), 「『대륙』과 우회적 글쓰기」, 『협력과 저항』, 소명.
______(2005), 『민족주의와 탈식민주의를 넘어서－한설야 문학의 저항성을 중심으로」, 『인문연구』, 48권, 영남대학교 인문과학연구소, 19~37쪽.
문영희(1996), 『한설야 문학 연구』, 시와 시학사.
서경석(1992), 「한설야 문학 연구」, 서울대 박사학위논문.
_____(1996), 『한설야－정치적 죽음과 문학적 삶』, 건국대학교출판부.
_____(2006), 「한설야 문학의 유교적 배경 연구」, 『우리말글』, 36권, 우리말글학회, 297~314쪽.
_____(2011), 「한국 사회주의 문학의 다층성」, 『우리말글』 52집, 우리말글학회, 335~353쪽.
서영채(2003), 「한국 근대소설에 나타난 사랑의 양상과 의미에 관한 연구」, 서울대 박사학위논문.

이경재(2007), 「일제 말기 한설야 소설의 나르시시즘 연구」, 『현대문학의 연구』, 32권, 한국문학연구학회, 447~476쪽.

_____(2010), 『한설야와 이데올로기의 서사학』, 소명.

임 화(1940), 「한설야론」, 『문학의 논리』, 학예사.

장석홍(1997), 『한설야 소설 연구』, 박이정.

조남현(2001), 「한설야의 일관성과 굴절성」, 『한국현대문학사상탐구』, 문학동네, 123쪽.

주효주(2012), 「한설야 소설에 나타난 신의(信義)에 관한 연구」, 한양대 석사학위논문.

하정일(2008), 『탈식민의 미학』, 소명.

한설야(1936), 「문예시감－고향에 돌아와서」, 『조선문학, 1936. 8.

_____(1989), 「나의 인간 수업, 작가 수업」, 『나의 인간 수업, 문학 수업』, 인동.

_____(1995), 『황혼』, 동아출판사.

홍준기(1999), 「라캉과 알튀세르」, 『라캉과 현대철학』, 문학과지성사.

H. 마르쿠제(2004), 김인환(역), 『에로스와 문명』, 나남출판사.

L. 알튀세르(1991), 『아미엥에서의 주장』, 김동수(역), 솔.

3장 해방기 임화의 현대 민족국가 이념

권성우(2007), 「임화의 메타비평 연구 : 비평적 자의식을 중심으로」, 『상허학보』, 19집, 상허학회.

_____(2008), 「임화 시에 나타난 '탈식민성'연구」, 『횡단과 경계』, 소명.

김동식(2008), 「'리얼리즘의 승리'와 텍스트의 무의식」, 『민족문학사연구』, 38권, 민족문학사학회.

김외곤(편)(2000), 『임화전집 1』, 박이정.

김선규(2008), 「상징계라는 형식의 역설」, 『현대사상2－환상을 넘어서』, 현대사상연구소.

박정선(2005), 「임화 시의 시적 주체 변모과정 연구」, 경북대박사학위논문.

송기한・김외곤(편)(1991), 『해방공간의 비평문학1・2・3』, 태학사.

신두원(2008), 「변증법적 사유와 실천의 한 절정－1940년을 전후한 시기의 임화」, 『민족문학사연구』, 38권, 민족문학사학회.
이형권(2002), 「현해탄 시편의 양가성 문제」, 『한국언어문학』, 49집, 한국언어문학회.
임영태(편)(1985), 「조선문제에 대한 코민테른 집행위원회의 결의」, 『식민지시대 한국사회와 운동』, 사계절.
하정일(1992), 「해방기 민족문학론 연구」, 연세대학교 박사학위 논문.
_____(2006), 「일제 말기 임화의 생산문학론과 근대극복론」, 『민족문학사 연구』, 31호, 민족문학사학회.
_____(2009), 「마르크스로의 귀환」, 『임화문학연구』, 임화문학연구회(편), 소명.
허　정(2007), 「임화 시 연구」, 동아대 박사학위논문.
S, 지젝(2004), 『그들은 자기가 하는 일을 알지 못하나이다』, 박정수(역), 인간사랑.

4장 현대 노동소설의 이데올로기와 성장서사

1. 기본 작품

조세희(2000), 『난장이가 쏘아올린 작은 공』, 이성과힘.
안재성(1989), 『파업』, 세계.
정화진(1991), 『철강지대』, 풀빛.
방현석(1991), 『내일을 여는 집』, 창작과비평사.

2. 논문 및 단행본

강웅식(2008), 「총론 : 반공주의와 문학 장의 근대적 전개」, 『반공주의와 한국 문학의 근대적 동학 Ⅰ』, 한울.
강진호(2004), 「1980년대 노동소설과 근대성의 딜레마－주체의 낙관적 의지와 배타적 신념」,『현대소설사와 근대성의 아포리아』, 소명.
_____(2005), 「반공의 규율과 작가의 자기 검열」, 『반공주의와 한국문학』, 깊은샘.
_____(2008), 「국가주의의 규율과 '국어'교과서」, 『반공주의와 한국 문학의 근대적 동학Ⅰ』, 한울.
고영직(2005), 「이론신앙을 넘어, 사실의 재인식으로－1980년대 민중・노동문학론에 관한 단상」, 『실천문학』, 겨울호, 실천문학사, 76~87쪽.
곽명숙(2005), 「1970년대 한국시에 나타난 민중의 의미화와 재현 양상」, 서울대학교 박사학위 논문.
권영민(2002), 『한국현대문학사 2』, 민음사.
권　환(1930), 「조선예술운동의 당면한 구체적 과정」, 『중외일보』, 1930. 9. 3.
김동춘(1995), 『한국사회 노동자 연구』, 역사비평사.
김병길(2000), 「프로소설의 시·공간성 연구」, 연세대학교 석사학위논문.
김복순(2000), 「노동자의식의 낭만성과 비장미의 '저항의 시학'-70년대 노동소설론」, 『1970년대 문학연구』, 소명.
김선건(1992), 「1970년대 이후 노동소설에 나타난 계급의식에 관한 연구」, 연세대학교 사회학과 박사학위논문.
김성진(2008), 「아동청소년 문학의 정전과 권정생의 '한국전쟁 3부작'」, 『문학교육학』 제25호, 487~512쪽.
김영희(2008), 「한국 현대 노동소설 연구」, 경남대학교 박사학위논문.
김윤식(1989), 「문제적 인물의 설정과 그 매개적 의미」, 『한국리얼리즘 소설연구』, 문학과비평사.
김윤식, 정호웅(1993), 『한국소설사』, 예하.
김준현(2008), 「반공주의의 내면화와 1960년대 풍자소설」, 『반공주의와 한국 문학의 근대적 동학 Ⅰ』, 한울.
김진균·홍승희(1991), 「한국사회의 교육과 지배 이데올로기」, 『한국사회와 지배 이데올로기』, 녹두.
김진기(2006), 「정치적 자유의 한 양상(2)」, 『겨레어문학』 제36집, 겨레어문학회, 117~142쪽.
_____(2008), 「관변문학과 문학 장의 이데올로기적 토대」, 『반공주의와 한국 문학의 근대적 동학Ⅰ』, 한울.
김진기 외 13(2008), 『반공주의와 한국 문학의 근대적 동학Ⅰ』, 한울.
나병철(2003), 「여성 성장소설과 아버지의 부재」, 『여성문학연구』 제10권, 한국여성문학학회, 183~214쪽.
_____(2007), 「식민지 시대 성장소설과 청년 주인공의 의미」, 『현대문학이론연구』 제30집, 현대문학이론학회, 173~199쪽.

맹문재(1997), 「한국 노동시의 문학사적 연구」, 중앙대학교 박사학위논문.
박태호(1997), 「근대적 주체의 역사이론을 위하여」, 『근대주체와 식민지 규율권력』, 문화과학사.
상허학회(2005), 『반공주의와 한국문학』, 깊은샘.
서경석(1989), 「새로운 인물유형 등장과 서사적 공간의 확보」, 『한국리얼리즘 소설연구』, 문학과비평사.
선주원(2004), 「노동소설의 운동성과 소설교육」, 『청람어문학』 제28집, 청람어문교육학회, 306~337쪽.
손철성(2002), 『유토피아, 희망의 원리』, 카피랜드.
신광영(1991), 「경제와 노동 이데올로기」, 『한국사회와 지배 이데올로기』, 녹두.
신재성(1991), 「해방직후 노동소설과 인민성의 문제」, 『외국문학』 봄호, 열음사, 185~202쪽.
신형기(1989), 「노동소설 연구」, 『현대문학의 연구』 제12집, 한국문학연구학회, 134~163쪽.
심희기(1988), 「한국법의 상위이념으로서의 안보이데올로기와 그 물질적 기초」, 『창작과 비평』, 봄호, 창작과 비평사, 264~286쪽.
안상헌(2004), 「죽음은 언제나 타자의 죽음이다」, 『철학, 죽음을 말하다』, 산해.
안승현(1995), 「일제하 한국노동소설의 제양상」, 『한국노동소설 전집』, 보고사.
양진오(2008), 「필화의 논리와 그 문학적 의미」, 『반공주의와 한국 문학의 근대적 동학 I』, 한울.
오연희(2007), 「노동소설의 새로운 모색」, 『어문연구』 제54집, 어문연구학회, 297~317쪽.
오창은(2006), 「1980년대 노동소설에 대한 일고찰」, 『어문연구』 제51권, 어문연구학회, 137~173쪽.
유기환(2003), 『노동소설, 혁명의 요람인가, 예술의 무덤인가』, 책세상.
유임하(2005), 「마음의 검열관, 반공주의와 작가의 자기 검열」, 『반공주의와 한국문학』, 깊은샘.
_____(2005), 「이데올로기의 억압과 공포-반공 텍스트의 기원과 유통, 1950년대 소설의 왜곡」, 『현대소설연구』 제25권, 한국현대소설학회, 55~75쪽.
_____(2008), 「정체성의 우화」, 『반공주의와 한국 문학의 근대적 동학 I』, 한울.

유호종(2001), 『떠남 혹은 없어짐－죽음의 철학적 의미』, 책세상.
윤충로・강정구(1998), 「분단과 지배 이데올로기의 형성・내면화」, 『사회과학연구』 제6집, 동국대학교 출판부, 273~294쪽.
이진경(1997), 『근대적 시・공간의 탄생』, 푸른숲.
전명혁(2000), 「한국 노동자계급 형성연구」, 『역사연구』 제11호, 7~51쪽.
정호웅(1989), 「경향소설의 변모과정」, 『한국리얼리즘 소설연구』, 문학과비평사.
조동숙(1993), 「1950・60년대 소설에 나타난 이데올로기 연구」, 고려대학교 박사학위논문.
조미숙(2008), 「문학 교육과 국어 교과서의 정전화 과정」, 『반공주의와 한국 문학의 근대적 동학 I』, 한울.
조정환(1989), 「노동자문학의 현단계와 전망」, 『민주주의 민족문학론과 자기비판』, 연구사.
_____(2000), 「사회주의 리얼리즘의 종말 이후의 노동문학」, 『실천문학』, 봄호, 실천문학사, 253~272쪽.
조현일(1991), 「1920~30년대 노동소설연구」, 서울대학교 석사학위논문.
조희연(2005), 「'반공규율사회'형 자본주의 발전과정에서의 노동자계급의 '구성'적 출현」, 『1960~70년대 노동자의 생활세계와 정체성』, 한울.
최현주(1999), 「한국 현대 성장소설의 서사 시학 연구」, 전남대학교 대학원 박사학위논문.
_____(2000), 「한국 현대 성장소설에 드러난 '성장'의 함의와 문화적 양면성」, 『현대소설연구』 제13권, 한국현대소설학회, 339~360쪽.
하정일(2000), 「저항의 서사와 대안적 근대의 모색－산업화 시대의 민족문학」, 『1970년대 문학연구』, 민족문학사 연구소. 소명.
한설야(1931), 「사실주의비판」, 『동아일보』, 1931. 7. 4.
_____(1933), 「이북명군을 논함」, 『조선일보』, 1933. 6. 22.
한지수(1989), 「반공이데올로기와 정치폭력」, 『실천문학』 가을호(통권 15호), 108~129쪽.
황광수(1985), 「노동문제의 소설적 표현」, 『한국문학의 현단계 4』, 창작과비평사, 81~107쪽.
현준만(1985), 「노동문학의 현재적 의미」, 백낙청・염무웅(편), 『한국문학의 현단계Ⅳ』, 창작과 비평사, 108~124쪽.
홍준기(1999), 「라캉과 알튀세르」, 『라캉과 현대 철학』, 문학과지성사.
G. 루카치(1985), 『소설의 이론』, 반성완(역), 심설당.
________(1986), 『역사와 계급의식』, 박정호, 조만영(역), 거름.
H. 마르쿠제(1986), 『일차원적 인간』, 박병진(역), 한마음사.
__________(2004), 『에로스와 문명』, 김인환(역), 나남.
L. 알튀세르(1991), 「이데올로기와 이데올로기적 국가장치」, 『아미엥에서의 주장』, 김동수(역), 솔.
M. 푸코(2003), 『감시와 처벌』, 오생근(역), 나남.

5장 조정환의 노동해방문학론과 유토피아 기획

백낙청(1989), 「통일운동과 문학」, 『창작과비평』, 1989년 봄호, 창작과비평사.
손철성(2002), 「유토피아, 희망의 원리」, 카피랜드.
조정환(1989), 『민주주의 민족문학론과 자기비판』, 연구사.
_____(1990), 『노동해방문학의 논리』, 노동문학사.
_____(2007), 「1987년 이후 문학의 진화와 삶문학으로의 길」, 『실천문학』, 87권, 실천문학사 2007.
H. 마르쿠제(2004), 『에로스와 문명』, 나남.

6장 안재성의 『파업』에 나타난 내포적 총체성과 인물의 의미 관계

강진호(2004), 「1980년대 노동소설과 근대성의 딜레마—주체의 낙관적 의지와 배타적 신념」, 『현대소설사와 근대성의 아포리아』, 소명.
고영직(2005), 「이론신앙을 넘어, 사실의 재인식으로—1980년대 민중, 노동문학론에 관한 단상」, 『실천문학』 겨울호, 실천문학사, 76~87쪽.
김동춘(1995), 『한국사회 노동자 연구』, 역사비평사.
김복순(2000), 「노동자의식의 낭만성과 비장미의 '저항의 시학'—70년대 노동소설론」, 『1970년대 문학연구』, 소명.

박규준(2009), 「한국 현대 노동소설 연구－이데올로기와 성장서사」, 대구대학교 박사학위논문.

안재성(1989), 『파업』, 세계.

오연희(2007), 「노동소설의 새로운 모색」, 『어문연구』 제54집, 어문연구학회, 297~317쪽.

오창은(2006), 「1980년대 노동소설에 대한 일고찰」, 『어문연구』 제51권, 어문연구학회, 137~173쪽.

이병훈(1991), 「노동 장편소설의 최근 변모와 성과가 지니는 현재적 의미」, 『한길문학』 1991년 여름호, 한길사.

임규찬(1995), 「1980년대 노동운동의 소설적 모형」, 『동아출판사 소설문학 대계 95』, 동아출판사, 594~601쪽.

조정환(2000), 「사회주의 리얼리즘의 종말 이후의 노동문학」, 『실천문학』 봄호, 실천문학사, 253~272쪽.

하정일(2000), 「저항의 서사와 대안적 근대의 모색－산업화 시대의 민족문학」, 『1970년대 문학연구』, 민족문학사 연구소, 소명.

홍승용(1992), 「루카치 리얼리즘론 연구」, 서울대학교 박사학위논문.

G. 루카치(1985), 「문제는 리얼리즘이다」, 『문제는 리얼리즘이다』, 홍승용(옮김), 실천문학사.

S. 지젝(2002), 『이데올로기라는 숭고한 대상』, 이수련(옮김), 인간사랑.

_____(2007), 『부정적인 것과 함께 머물기 : 칸트, 헤겔 그리고 이데올로기 비판』, 이성민(옮김), 출판b.

_____(2013), 『라캉 카페』, 조형준(옮김), 새물결.

_____(2013), 『헤겔 레스토랑』, 조형준(옮김), 새물결.

Georg Lukács Werke. Bd.4. Neuwied-Berlin 1971. Probleme des Realismus 1. Essys über Realismus(홍승용(1992), 「루카치 리얼리즘론 연구」, 서울대학교 박사학위 논문, 105쪽.)

❙박규준朴奎俊

대구대학교 국어국문학과를 졸업하고 동대학원에서 석·박사 학위를 받았다. 현재 대구대학교에 출강하고 있다. 관심 영역은 한국문학의 근대성과 리얼리즘의 현재성 그리고 노동문학의 재해석이며, 주요 논문에는 「이원조의 문학비평 연구」, 「한국 현대 노동소설 연구－이데올로기와 성장서사」 등이 있다.

한국문학의 리얼리즘과 노동문학

초판 1쇄 인쇄 2015년 2월 9일
초판 1쇄 발행 2015년 2월 17일

지은이 박규준
펴낸이 이대현
편　집 박선주
디자인 이홍주
펴낸곳 도서출판 역락
서울 서초구 동광로 46길 6-6(반포4동 577－25) 문창빌딩 2층
전화 02-3409-2058(영업부), 3409-2060(편집부)
팩시밀리 02-3409-2059
이메일 youkrack@hanmail.net
등록 1999년 4월 19일 제303-2002-000014호
ISBN 979-11-5686-169-0 93810
역락 블로그 http://blog.naver.com/youkrack3888

정 가 20,000원
* 잘못된 책은 구입처에서 교환해 드립니다.